莫砺锋演讲录

Speeches by Mo Lifeng

莫砺锋 著

人民文学出版社

图书在版编目(CIP)数据

莫砺锋演讲录/莫砺锋著.--北京:人民文学出版社,2024(2024.9重印)
ISBN 978-7-02-018694-5

Ⅰ.①莫… Ⅱ.①莫… Ⅲ.①唐诗-文集②宋词-文集 Ⅳ.①I207.22-53

中国国家版本馆CIP数据核字(2024)第106704号

责任编辑　杜广学
装帧设计　刘　远
责任印制　苏文强

出版发行　人民文学出版社
社　　址　北京市朝内大街166号
邮政编码　100705

印　　刷　北京盛通印刷股份有限公司
经　　销　全国新华书店等

字　　数　280千字
开　　本　880毫米×1230毫米　1/32
印　　张　11.125　插页6
印　　数　5001—8000
版　　次　2024年6月北京第1版
印　　次　2024年9月第2次印刷

书　　号　978-7-02-018694-5
定　　价　69.00元

如有印装质量问题,请与本社图书销售中心调换。电话:010-65233595

2019年7月,科举博物馆(南京)

莫砺锋演讲录
Speeches by Mo Lifeng

2019年11月,
坪山图书馆(深圳)

莫砺锋演讲录
Speeches by Mo Lifeng

目　次

序……001

缅怀老师的老师……001
百年千帆……005
千帆先生与南京大学……009
私德、师德与公德……030
不息故健，仁者必寿……035
对一本巨著的三句评语……040
平生风义兼师友……045

请敬畏我们的传统……049
故纸堆映出的时代折光……060
传统与经典……072
万里长江与千年文脉……092
古典文学研究方法谈……099
中国古典文学中的爱情主题……119
唐宋诗词的现代解读……136
唐宋诗词的现代意义……159

与南京市中学语文教师谈唐宋诗词……171

谁是唐代最伟大的诗人……190

诗圣杜甫……206

我与杜甫的六次结缘……235

千古东坡面面观……241

东坡笔下的诗意长江……268

宋代文学研究与江西……278

中国宋代文学学会第十届年会开幕词……285

我们是读南大中文系的人……290

在南京大学梅庵书院成立大会上的讲话……295

在2009年南京大学毕业典礼上的讲话……299

在2011年南京大学庆祝教师节大会上的讲话……301

在南京大学文科资深教授受聘仪式上的讲话……305

在清词学术研讨会上的致词……308

在"中国文学：传统与现代的对话"研讨会上的致词……312

普及古典名著，弘扬传统文化……316

迎接人生的一蓑烟雨……323

卖瓜者言……328

我与古典诗词……336

序

　　我拙于言辞，从而沉默寡言，很不适合当教师。我高中毕业时与交好的同学商量填报高考志愿，曾约定两条原则：不考文科，不考师范。没想到我们还没走进考场，高考就被明令取消。我想读工科院校、毕业后当个工程师的人生理想"他生未卜此生休"。就像范缜所说，人的命运犹如树上的花瓣随风飘落，落到何处纯属偶然。我在时代的狂风中东西飘荡，几经周折，最后竟落到南京大学中文系，当了一名文科教师。不知何故，我留校后从未干过班主任、辅导员等行政性工作，博士论文答辩一结束就奉命备课，从此一直在教学第一线讲课。中文系（尤其是中国古代文学学科）的课程不用动手，只要动嘴。程丽则师姐曾说我"一天不说三句话"，其实要是把上课时所说的话也计算在内，我每天都要说不少话。学校和系里的领导都不许我们采取"拈花微笑"的教学方式，如果"予欲无言"，则学生"何述焉"？况且我的语速较快，同样讲一堂课，我说的话比别人更多。在南大教室讲课20年后，偶然刮来的命运之风又把我吹落到央视的"百家讲坛"，一连讲了三个系列，后来又到各地图书馆开过不少讲座，我说的话就更多了。无论讲课还是做讲座，我都习惯于不带讲稿，脱稿而讲的话当然随风飘散，无迹可觅，但也有一些讲话被人录音、录像，并整理成记录稿灾梨祸枣。像《杜甫诗歌讲演录》（修订版改题

《莫砺锋讲杜甫诗》，广西师范大学出版社2007年、2019年）、《莫砺锋说唐诗》（凤凰出版社2008年）、《莫砺锋评说白居易》（安徽文艺出版社2009年）等，都是如此。此外，我还有一些公众讲座的记录或相关会议的发言，也被人整理成稿，在网络上有所流传。这些稿子零乱散漫，不成系统，但人民文学出版社认为竹头木屑也有用处，来信约请把它们编成一书，并委派得力的责任编辑。由于主题散漫，书名便取《莫砺锋演讲录》。日前书稿编成，责编来信索序。

在现代中国的大学校园里，讲课往往不受重视。试看民国时代的某些著名教授，似乎并不擅长讲课。顾颉刚站在讲坛上嗫嗫嚅嚅，干脆转身狂写黑板，已成流传众口的轶事。时至今日，学术论著的重要性远胜课堂讲授，更是大学校园里的普遍风气。教师到电视台或图书馆做公众讲座，也被某些埋头著述的学者视为不务正业。其实人类文化生生不息，主要依靠绵延不绝的代际相传。教师的工作所以重要，便因为他们肩负着"传道、授业"的文化使命。既然如此，现代的大学教师便没有任何理由只顾撰写著作而轻视课堂教学。自古以来，传道、授业的基本渠道就有两种，其一是著述，其二便是讲学，从孔子开始的列祖列宗都对二者一视同仁。孔子既有"笔则笔，削则削"的著述活动，也有耳提面命的授徒讲学。而且孔子到了晚年才进行著述，他在年富力强时始终都在授徒讲学。孟子把当面听讲受教称作"亲炙"，朱熹释云"亲近而熏炙之也"，正是对讲学的重视。先秦的其他学派也是如此，收徒讲学，便是百家争鸣的重要内容。所谓"少正卯在鲁，与孔子并。孔子之门，三盈三虚"，虽是出于汉人王充的虚构，但不失为合理的想象。从汉儒马、郑到宋儒程、朱，都将讲学视为重要事业，正是继承孔、孟的传统。西方也是一样，古希腊的苏格拉底，一生中未曾撰写任何著作，他的思想都是通过与别人交谈以及教导学生来表达的。即使是柏拉图，其思想活动也主要是讲学与讨论，以至于第欧根尼认为"柏拉图"的名字便来源于古希腊语的"流畅口才"之意。我的演讲录当然不能妄比先贤，但我讲话的主观意图原是真实表达自己的观点，并非"姑妄言之"的扯淡。至于说缺乏深意，我当然不敢否认，但现代中国已是一个多元社会，黄钟大吕固然可贵，敲击瓦釜又有何不可？

我虽命途多舛，但也偶有幸运，其中之一便是曾遇到多位热爱讲课、善于讲课的好老师。我读中学时迷恋数理化，对语文课敬而远之。然而我遇到了优秀的语文教师，像太仓市璜泾初级中学的李蓉老师和张国忠老师，以及苏州高级中学的周本述老师和马文豪老师，他们循循善诱，使我这个"理科生"也对文学作品很感兴趣。我在10年陇亩生涯中把古典诗词当作阅读重点，后来报考研究生时突然起念把专业从英语语言文学改成中国古代文学，虽然都有具体的客观原因，但语文老师的指引仍在冥冥之中起着决定作用。考进南大，我幸运地成为程千帆先生的弟子。程先生善于讲课，有口皆碑。2000年我编辑《程千帆先生纪念文集》，曾向程先生在武汉大学教过的学生约稿，贾文昭、周勃、晓雪、黄瑞云、吴代芳、吴志达、李正宇等学长纷纷撰写纪念文章，大家都对程先生几十年前的精彩讲课记忆犹新。李正宇的文章标题就是"出神入化的讲授"！人民文学出版社2020年出版的《程千帆古诗讲录》中，收录了徐有富、张伯伟、曹虹三人的课堂笔记，为程先生在南大的讲课情况留下了生动的实录。程先生讲课如同行云流水，当然与其学问精深、口才出众直接相关，但是更重要的原因是他热爱课堂教学，课前做足充分准备，课上方能娓娓道来。他对弟子们的要求也是既要努力从事学术研究，更要努力把课讲好。"程门弟子"的讲课水平都还不错，就是程先生谆谆教导的必然结果。我永远记得留校任教后首次试讲的情形：系里让我与曹虹在同一天登坛试讲，那天程先生早早来到教室，坐在下面认真地听了两堂课。课后程先生笑着说："师也过，商也不及。"又说："过犹不及！"原来我讲课的语速太快，曹虹则太慢，程先生指出我们的缺点，希望我们改进。日后我无论是在大学课堂里讲课，还是在电视台或图书馆做讲座，总是时时提醒自己要放慢语速，便因始终牢记着程先生的教诲。

我年已老迈，去年在南大课堂里讲完了"最后一课"，在公共图书馆等场所的讲座也逐渐减少。人民文学出版社在此时出版我的这本演讲录，颇有帮我总结平生的意味。想到我这个曾经立志"不考文科，不考师范"的人偏偏当了大半辈子的文科教师，想到这本单薄浅陋的演讲录竟是我平生业绩的一部分，"壮不如人，今老矣"的感慨便格外强烈。如果读者朋友翻阅本书后并不急着用它覆瓿覆瓮，那就是对我的莫大安慰；如果读者朋友进而对讲稿的具体内容有所匡正，就请事先接受我最诚挚的谢意！

2024 年 5 月 5 日于南京美林东苑寓所

缅怀老师的老师

我与巩本栋教授一起从南大来到武大参加纪念刘永济先生诞辰130周年的盛会。本栋兄钻研过刘先生的学术成就，且整理过刘先生的遗著，完全有资格来此参会，我则不同。对于我来说，刘永济先生的学术成就有如数仞门墙，"不得其门而入，不见宗庙之美、百官之富"。我来参会的主要目的是向刘先生致敬。在上世纪50年代，如果从学术团队的角度来衡量，全国中文学界声势最为显赫的大学无过山东大学与武汉大学。前者有"冯（冯沅君）陆（陆侃如）高（高亨）萧（萧涤非）"，至今尚为山大人津津乐道。后者则有"五老（刘永济、刘赜、黄焯、席鲁思、陈登恪）八中（程千帆、刘绶松、胡国瑞、周大璞、李健章、李格非、缪琨、张永安）"，不但阵容更为壮大，而且"冯陆高萧"中的冯沅君与高亨两位先生亦曾是武大的教授，武大中文系的光辉历史，于此可睹一斑。"五老"中以刘永济先生居首，"八中"中以程千帆先生居首，而刘、程之间又存在着清晰的师承关系。在千帆师晚年为缅怀老师而写的以《音旨偶闻》为总标题的一组文章中，第一篇便是《忆刘永济先生》。我读了这篇文章，不但如睹刘先生之音容笑貌，而且对刘先生的道德文章深感钦佩。南大当今的古代文学学科是千帆师晚年移席南大后重现辉煌的，刘永济先生是千帆师的老师，他的道德文章也间接地影响着我们。饮水思源，我谨以南大古代文学学科带头人的身份，前来向刘永济先生这位老师的老师表示敬意。

千帆师的《忆刘永济先生》一文，情文并茂，感人至深。文中回忆刘先生的生平业绩，其荦荦大者有两点。首先是刘先生的学术成就与创作成就。文中介绍了刘先生的20种学术著作，指出这些著作"没有一部不是精心草创，然后又反复加以修改的"。千帆师还总结了刘先生治学的两大特点，一是由博返约，着眼于"辨章学术，考镜源流"；二是"好学深思"，"多闻缺疑"。正因如此，刘先生对学术界一些哗众取宠、欺世盗名的恶劣作风深为不满。千帆师也高度评价刘先生的诗词创作，不但艺术造诣极深，而且总是缘事而发，绝无无病呻吟之作。总之，刘先生既是杰出的学人，也是杰出的诗人，正如千帆师所说，刘先生"在古典文学领域内，从研究到创作，作了多方面的探索，取得了非凡的成果"。其次是刘先生的品行与人生精神。文中指出："求真是贯穿在先生五十余年为人治学中的一根红线。基于对祖国学术文化的热爱，对人民的责任感，先生一辈子都在探求真理的过程中。他早年深受儒家学说的影响，洁身自好，决不同流合污，尤其注重民族气节。"在教导学生、指点青年教师以及日常生活中的待人接物等方面，刘先生始终谦虚谨慎、宽厚待人，即使在受到冤屈、迫害时仍不失儒者气象。

重温千帆师对刘先生的回忆，使我联想到孔子所说的"古之学者为己，今之学者为人"，我认为刘永济先生就是一位"古之学者"。对先生来说，对传统学术文化的热爱已经内化为生命的需求，所以能做到"造次必于是，颠沛必于是"。千帆师回忆到一件往事。1941年，千帆师与刘先生在乐山结邻而居，每天清晨都听到熹微晨光中传来刘先生的读书声。此时刘先生年已55岁，早已名满海内，仍然如此刻苦。千帆师又提到，刘先生治学范围极广，在群经、诸子、小学及古史等方面修养极深，但他从不轻易发表自己的心得见解。可见刘先生治学，决不是追求名声、地位等身外之物，而是出于对传统学术文化的由衷热爱。同样，刘先生培养学生，提携后进，也是为了让他热爱的传统学术文化后继有人。也就是说，学者与教授这双重身份，在刘先生身上有着天然的同一性。我认为这正体现了中华传统文化的一个重要特征。从孔子开始，优秀的学者与优秀的教师就是一身二任的。孔子既是伟大的思想家，也是伟大的教育家。庄子说得好："指穷于为薪，火传也，不知其尽也。"闻一多解释说："古无蜡烛，以薪裹动物脂肪而燃之，谓之曰烛，一曰薪。"刘先生、千帆师等"五老八中"，以及他们所代表的那一代学人，就是这样的一根根红烛，其自身发出的光辉是其学术成就，他们更重要的贡献在于把文化的火种传递给下一代，使之生生不息。

中华传统文化历数千年之发展，在近现代遇到了前所未有的挑战。西方文化的强大压力、激进思潮的无情冲击，使传统文化在相当长的历史时段内举步维艰，借用陈寅恪的话说，就是"今日之赤县神州值数千年未有之巨劫奇变"。在那个艰难时世，以传统学术文化为安身立命之本的前辈学人遭遇了史无前例的坎坷、挫折，乃至屈辱和迫害。但是他们始终追求理想，始终坚持真理。他们决不哗众取宠，决不曲学阿世。他们用整个生命维护着传统学术文化的精神和尊严，并用著书立说与培养后学两个手段实现了传统学术文化的薪火相传。时至今日，举国上下都认识到应该继承发扬优秀的中华传统文化。我认为这种继承首先要落实在以传统学术思想为主要内容的观念文化，也就是中华传统文化中蕴含的意识形态、价值判断乃至思维方式，这才是列祖列宗遗留给我们的最宝贵的软实力和正能量。在这个前提下，我们更加怀念刘永济先生那一代学者。身教重于言教，前辈学者的学术成果当然值得我们深思、揣摩，前辈学者的立身行事更值得我们缅怀、仿效。当我们研读刘先生他们的学术著作时，获得深邃的知识和探索的眼光当然是直接目标，但是更重要的意义在于继承其人格精神和学术精神，诸如追求真理而决不媚俗，献身学术而决不趋利，这才是我们最应关注的重点。学术乃天下之公器，求真务实的学术精神和朴实无华的学风是许多前辈学者的共同风范，也是所有大学、所有学科点都应继承发扬的优良传统。所以"五老八中"不仅属于武大，也属于整个中国教育界和学术界。从这个意义上说，我们今天纪念刘永济先生，也是在纪念曾与刘先生同样为继承、弘扬传统学术文化作出贡献的所有老师，是当代学人对前辈学者的一次集体性的深切缅怀。使我感到万分欣慰的是，今天有这么多后辈学人在这里济济一堂，隆重纪念刘永济先生，这说明我们所珍视的中华传统文化必将长久传承下去，因为传统文化本是生生不息的，中华传统文化的长江大河必将在华夏大地上永远奔流。

（2017年11月25日在武汉大学"纪念刘永济先生诞辰130周年学术报告会暨《刘永济评传》出版座谈会"上的讲话）

百年千帆

在大会和小组讨论会上聆听了各位来宾和代表的发言，我有两点感想。首先，大家都高度肯定程先生既是一位优秀的学者，也是一位优秀的教师。我认为这正是中华传统文化的一个重要特征，从孔子开始，优秀的学者与优秀的教师就是一身二任的。孔子既是伟大的思想家，也是伟大的教育家。一部《论语》，有多少警句格言是与教育有关的：有教无类，诲人不倦，循循善诱，不愤不启，等等。正因孔子培养了弟子三千，贤人七十二，才形成了源远流长的儒家学派。孟子甚至认为"得天下英才而教育之"是君子一乐，是比"王天下"还要重要的人生乐事。要问学者与教师两者的结合点在何处，我认为就在文化的传承上。孔子是中国传统文化整体上的祖师，朱熹甚至说"天不生仲尼，万古长如夜"，但孔子自己的志向却是继承前代文化。他声称"述而不作，信而好古"，还认为"殷因于夏礼，所损益可知也。周因于殷礼，所损益可知也。其或继周者，虽百世可知也"。如果说动植物的生命奥秘在于一代一代地复制基因，那么文化的生命就在于某些基本精神的代代相传。一种观念也好，一种习俗也好，一定要维系相当长的历史时段，才称得上是文化，那种人亡政息的观念或习俗是称不上文化的。所谓"一张白纸没有负担，好写最新最美的文字，好画最新最美的画图"，现在看来只是一句空话。正是在这个意义上，我觉得所谓"教师是人类灵魂的工程师"的说法是大而无当的,应该说教师是人类文化的传承者。韩愈说:"师者,所以传道、受业、解惑也。"传道也好,授业也好,都是指文化的传承而言。"业"是重要的,它指知识和技能。"道"更加重要,它指观念和思想,指具有永恒价值的人类基本文化精神。程先生生前经常引用《庄子·养生主》中的话:"指穷于为薪,火传也,不知其尽也。"闻一多在《庄子内篇校释》中说:"古无蜡烛,以薪裹动物脂肪而燃之,谓之曰烛,一曰薪。"程先生就是这样的一根红烛,其自身发出的光辉是其学术成就,但他更重要的贡献在于把文化的火种传递给下一代,使之生生不息。正因着眼于文化传承的大局,程先生培养学生时绝无门户之见。他深知学术乃天下之公器。他经常教导我们要重视兄弟院校的学术传统,要多向兄弟院校的老师们请教。所谓"程门弟子",决不是一个自设藩篱的学术群体。今天到会的嘉宾有来自北大、复旦、华东师大、山东大学、厦门大学、南京师大等多所兄弟院校,就是明证。刚才葛晓音、林继中等先生都说到他们曾向程先生请益的经历,其实我们这些程门弟子又何尝没有从葛晓音、林继中他们的导师那里得到教益?我本人的博士论文就曾送交北大的林庚先生、山大的萧涤非先生以及复旦的朱东润先生、华东师大的徐中玉先生、南京师大的唐圭璋、孙望先生审阅过,从那些前辈的评语中获益匪浅。从这个意义上说,我们今天纪念程先生,也是在纪念曾与程先生为道义之交、文字之交的所有老师,是当代学人对前辈学者的一次集体性的深切缅怀。

我的第二点感想是,不少来宾和代表说到了程先生生前的嘉言懿行,我忽然联想到初唐大臣魏徵在《述怀》诗中的几句诗:"岂不惮艰险,深怀国士恩。"还有:"人生感意气,功名谁复论?"我觉得程先生也是这样,他是一个很有性格的人,他爱憎分明,疾恶如仇,他的许多行为并不包含荣辱得失的考量，而是出于人生的意气。还记得在1992年，在中文系为他庆祝八十寿辰的大会上，程先生引用《世说新语》中所记晋人习凿齿对桓温所说的话，当众对匡亚明校长表示感谢："不遇明公，荆州老从事耳！"后来在匡校长病危之际，程先生前去探望，也对匡师母说过："是匡老给了我二十年的学术生命，我终生感激他老人家。"程先生来到南大后以超乎寻常的努力从事研究和教学，当然有弥补自己被耽误的18年光阴的动机在内，但对匡校长知遇之恩的报答，也是一个重要的因素。古语说：滴水之恩，当涌泉相报。知恩图报本是中华文化的基本道德取向，程先生对此是身体力行的。程先生是重感情的人，他对黄季刚等恩师始终念念不忘。2000年6月2日，也就是在程先生去世的前一天，他在昏迷之中突然对我说："我对不起老师，我对不起黄先生！"当时程先生本人的全集即将出版，由程先生整理的《黄侃日记》也即将出版，程先生在弥留之际最放心不下的不是他本人的全集，而是恩师的著作，这是其平生风范的一个典型事例。程先生一生中最多的心血都倾注在学生身上，上午杨校长在讲话中提到程先生遗嘱中的一段话："千帆晚年讲学南大，甚慰平生。虽略有著述，微不足道。但所精心培养学生数人，极为优秀。"当时程先生曾让我以证人的身份在这份遗嘱上签名，我看了这几句话，大为震撼：程先生是公认的优秀学者，但他竟然把培养学生看得比自己的学术研究更加重要！正因为程先生古道热肠，诚恳待人，所以他不但桃李满天下，而且相交遍天下。今天的大会有这么多嘉宾不远千里惠然肯来，有这么多弟子不远千里奔赴会场，就是"桃李不言，下自成蹊"这句古语的生动证明。刚才程丽则师姐深情地回忆了她的父亲，其实所有的程门弟子也都有同样的感情。因为程先生一向把我们看作亲生的儿女，我们当然也会把他视为终生难忘的慈父。当年程先生在武汉大学被打成"右派"以后，许多人对他直呼其名，但是今天在座的吴志达以及不在场的周勃等老学长仍然以"先生"相称，程先生生前曾多次跟我说过此事。他还说："作为一个学者，做学问当然是要紧的，但更重要的是做人。"

各位来宾，各位朋友！程先生一生中身体力行的这种依存于忠恕之道的做人准则，这种植根于传统文化的人格风范，如今已经逐渐远去。也许一走出我们这个文学院大楼，它就会受到轻视；也许一走出南大校园，它就会受到奚落。但是在我们这个人群中，它无疑是最珍贵的价值取向。在我们看来，是它使人生具有意义，是它使世界值得留恋。谁让我们选择了古代文史为专业呢？谁让我们选择了孔、孟、老、庄、李、杜、苏、辛为研究对象呢？换句话说，如果我们不珍惜这个传统，还有谁来珍惜它？如果我们不呵护这个传统，还有谁来呵护它？使我感到万分欣慰的是，今天有这么多嘉宾和程门弟子在这里济济一堂，隆重纪念程先生，深情怀念程先生；还有这么多正在南大文学院学习的已经成为或即将成为程门第三代、第四代弟子的年轻学子来聆听前辈的教诲，这说明我们所珍视的传统不会消失，它必将伴随着整个传统文化永远传承下去，正像庄子所说，"薪尽火传"。从这个意义上说，虽然我们的会议日程马上就要结束了，以"百年千帆"为名的此次纪念活动也快走向尾声了，但纪念活动的结束意味着我们继承传统的一个新起点。因为传统文化本是生生不息的，中华传统文化的长江大河必将在华夏大地上永远奔流。

(2013 年 10 月 12 日在南京大学"程千帆先生百年诞辰纪念暨程千帆学术思想研讨会"上的发言)

千帆先生与南京大学

各位老师，各位同学，各位在网络上收看讲座的听众朋友：

大家好！大家从海报上已经看到了，我们这个系列讲座有两个冠名，一个是纪念程千帆先生诞辰110周年系列讲座，另外一个是"两古"学科纪念南京大学120周年校庆。我觉得院里把这两个系列合在一起是非常妥当的。因为南大的两古学科是程千帆先生为我们奠定的基础，可以毫不夸张地说，对于我们这个学科来说，程先生的学术理念、学术精神已经为整个学科打上了深深的个人风格的烙印。

大家已经看到系列讲座全部17讲的名单，里面有些内容直接跟程先生有关，包括千帆先生的诗学、书法，他怎么重视文献学等，也有些是各位老师自己的研究心得，但是我想，他们多半是遵从了程先生的学术精神的引导才做出了这些成果。一共有17场讲座，同学们可以一场一场地听，这个方式有点像吃一串葡萄。虽然杜甫有一句诗描写樱桃，说"万颗匀圆讶许同"（《野人送朱樱》），他看到一筐樱桃，都是一样的大小、一样的圆润，但我的经验是，一串葡萄里难免有好坏之分。那么一串葡萄你如何吃呢？钱锺书在《围城》里介绍了两种吃法：第一种先挑最好的吃，第二种先挑最坏的吃。这两种方法各有心理优势。第一种的心理优势是，我每次都吃到一串葡萄中最好的一颗；第二种的心理优势是，更好的葡萄还在后面。我们的童岭副院长显然是喜欢第二种吃法,所以把我排在第一讲。也就是说,如果大家听了我这一讲,觉得讲得不咋地,你们千万不要丧失对后面几讲的信心,好的"葡萄"还在后面呢。

一、南大之缘

先讲程先生跟南大的缘分。程先生经常说:"两个人成为师生,一个人投考某个学校,成为这个学校的弟子,这是一种前生的缘分。"程先生跟我们南大是前生结下的因缘。

程先生幼年时读过私塾,在家族的有恒斋里面读过很多古书。但是他长大以后进了新式学校,在南京的金陵中学读完中学。1932年,程先生从金陵中学高中毕业。那时他碰到了一位非常优秀的化学老师,叫王实铭,程先生崇拜这位老师,由此产生了对化学学科的强烈兴趣。程先生在金陵中学毕业以后,获得了保送金陵大学的资格。开学时,程先生到金陵大学来报到。当然,他想读化学系。结果走到报到的地方一问,各个系科的学费是不一样的,化学系学费比较贵,每年要一百多块钱。程先生家境清贫,交不起,就问有没有什么便宜点的系可以读。老师说中文系最便宜,于是他临时改报中文,从此进入了金陵大学的中文系。虽然如此,程先生进金大以后,对化学的兴趣还保持了一段时间,他正式选修了当时非常年轻的化学系教授戴安邦先生的一门课程。戴先生是中国配位化学的奠基人,后来是我们南大化学系的权威。程先生晚年重返南京大学任教以后,在路上碰到戴安邦老先生,还是执弟子礼,恭恭敬敬地称"戴老师"。当然,他后来的学习就偏向古代文学了,跟化学就渐行渐远了。

程先生临时改念上中文系,对他后来的学术人生起了根本性的决定作用，与此同时，也为他结下了另外一份缘分。因为在程先生进金陵大学之前的两年，苏州的才女沈祖棻，考上了中央大学的商学院。沈祖棻是浙江海盐人，但是出生在苏州，所以她的词里有一句说"家近吴门饮马桥"（《浣溪沙》）。她高中毕业以后，家里的人都主张她学商，她就报考了中央大学的商学院。中央大学的商学院那时是在上海，也就是现在上海财经大学的前身。沈祖棻考上了，读了一年，觉得跟自己的性情不合，就申请转学，转到了中文系。两年以后，到了1934年，沈祖棻从中文系毕业，考上了金陵大学的国学研究所，也就是中文系的研究生班。程先生那个时候读到本科三年级了，两个人就相遇了，这是天作之合啊！我们可以想象，假如沈祖棻当年继续在商学院，而程先生读了化学系，他们就可能成为陌路之人了。程、沈在金陵大学中文系相遇，这是一种缘分。

程先生那时候是学弟。说实话，他们相识的时候沈祖棻已经颇有才名，她在词的写作上已经得到诸多老辈的赞赏。她的成名作《浣溪沙》："芳草年年记胜游。江山依旧豁吟眸。鼓鼙声里思悠悠。　三月莺花谁作赋，一天风絮独登楼。有斜阳处有春愁。"最后一句词使她获得了一个雅号，叫"沈斜阳"，很有名。程先生那时候还没有这样的名声，但程先生是一个才气横溢、性格活泼而且敢作敢为的人，所以他在中文系读本科的时候，在课内课外都非常引人注目。后来他们两个人就相识了。我还知道一些细节，他们比较多的相会地点是在程先生的宿舍里。程先生的同宿舍有一个同学叫高文，高文是沈祖棻的研究生同班，那批研究生都喜欢昆曲，经常到宿舍里来练习昆曲。程先生正好和高文住在一起，所以会经常见面。在当时金大的老师中间，比较促成程、沈姻缘的是汪辟疆先生。汪先生对这两个学生都很欣赏，觉得他们两人可以配成一对。

到了1936年，程先生本科毕业，沈祖棻研究生毕业。程先生一毕业就考上了金陵大学的研究生，继续读研。沈祖棻就工作了，先后在南京《朝报》、汇文女中等处谋职。程先生家境困难，考上研究生以后，同时也在金陵中学获得一个教职，在那里教语文。我想，假如世道一直太平的话，他们两个人的生活会很美满。可惜，正像苏东坡咏杜甫所说的："诗人例穷苦，天意遣奔逃。"诗人总会是穷苦的，天意让他们流离失所。第二年日寇侵华，南京沦陷，大家都开始逃难，我们的一些大学也就纷纷内迁。程先生、沈先生也内迁，他们先逃到安徽黄山脚下的屯溪，在当地很有名的安徽中学任教，同时也在那里结婚，然后就又逃到长沙、乐山以及成都，数年来一直流离失所。两个人后来的经历相当复杂，他们在1942年曾经在成都的金陵大学有一段短暂的同事关系，没有几个月又分离了。那时候的教职非常难找，往往教了几个月就换到另一个单位。一直到程先生晚年，才在我们南大安稳工作了10多年。至于程先生在武大的那段经历，待会我再补充。

1977年，程先生结束了长达18年的"右派"生涯，但同时也被武大勒令退休。于是他把户口从劳改的沙洋农场迁回武汉，成为珞珈山街区的一个街道居民，每月工资49元。这个时候，正巧沈祖棻先生遭遇不幸。自古才女多薄命啊！本来丈夫改正了"右派"，她本人也退休了，可以安度晚年，结果她遭遇车祸，就在武大校园，就在珞珈山下。他们一家人坐着一辆电动三轮车，那个司机喝了点酒，结果一下子撞在电线杆上，沈祖棻先生当场被撞飞出去，送到医院时已经没有呼吸了。1978年的春天，在珞珈山伸进东湖的那个角落，小地名叫作"渔村"，程先生蜷缩在那里的一所小房子里为沈祖棻先生整理遗著。那个时候是他人生最黑暗的时刻。

就在那个时候，南大的老校长匡亚明先生拍板，聘请程先生回母校来任教。当然，学校里也有不同意见，但匡校长力排众议，决定聘请，他委派南大中文系的副主任叶子铭教授，借到武汉出差开会之机，当面向程先生转达南大聘请的意愿。南大的程门弟子对叶先生都怀有感恩之心，当年叶先生完成了一件很困难的工作。他到武大校园去找程千帆，结果打听来打听去，人们根本不知道有程千帆其人，因为他已经当了18年"右派"，一直在农场劳改。即使有人知道他，也不知道如今在哪里。叶先生在武大校园里围着珞珈山转了两个多小时，左找右找，终于在东湖边上渔村的小房子里找到了程先生。叶先生就向程先生表达了匡亚明校长的邀请，同时又问程先生，你有什么要求。程先生说，只有一个要求，重新工作。其他一概不提。叶先生当时就表示，你人来就行，其他的事我们来帮你办。程先生1978年6月得到邀请，8月来到南大，立马就在鼓楼校区的教室里试讲。因为你一个街道居民怎么调进南大的，要服人啊。当时匡亚明校长、范存忠副校长等学校领导都亲临现场，听了一课。我们都知道程先生讲大课非常精彩，他学问好，口才又好。只讲了一课，匡校长就当场决定，立马聘请为教授。从此以后，程先生就在南大当教授了。

他到了南大以后，遇到了曾经就读金陵大学外文系的陶芸先生。陶先生出身世家，她的兄姐都是很有名的人物。陶先生毕业以后就进了国民政府外交部工作，她的先生也在外交部，1949年以后她的先生随着国民政府迁到台湾去了，其后另外成家，陶先生就一个人带着几个小孩在南京生活。几十年以后，程先生来了，两个人当年就认识，此时都是单身，就重新组织了一个家庭，陶先生就成为程先生的另一位人生伴侣。所以我觉得，程先生和南大是有多重缘分的。此后，程先生就一直在南大工作，到1988年他自愿退休。当然，他退休后并没有停止工作，他还继续指导我们，继续做他的学术研究，一直到2000

年去世。

以上我简单介绍了程先生和我们南大结缘的过程。我觉得这一切都是缘分。他早年在这里读书，认识了他人生中的两位伴侣，晚年又回到南大来。说实话，要不是有当"右派"这个经历，要不是有中国社会这30年来的巨大变化，他大概就在珞珈山下终其一生了，这一切都是机缘。也正因为如此，我们南大的程门弟子，包括在座的三传、四传弟子，我们就有幸得到了一个最好的导师，这是我们的福气，也是我们与程先生的缘分。

二、身教言教

程先生一直认为，大学最重要的任务是育人，教书是第二位的。他认为我们培养学生，不管是哪个层级的学生，本科生、硕士生、博士生，都必须要把育人，就是培养学生健全的人格精神，看作最首要的任务。他曾经以他的生活经历说过一个例子。之前他在武大做系主任五年之久，当时已是武大的著名教授，但是一夜之间成了"右派"分子，成了人民的敌人。之后，全系上下的老师、学生看到他都直呼其名——程千帆，再也没有"先生""老师"的称呼。只有两个学生，一个是一直在武大任教的吴志达，一个是后来在湖北大学任教的周勃，始终称他为"先生"。所以他说，作为一个学者，学问当然是重要的，但是人品更重要，人格精神更重要。

下面我们看一看程先生本人在人格精神方面做得怎么样。我觉得，他做得非常好。终其一生，程先生是一个有性格、有风骨的人。说实话，打成"右派"的人十有八九是这一类人，他有性格、有风骨，他才会坦率地提意见。否则的话，我沉默不语，假装没看见，那就比较安全。程先生到了南大以后依然不改这种性格。学校对他很重视，后来让他当了南大文科学术委员会主任、《南京大学学报》文科版主编。照理说，他是一个到了60多岁才被聘回来的老师，在南大是客卿的身份，一般人在这种情境下会格外小心谨慎，但程先生不。在上世纪80年代前期，有一次学校开全校的工作会议，中层以上干部都参加，程先生也去了。他听了从校领导到各个重要处室的负责人的讲话，他们讲完了，开始自由发言。程先生站起来就说："我刚才听了半天的会，听来听去，我怎么觉得我是坐在清华大学的会议室啊！"因为当时的清华大学是一个纯理工科的学校，没有文科，清华文科都是后来补办的。程先生说："我听到现在没有一句话说到文科，全部说的都是理科的事情。我们南大是一个文理兼具的学校，怎么一句话都不说文科！"程先生的这种观点、这种直率表达，对于南大后来扭转重理轻文的倾向、发展到今天文理基本平衡的局面，起了相当大的作用。他敢说话，在那次会上，文科有很多老先生也坐在那里，大家都不作声，程先生第一个站起来，他就这样说话。

程先生的这种性格特点，我觉得非常像苏东坡。苏东坡因言得祸，先后被贬"黄州惠州儋州"。他曾经检讨自己，为什么忍不住非要说话？他说，我说话就像吃一口饭，刚吃进嘴去，突然发现饭里有一个苍蝇，就一定要吐出来，不吐不快。程先生也是这样。这种性格的根源就是对国家、对事业的热爱。他希望把事情做得更好，有不完美的地方就是要提意见，大家集思广益来把它做好。这是一种高度的责任心，即便受到打击和迫害，也在所不顾。我一直认为在"反右"的时候，程先生不管身在哪里，他一定会当"右派"，这个命运是逃不掉的，他的耿直敢言的性格是无法改变的。

除此以外，我觉得程先生的人格精神还有一点体现得很鲜明，就是中华传统文化中的知恩图报的精神。程先生是一个知恩图报的人。他晚年到南大来，重新得到聘用、得到信任，后来事业做得非常好。程先生的晚年事业，大家都认为是余霞满天，是辉煌的晚年。他晚年经常在病床上改我们的论文，也始终关心学术著作的编撰，他一直在思考工作的问题。他晚年为什么那么勤奋、那么艰苦地从事这些工作呢？当然，其中有一个因素是他说过的，要把被剥夺的18年时间夺回来，但还有另外一点也非常重要，就是他对匡亚明校长知遇之恩的报答。1992年，南大中文系为程先生庆祝八十寿辰的时候，匡校长也到场了。程先生当众引用《世说新语》记载的习凿齿对桓温说的一句话："不遇明公，荆州老从事耳！"习凿齿是桓温提拔的，因此他说我要不遇到桓温的话，就是荆州这个地方的一个老从事，一个到老都沉沦下僚的小人物，因为你提拔了我，才有我后来的一番事业。程先生当众引这句话，向匡老表示感谢。这是他的心里话，当时在场的人听了无不动容。后来在匡校长临终之际，程先生到病房去看他，当众对匡师母也表示过这个意思。他说："是匡老给了我二十年的学术生命，我终生感激他老人家。"他这么努力地工作，其中重要一点是出于知恩必报的精神。他要让世人知道，匡校长引进他的决策是完全正确的！

　　程先生跟我们南大是如此，朋友们肯定会想到他跟武大的关系又如何呢？社会上有一些传闻，认为程先生对武大好像心怀不满，但实际上这是不全面、不准确的。程先生对武大同样怀有感恩之心，我们来看事实。武大的前身，在清末叫自强学堂。程先生的叔祖父程颂万，曾经是自强学堂的提调。提调，就是当时的校长。他的家族跟武大就是有缘分的。

　　在程先生跟沈祖棻先生1942年进入成都的金陵大学任教之前，程先生1941年在四川的乐山曾经有在武汉大学任教的短暂经历。当时武汉大学内迁到乐山去了。武汉大学有一位老先生，是系主任，名叫刘永济，刘先生是程先生的前辈。程先生当时才28岁，刘永济先生把他聘请到乐山的武汉大学去任教，这是他第一次在正式的国立大学里面得到教职。程先生晚年回忆他的恩师的时候，刘先生是非常重要的一个对象，他专门写了一篇文章，叫《忆刘永济先生》。程先生说，他当年进了乐山的武汉大学任教，因为才28岁，刘先生不放心，不知道他的课讲得怎么样，所以程先生在教室里上课，刘先生就躲在隔壁听。我们可以想象抗战时期的墙壁多半是用芦苇之类做的，很单薄，隔壁是听得见声音的。刘永济先生悄悄地坐在隔壁听，听程先生讲得怎么样。一星期每天都有课，刘先生就一连听了一星期，并不告诉程先生。一周听下来，刘永济先生就说：“我放心了，他的课讲得不错，可以长期任教下去。”这件事情刘永济先生一直都没告诉程先生，直到七年以后，刘师母才偶然告诉程先生，程先生才知道刘永济先生这么关心他：听你上课，连听七天，这就是关心啊！听课是看你是不是讲得好，有什么要改进的地方。老先生来旁听你的课，就是对你最大的爱护。所以程先生对刘永济先生始终怀有知遇之恩。

50年代初的武汉大学中文系，人才济济，阵容强大。当时武大中文系的教师队伍中有所谓的"五老八中"，就是老先生有五个人，中年人有八个人。刘永济先生是"五老"之首，程千帆先生是"八中"之首。程先生对"五老"都非常尊敬，不光是在人品上面尊敬他们，学术上面也常向他们请教，接受他们的教诲。他跟"八中"中的大部分人也处得非常好。"八中"中有一位先生叫缪琨，缪琨先生跟程先生共同编著了《宋诗选》，那是新中国第一部宋诗选本。所以说，程先生对包括"五老八中"在内的武大教师队伍都是非常友善的，他在那个团队里感觉很好。虽然后来他在武大当了"右派",但程先生认为,这主要不是某个学校的问题,而是一个时代的问题。换句话说,程先生要是当年不在武大而在我们南大,多半也打成"右派"了。

当然,程先生在武大受到了很不公正的待遇,当时处境十分悲惨,连沈祖棻先生也受到系里的歧视,遭到大家的排挤。程先生说过,有一年,武大中文系的一个女同事,一不小心把家里的布票给丢掉了。那时候买布、买衣服都要布票,每人每年一丈六尺。这个老师家孩子又多,没有布票就没法买衣服,所以很窘迫。沈祖棻好心,说我们家里布票有多余,就送一些布票给那个老师,这完全是出于善意。没想到那个老师拿到沈祖棻的布票以后,立马跑到校党委去揭发,说有"右派"分子的家属用布票来贿赂她,搞得沈祖棻非常尴尬。这是程先生亲口对我说的话,他说,沈祖棻性格温柔,从来不跟人生气,但是那一次她真的是非常生气。你说好心送一点布票给她,她就揭发说要贿赂她,贿赂她干什么?沈祖棻贿赂中文系的一个女老师,能达到什么目的啊?那时就有这样的怪事发生!

程先生到了南大以后,武大多次邀请他回去,他还是回去了。1984年他回到武大,做了一个面向全校的学术讲座。那时候武大的校领导已经换了,是武大人最推崇的刘道玉当校长。刘校长代表学校,当面向程先生道歉,说我们当时对不起你,迫害你了,现在向你道歉。刘道玉还表示,当时如果我是校长,我是不会放你到南大去的。程先生也当场表示,我并没有记武大的仇,当时只要校领导有一个人出面说一句挽留的话,我也许就留下来了。程先生实际上对武汉大学充满感情。沈祖棻先生是在那里去世的,他有32年的人生是在那个校园里度过的。我后来去过几次武汉大学,有一次我在学长吴志达的陪同下去寻找程先生的遗踪,走到了东湖边上的渔村,也去看了他打成

"右派"以前所居住的特二区的宿舍。回来后我就写了一篇文章,叫《珞珈山下的哀思》。我觉得要哀悼程先生,最好的地点应该是珞珈山,那篇文章发表在《武大校友通讯》上。总之,我觉得程先生对他生平有知遇之恩的人,他都感恩,他不记仇。

下面再说说程先生与其他人的关系。程先生对沈祖棻先生不但一往情深,而且心存愧疚。他多次说:"祖棻是个好女人,跟着我受了一辈子的苦,我对不起她。"这是他的原话。程先生晚年到了南大,他的工作中有一个非常重要的部分,就是整理沈祖棻先生的遗著。我们看到,沈先生的《涉江诗》《涉江词》或《涉江诗词》,最初都是油印本。这里我们必须要说到陶芸先生。陶先生跟程先生夫妻两人共同从事沈祖棻先生遗著的整理,陶先生写一笔娟秀的小字,还会刻钢板,《涉江诗词》最早的稿子是陶芸先生亲自刻钢板付印的。程先生当然用力更多,他不仅整理沈先生的遗稿,还为《涉江诗词》做了非常详细的笺注。程先生称沈先生是"文章知己,患难夫妻",以他的这种特殊身份,他对《涉江诗词》的写作背景、写作心理有最真切的了解,所以他做的笺注最能说清沈祖棻先生作品的本事及其意义。舒芜先生在一篇书评里说,我们想象一下,假如宋代的赵明诚亲自为李清照的《漱玉词》做一个笺注,那是多么宝贵的文学遗产!现在我们有了程千帆亲自笺注的《沈祖棻诗词集》,诗词跟笺注都是非常宝贵的文本,两者合起来则是双璧。总之,程先生在整理沈祖棻先生的遗著上用了很大的功夫。

程先生晚年整理沈祖棻先生的遗著,也许是出于燕婉之私,那么,他下大力气来整理老师们的遗稿,就完全是出于学术的公心。程先生晚年身体并不好,精力也不济了,又那么忙,但还是下大力气整理老师们的遗稿。《黄侃日记》《量守庐学记》《汪辟疆文集》等,程先生都是亲自参与整理。这里要说一件我亲身经历的往事。2000年6月2日，程先生去世的前一天，那时他住在江苏省人民医院的病房里，已经多天昏迷，不省人事，我们都在医院里轮流值班。2日那天，我在病房里陪护程先生。当时陶芸先生也在，病房里有一张沙发，我让陶先生靠在沙发上休息一会。我坐在病床旁边的一张小板凳上，就在程先生的旁边。昏迷不醒的程先生突然伸手，抓住我的手腕，抓得很紧，然后睁开眼睛，说："我对不起老师，我对不起黄先生！"我顿时热泪奔涌，因为我知道程先生指的是《黄侃日记》还没有出版。虽然这部日记在程先生与其他老师的努力下已经整理好了，已经交到出版社了，校样也看过了，但是由于种种原因，当时还没印出来。程先生放心不下，所以在生命的最后一刻，他会说"我对不起黄先生"。

大家要知道，那个时候，程先生本人的全集也还没印出来。这部书是河北教育出版社出版的，我是主编，那时我们已经看过全部校样，二校样都已经退回出版社了。我们本来打算9月给程先生庆寿的时候，用这部书来献礼。没想到程先生6月突然走了，他最后也没看到这部书。本来书名叫"文集"，但出版的时候他已经去世，就改叫"全集"了。对于一个学者来说，本人的全集当然是一生中最放心不下的事情，应该念兹在兹。但是程先生在生命的最后一刻，从昏迷中清醒过来突然说了那两句话，他不问自己全集的事情，他关心的是黄先生的日记，他说"我对不起黄先生"。我当时就想到《孟子》里的一句话："大孝终身慕父母。"真正的孝子一生都感恩父母，都怀念父母。我觉得程先生对黄季刚先生、刘永济先生、汪辟疆先生等老师的感恩之心，类似于"大孝终身慕父母"。他自己都走到人生的最后关头了，只有一天的生命了，他还在那里惦记着黄先生的日记，甚至认为他对不起黄先生。其实从学生的角度来看，我认为程先生光大了师门学术,他是黄先生、汪先生他们的一个好学生,是对得起老师的,但他自己觉得心里还有愧疚。这种人格精神,我觉得非常了不起。我一直希望我们的学生,将来一定要有这样的精神,千万不要把自己变成一个精致的利己主义者。儒家的学说是仁者爱人、仁政爱民,首先要关爱他人。这是程先生在为人方面最值得说的地方,跟我们南大特别有关系。

三、学术研究

程先生热爱学术,也有搞学术的天分。他当年在金陵大学的本科毕业论文,就是去年出版的《少陵先生文心论》,原稿藏在我们南大的图书馆里。当时他的指导老师一个字都没改,认为这篇文章写得太成熟了,马上就推荐到《金陵大学文学院季刊》去发表。也就是说,程先生在读本科的时候已经才华横溢,头角崭露,在学术研究上体现出非常好的前景。等到50年代初期,他就成了武汉大学的三级教授、中文系的系主任,在学术界也得到了相当程度的认可。那时候北京的《文学评论》杂志刚刚创办,名叫《文学研究》,他也被聘为编委。更重要的是,程先生在那个时候已经确立了独特的学术理念,这就是现在南大两古学科的老师念兹在兹的"将批评建立在考据基础上",或者说把文艺学和文献学结合起来。说法不一样,精神是一致的,就是两手都要抓。我们现在的两古学科——中国古代文学和中国古典文献学,绝对不能分家,绝对是你中有我,我中有你,这是程先生一贯的学术理念。这个理念虽然到了80年代后才广为人知,其实在50年代初期,他跟沈祖棻先生已经奠定了其基本精神。

应该说,要不是有"反右"的话,程先生的学术一定会在他年富力强的时候取得非凡的成果，可惜的是突然中断了18年。等到"右派"平反，他回到南大继续工作，他就用非同寻常的努力与热忱投入学术研究。我仔细地读程先生的论文，发现有少数几篇是他在那个年代已经写好初稿的，更多的是他在那个年代已有一些思考，已经打好腹稿，但他那时不敢写、不能写，后来才补写的。程先生的学术有一点最好的精神，就是带着问题意识。专著也好，单篇论文也好，程先生从来不发无的之矢，他一定是为了解决某个重要的问题，为了得到一个能够推动整个学术前进的结论，才动笔写这篇论文。所以他的论文，包括谈《饮中八仙歌》的《一个醒的和八个醉的》，包括《张若虚〈春江花月夜〉的被理解和被误解》，等等，这些文章一出来，学界就非常兴奋，非常关注，它们都带有一种开创风气的典范作用。

程先生做学术研究时还有一个值得称道的特点，就是谦虚谨慎。他本是才高一代，但他始终保持着谦虚谨慎的精神，一定知错即改。他对于自己说过的话，写过的文章，不管是已经发表的还是没发表的，只要有人指出来有什么不对，他立马就虚心接受。我举两个小例子。第一是在教学上。程先生给我们上"杜诗研究"的课程，有一次他在课堂上随口举了一个例子，讲明朝某诗人有一首七言绝句里有两句话，正好可以说明某个问题，原句是"科头箕踞青松下，白眼看他世上人"。我正好记得这两句诗是王维写的，下课后就告诉了程先生。第二周上课时，程先生就表扬了我。他说："我上周讲这两句讲错了，我记成明朝人的，莫砺锋同学指出这是王维的，很对，大家要学习他的精神，老师有错也要指出来。"我上程先生的课就得到过一次表扬，故而记得特别清楚。

这种精神更多地体现在他的论著中偶有疏漏之处，别人指出来，他一概接受。他有一篇著名的论文是分析《全唐诗》里一个不著名诗人的作品，这个诗人叫唐温如。唐温如的诗在《全唐诗》里只有一首，就是《题龙阳县青草湖》："西风吹老洞庭波，一夜湘君白发多。醉后不知天在水，满船清梦压星河。"这首诗一直在《全唐诗》里，但谁都没有注意过。程先生慧眼识珠，把它挑出来，说这首诗写得好，专门写了一篇论文来分析它怎么好，分析得非常中肯。但文章发表以后，中山大学的陈永正教授在《中山大学学报》上面写了一篇文章，说唐温如不是唐朝人，实际上是元末明初人，这首诗是《全唐诗》误收的。陈的文章发表后，程先生看到了，经过查找文献，他承认陈永正教授提的意见是对的。后来我把那篇文章编进程先生的全集时，程先生就专门加了一条注，表示接受陈永正教授的指正意见。他绝不掩饰自己的错误，有错马上就改，而且公之于众。程先生随时准备修正自己的错误，这是一种很好的学术精神。我希望我们南大两古专业的同学也都要保持这种精神，大家千万不要学社会上有些人的风气——一旦被人批评，就跳得八丈高，有错也不认，非要为自己辩护，这是要不得的。我们要有错即改，永远要保持谦虚谨慎的态度。

四、培养学生

程先生和陶芸先生联名写过一份遗嘱。这份遗嘱写好以后，程先生把我叫去，让我以证人的身份在后面签一个名。所以这几句话我在第一时间就看见了，当时我内心很震撼。因为在我心目中，程先生是一位成就很大的学者，他的学术成果水准非常高，但是你看他对自己的评价。他说，"千帆晚年讲学南大，甚慰平生。虽略有著述，微不足道"，他认为自己学术研究的成果是微不足道的。那么他值得欣慰的是什么呢？他说，"但所精心培养学生数人，极为优秀，乃国家之宝贵财富"。他认为他晚年在南大的十几年工作,最大的成果是培养了学生,他把这个看作比他本人的学术研究更重要。我当时看了真是大为震撼。我一方面觉得程先生对教书育人确实认真,老师的第一要义应该是培养学生,他对此领会得非常深刻,同时,我也觉得压力巨大。因为他说"培养学生数人",我当然也在里面,但我觉得我不优秀。我想我们这些程门弟子,之所以还算一直努力,包括我本人,一直不敢松懈,主要的动力就是这份遗嘱。程先生对我们程门弟子寄予厚望,这与其说是一个评价,不如说是一种期望,他期望我们能够做得更好,能够继承老师的学术精神和学术事业。

我们看看程先生在南大的教学活动。程先生善于讲课,张伯伟老师、曹虹老师是南大中文系七七级的同学,有幸听过程先生讲大课。当时他讲的是"历代诗选",他讲课时神采飞扬,可惜当时没有录像,我们是再也看不到了。由于年龄的关系,程先生讲了两轮大课以后就讲不动了,后来他就转而以研究生培养为主要的教学任务。1979年程先生开始招收研究生,我就是在那一年有幸成为他的弟子,还有徐有富、张三夕,我们三个人。我们当年报考都是偶然的,录取也是偶然的,我是其中最偶然的。我们成为程先生的弟子,真是前世的因缘。

下面说说程先生对研究生的教学方法。我们一进南大,程先生叫我们交三篇自传,白话文一篇,文言文一篇,外语一篇。我们三人的第一外语都是英语,就交英语自传。为什么要交三份自传?一是看看你的生平经历,二是检查你的语言文字功底怎么样,你会不会表达,然后再有的放矢地给你补课。程先生除了给我们讲课以外,对我们的课外学习也抓得非常紧。比如说,他要求我们一定要练习写诗填词,每个月要交几首诗给他。我当知青的时候曾胡乱写过一些绝句跟律诗,没想到程先生说要从五古入手。以前谁写过五古?我就硬着头皮开始学写五古。程先生还要求我们保持对当代文学的兴趣,关注当代文学的走向,因为古代与现当代两段文学是不能截然分开的。同时要关注艺术,最好学一点书法,爱好一点音乐,不要把自己弄得索然寡味。

程先生培养研究生,很多的功夫放在培养我们的学术功底上。第一,他的授课不是简单地传授知识,而是培育技能。他亲自为我们讲了两门课,第一门是"校雠学"。当时我们三个人听课、录音,下课以后分工整理出一份记录稿。其后程先生到山东大学去讲学,又讲了一遍,山大的研究生也有一份记录稿。两份记录稿都有油印本,后来就是《校雠广义》的前身。徐有富师兄毕业以后有志于此,开始对它进行扩充订补,最后就成了皇皇四大册的《校雠广义》。《校雠广义》当然是程先生和徐有富老师的学术专著,但是在当时,它的产生缘由是"校雠学"这门课的教学成绩汇报,是师生一起努力得出的一个教学业绩。第二门课是"杜诗研究"。他讲杜诗,都是讲专题,讲他对某个专题的思考。在程先生的指导和启发下,我与张宏生老师,跟程先生合著了一本书,叫《被开拓的诗世界》。里面一共收了11篇论文,都是关于杜甫的,内容都是程先生在课堂上讲到过的,或者启发我们进行思考的。这本书虽然现在可以看作是一本杜诗研究的论文集,但同时也是程先生讲"杜诗研究"这门课的一个教学汇报,师生一起来思考这些问题,最后写成了一本书。所以他的课真的是从传授技能、培训学生实际操作方面着眼的。

程先生花费心血更多的,是指导学生写学位论文。程先生指导的研究生人数并不是太多,他先后一共培养了硕士9人、博士10人,一共19人。其中有3人是重合的,既读硕士又读博士,所以程门弟子一共是16人。程先生指导了19篇学位论文,有些硕士论文后来成为论著,比如徐有富老师的《唐诗中的妇女形象》,后来就成为一本专著。张三夕的《宋诗宋注纂例》,后来也成为篇幅很大的专题论文。我的硕士论文《黄庭坚诗初探》没有成书,其中只有一章稍微好一点,后来就成为发表在《中国社会科学》上的单篇论文《黄庭坚"夺胎换骨"辨》。后面两届的,程章灿的《刘克庄年谱》、严杰的《欧阳修年谱》都成为专著出版了。程先生指导的博士论文几乎全部都出版了,我的《江西诗派研究》、张宏生的《江湖诗派研究》、蒋寅的《大历诗风》、张伯伟的《中国古代文学批评方法研究》、曹虹的《赋论》、陈书录的《明代诗文的演变》、程章灿的《魏晋南北朝赋史》等,都成为专著,其中颇有几种是学术界评价较好的学术专著。一个学生把学位论文写到专著的水平,老师不知道花费了多少心血。我们的论文,程先生改过的初稿上,红色的线、红色的字,不知有多少。程先生指导研究生写学位论文,真是一丝不苟,从选题到构思、撰写,他都有具体的指导。他并不直接告诉你结论,不告诉你怎么写,但他始终在启发你,"不愤不启"。所以程先生培养学生、教导学生,真是满腔心血,几乎整个的生命都扑在上面。作为一个老师,最主要的业绩不是看你本人写了多少著作,关键是看你的学生写得怎么样。程先生在这方面是我们的典范和楷模。

五、社会责任感

程先生关注学术,关注学术界的动态。他的眼光不局限于我们南京大学,他对于整个的学术界,对于整个国家的文化事业、学术事业,都是念兹在兹。所以他关心的年轻人,不仅仅是我们这些程门弟

2023年10月,程千帆先生110周年诞辰纪念大会(南京)

2019年4月,《莫砺锋文集》首发式(南京)

莫砺锋演讲录
Speeches by Mo Lifeng

2019年10月，宋代文学学会年会（上海，复旦大学）

2023年6月，安徽大学毕业典礼（合肥）

莫砺锋演讲录
Speeches by Mo Lifeng

子，他对兄弟院校崭露头角的后起之秀，也非常关注，非常呵护。我举一个例子。复旦大学的陈尚君教授，后来是唐代文学研究的大咖了，担任过唐代文学学会的会长，成果卓著。但是在1986年，陈尚君才30多岁的时候，程先生就开始关心他了。那时候程先生是中国唐代文学学会的会长，那一年学会在洛阳举办年会，河南大学和河南省社会科学院联合主办。因为那次会上有很多老前辈都去参加，他们就决定趁这个好机会举办一些讲习班，招收一些年轻的学者去参加。年轻学者除了参会，还可以听听老先生讲课，所以那次去的年轻人比较多。那是我第一次参加唐代文学的会议，陈尚君也是第一次。当然，那时陈尚君已经发表过几篇很有分量的论文了。到了洛阳以后，程先生看会议名单，就发现了陈尚君。他对我说，复旦的陈尚君很优秀，将来很有前途，还说"我应该先去看看他"。第二天早上，他就带我一起去拜访陈尚君。程先生经常教导我要关注某个学校某某老师的团队，说他们做得很好。学术为天下之公器，这个精神在程先生身上体现得特别好。所以程先生不但是我们南大的一个好老师，也是中国唐代文学学会的一个好会长。

我还需要提一下，程先生也用非常高的热忱从事普及工作。照理说，像他这样地位、这么高水平的学者，应该主要从事专精的学术研究，但是他不。他从50年代开始就关注、重视普及工作。他认为，我们古代文学中那么多的精华作品，必须把它推广到全社会去，必须要让学术界之外的大众也产生阅读的兴趣，这样这些作品的意义才能得到真正的发扬。所以从50年代开始，他就跟沈祖棻先生合作编写《古诗今选》。这本书是几经反复，后来沈先生不在了，程先生又独自对它进行修订和增补。到今天，据不完全统计，《古诗今选》已经出过八个版本。为什么他要花那么大的力气对一本普及读物如此在意？他觉得这些作品只是学者研究还不够，一定要让普通的读者也热爱它们。当然，沈祖棻先生在这方面更是先行一步。沈先生的《唐人七绝诗浅释》《宋词赏析》，都是风行海内的普及读物。这些普及读物的推出，是程先生与沈祖棻先生社会责任感的一种表现。

六、铸魂

综上所述，我认为程千帆先生跟我们南京大学是有缘的。他的学术生涯始步于斯，终结于斯。一个起点，一个终点，都在南大。他是我们南大两古学科的精神奠基人。现在社会上有一个比较新的名词，叫"铸魂"。我觉得程千帆先生就是为我们两古专业铸魂的一个人。他的学术理念、学术精神、学术态度，他献身于学术的人生观，都为我们南大的两古专业，为我们的学术发展，为我们的学风传承，奠定了一个基础。我们的灵魂，是程先生铸成的。

下面重复几句我在"百年千帆"那场会上讲过的话，我说："程先生一生中身体力行的这种依存于忠恕之道的做人准则，这种植根于传统文化的人格风范，如今已经逐渐远去。也许一走出我们这个文学院大楼，它就会受到轻视；也许一走出南大校园，它就会受到奚落。但是在我们这个人群中，它无疑是最珍贵的价值取向。在我们看来，是它使人生具有意义，是它使世界值得留恋。谁让我们选择了古代文史为专业呢？谁让我们选择了孔、孟、老、庄、李、杜、苏、辛为研究对象呢？换句话说，如果我们不珍惜这个传统，还有谁来珍惜它？如果我们不呵护这个传统，还有谁来呵护它？"今天，我仍然这样认为。程先生以及他指导的学生，程门的二代弟子、三代弟子、四代弟子，我们所从事的工作，有它的特殊性。我们从事的是传统文化中的古典文学研究，尤其是研究其中的精品和经典。那么，对于其中所蕴含着的文化精神，我们也许更有责任来领会它、弘扬它、传播它。生命的奥秘就在于某种基因的代代传承，没有基因就没有生命的传承。文化精神，就是中华传统文化的内在基因。我们从事的工作，就是传承文化的基因。庄子说得好，"薪尽火传"。这个"薪"，按照闻一多先生的解释，就是古人用来照明的，在一根木棍上涂些动物油脂，类似于后来的蜡烛。先秦时期没有蜡烛，就用薪来照明。一根薪的燃烧时间是有限的，它烧不了多久。一个人的生命总归会有尽头，几十年过去，就终结了。但是"薪尽火传"，薪尽了，火种并没有灭，从这根薪到下一根薪，火种一路传承下去，这就是文化传承。

今天在这个纪念程先生的系列讲座上，由我来做开场白，我想表达的就是这点认识，希望跟朋友们共勉。谢谢大家！

（2023 年 5 月 26 日在南京大学"程千帆先生
诞辰 110 周年纪念系列讲座"上的演讲）

私德、师德与公德

应邀参加南京师大举办的纪念唐圭璋先生120周年诞辰大会，感慨良多。1984年10月我在南京大学博士毕业，唐老是我的答辩委员。当时唐老仔细审阅了我的学位论文，在肯定其优点的前提下，也指出了论文的不足与错误，使我获益匪浅。借用古人的说法，唐老是我的"座师"。可惜我一直局限于业师程千帆先生指定的唐宋诗研究方向，不敢涉足词学，未能进一步向唐老请益。我与唐老门下的诸位高足，如杨海明、钟振振、王兆鹏、刘尊明等皆谊如师兄弟，但对他们从事的词学研究则徒有羡鱼之情。唐老的学问在我眼中真如宫墙数仞，不敢妄置一言，我只想从德行的角度说说我对唐老的景仰。

古人称人生有"三不朽"，以"立德"为首。唐老之立德，主要表现在三个方面。首先是私德。唐老自幼孤苦，24岁入赘尹家，与妻子尹孝曾伉俪情深。可惜天公不作美，12年后尹夫人因病逝世，留下三个年幼的女儿。尹夫人临终前叮嘱唐老："他日再娶，切莫亏待三女。"唐老回答："不再娶，不就不亏待了吗？"此时的唐老年方36岁，但他一诺千金，从此独身54年，直至90岁离世。唐老此举，不但今世罕见，就是在古代也难觅其匹。历代文人中颇有以悼亡诗词而著称者，潘岳、元稹之流人品有疵，姑且不论。即使与人品无瑕的那几位相比，唐老也毫无愧色。唐人韦应物与其妻元苹伉俪甚笃，元氏

36岁病逝，留下三个未成年的儿女，最幼者不足周岁。韦应物伤心欲绝，其悼亡诗中"单居移时节，泣涕抚婴孩""幼女复何知，时来庭下戏"等句，感人至深。当时韦应物40岁，从新近出土的《韦应物墓志》来看，他此后迄未续弦。唐人李商隐与其妻王氏也是一对恩爱夫妻，王氏卒后，李商隐写了多首感人的悼亡诗，终身未曾再娶。清人纳兰性德在爱妻卢氏卒后痛不欲生，其所作悼亡词，唐老在《纳兰容若评传》中评为"柔肠九转，凄然欲绝"。上述三人对亡妻之深情，皆有与唐老相类似者。然而韦应物丧偶后独自生活了16年，李商隐独自生活了7年，时间都不太长。纳兰性德23岁丧妻，26岁续弦，31岁逝世，其忍受悼亡之痛的时间不足10年。相对而言，唐老对妻子的深情真可谓海枯石烂，始终不渝。王安石咏杜甫画像说"推公之心古亦少"，每当我看到唐老的遗像，心中也有同样的感受。尹夫人的祖母曾说孙女"没有福气"，因她遇到唐老这般钟情的丈夫却未能白头偕老。我倒觉得尹夫人是有福之人，因为"两情若是久长时，又岂在朝朝暮暮"！据唐老的女儿回忆，尹夫人去世后，唐老常常独自到其坟地上停留一整天，陪伴着她念书、吹箫。尹夫人留下的遗嘱，唐老铭记终生。他一手把三个女儿抚养成人，直到晚年还精心照料外孙子、外孙女。本来丧偶之人再婚并非失德，男子丧偶并有幼儿需要抚养者续弦也是很正常的事。唐老的举动并非外在的道德要求所致，而是他对妻儿深挚感情的自然流露，是用生命对一个庄严承诺的遵守。孟子说"仁义礼智根于心"，此之谓也。我认为，深情绵邈、温柔敦厚的气质是唐老成为词学一代宗师的内在条件。

其次是师德。唐老是一代名师，终生都在教书育人。他从小学、中学一直教到大学，历任中央大学、金陵大学、南京大学、东北师大、南京师大等校教授，滋兰树蕙，桃李满天下。唐老培养了一大批词学研究的优秀人才,唐门弟子在当代词学研究界已占半壁江山。更重要的是,唐老以自身的道德高标对弟子们进行了潜移默化的熏陶和引领,这也许是唐老最大的教育业绩,因为人格培养本是教育的首要目标。对此,唐门高足均有深切的体会。杨海明说:"当我在高校工作多年,目睹了当今学术界的许许多多怪状之后,再来回想唐师的为人和治学,就更觉得他人品之高和学风之正真乃当世所少见。"钟振振对唐老所讲的第一课记忆深刻:"这倒不仅仅是因为一群初学者第一次谛听一位全国第一流的词学专家讲授词学,更重要的是因为一位爱国的、忠于人民教育事业的老学者语重心长地教导子侄辈乃至侄孙辈的中青年学者应该怎样治学,如何做人。"王兆鹏说:"忝列门墙三载,对唐师的人格风范有了更深切具体的感受。感受最深的,是唐师对人生事业的追求十分执著,对学术,对爱情,都是矢志不渝。"唐老名震海内外,上门求教或写信请益者不计其数。唐老几乎是有求必应,或耳提面命,或答书解惑,从不吝惜宝贵的时间与精力。对此,许多学者都有亲切的记忆。吴新雷先生说:"唐圭璋先生对学生和蔼诚挚,循循善诱,有问必答,诲人不倦。"王水照先生说:"唐老儒雅温和、平易近人的长者风度是有口皆碑、世人共仰的。"刘乃昌先生说:"唐老为人热忱谦和,平易亲切,坦诚待人,笃于交谊,即使对后学也从不以先觉自居。"孔门"四科",以"德行"为首。朱子论教,"以人伦为大本"。唐老虽然未曾谈论这些话题,但他以身作则地贯彻了这些原则,他的一言一行都堪称当代师德的典范。

  第三是公德。唐老是当代词学的奠基者,其学术成就嘉惠学林,沾溉一代。更加难能可贵的是他在学术研究中体现出来的公心公德,学界交口赞颂。编纂一代文学总集,兹事体大而难成。清康熙朝编《全唐诗》时,已有胡震亨《唐音统签》与季振宜《唐诗》的良好基础，仍由朝廷出面动员学者10余人，费时一年半方成。而且《全唐诗》疏漏错误甚多，重新编纂的工作从1992年开始，前后有五所大学的数十人参加，至今尚未完成。宋词的作品总数虽然只有唐诗的五分之二，但是唐老以一人之力编成《全宋词》，接着又编成《词话丛编》《全金元词》，其艰难程度可想而知。唐老的恩师吴梅先生为《全宋词》撰序云："唐子此作，可谓为人所不敢为矣。"诚哉斯言！王季思先生评唐老业绩曰："环顾海内词林，并世能有几人？"我觉得即使说"并世仅有一人"也并不过分。唐老平生屡遭动乱，堪称"东西南北之人"，身体又很瘦弱，他竟能在既无经费支撑、又无团队协作的情况下毅然完成数部大书之编纂，这种大智大勇完全是源于对传统文化的热爱，源于对国家民族文化事业的责任感，这是唐老公德之荦荦大者。唐老为人和善温良，人称"唐菩萨"。但真正的菩萨都有金刚怒目的一面，唐老也不例外。反对轻易否定岳飞的《满江红》，称颂夏完淳而鄙视钱谦益，都是显例。李灵年回忆唐老谈到有人污蔑李清照人格时"怒不可遏"，这不是金刚怒目又是什么！唐老的公德也体现在其治学态度及待人接物等各个方面。例如上世纪60年代王仲闻先生参与订补《全宋词》，却因"右派"身份而未能署名，唐老为他据理力争，中华书局的文书档案中保存着当年的《全宋词》出版合同，在编者签名的一栏里有唐老亲自用毛笔填写的"王仲闻订补"五字。又如70年代于北山先生撰写《陆游年谱》时曾向唐老请益，唐老回复了四封长信，或指示罕见资料，或商榷有关观点，倾箱倒箧，知无不言。又如80年代初刘庆云向唐老请教词话，当时《词话丛编》增订本尚未出版，唐老却将要补入的25种书目先让她抄录。凡此种种，都在学界传为佳话。荀子云："以仁心说，以学心听，以公心辨。"用这几句话来概括唐老的学术精神，非常准确。一位视学术为天下之公器的学者，必然会以公心公德来从事所有的学术活动。

近年来学界经常举行缅怀前辈学者的纪念活动，八年前南京大学举办了纪念程千帆先生百年诞辰的大会，我在会上说："我们今天纪念程先生，也是在纪念曾与程先生为道义之交、文字之交的所有老师，是当代学人对前辈学者的一次集体性的深切缅怀。"今天我缅怀唐老，便不由自主地想起唐老的道义之交与文字之交。程千帆、沈祖棻夫妇与唐老同出吴梅先生门下，他俩都与唐老交谊甚厚。抗战时期程先生陪沈先生到成都动手术，一时无处栖身，唐老慨然把自己的宿舍让给他们居住月余。沈先生作词有句云"万家清泪汍"，唐老指出"汍"字不宜单用，建议改用"悬"字，沈先生欣然照改。南师的另一位前辈段熙仲先生，比唐老还年长三岁。70年代有一次唐老因病不能到图书馆去，就托段老到南京图书馆看书时代查一条材料，段老欣然允诺。前辈学人"敬业乐群"的风度，令人倾想。

哲人虽远，典范长存。天下苦学风不正久矣！如今我们要想改良学风，回归传统、效法前贤应是不二法门。今天我们隆重纪念唐老，深情怀念唐老，其实质就是呼唤传统的回归，呼唤唐老以及与唐老为道义之交、文字之交的前辈们所创造的风清气正的学术风气的回归。正是在这重意义上，我愿意对唐老说一声：魂兮归来！

（2021年11月6日在南京师范大学"纪念唐圭璋先生诞辰120周年活动暨词学国际学术研讨会"上的发言）

不息故健，仁者必寿

尊敬的周先生、周师母，各位来宾、各位同仁，老师们、同学们：

昨天的风雨，安排了一场雨师洒道、风伯清尘的庄严仪式。今天云散雨收，增添了江南三月、草长莺飞的祥庆气氛。在这个吉日良辰里，我们欢聚一堂，隆重地庆祝周勋初先生的八十华诞，我谨代表南京大学中国古代文学学科讲几句话。其实与刚才发言的胡传志教授一样，我也是周先生的弟子，可以毫不夸张地说，如今在南京大学中国古代文学学科，包括古代文学教研室和古典文献研究所工作的全体同仁，都是直接或间接地受到周先生教导的弟子。但由于我本人曾长期在博士生教学和学科点建设两个方面协助周先生的工作，所以我也算是周先生的助手。这种双重的身份使我对周先生在上述工作中作出的贡献有较多的了解，也对周先生所付出的心血有较深的体会。

周先生首先是一位驰誉海内外的杰出学者，他的学术研究以范围广泛、见解深刻为主要特征。在中国古代文学史、中国文学批评史、中国古典文献学和中国古代思想史诸领域内，周先生都获得了重要的研究成果。他的研究不以某个历史时段为限，而是上起先秦，下迄近代。也就是说，周勋初先生的学术研究无论在共时性还是历时性的维度上都达到了"通人"的境界。正因如此，周先生对中华传统文化就有了相当完整的把握，对中华传统文化的精髓就有了相当透彻的理解。对光辉灿烂的中华传统文化进行深入的研究以及具有现代意识的阐释，再进而实现与现代文化精神的接轨，从而让它在中华民族的伟大复兴中发挥更大的作用，这就是周先生全部工作的精神动力和终极目的。大家阅读周先生著作的时候，一定会注意到其中有好几种是成书于"文革"以前，甚至是"文革"之中的。例如《九歌新考》成书于1960年，《中国文学批评小史》成书于1966年，《高适年谱》成书于1973年，《韩非子札记》成书于1974年。众所周知，在那些年代里，学术研究不但得不到任何鼓励，反而会得到"走白专道路"等可怕的罪名，加上周勋初先生出生于地主家庭，在那种特定的社会环境中，这种身份的人一般都对学术研究避之惟恐不及。但是周先生一直都在孜孜不倦地进行学术研究，这就不可能怀有任何实际功利的目的，而只能是出于对学术与传统文化自身的热爱。我认为，只有在这种心态下写成的著作，才能与曲学阿世的伪学及浮躁浅薄的俗学彻底绝缘，才可能具备最高的学术品格。司马迁著《史记》，曹雪芹著《红楼梦》，就是历史上的范例。周先生曾撰写专文高度评价陈寅恪先生倡导的文化精神，其实在周先生自己的著述中，也同样闪耀着这种文化精神的光芒。

周先生也是一位桃李满天下的良师。大家手头的这册《周勋初先生八十寿辰纪念文集》中所收的38篇论文的作者，都是周先生在改革开放以后在南京大学指导过的学生。其实在"文革"以前的南大以及在其他高校里受到周先生的直接指导或学术沾溉的弟子还有很多，不过我们尊重周先生本人的意见，没有邀请他们撰稿而已。比如台湾"清华大学"的朱晓海教授，就以周先生的私淑弟子自称，并主动寄来了论文，要求编入这部纪念文集。由于周先生本人的谦逊，表示不敢当，我们才没有把朱教授的论文编进纪念文集，改而收进了《古典文献研究》的纪念专号。周先生对教学工作付出的心血丝毫不逊于他本人的学术研究。他因材施教，循循善诱，他培养的弟子不但在南京大学形成了本学科的主体力量，而且在海内外的多所大学和科研、出版单位里作出了优异的成绩，成为那些单位的优秀人才。马来西亚的学生余历雄博士把他向周先生问学的对话记录成稿，出版了《师门问学录》一书，在海内外的中文学界产生了巨大的影响，就是一个明证。周先生曾两度被省教育厅授予"优秀研究生导师"的光荣称号，可谓实至名归。

综上所述，周先生既呕心沥血地辛勤笔耕从而著作等身，也循循善诱地培养学生从而桃李满天下，他在学术研究与教书育人两方面都作出了卓越的贡献，从而以通儒和名师驰誉海内外。然而我认为周先生更大的贡献是在南京大学中国古代文学的学科建设方面。众所周知，南京大学的中国古代文学学科在教育界和学术界久享盛名，在上世纪的30、40年代曾以"东南学术"之名倾动一时，80年代以后又接连三次被教育部评定为国家重点学科，成为国内外公认的学术重镇。就其整个历史进程来说，南大的中国古代文学学科的创建和发展当然离不开许多前辈学者的卓越贡献，也离不开曾在本学科工作和学习的全体师生的集体努力，但若论工作时间之长、所作贡献之巨，则周勋初先生堪称本学科的杰出代表。周勋初先生于1950年考入南大中文系，1956年考上胡小石先生的副博士研究生，1959年改为助教留校任教直至如今，他在南大中文系的学习、工作一共经历了半个多世纪的历程。如果把1952年的院系调整看成南京大学中文系的真正开端的话，周勋初先生的生平正好与一部系史同步推进。自从1980年以来，周先生先后担任南京大学研究生院副院长、南大古典文献研究所所长等职务，校外兼职则有江苏省文史研究馆馆长、全国高等学校古籍整理研究工作委员会副主任、全国古籍整理出版规划领导小组成员、中国唐代文学学会副会长及顾问、中国古代文学理论学会副会长及顾问、中国《文选》学会顾问、中国李白学会顾问、《全唐五代诗》第一主编、"中国思想家评传丛书"副主编等。尽管他的社会工作十分繁忙，尽管他本人的学术研究和教学工作要耗费大量心血，周勋初先生仍把最主要的精力投入到学科建设中去，为南京大学的中国古代文学学科的建设立下了汗马功劳。他先是作为原学科带头人程千帆先生的得力助手，为这个国家重点学科的创建作出了筚路蓝缕的贡献；然后又以学科带头人的身份长期领导本学科继续发展。从学科的队伍建设、课程设计到研究方向的规划和集体项目的开展，周先生倾注了大量的心血。直到如今，周先生依然密切地关心着本学科的发展，依然耐心细致地指导着学科成员的成长。周先生在1995年被省教育厅评为"江苏省普通高等学校优秀学科带头人"，1999年又被南京大学校长授予"优秀学科带头人"称号，这是上级领导对他在学科建设上所作出的成绩的高度肯定。而我认为，对周先生的此项功绩，还有更高的表彰，那就是本学科欣欣向荣的良好发展态势和求真务实的良好学术声誉。

各位来宾，各位同仁！我们尊敬的周先生年近八秩了，但是老骥伏枥，志在千里，周先生依然精神矍铄，至今笔耕不辍。在《文学遗产》等重要学术刊物上仍不断出现他的学术论文，由他主持的《全唐五代诗》《宋人轶事汇编》等工作也正在有条不紊地进行。就在几天前，周先生的两部新著刚刚问世。当大家手捧还在散发着油墨香的两部新著时，一定会为年近八十的周先生身体如此健康、精力如此充沛感到高兴。当我们惊讶于周先生获得的如此巨大的成就时，大家一定会联想起"天行健，君子以自强不息"这句古训，一定会认为周先生的人生历程就是这句古训最生动的一个例证。我还认为苏东坡在《易传》中对这句话的阐释最有助于我们理解这句格言的精神。苏东坡说："夫天岂以刚故能健哉？以不息故健也。"的确，"天行健"的关键在于"不息"。周先生年轻时曾一度因病休学，中年以前又因时代因素而受到种种耽误，但他始终对人生充满信心，始终在辛勤地工作，始终在不懈地努力。仁者必寿，周先生所热爱的中华传统文化本来就包蕴着生生不息的精神，这种精神必将使周先生长命百岁，并长葆学术的青春。

我谨代表南京大学中国古代文学学科的全体同仁，衷心祝愿敬爱的周先生健康长寿，也祝愿敬爱的周师母健康长寿！

（2008 年 4 月 20 日在南京大学"周勋初先生
八秩华诞庆典暨学术思想研讨会"上的致辞）

对一本巨著的三句评语

我每次见到刘学锴先生,都会想起"桃李不言,下自成蹊"的古语。我读刘先生的著作,也有同样的感受。他的著作像《李商隐诗歌集解》等,厚重精深,都是传世之作,但刘先生自己从不声张。最近接到中州古籍出版社编辑的请求,让我为刘先生的新版《唐诗选注评鉴》写几句宣传词。我早就读过此书的初版本,就是被陈尚君教授称为"厚如砖块"的两卷本,内心早已有了三句评语:披沙拣金的选目,广征博引的笺评,独有会心的鉴赏。于是我用这三句话来交差,承蒙出版社采纳,把它们印在新版十卷本每一卷的封底。对我来说,这真是如附骥尾,不胜荣幸!然而此书题作《唐诗选注评鉴》,它本有四方面的内容,我的评语却只写了三句话,分别针对书名中的"选""评""鉴"三个字,就是选目、评笺和鉴赏,唯独没有涉及"注"字。因为我觉得书中所选的650首诗,都是名篇,都已经被前人反复注过了。虽然刘先生对前人的注释删繁就简,颇见手眼,但就注释本身而言,它们并非刘先生的一家之言,所以我没有对此书的"注"字提出评语。下面就这三句评语稍作扩展,谈谈我的读后感,顺序则是从后到前。

首先,刘先生此书最有价值的是其鉴赏部分。他对所选的每首诗都写了一篇独立成篇的鉴赏文章,其中有些重要作品的鉴赏文字写得相当长。我据十卷本进行统计,《春江花月夜》的鉴赏长达8页,《北征》则长达9页。上世纪80年代问世的由许多唐诗专家集体编撰的《唐诗鉴赏辞典》中,收进刘先生写的多篇鉴赏文章,受该书体例的限制,那些文章字数有限,最多也就两页。我当时就觉得刘先生没有放开来写,读来颇有"书当快意读易尽"的遗憾。本书是一家之作,没有字数限制,刘先生可以畅所欲言,所以写得淋漓酣畅。我认真拜读,由衷钦佩。我觉得刘先生是真正懂诗之人,还是一位"匡说《诗》,解人颐"的说诗之人。当今许多大学都在开设"唐诗鉴赏"一类的公共课,中学语文课上也会涉及唐诗的讲解,刘先生此书是非常有用的教材或教学参考书。当然,此书也可供大、中学生在课外自行阅读。可恰恰是本书最有价值的"鉴"的部分,我倒没有太多的话要说。因为刘先生的鉴赏文字是随着不同的作品而变化多姿的,各篇的写法各有特色,有些重要作品的鉴赏甚至能独立抽出来予以评说,对于全书倒反而难以在一次发言中说清楚。因此对于"独有会心的鉴赏"这句评语,我就不多展开了。

其次,《唐诗选注评鉴》所选的都是万口传诵的唐诗名篇,历代诗论家多有笺评,刘先生对此类材料做到了广征博引。限于篇幅,刘先生当然不可能全部都引。比如《秋兴八首》,本书所引的笺评多达43页,可谓相当丰富。然而叶嘉莹先生早有一本专著,名叫《杜甫秋兴八首集说》,全书多达40万字。但是我仍然觉得刘先生引得非常好,他把最重要的评语都引到了。历代学人对杜诗名篇的笺评常有互相征引、陈陈相因的情况,《秋兴八首》也不例外。《杜甫秋兴八首集说》中前后重复出现的评语相当繁多,刘先生对之进行芟繁就简,不下大功夫是难以做到的。况且刘先生此书不但注意收集前代学者以及当代名家的相关意见,他连晚辈学者的一得之见也没有忽视。试举一例:

本书的第四册入选杜甫《观公孙大娘弟子舞剑器行》一诗，刘先生征引了28位前代学人的笺评，从宋人刘克庄到近人吴汝纶，可说相当详备了。到了第284页，忽然出现一处"莫砺锋曰"，而且长达一整页。我读了以后，真是受宠若惊。因为刘先生引的是我的《杜甫评传》里的话，《杜甫评传》是1993年出版的，我那时刚刚人到中年。在那以前我虽然也曾说过一些关于唐诗的话，但从来都是"说"，没有"曰"过。现在居然有一段话被刘先生征引，而且以"曰"的语气进入《唐诗选注评鉴》这样的权威著作中，这是此书广征博引、不弃刍荛的典型例子。

最后，我要说说此书的选目。我一向认为，最好的文学选本不一定要体现选家的文学思想，也不一定要符合文学史研究得出的某种理论框架，而是应该从作品的实际情况出发，从读者的阅读需求来考虑。刘先生在《前言》中提到《唐诗三百首》是一个很好的选本，其实本书也有一点像《唐诗三百首》。《唐诗三百首》说不上有什么独到的诗学思想，它在清代唐诗学界的影响远远比不上王渔洋的《唐贤三昧集》。但是从普通读者的立场来看，《唐诗三百首》风行海内两个半世纪，而《唐贤三昧集》基本上无人问津，所以作为一个文学读本的《唐贤三昧集》是彻底失败的，它选的大部分作品不是一般读者喜欢读的，它只对研究王氏诗学的学者，或是像王氏一样在唐诗审美上有强烈偏嗜的读者才有意义。这样的选本远离了读者本位，实际上也偏离了文学本位。刘先生说得好："一个诗人刻意追求的艺术风格和境界，未必就是他真正擅长和艺术上真正成功之作。艺术创新是否成功，最终还是要取决于历代广大读者的品读实践，要通过历史的反复淘洗和检验。"这本《唐诗选注评鉴》的选目，鲜明地体现了刘先生的上述观念，也就是首先从读者的立场出发。我曾将此书与《唐诗三百首》及马茂元先生的《唐诗选》进行对比，觉得它在选目上体现出了独特的眼光。当然对于具体的选目，我并不完全认同刘先生的取舍，但对其甄选眼光则非常钦佩。本书的一大特色是重视大家，从入选篇目的数量来看，排在最前的两位诗人与《唐诗三百首》《唐诗选》是一样的，都是杜甫第一，李白第二。在新版的十卷本中，杜甫一个人就有两卷，李白则独占一卷。本书入选杜诗多达69首，因篇幅较大而分成两卷，如果合在一起，实际上就是一本独立的杜甫诗选。从第三位诗人开始，就体现出刘先生眼光的独特性。本书中名列第三的诗人是李商隐！而且入选作品多达41首，远远超过第四名王维的26首，以及第五名白居易的25首。在一部唐诗选本中突出李商隐的地位，我非常赞成，虽然我认为他应与王维并列第三名。刘先生是举世无双的李商隐研究专家，研之深则爱之深，所以如此突出李商隐的地位，而且撰写了格外精妙的鉴赏文章。李贺是被《唐诗三百首》遗漏的唐代大诗人，不选李贺是《唐诗三百首》最大的一个缺陷。本书则对李贺相当重视，入选篇目多达24首，在全书中高居第六名。我也喜爱李贺诗，但觉得把他的名次提到韩愈之前稍有欠妥。另一个特点是温庭筠高居第十名，选诗18首，超过孟浩然、高适、岑参、王昌龄、元稹等人。这可能也与刘先生是温庭筠研究专家有关，难免有点偏爱。我觉得温庭筠的名次或许可以下移至王昌龄之后、元稹之前。如上所述，我对刘先生的取舍并不完全认同，但我依然认为此书在选目上的最大优点就是突出文学本位与读者本位。试举一例：本书对韦应物与刘长卿相当重视：韦应物选了15首，刘长卿选了14首，分别位居第十一名和第十二名。我们不妨与马茂元先生的《唐诗选》作个对比：《唐诗选》一共选诗500首，本书一共选诗650首，差不多是10∶13的比例。但是《唐诗选》仅选韦应物诗8首，刘长卿诗6首，所占比重远逊于本书。相映成趣的一例是本书中张籍和王建的地位有所下降：这两个诗人在《唐诗选》中的入选作品多达16首、12首，但在本书中下降为8首、8首。我们当然不能据此对两书论定优劣，但这确实表明《唐诗选注评鉴》对文学本位的重视。以往我们受现代学术思想的影响，总觉得张、王多写乐府诗，反映民生疾苦，理应受到重视。相反，像韦应物、刘长卿那样以风格淡雅的个人抒情诗为主的诗人，不免受到轻视。刘先生摆脱了传统思维的束缚，改以作品的艺术水准与读者的审美需求为选目标准，这是此书最大的特色，也是对唐诗读者的最大贡献。从五万多首唐诗中精选出650首佳作，堪称"披沙拣金"。

刘先生谦称《唐诗选注评鉴》是一本"下里巴人"的著作，我则认为本书在选、注、评、鉴四个方面都达到了"阳春白雪"的高雅品位，但我衷心希望它避免"曲高和寡"的命运，在读者接受效果上能像"下里巴人"那样"和者数千"。我相信，只要待以时日，《唐诗选注评鉴》一定能成为取代《唐诗三百首》地位的当代唐诗选本，引领更多的读者顺利走进唐诗的百花苑。

（2019年6月30日在安徽师范大学"《唐诗选注评鉴》
〔十卷本〕出版座谈会暨唐诗选本学术研讨会"上的发言）

平生风义兼师友

我怀着无比悲痛的心情,前来参加余恕诚先生的追思会。请允许我引用李商隐的《哭刘蕡》:

上帝深宫闭九阍,巫咸不下问衔冤。
黄陵别后春涛隔,湓浦书来秋雨翻。
只有安仁能作诔,何曾宋玉解招魂。
平生风义兼师友,不敢同君哭寝门。

到余先生的灵前来引用李商隐的诗,当然不是想要班门弄斧,而是因为这首诗真切地表达了我此时此刻的心情。

我一向不相信"好人一生平安"这句话,因为从古至今,有太多的事例证明好人并不一生平安。李商隐哀悼的刘蕡就是一个显例,他堪称是唐代最典型的怀才不遇之人。刘蕡忠君爱国,奋不顾身,他应制举的对策被新、旧《唐书》全文收录,但是他一生坎坷,不断地遭到排挤、迫害,郁郁以终。余恕诚先生当然不是怀才不遇,他一生中取得了卓越的成就,也获得了实至名归的荣誉,但是余先生没有享受到应有的长寿和健康,他生前曾患有两种严重的疾病。当我听到胡传志教授在电话里报告余先生去世时,心头立刻涌现孔子的话:"斯人也而有斯疾也！"在《论语》中，孔子重复两次的话很少，而这句话孔子一连说了两遍，可见他心中的感触是何等深沉。余先生淡泊名利，宽厚待人，俗话说"仁者寿"，可是余先生并没有享受到长寿和健康，这就使得我们格外痛心。

去年12月21日，我和南京师大的钟振振教授一起到安师大来参加中国诗学研究中心的学术委员会会议，余先生出席了会议，还介绍了诗学中心的工作情况。第二天，我们又一起参加了几位研究生的开题报告，余先生还提出了中肯的意见。那是我最后一次见到余先生。南京和芜湖相距不远，但毕竟隔着长江的波涛。本以为到今年年底，我又会有机会与余先生相见，没想到在秋雨连绵的日子里，竟突然收到了余先生去世的噩耗。"黄陵别后春涛隔，湓浦书来秋雨翻。"李商隐的这两句诗，真是先得我心！

李商隐诗的第三联是"只有安仁能作诔，何曾宋玉解招魂"。余先生去世后，大家纷纷写了唁诗、挽联，来表达对先生的哀思。我也拟了一副挽联："此解此笺彩笔凌云湔日月，斯人斯疾青衿泪雨洒江淮。"上联是表彰余先生的学术成就的。我高度评价余先生的学术专著和论文，比如他的论文《李白与长江》，从题目就可看出新意，因为我们一般只会谈"李白与黄河"。但是我相信，最能标志余先生学术水准的成果，还是他与刘学锴先生合作的李商隐诗文的校注，尤其是《李商隐诗歌集解》，这是一本肯定会传世的学术著作。李商隐的诗歌，向称难解，金代的元好问就说过"诗家总爱西昆好，独恨无人作郑笺"，但是刘先生和余先生很好地完成了这项工作。《李商隐诗歌集解》的笺注部分，体现了两位先生的学问和功力；此书的解，也就是两位先生谦称为"按"的部分，则体现了他们的灵心慧性。清人钱谦益注杜诗，曾在序中引用其族孙钱遵王称赞此注的话："凿开鸿蒙，手洗日月。"意思是杜诗虽像日月,但以前蒙着一层灰尘,是钱谦益的注释把日月洗干净了。我觉得此话用来评价钱注杜诗,稍嫌过分,如果用来评价刘先生和余先生的《李商隐诗歌集解》,则恰如其分。我的挽联中所说的"湔日月",这是这个意思。可惜的是,尽管我们用各种唁诗、挽联来追悼余先生,却再也无法使他起死回生了。汉人王逸注《楚辞》,认为《招魂》是宋玉作来追悼其恩师屈原的。我相信大家都会想起《招魂》的最后三句:"湛湛江水兮上有枫,目极千里兮伤春心,魂兮归来哀江南!"

李商隐诗的最后两句是"平生风义兼师友,不敢同君哭寝门"。孔子说过:"师,吾哭诸寝。朋友,吾哭诸寝之外。"李商隐认为他与刘蕡的关系介乎师友之间,所以说不敢哭于寝门之外。清人何义门解这两句诗说:"平生则友,风义则师。"我觉得除了这个原因,两人的年龄差可能也是一个原因。刘蕡是在李商隐13岁那年进士及第的,估计他比李商隐年长10来岁,所以李商隐这样看他。余先生也比我年长10岁,我其实曾经有机会成为他的及门弟子。1977年冬天,我在安徽泗县参加高考。对我来说,那是一场迟到11年的高考。我当了10年知青,又是反革命分子的子女,当高考的机会来临时,早已人穷志短,不要说北大、清华了,连家乡的南京大学也不敢报考。我填报的三个志愿都是安徽的高校:安徽大学、安徽师范大学、宿县师专。每个大学都是既填外文系,又填中文系。要是当年安师大中文系录取我的话,我就会像丁放院长一样成为安师大的七七级学生,也就会成为余先生的及门弟子。可惜三所学校都不要我,我落榜了。过了一个月,由于有扩招的政策,我才进入安大的外语系学习。幸亏我第二年就考上了南大的古代文学专业的研究生,从此与余先生属于同一个学术圈。我很幸运,博士毕业后刚进学术圈,就认识了安师大的刘学锴、余恕诚等先生，后来又认识了潘啸龙教授等学长。余先生生性谦逊，总是以平等的态度对待我，但我自己始终认为我们的关系是师友兼而有之，今天来追思余先生时，我的心情也就格外的沉重。

各位朋友！余先生已经离我们而去了。俗语说"盖棺论定"，大家公认余先生既是一位优秀的学者，又是一位优秀的老师，他是一身二任的。其实从孔子以来，凡是与文化传统有关的学科中的学者和老师，都是一身二任的。庄子说得好："指穷于为薪，火传也，不知其尽也。"闻一多解释说这里的"薪"就是古代的蜡烛，古人用木棍裹上动物脂肪，点燃了照明。余先生就是这样的一支红烛，他燃尽了自己，留下了光明。余先生的学术成就，就是这支红烛发出的光芒。余先生更重要的贡献是培养了大批优秀的学生，是他开创的安师大古代文学这个博士点，是他创建的安师大中国诗歌研究中心。余先生一生的意义，其实就是把文化的火种传递给下一代，使之生生不息。从这一点意义来说，余先生已经在中华传统文化的长河中获得了永生。我们完全可以说一声：余先生，安息吧！

（2014年9月2日在安徽师范大学
"余恕诚先生追思会"上的讲话）

请敬畏我们的传统

钱锺书在《谈艺录》的序中说:"东海西海,心理攸同;南学北学,道术未裂。"的确,无论是人文学还是社会学,人类都有许多殊途同归的思考,也得出了许多大同小异的结论。2500年前的孔子首先提出"己所不欲,勿施于人"的原则,这句话在《论语》中完整地出现了两次(《论语·颜渊》答仲弓问,又《论语·卫灵公》答子贡问),可见孔子对它的重视。无独有偶,在孔子身后500多年,耶稣也表达了类似的意思:"你们愿意人怎样待你们,你们也要怎样待人。"(《马太福音》第7章第12节)难怪后世的西方哲人伏尔泰、托尔斯泰、爱默生等在推许孔子此言是道德方面的金科玉律时毫无心理障碍,原来在西方传统中也有类似的思想。那种对别的文化传统知之甚少便大放厥辞地予以全盘否定的做法,难免流于轻率。所以黑格尔在《逻辑学》中批评汉语缺少辩证思维的词汇,不能像德语的"奥伏赫变"(Aufheben)那样"以相反两意融会于一字",故而不宜思辨,便受到钱锺书的尖锐嘲笑。钱先生在《管锥编》的开卷之初便举"易一名而含三义"的例子,指责黑格尔"无知而掉以轻心,发为高论"。在今天,生活在地球任何角落的人们再也不可能老死不相往来,由互联网构成的虚拟世界使我们能隔着辽阔的地理空间促膝谈心,不同的文化传统之间的交流日益频繁,从而极大地提高了互相理解的可能性。今天出席会议的老师和同学来自不同的国家和地区，有着不同的文化背景，却都对中国语言文学抱有浓厚的兴趣，大家欢聚一堂，"奇文共欣赏，疑义相与析"，就有力地说明了这一点。

然而尽管如此，世界上毕竟存在着各具特色的文化传统。因为在很长一段历史时期内，不同的文化毕竟是在互不相同的背景中独立产生的，是在互不相知的状态下各自发展起来的，所以它们是千姿百态、千差万别的。正是这种差异形成了人类文化的丰富多彩、博大精深。有朝一日我们地球人有机会与外星生命进行交流的话，文化的丰富性必将给人类带来最大的骄傲。

中华传统文化便是人类诸多文化中极为独特的一种。中华文化当然不是在与世隔绝的封闭环境中发展起来的，中华民族自身便是多民族融合而成的一个民族大家庭，所以中华文化具有极为丰富的内涵和相当复杂的演变过程。由于我们一向提倡宽容精神，一向把文化看得比血缘更为重要，所以中华文化具有比较强烈的包容性。中国历史上虽然发生过很多民族冲突，但其最后结果往往是文化融合而不是种族灭绝。以农耕为主的汉民族曾与匈奴、鲜卑等游牧民族发生过战争，但是中唐的大诗人白居易是汉代龟兹胡姓的后裔，与他齐名的元稹是鲜卑人的后裔，刘禹锡则是匈奴人的后裔，这正是各民族共同创造中华文化的一个精彩例证。中华民族与外民族之间也有相当频繁的文化交流，达摩西来，鉴真东渡，无论是接受还是赠予，都没有伴随火与剑的痛苦。但是中华民族的文化传统毕竟是在相对独立的地理环境内产生的，它从一开始就与其他文化，尤其是与西方文化有很大的差异性。比如说在古代的西方，无论是犹太人还是希腊人，都把崇拜的目光对着天庭，中国人却对自身的力量充满了自信心。在中国古代传说中，女娲、后羿、大禹等神话人物其实都是人间的英雄、氏族的首领，他们的神格其实就是伟大人格的升华。中华先民崇拜的不是高居天庭俯视人间、有时还任意惩罚人类的诸神，而是发明了筑室居住的有巢氏、发明了钻木取火的燧人氏和发明了农业生产的神农氏。当然，也包括与此次会议的主题密切相关的汉字的发明者仓颉。所以在中华文化中，人的道德准则并非来自神的诫命，而是源于人的本性。人的智慧也并非来自神的启示，而是源于人的内心。由此导致的结果是，当其他民族忙于创立宗教时，中华的先民却把人间的圣贤当作崇敬、仿效的对象。当其他民族把人生的最高目标设定为进入天国以求永生时，中华的先民却以"立德、立功、立言"等生前的建树来实现生命的不朽。当其他民族从宗教感情中获取灵魂的净化剂或愉悦感时，中华的先民却从日用人伦中追求仁爱心和幸福感。差异如此之大的两种文化，它们之间有优劣之分吗？有高级与低级、文明与野蛮、先进与落后的分别吗？没有，有的只是差异。我们应该看到这种差异，承认这种差异，并尊重这种差异。我认为在文化上，任何民族的妄自尊大与妄自菲薄都是同样的荒谬。

可惜的是，从近代以来，在对中华传统文化的态度上出现了许多荒谬现象。由于清王朝的腐败无能，中国在船坚炮利的西方列强的打击下缺乏招架之力，许多人便把原因归诸我们的传统文化。这种思维方式直到今天依然有着强大的影响。我首先声明，本人决不认为中华传统文化完美无缺，也不认同某位著名的老人有关"三十年河东，三十年河西"的文化预言，我也不相信中华文化便是根治世界现代化弊病的灵丹妙药。但是我反对把中华传统文化说得一无是处，反对有些"愤青"或"愤老"成天埋怨祖先却从不自责的轻薄做法。让我们把话题回归到此次会议的主题上来，说说有关中国语言文学的情况。

从观念文化的角度而言，中华传统文化的载体是用汉字书写的大量典籍。要是离开了汉字，我们如何能了解先人们几千年以来的所作所为和所思所感？可是恰恰是这种至今仍然被超过10亿的人口每天都在使用的文字，曾经受到最严厉的批判甚至谩骂。在五四时代，钱玄同和鲁迅都说过"汉字不灭，中国必亡"的话。稍后，废除汉字的主张也差点由某些政治人物付诸实施。时至今日，随着形形色色的汉字输入法在电脑键盘上大放异彩，那种把电脑时代视为汉字死期的说法是没人再提了，但总还有人对汉字要走拼音化道路的主张恋恋不舍。其实在中华文化的发展过程中，汉字的贡献是不可磨灭的。相传仓颉造字时"天雨粟、鬼夜哭"，那真是先民们在发明汉字时惊喜心情的生动描绘。要是没有汉字，神州之大，各种方言的差别又几如外国语言，操着各种方言的人们如何进行思想交流？要是没有汉字，我们怎能通过阅读典籍而理解祖先留下的浩繁文本？拼音文字当然有其优点，但是又何尝没有缺点？随着语音的不断变化，拼音文字会在较短的时间内变得面目全非。英国诗人乔叟死于609年前，可是今天的英国人或美国人中有几人能读懂乔叟作品的原文？然而我们现在来阅读《论语》《孟子》，在文字理解上并没有太大的障碍，那可是两千多年前的文本！如果真的强行实施了汉字拼音化，比如把我们的唐诗宋词都用汉语拼音排印出来让人阅读，不说美感的严重丧失，即使只求意义上的准确解读，恐怕就大成问题。况且浩如烟海的古代典籍又如何全部转换成拼音文字？如果不转换，那么只认识拼音文字的现代中国人又如何能掌握本民族的文化遗产？如今的韩国人中十有八九不能阅读本国的历史文献，就是我们实施汉字拼音化的一个前车之鉴。

况且每个民族的语言文字都是本民族文化的精神血脉，是维系该民族的精神凝聚力，是实现民族认同的利器。法国文学家都德的短篇小说《最后一课》，为何那么感人？就因为它生动地刻画了即将被禁止说法语的一群阿尔萨斯人对母语的无比热爱。尽管有人指出事实上多数阿尔萨斯人本来就是操德语中的阿列曼方言的,但并不影响这篇小说的意义。英国人常把英语称为Sweet English,还认为英语比英国的北海石油更加宝贵。难道汉语、汉字就不是中国人的宝贵财富,一定要用世界语或英语来取代汉语,用罗马字母的拼音文字来取代汉字?如今在中国热心推广世界语的人是基本销声匿迹了,但是英语热却达到了非同寻常的程度,在有些人的眼中英语的重要程度甚至超过了自己的母语,真让人匪夷所思。有些当代诗人甚至声称他们从来不读唐诗宋词,他们只愿意从西方诗歌中汲取艺术营养。我总觉得这就像拉着自己的头发离开地球一样的荒谬。在我看来,除非你想用外语进行写作,否则就不可能与中国的传统文化脱离关系。只要你用汉语进行思考,用汉字进行写作,中华传统文化就悄悄地渗透进你的文本中来了。因为传统早已渗透进汉语和汉字的深处,无论是词汇还是语法,都不可能摆脱传统的影响。即使你坚决不读唐诗宋词,难道能在写作中绝对不用成语典故?能绝对摆脱情景交融等传统写法?至于学术研究,更不可能与传统学术割裂。即使你能得心应手地运用现代西方语言学理论所提供的新方法,但如果你想在古代汉语研究上做出点成绩来,那就必须精读《尔雅》《说文》等经典著作,必须熟悉"六书"以来的小学传统。

文学方面的情况也是如此。中国的文学史源远流长,这条波澜壮阔的大河从不间断地奔流了三千多年,而且三江九派,形成了庞大复杂的独立水系。我们当然可以用"比较文学"的眼光来从外部对它进行审视,但是决不能轻易地否定它、贬低它。可惜的是,从五四以来,对中国古代文学的贬低、否定,几乎成为潮流。陈独秀大声疾呼,要"推倒雕琢的、阿谀的贵族文学,建设平易的、抒情的国民文学""推倒陈腐的、铺张的古典文学，建设新鲜的、立诚的写实文学""推倒迂晦的、艰涩的山林文学，建设明了的、通俗的社会文学"。严家炎先生认为陈独秀所说的"古典文学"实指"古典主义文学"而不是"古代文学"，但是"古典主义文学"就可以一概否定吗？即便我们把这里的"古典文学"狭义地理解为陈独秀深恶痛绝的明代"前七子""后七子"以及归有光、方苞、姚鼐、刘大櫆等人，但是他们果真就像陈独秀所说的，是什么"十八妖魔"，非得彻底铲除而后快吗？周策纵先生认为陈独秀攻击的真正目标是桐城派和文选派的古文以及江西诗派的诗歌，前两者也即钱玄同所说的"桐城谬种"和"选学妖孽"。在五四的具体语境中，他们的主张其实是一种论辩策略，是为推行新文化运动而进行的扫除廓清，这当然是可以理解的。就像鲁迅所说的，为了要让大家同意在屋子上开窗户，就故意说要掀掉屋顶。因为你不说掀掉屋顶，就连窗户也开不成了。即使是钱玄同与刘半农两人合谋上演"答王敬轩书"的双簧戏，我虽然觉得他们的做法不够光明磊落，但也没有太大的反感，因为他们的目的也与陈独秀殊途同归。但是掀掉屋顶的主张必然是一种矫枉过正，其自身的偏颇是不言而喻的。所以我们今天从学理上进行反思，就必须指出上述贬低、否定古代文学的言论是相当荒谬的。可惜的是，从五四发轫的反传统思潮在后来愈演愈烈，从胡适的白话文学主流论，到1949年以后的民间文学主流论，再到阶级斗争主线说、儒法斗争主线说，一部中国文学史简直被歪曲得不成体统，我们的文学传统受到彻底的颠覆。直到今天，只要打开某些中文系的学术网站，诸如"自大狂屈原""杜甫是酒鬼加混子"之类的帖子仍赫然在目。对于这种现象，大家当然可以从学理上深入探讨其原因。我在这里只想一言以蔽之：对传统缺乏敬畏之心！

与此同时,在学术界也有另一种现象,就是过于热衷于运用现代西方理论来从事中国古代文学的研究,而将传统的研究手段束之高阁;或是过于推崇西方汉学家的选题倾向和研究方法,甚至跟在他们后面亦步亦趋。这种现象虽然在表面上并没有像陈独秀那样否定中国古代文学自身,但由于背离了与古代文学共生共长的学术传统,其结果也会导致失去对传统的敬畏。我并不反对在中国古代文学的研究中借鉴西方的文艺理论乃至文化理论、哲学理论,事实上也确实有人运用这些理论做出了较好的研究成果,闻一多先生运用西方人类学、神话学的方法研究《诗经》《楚辞》,就是一个范例。但是在总体上,西方的理论毕竟是从另一种文化传统中产生并发展起来的,西方的理论家在创立一种学说时很少把中国的传统放在归纳和思考的范围之内。在我的阅读范围内,好像只有美国的苏珊·朗格曾经通过分析唐代诗人韦应物的一首诗来说明其观点。俄国的巴赫金的文集里倒有一篇文章论及中国的四书五经,但是仔细一看,原来他连"四书"是哪几本书都没弄明白,恐怕不可能有什么高明的见解。当然,正如钱锺书先生所说的"东海西海,心理攸同",纯粹从西方的文化传统中发育起来的理论肯定也会有适用于中国文学研究的内容,而来自他者的异样眼光还会给我们带来新颖的解读和分析,这正可以证实"他山之石,可以攻玉"的古训。然而不必讳言,并不是所有的西方理论都可以成功地移植到我们的学术研究中来。植物的移植要避免水土不服,理论的移植同样如此。上世纪80年代在中国大陆的学术界一度甚嚣尘上的所谓"新三论",即系统论、信息论、控制论,当时颇有人声称再不运用"新三论",古代文学研究就要无疾而终了。20年转瞬即逝,今天再来回顾"新三论",仿佛黄粱一梦。

其实方法本来只是一种工具,既无需强分新旧,更难以抽象地判断优劣。方法的价值在于实用效能，在于它能否较好地解决问题。中国古代文学自有其传统的研究方法，包括其独特的学术术语，这是几千年来行之有效的，又何必要将它弃若敝屣？现代西方理论是否适用于中国古代文学这个独特的研究对象，需要经过实践的检验，又怎能事先就对它奉若神明？朱熹曾对禅师宗杲的一段话大加赞许："譬如人载一车兵器，弄了一件，又取了件来弄，便不是杀人手段。我则只有寸铁，便可以杀人。"的确，手持许多兵器，逐件舞弄，往往只是花拳绣腿。正如《水浒传》（金圣叹评本）第一回所写的九纹龙史进，身上刺着九条青龙，手里的棍子舞得"风车儿似转"，煞是威风凛凛。然而东京来的禁军教头王进用棍子一挑，史进便"扑地望后倒了"。为何如此？王进说得很清楚，史进先前所学的"风车儿似转"的棍法只是"花棒"，也就是我们常说的"花拳绣腿"，它是缺乏实战效能的，它不能很好地解决问题。说实话，我觉得如今学界的某些人正如当年的史进，他们那些洋洋洒洒的文章正是学术上的花拳绣腿。换句更文雅一点的话来说，他们正如庄子所说的寿陵余子，学步邯郸，未得国能，又失其故行，只好匍匐而归。试看近年来的许多论文专著，堆砌着许多时髦的新概念和陌生的新名词，但是对于其研究对象从文本到发生背景都不甚了然或所知无几，所得出的结论难免让人啼笑皆非。这与寿陵余子的失其故步又有什么区别？

不过，我对运用西方理论颇存戒心，主要原因还不在于此，而是担心另外一种结果：有些学者对西方理论有相当好的掌握，由于浸润太深，久而成习，就会养成一切都以西方的观念作为思考问题的出发点和终极价值评判的标准。这样一来，当然会对中华传统文化怎么看都觉得不顺眼。举个例子：据媒体报道，前年夏志清教授在美国发表了一通从总体上贬低中国文学的言论，其中有一句是："唐诗也不够好,因为都很短。"先声明一下,我并没有看到夏教授发言的原文,不知有关媒体的报道是否属实。假如没有误传的话,这真是典型的数典忘祖!中国古代的写作,无论是文是诗,都以简练为原则,辞约意丰是千古文人共同的追求目标。陆机把其中的道理说得非常清楚:"要辞达而理举,故无取乎冗长。"诗歌更是如此,唐诗中许多传诵千古的名篇正是篇幅极短的七言绝句或五言绝句。无论是古人的诗歌写作,还是古人的诗歌评论,从没见过把篇幅不够长当成缺点的。我猜想夏教授是把唐诗与西方诗歌进行比较后才这样说的。虽然英国诗歌史上有一位名叫Richard Crashaw的诗人,他曾写诗咏叹《圣经》里耶稣使清水变成美酒的故事,全诗只有一行:The modest Nymph beheld her Lord, and blushed!但一般说来,欧洲的诗歌大多篇幅较长,反正其平均篇幅要比唐诗长得多。可是篇幅的长短难道是判断诗歌孰优孰劣的一个标准吗?夏教授虽以研究中国文学而著称,但大概在美国生活得久了,已经不知不觉地站在欧洲文化本体论的立场上,所以指责唐诗太短。如果我们反其道而行之,站在中国文化本体论的立场上,那么马上可以得出针锋相对的结论:"欧洲的诗歌也不够好,因为都很长。"这岂不是荒谬绝伦?上述例子也许只是相当偶然的现象,但是还有许多事例也有类似的倾向,不过比较隐蔽,不易觉察而已。再举一个例子:台湾"中央研究院"里设立了一个"中国文哲研究所",顾名思义,中国古代文学当然是该所的重要研究对象。可是我们去查一下该所的资料,有人研究唐诗吗?没有。有人研究宋词吗?只有半个人。我说的"半个人"是指林玫仪教授,因为她兼治宋词和清词。那么文哲所里从事文学研究的人员都研究什么呢?几乎集中于明清的通俗文学,尤其是弹词。我不是说不要研究通俗文学,我也赞同某些学者把弹词作为终生的研究对象,但是弹词毕竟不是中国古代文学中最重要的部分，犯不上让堂堂的"中国文哲研究所"的人员一窝蜂地集中在这个领域。我观察到文哲所的年轻人几乎都具有西方教育的背景，因此猜想他们的研究思路其实反映着西方学术思想的影响，从而漠视中国自身的学术传统。

如果说从西方的视角来否定中华传统文化是一种空间维度的歪曲，那么另一种歪曲则源于时间维度，那就是误认为中华传统文化只是一种古老的传统，是只具有历史研究价值的博物馆文化，是我们走向现代化的绊脚石。其实，中华传统文化虽然源远流长，但依然生机勃勃，它的内部蕴涵着巨大的生命力，它从生成之初就具备了与时俱进的变革机制，它是一只可以屡经涅槃而获得永生的凤凰。随着现代社会的种种弊病愈演愈烈，现代人更需要从传统中汲取智慧，获得启迪。举一个例子：人们常说中华传统文化重视群体利益而轻视个体的生命价值，其实我们的传统中何尝缺乏尊重个体生命价值的内涵？美国人梭罗写的《瓦尔登湖》被许多人认为是现代人抵拒物质引诱的圣典，但我觉得庄子的类似思想要深刻得多，而陶渊明的诗歌则清晰地表明他比梭罗更能理解朴素生活的价值。德国人海德格尔根据荷尔德林的诗句，提出了"诗意地栖居在大地上"的著名命题，但事实上像海氏那种热衷于名利、又与纳粹不清不白的人哪能真正做到诗意栖居？我觉得宋代的苏东坡的一生才是真正意义上的诗意栖居。既然如此，我们有什么理由把我们的传统一概加上"落后""陈旧"之类的恶谥？我们有什么理由怀着自虐的心态来否定我们的传统？我们有什么理由不对我们的传统保持必要的敬畏？传统是一个民族的基因和烙印，是一个民族区别于其他民族的身份标志，也是一个民族继续生存的根本理由。龚自珍曾语重心长地指出："灭人之国，必先去其史。"如果毁灭了一个民族的传统，结果必然会毁灭那个民族。在今天，像内藤湖南、白鸟库吉那样居心叵测地诋毁中华文化的学者也许不会出现了，但是对传统文化毫无敬畏之心的陋习依然会导致类似的结果，无论这种陋习是发生在中国学者还是外国学者的身上。所以我想向与会的老师和同学们呼吁：如果你真心热爱你所从事的中国语言文学研究，就请敬畏我们的传统！

(2009年7月6日在南京大学"'中国语言文学与社会文化'研究生国际学术研讨会"上的讲话)

故纸堆映出的时代折光

我所从事的古代文史研究往往被说成是钻故纸堆,人们也常把它看成是象牙塔中的学术。但是任何学术研究都不可能在真空中进行,时代思潮的动荡同样会影响我们的观念和心态。回顾30年前发生的那场真理标准大讨论,以钻故纸堆为业的我也是心潮起伏,感慨万千。

我本人对理论一向敬而远之,一听到理论家们玄妙难懂的高论便会头晕,尤其是当理论家们的结论与我们普通人的具体感受大相径庭的时候。比如说新"左"派的某些人士用最时髦的西方理论话语向我们证明,以"文化大革命"为最高形态的极"左"路线是合理的,他们甚至认为亿万人民在极"左"路线肆虐时的痛苦经历只是一种虚假的感觉。言下之意是,只要芸芸众生接受了他们的理论,就会觉得那时的社会其实是"到处莺歌燕舞"的。每当我听到此类高论,总会怀疑他们是居心不良而不是糊涂透顶。一句话,如果有人以复杂而巧妙的理论证明出现在我们眼前的黑色其实是纯白的,我就毫不迟疑地相信自己的眼睛并弃他们的理论而去。

我对真理的认识也很简单,我认为真正的真理一定是明白易懂的,尤其是有关国计民生的政治学、经济学方面的真理,更不应该深奥得像天书一样。苏东坡说得好:"终日说龙肉,不如食猪肉。"龙肉当然要比猪肉珍贵得多,而且十分稀罕,但是与其空谈子虚乌有的龙肉是如何的美味，不如饱食实实在在地出现在餐桌上的猪肉。那种需要不断地教导人民，甚至教导了几十年后人民还是不理解的所谓真理，其实只是骗人的谎言。

邓小平的理论有什么玄妙难懂的地方？"不管黑猫白猫，会捉老鼠就是好猫""发展才是硬道理"，这些真理老百姓一听就懂，从而衷心拥护。关于真理标准的讨论也是一样，那场讨论的最后成果就是重新确立了把实践作为检验真理的唯一标准。这个道理深奥吗？一点也不深奥。这个道理高明吗？也说不上有多高明。凡是从事实际工作的人，不管是科技工作者，还是普通的工人农民，谁不知道这个道理？那么关于真理标准的讨论没有意义吗？不！它的意义极为重大，因为我们曾经有过不承认这个道理的时代。

那个时代里检验真理的标准不是实践，而是某些位高权重的领导人的思想，甚至是领导人的几句语录。于是在并无大旱大涝的两三年里导致几千万农民惨遭饿死的"大跃进"，硬被说成是必须坚持的"三面红旗"，其荒诞程度比封建时代的"口含天宪""天王圣明"有过之而无不及。

是真理标准的大讨论把一个被歪曲、被遮蔽、被否定了几十年的简单道理重新树立起来，它是几十年来理论界最重要的拨乱反正，它使中国人民从虚假理论的迷雾中解放出来，从充斥着假话、空话的荒谬环境中解放出来，重新实事求是地思考，脚踏实地地工作，从而为以后的改革开放奠定了理论基础。

我另一个简单的想法是，真理标准的讨论与改革开放的形势也是互相依存、相辅相成的。正因为确立了实践为检验真理的标准，我们才能决心学习发达国家的先进生产模式和管理制度，因为发达国家亿万人民的实践已经证明那些模式和制度是行之有效的。反过来，改革开放的形势必然会促进人们对真理标准的思考。因为任何谬论和谎言，都只可能存在于一个相对狭小的封闭环境。指鹿为马的谎言，只有在一个万马齐喑的封闭朝廷里才可能出现。那个浑身一丝未挂的皇帝堂而皇之地当众游行，屈服于其威权的臣民们齐声赞美那件子虚乌有的新衣，但是如果这个景象通过电视转播被国境之外的人们看到了，他们一定会异口同声地说出那个小孩子的真话："皇帝身上什么也没有穿啊！"

从表面上看，古代文史研究是一种封闭在大学或研究院围墙内的纯学术，它与现实社会的关系相当疏远，它与真理标准的讨论似乎关系不大。其实不然。原因有二，一是古代文史是一个民族发展历程的记录，那些故纸堆中蕴藏着民族的文化基因，它必然会在各个方面深刻地影响现代社会生活，既包括学术文化的领域，也包括政治思想的领域，所以古代文史研究从来就是与现实社会有千丝万缕的联系的。中国历史上几乎所有的政治、经济改革都会打出"托古改制"的旗号，并不仅仅是出于策略上的考量。二是我们曾经有过封建意识披着现代理论的外衣甚嚣尘上，某些领导人又特别喜爱从古书中寻找话语方式的现实情境，古代文史研究甚至出现过极为反常的一浪接一浪的热潮。从上世纪50年代的批判电影《武训传》、批判俞平伯的《红楼梦研究》，到70年代的批儒评法和《水浒传》讨论，古代文史的话题经常成为全社会关注的热点，甚至成为政治运动的代号和象征。在这种形势下，任何理论动态都会直接影响到古代文史研究，本应是寂寂寥寥的故纸堆有时竟成为万众瞩目的时髦话题。所以，真理标准的大讨论同样对古代文史研究产生了极其重要的影响，以那次大讨论为界，中国的古代文史研究可以分成风格截然相反的前后两期。也就是说，故纸堆上同样反映着时代的折光。

那么，自从真理标准的大讨论发生之后，古代文史研究领域发生了什么重大的变化呢？如果我们把考察的目光限定在从1949年以后的时段，也就是中华人民共和国成立以来的60年的话，那么，真理标准讨论恰好是这个时段的中点。在整个思想文化领域内，这60年都可以相当清晰地划分成两个阶段，第一个阶段就是1949年以后的30年，第二个阶段就是真理标准讨论以后的30年。对于古代文史研究而言，我认为前后两个阶段的最大差异在于学界典范不同。简而言之，前一个阶段的学术典范是郭沫若，后一个阶段的学术典范是陈寅恪。郭、陈两人虽是同时代人，陈寅恪的逝世还在郭沫若之前，他们的生命和学术活动也都没有延伸到后一阶段，但是就整个学术界的态势和风气而言，两人的学术地位和学术影响正好分别主导着前后两个阶段，他们都堪称是引领一代学风的学术典范。从郭沫若到陈寅恪，这是真理标准讨论给古代文史研究界带来的最大变化。

郭沫若和陈寅恪都成名较早，早在建国之前，两人在学术上都已经赫赫有名。但是到了1949年以后，随着整个思想文化界的大动荡，两人的学术地位变得越来越不平衡。

郭沫若是新时代的弄潮儿，他看准潮流，紧跟形势，除了"文化大革命"中一度挨批判以外，他一直是古代文史研究界独领风骚的学界领袖。政务院副总理、中国科学院院长和全国文联主席的政治身份，与毛泽东等国家领导人的亲密关系，使得郭沫若成了学术界指点江山、一言九鼎的人物。郭沫若意气风发，顾盼自雄，不但牢牢地掌握着整个学术界的领导权，而且积极参加具体学术问题的讨论，从蔡文姬《胡笳十八拍》的真伪，到王羲之《兰亭序》的真伪，再到李白、杜甫之优劣，都能听到郭沫若那高亢激昂的声音。

值得注意的是，随着政治形势的发展，郭沫若在争论中的优势地位越来越明显。一开始,其他学者还能与郭沫若进行商榷,比如在《胡笳十八拍》的争论中,其他学者反驳郭沫若的文章还得以正常发表。郭沫若写过《蔡文姬》的剧本,他对蔡文姬这个历史人物有所偏爱,曾声称"蔡文姬就是我自己",所以一连写了六篇文章论证《胡笳十八拍》就是蔡文姬本人的作品。但是刘大杰、谭其骧等人的反驳非常有力,比如《胡笳十八拍》中"杀气朝朝冲塞门,胡风夜夜吹边月"这种对仗工整、平仄和谐的七言诗句不是蔡文姬的时代所能出现的;又比如《胡笳十八拍》中写到了"陇水"等地名,明显与蔡文姬被南匈奴所掳掠前往的地点不合,等等。但是郭沫若说:"我坚决相信那一定是蔡文姬作的!"这样的说法怎么能服人呢?

如果说关于《胡笳十八拍》的讨论还基本上属于正常的学术讨论的话,那么,到了"文化大革命"的前夕,类似的讨论就根本无法进行了。1965年,郭沫若根据南京出土的几种东晋时代的墓志,提出传世的《兰亭序》不是王羲之的文章,当然也就不是王羲之的书法作品。本来这个问题是可以进一步讨论的,早在清代晚期,就有人对《兰亭序》表示怀疑,但是多数学者都承认其真实性。可是在"文化大革命"前山雨欲来风满楼的时代氛围中,反对郭沫若的意见就很难发表了。

南京市文史研究馆馆员高二适写出了反驳郭沫若的文章,却无法公开发表,只好把文章寄给章士钊,再由章士钊转给毛泽东,经毛泽东同意,高二适的文章才得以公开发表。这场讨论虽然持续了几个月,有不少人对此发表了意见,但显然郭沫若是占据上风的。其最明显的证据就是郭沫若反驳高二适的文章当时就得到了康生和毛泽东的高度赞许。等到"文化大革命"开始,虽然郭沫若曾在惊魂未定之际声称自己写的所有文字都应付之一炬,但事实上此时他已经成为古代文史学界硕果仅存的还可能发出声音的学者。于是1971年郭沫若对新疆新出现的伪文物"坎曼尔诗笺"的论证，1972年郭沫若在《李白与杜甫》中对杜甫的肆意贬毁，都成为无人对话的学术独角戏。整个学术界彻底沉默了整整10年，只有郭沫若、章士钊等一两个人的声音在荒原上回响。

与郭沫若相反，1949年以后的陈寅恪在学术界的地位和影响已经一落千丈。由于陈寅恪坚持的学术立场是"独立之精神，自由之思想"，而不是郭沫若所标榜的所谓马克思主义或毛泽东思想，他在学术界和教育界简直是处处碰壁。虽然在解放初期，一些党政要员仍对陈寅恪敬礼有加，但是随着政治形势越来越朝极"左"的方向发展，而陈寅恪又不肯随波逐流，他的处境就每况愈下。比如1953年他严词拒绝进京担任中国科学院的中古历史研究所所长，因为他反对"先存马克思主义的见解，再研究学术"。

随着一场又一场的政治运动的开展，陈寅恪不但不能再给学生讲课，他呕心沥血写成的学术著作也无法出版。1962年，胡乔木访问陈寅恪。陈寅恪说到自己早就交给出版社的学术著作却无法出版，满腹牢骚地说："盖棺有期，出版无日。"胡乔木当即回答说："出版有期，盖棺尚远。"其实在当时的政治形势下，即使是胡乔木也没有回天之力来让陈寅恪的学术著作顺利出版。不但如此，陈寅恪的学术业绩也被说成是仅能占有材料而已。在1958年的"大跃进"中，郭沫若公开宣称："要在不太长的时间内在资料的占有上超过陈寅恪。"言下之意是除了材料占有之外，他们在其他方面早已超越陈寅恪了。

相传1961年，郭沫若在广州休假时带着秘书造访陈寅恪。郭沫若当场口吟一句"壬水庚金龙虎斗"，意指陈寅恪生于庚寅年（1890），生肖属虎，五行为金；郭沫若生于壬辰年（1892），生肖属龙，五行为水。"龙虎斗"云云当然是随口说出的戏谑之言,但言下也不无春风得意或居高临下的味道。陈寅恪当即对了一句"郭聋陈瞽马牛风",表明自己与对方泾渭分明,道不同不相为谋。"文化大革命"爆发后,陈寅恪难逃厄运,被当成资产阶级反动学术权威而受到粗暴的批斗,最后极为悲惨地离开了人世。几年之后,郭沫若还在新著《李白与杜甫》中对陈寅恪冷嘲热讽,借批驳陈寅恪关于李白身世的学术观点之际,反复说:"陈氏不加深考,以讹传讹""他的疏忽与武断,真是惊人",等等。总而言之,在1949年以后的30年间,郭沫若在学术界春风得意,如日中天,而陈寅恪则门庭冷落,默默无闻。这一热一冷,正是时代潮流在学界的反映,也是郭沫若和陈寅恪不同的处事原则和学术理念所导致的必然结果。

然而天道好还,及至"文化大革命"结束,随着政治上的拨乱反正,学术也逐渐恢复其本来面目。于是,郭沫若的学术品格受到越来越多的怀疑,他在学术界的影响逐渐销声匿迹,而陈寅恪的学术品格却得到越来越多的肯定和推崇,他的学术著作成为学界争相研读的范本,"独立之精神,自由之思想"这两句语录成为学界普遍推重的学术格言。一句话,生前寂寞的陈寅恪完全取代了郭沫若在学界的地位,成为新时期的学术典范。

那么,郭沫若和陈寅恪的学术地位的此消彼长,与1978年发生的那场真理标准大讨论究竟有什么关系呢?或者说,实践是检验真理的唯一标准,这个思想原则是郭沫若与陈寅恪在学术理念上的主要差异吗?

让我们以事实来说话。郭沫若的学术研究,当然是成果斐然的,尤其是其早期的学术研究,例如甲骨文考释,以及古史探索,都有不俗的表现。但是毋庸置疑,郭沫若在新中国成立后的学术活动,常常偏离了学术自身的规律和准则，而以紧跟政治潮流为主要目标。随着政治路线的越来越"左"，整个思想文化界的风气也越来越偏离正常的轨道，作为学界领袖的郭沫若当然是时代大潮中的弄潮儿。所以，无论学识和天分如何，郭沫若一定会违背实事求是的学术准则，一定会抛弃以实践为检验真理的唯一标准这个真正的马克思主义基本原理，而以所谓的马克思主义、毛泽东思想为指导思想。后一种思想方法的基本性质就是耽于空想和罔顾事实，或只重口号而漠视实践。于是政治上以阶级斗争为纲，甚至要"年年讲，月月讲，天天讲"；经济上搞"大跃进"，甚至说"人有多大胆，地有多高产"。郭沫若当然不甘落后，于是编选充满胡言乱语的《红旗歌谣》，写作《咒麻雀》那样的新诗，在文坛上留下一系列的笑柄。

在古代文史研究中，郭沫若也有类似的表现。上面说到的所谓"坎曼尔诗笺"就是一例。1971年，正当"文化大革命"如火如荼地高歌猛进时，新疆博物馆的工作人员伪造了两件文物，一件抄写着唐代诗人白居易的《卖炭翁》诗，署曰"坎曼尔元和十五年（802）抄"；另一件是伪称写于元和十年的三首诗，署名为"纥·坎曼尔"。两件伪文物其实伪造得相当拙劣，细心辨析的话不难看出其破绽。但是当时的学术界万马齐喑，个别历史学家提出的质疑根本不受重视。当时只有郭沫若称它是"无价之宝"，他还振振有词地说："坎曼尔这位兄弟民族的古人是值得我们尊敬的，他既抄存了白居易有进步意义的《卖炭翁》，又还有他自己做的痛骂恶霸地主的《诉豺狼》，有这两重保证，无论怎么说，他应该是一位进步的积极分子，还有他那种民族融洽的感情也是高度令人感动的。狭隘的民族主义或大民族主义，在他的心坎中，看来是完全冰消雪化了。"于是"坎曼尔诗笺"轰动一时，直到20年后才被学者揭穿，不但成为学术史上的笑话，而且使中国学术界在国际上蒙羞。我一直不相信郭沫若是由于学力不够而犯了这个错误,真实原因当是他为了配合当时的阶级斗争以及"反修斗争"而轻率立论,甚至故作违心之论,是学术领域内趋时风气的典型例证。

郭沫若的趋时学风的极端表现,就是留意观察某些位高权重者的态度然后立论,说得直白一点,就是看别人的眼色说话。《兰亭序》的真伪,本是一个纯粹的学术问题,见仁见智,学者完全可以发表不同的见解。但是据冯锡刚《郭沫若的晚年岁月》所说:"郭沫若撰文发起这场讨论,确实有其背景,那就是与康生、陈伯达乃至更高一级的政要的'所见略同'。郭沫若在文章中公开引用康生的观点及其提供的五条史料作为立论的重要依据,在文章中公开写陈伯达向他推荐的重要史料的出处。如此等等。在官本位盛行的中国,在学术文章中如此有意识地让在世政要(而且是主管思想文化界的政要)介入原本应该与政治无涉的学术争鸣中来,多少反映出作者一种不健康的心态。"不妨设想一下,如果康生等人对这个问题持相反的观点,郭沫若又当如何立论呢?

说到这里,我不能不重提郭沫若的《李白与杜甫》这本著作。郭沫若原来是相当尊杜的,早在1953年,他就为成都的杜甫草堂撰联赞颂杜甫:"世上疮痍,诗中圣哲;民间疾苦,笔底波澜。"到了1962年,在北京举行的杜甫诞生1250周年的大会上,郭沫若又热情洋溢地发表了题为"诗歌史上的双子星座"的发言,赞颂杜甫与李白是千年诗史上的一对双星。可以说,郭沫若在学术上并无扬李抑杜的观点。可是时隔九年,郭沫若忽然发表了《李白与杜甫》一书,在高度赞扬李白的同时,对杜甫极尽贬斥诋毁之能事。也就是说,他对杜甫的态度来了一个180度的大转弯。此书出版于1971年,正处"文化大革命"的疯狂时代,学者大多装聋作哑,整个学术界鸦雀无声。郭沫若本人也时不时地受到毛泽东的旁敲侧击,已经成为惊弓之鸟,甚至早已声称自己的一切文字都该付之一炬。他怎么会忽发雅兴来重评李、杜之优劣呢?人们普遍认为这是郭沫若熟悉毛泽东喜欢"三李"(李白、李贺、李商隐)而不喜欢杜甫,于是他捷足先登,抢先撰写专著来论证毛泽东的观点,甚至不惜打自己的耳光,一改先前的尊杜态度,对杜甫大放厥词。他甚至对杜甫的《茅屋为秋风所破歌》也肆意贬毁,说那座"床头屋漏无干处"的破茅屋是"冬暖夏凉的,有时候比起瓦房来还要讲究",还要气势汹汹地追问学界凭什么称杜甫为"人民诗人"。这样的学术研究,距离实事求是的态度不是太远了吗?

与郭沫若相反,陈寅恪在学术研究中始终抱着实事求是的态度,用他自己的话说,他所尊崇的学术原则是"独立之精神,自由之思想"。无论时代如何变迁,无论政治形势变得如何险恶、学术环境变得如何恶劣,陈寅恪始终立定脚跟,从不随波逐流。陈寅恪的学术研究是一种纯学术,他把学术视作安身立命之本而不是谋求实利的手段,所以他绝不趋时,绝不媚俗。

1964年,政治形势已经是山雨欲来风满楼了,陈寅恪仍然如此表达自己的信念:"欧阳永叔少学韩昌黎之文,晚撰《五代史记》,作义儿、冯道诸传,贬斥势利,尊崇气节,遂一匡五代之浇漓,反之淳正。故天水一朝之文化,竟为我民族遗留之瑰宝,孰谓空文于治道学术无裨益耶?"可见陈寅恪从不隐瞒自己的学术立场和思想信念,他以生命的代价守护着学术的尊严,从而成为中华传统文化的托命之人。

那么,陈寅恪的学术理念与实践是检验真理的唯一标准的思想又有什么关系呢?让我们看一个例子。陈寅恪的《金明馆丛稿初编》这部书稿早在1956年就送交出版社了，有关编辑提出，书稿中《天师道与滨海地域之关系》一文有"黄巾米贼"的词句，有伤农民起义的形象，要求陈寅恪改动或删除。陈寅恪坚决拒绝修改，否则宁可不出书，结果导致这部重要著作的出版日期一拖再拖。陈寅恪为什么不肯改动"黄巾米贼"这个词呢？是由于古人就是这样称呼汉末的农民起义军的，这是历史上的客观事实，不能因今人的观念而随意改动。出于同样的原因，陈寅恪的全部学术研究都是绝对忠实于史实的，他的全部学术观点都是有确凿的文献依据的，绝不向壁虚构，更不会随意猜测或有意曲解。

纵览陈寅恪的全部学术著作，无论是论述古代政治制度的《隋唐制度渊源论稿》，还是阐述诗歌文本的《元白诗笺证稿》，都贯穿着"言必有据""信而有征"的学术准则。古代文史研究与现代的政治思想或经济思想不同，古代文史研究者提出的观点或结论无法付诸实践去检验是非，但是两者的学术精神仍有相通之处，因为"言必有据""信而有征"等学术准则都表明我们的学术观点必须有史料依据，也就是必须符合历史事实，而历史事实其实就是无数前人的实践的记录。换句话说，实践是检验真理的唯一标准这个原理在古代文史研究中同样是金科玉律，它在陈寅恪的学术研究中得到了典范性的证明。陈寅恪学术著作的书名大多冠以一个"稿"字，这不仅是表示谦虚，也是表示他所得出的结论仍属于初稿的性质，一旦发现了新的史料或产生了新的阐释，他随时准备修正自己的结论。这不是以实践是检验真理的唯一标准又是什么？

30年来，古代文史研究的典范从郭沫若变成了陈寅恪，这正是那场真理标准大讨论在故纸堆上反映出来的时代折光。作为一个以钻故纸堆为业的学人，我衷心祝愿中国的学术界从此归于正常，衷心祝愿使郭沫若付出了学术的尊严而成为郭沫若的环境不再重现，衷心祝愿使陈寅恪付出了生命的代价才成为陈寅恪的环境不再重现。天若祚我中华，应许此愿！

（2008年12月8日在南京大学"真理标准讨论与改革开放30年论坛"上的发言）

传统与经典

我10年没有来山大了,我和同学们都是初次见面,但和很多老师是老朋友了。比较伤感的是,此次前来,两位朋友王小舒老师和陈炎老师已经不在了,时间过得真是太快。今天晚上讲座的题目是"传统与经典",题目有点大,实际上我要讲的,就是我对读书的看法,也就是我们应该读什么书?应该怎样来读?

一、从"世界读书日"说起

每年的4月23日,是联合国教科文组织确定的世界读书日,现在我国也有很多地方将此日作为地方读书节。那么4月23日这一天作为读书节,有什么特殊含义呢?我们知道,设立读书日最初是几个西欧国家向联合国提出的建议。这几个西欧国家包括西班牙、英国。如果你是西班牙的读者,可能会在4月23日联想到塞万提斯的逝世纪念日;如果你是英国的读者,可能会联想到莎士比亚的生日和逝世纪念日。但实际上世界读书日与两位文豪的生卒年月没有关系。4月23日是西欧民间的一个节日,这个节日叫作"圣乔治节"。相传古代西班牙有一个年轻人叫圣乔治,一个偶然的机遇下,他救了一位公主的性命,公主感谢乔治救命之恩,就送给乔治一本书,因为书是人间最珍贵的礼物。某些西欧国家过"圣乔治节"的节俗，如同我们端午节吃粽子，人们到了这一天会互相赠书，所以把此日定为读书日。有些中国的读书人，听了这个解释之后难免遗憾，世界读书日，却选择了西欧的节俗，和我们中国人毫无关系。但我倒没有觉得遗憾，毕竟"世界读书日"的创意就是人家提出来的，更何况，我们应该承认，当代中国人的读书空气很淡薄，社会上的人不怎么读书，甚至可以说高校里的人也不怎么读书，他们更喜欢看手机。

中国人为什么不喜欢读书呢？难道中华民族不喜欢读书吗？非也。中华民族以前是喜欢读书的，四大发明中的造纸术、印刷术直接与书本有关，而且我们很早就发明了汉字。那为什么到了当代，我们不喜欢读书了呢？去年国家统计国民的读书数量，这个数量是结合借书量和售书量统计出来的，数据结果是全国平均每人每年读书6本。且不说有没有水分，就算真的是6本，这个数字还是太小了。一些文化发达的国家，阅读量要远远大于中国，以色列的阅读量是平均每人每年读书60本，这是一个热爱读书的民族。那么中国人为什么不喜欢读书了呢？

我倚老卖老，以自己的生平来分析一下当代中国人为什么不喜欢读书。在我20来岁的时候，常在报上看到一句话："书读得越多越反动。"那时候不主张读书，大家都不太敢读书。改革开放以来，情况变了，再没有人说"书读得越多越反动"了，但中国人民长期压抑的致富的力量一下子爆发了。一种欲望如果长期受到压抑，压抑一旦消失，一定会有一个大爆发。于是大家以前所未有的热情求取财富，心态不沉稳，无法静心读书。因此这前后两个阶段，人们都没有好好读书。

再往前推，1949年以前，中国社会是非常注重读书的，尤其是在施行科举制之后。从隋朝创建科举制，到唐、宋将科举制度化，科举制度特别是其中的进士考试，成为全社会有才能的人的唯一上升通道，而大家要通过考试，就要好好读经典。因此，那个时候读书风气是相当浓厚的。但我们考察那时候的读书风气，会发现浓厚的读书风气也是存在问题的——读书的目的有问题。为什么读书？为了考上进士，为了进入社会上层，为了进入统治阶层，享受荣华富贵，读书有明确的目的性和强烈的功利性。相传宋真宗作《励学篇》来劝导天下人为了功名利禄而读书："富家不用买良田，书中自有千钟粟。安居不用架高楼，书中自有黄金屋。"下面两句更有意思："娶妻莫恨无良媒，书中自有颜如玉。"娶不起妻的穷小子，只要把书读好，美女就会嫁给你。总而言之，荣华富贵、金钱美女都可以从书中读出来。由宋真宗这样的社会上层出面来提倡这种价值导向，一定会影响到全社会。马克思曾说，统治阶级的思想就是占统治地位的思想。孔子说得更精妙："君子之德风，小人之德草，草上之风必偃。"社会上层的君子的价值判断好比风，社会下层的社会判断像草，风往哪边吹，草便往哪边倒。所以宋真宗亲自提倡的这几句歌谣，很快就深入人心，深入全社会。

到了清代，山东省出了一位老书生，叫蒲松龄。蒲松龄穷极无聊，写《聊斋志异》。《聊斋志异》共431篇，我们所熟知的大多是写爱情故事的篇目。但今天我要说的是很少被人提及的一篇，叫作《书痴》。《书痴》的主人公叫郎玉柱，他的父亲曾做过太守，为官清廉，两袖清风，不置田产，酷爱买书。所以他去世后留给儿子唯一的遗产就是满满一屋子的书。在郎玉柱幼年时候，他的父亲便亲手把宋真宗写的《励学篇》写在纸上，贴在他书桌的右边，这也就是"座右铭"，所以郎玉柱从小就熟悉"书中自有黄金屋""书中自有颜如玉"

这些信条。他父亲过世后,家道中落,郎玉柱变成了贫穷的子弟,但他有满满一屋子的书。他一直读书,年近三十,一直未娶。原因很明显,他家道中落,没有姑娘愿意嫁给他。但奇怪的事发生了,这一天,郎玉柱读《汉书》,翻到第八卷,见一个用纱剪成的美人夹在书页中。郎玉柱非常欢喜,将美人恭恭敬敬地放到书桌上。虽然他依旧每天读书,但过了几天,奇怪的事情又发生了:这个平面美女突然立体化了,坐了起来,并飘落到地,遇风而长,渐渐长得和真人一般大小。而且这个美女不仅从纸上走了下来,还开口介绍自己:"妾颜氏,字如玉。"一个活色生香的颜如玉就从书中读出来了。这篇小说就说明"书中自有颜如玉"这种观念在蒲松龄的年代是深入人心的,他们坚信如此,才会把这样的情节写入小说。那么郎玉柱这样的读书态度是我们今天要提倡的吗?大家努力读书是为了金钱美女、荣华富贵?当然不是。

  作为对比,我们再来看一篇西方的小说,同样是读书题材。外国有三个小说家被冠以"世界短篇小说之王"的称号,美国的欧·亨利、法国的莫泊桑和俄国的契诃夫,其中契诃夫的作品最好。我们今天也来看一下他的一篇不太有名的小说——《打赌》,里面也写到了读书。《打赌》中的故事是这样的:在沙俄时期的彼得堡,有一个文艺沙龙,有一天在这个沙龙里发生了争执,有两个人的意见不合,吵了起来。这两个人一个是银行家,一个是年轻律师,他们争执的内容是人能否忍受长期的监禁,并且立下一个契约。契约内容是律师搬到银行家后花园里的一间小屋里住,在最严格的监视下过完15年,在此期间他无权跨出门槛一步,但是可以读书。如果能坚持到底,银行家就支付给他200万卢布。一开始,律师读的书和我们现在社会上的年轻朋友差不多,是爱情小说、侦探小说,等等。第二年,改成读古典作品，后来又改成读语言、哲学和历史，所读之书的层次越来越高。很快15年过去了，条约中的截止日期是某天的中午12点。前一天的夜晚，银行家心生悔意，一想到明天中午自己将要输给律师200万卢布，便觉得不甘心。所以他趁着月黑风高，悄悄进入小屋，发现律师已经睡着了，桌上放着一张纸，上面写着：15年来，我通过读书好像经历了丰富多彩的生活，获得了人间所有的知识，还获得了智慧。现在我蔑视你们的富贵生活，我将在规定期限之前五个小时离开这里，从而放弃那200万卢布。银行家看完信件后，悄悄离开小屋。果然第二天天一亮，律师自行离开了。

这篇小说中律师的读书态度是第二种读书态度，即无功利的读书，读书是为了充实自己。这种读书态度，我们的祖先就有，孔子就曾说过："古之学者为己，今之学者为人。"古代好的学者读书是为了充实自己，读书不是读给人家看的，读书是一种生命的需要。换句话说，读书不是手段，它本身就是目的，它是人生的意义。这种态度的读书，最合适的阅读对象就是经典。我赞成大家读经典，各种经典都可以。尽管不研究自然科学等学科，但是我们依然可以读自然科学方面的经典著作，如牛顿的《自然哲学的数学原理》，这样的书，启人心智。达尔文的《物种起源》也是如此，再晚一点，美国蕾切尔·卡逊的《寂静的春天》也是经典。但是这些经典主要研究的对象是物，是物质世界，与人的内心、人的境界没有直接的关系，所以我们首先强调的不是读这种经典。我也同意我们应该好好读西方的经典，但是我们首先要重视本民族的经典。

二、器物文化、制度文化、观念文化

中华传统文化，在一个世纪以前，即五四时期，是被人轻蔑的，五四先贤们曾经对它采取了激烈的批判态度。解放后，我们批判胡适的一句话"月亮也是美国的圆"，其实胡适没说过这句话，不过他确实有类似的表达，但当时发表类似言论的并非只有胡适。新文化运动的主将鲁迅也主张青年少读或不读中国书，多读外国书。鲁迅还有更激进的表达："汉字不灭，中国必亡。"由此看来，五四先贤们对我们传统文化采取的态度是非常偏激的。

经过一个世纪，蓦然回首，我们整个民族开始反省对待传统文化的态度，虽然现代社会上仍然不乏批判传统文化的声音，但作为社会的主流意见却不是这样了。从党和国家的领导人，到社会上的一般群众，大家都认识到五千年积淀的中华文化是光辉灿烂的，它虽有糟粕，但也有精华，传统文化的精华我们应该理直气壮地继承、发扬。但问题是传统文化博大精深，有着丰富的内涵，我们要继承的对象到底是什么？文化是一个很难下定义的概念。我们在大学读书的时候，也就是上世纪80年代初，正是所谓"文化热"的时代，很多学者试图为文化下定义，据统计，当时国内外学者对文化下的定义共有160多种。我认为，一个概念的定义有160多种，那就等于没定义。所以我们既然无法从定义上去分析传统文化，不如从内涵上弄清楚中华传统文化包括哪些内容。

依照我粗浅的想法，文化可以分为三大类。第一类可以称之为器物文化。器物文化是有物质外形的文化，比如说博物馆中的青铜器、玉器，或者是保留在大地上的万里长城，等等。中华民族古代的器物文化确实是光辉灿烂，但是这些物品，就其实用价值来说，却是过时了。我们不会再用博物馆里的鼎来做饭，它的实用性已经没有了，即使是万里长城也是如此。万里长城是中华民族精神的象征，在古代也确实是我们国防上的坚强屏障，但到了今天，万里长城在国防上又有什么价值？因此，传统文化中的器物文化是一种博物馆文化，已谈不上继承，只是一个研究的对象。

第二类是制度文化，就是我们古人对于社会制度的安排和思考。比如古代的"六部制"，从隋唐到清末，基本沿袭，这说明它是合理的。但如今我们的国务院却不能再采取"六部制"，即使要采取"大并部"的举措，最少也得设置20个部。因为社会管理复杂化了，6个部远远不够了。再比如说教育，中国古代最好的教育机构就是书院，特别是宋、明、清的时候，民间的书院不仅是培养基础人才的地方，也是产生思想的地方。但是现在，我们不可能将孩子送到书院读书，现代化的教育制度才能和现代社会合拍。因此，制度文化也是不能继承的，它只能是历史研究的对象。

第三类是至今还有实用价值的，还值得我们去传承弘扬的，这就是传统文化的精神内涵，也就是观念文化。观念文化指的是我们古人的意识形态，是古人观察世界、思考世界的方法，以及他们思考的结果及价值判断。观念文化的精华部分可以说是千秋万代永不褪色，这是我们要真正继承的。观念文化的物质载体是典籍。中国人很早就发明了汉字和造纸术、印刷术，祖先留下来的书汗牛充栋。古人留给我们的书，第一是数量多，第二是书中的思想是清晰的。基于汉字的稳固性，中华典籍传递古人的思想是比较准确的，后人来解释不会有太多歪曲、误解。我本科读英语，知道英语这种拼音文字，词形是不断变化的，英国的普通民众读600年前的乔叟的作品是读不大懂的，但我们读2500年前孔子的言论，读《论语》，在理解上没有太多障碍。

因为汉字稳固，所以我们的祖先留下了很多准确记载列祖列宗思想的典籍，这些典籍给我们提供了丰富的思想养料。

三、文化的民族性

在此，我要说一说文化的民族性的问题。我们当然要读外国书，但绝对不能只读外国书。我们应该既读外国书，也读中国书。传统文化，特别是人文方面的文化，一定具有强烈的民族特征。文化是一群人在一个比较固定的空间中一代一代创造积淀而成的，它一定有较强的地域特征。中华民族的传统文化，具体到观念文化，大概有三条主线，即儒、道、释。"儒"和"道"无疑是本土思想，是我们祖先自己创造的，而"释"，也就是佛教思想，好像是外来的，但我们看陈寅恪先生的研究结果。陈寅恪研究佛教史，有两个关键的案例值得我们注意。第一个是对佛教故事《莲花色尼出家因缘》的研究。莲花色本是一位古代印度女子的名字，后来她出家做了比丘尼，便称她为莲花色尼。这个故事讲的是她出家的前因后果。陈寅恪研究发现这个故事有两个版本，一个版本是巴利文本，巴利文是印度的一种古文字，这个文本最接近佛教原意；另一个版本是汉字本，是敦煌的手抄本，是翻译过来的。陈寅恪仔细比对后发现，两者存在一个重要的不同。《莲华色尼出家因缘》讲的是，莲花色年轻时不信教，生活不守规矩，后来受到种种报应，才幡然悔悟，回心向善，开始信教，成为比丘尼。《莲华色尼出家因缘》的巴利文本，说莲花色受到了七种报应，但到了汉文本中，只受了六种报应，少了一种。少了哪一种呢？是说莲花色年轻时不守规矩，与人生了私生子，随即抛弃。那个男孩长大后，母子早已互不相识，竟然结成夫妻，乱伦了。这是一种惨痛的人生经历，是一种报应，但这个情节到了汉文本中却不见踪影。因为古代的翻译者认为即使是作为报应，母子结婚也是为中华民族的伦理观所不能容忍的，所以直接删掉。这就是佛教传播到中国的过程中的中国化，它必须要适应中华民族的伦理观念。

第二个案例是对唐玄奘的研究。历史人物唐玄奘到印度去取经，历经千辛万苦，终于将佛教经典引入大唐。玄奘带着大量佛经返回大唐，朝廷专门在长安建立了一个寺庙，派年轻的僧人跟他一起翻译佛经。在中国的佛经翻译史上，玄奘的佛经翻译是最忠实于原文的，因为玄奘精通梵文，精通佛教教义，他的态度又非常严谨。但恰恰是玄奘所开创的"唯识宗"，后来缺乏传人，几乎断绝。中国人后来信奉佛教主要信奉的是禅宗，或净土宗，都是完全中国化的佛教。

陈寅恪的研究告诉我们，佛教之所以能够在中华大地生根发芽，发展成为中国化的宗教，是因为它经过了一个彻底的中国化的改造过程。外来文化必须适应本土，才能为本土文化所吸收。不言而喻，最重要的当然应该是本民族所创造的本土文化。儒学就是中华民族自己创造的本土文化。在中华民族的历史长河中，为什么儒学被我们认定为本民族最主要的文化传统？这不是出于某个人的意志，既不是因为董仲舒上书，也不是汉武帝采取了他的建议，更本质的原因是儒学思想更适合中华民族，尤其是中华民族的早期发展阶段。我们的祖先主要生活在黄河、长江流域，流域的面积很大，境内有长达五千多公里的江河。从气象学的角度看，该地区温湿同步，即气候温暖的季节和雨量充沛的季节同步。与世界上有些冬季多雨、夏季干旱的地区不同，该地区春夏雨量充沛，适宜耕种，所以农业是先民们的主要生产手段。既然列祖列宗以农为本，他们就面临着两大任务。第一个任务是治水，因为黄河、长江两条大河都会泛滥，所以必须治理好它们，

"大禹治水"的传说就是出自农耕的客观需要。问题是，假如黄河、长江沿岸不是统一的民族或大一统的国家，而是像欧洲多瑙河沿岸那样有14个国家，请问大禹该怎么治水？他无法治水，因为他无法带领14个国家的百姓相互合作。第二个任务是抵抗游牧民族的侵扰。不容否认，中华民族内部的若干兄弟民族在历史上都对我们进行过掠夺，他们是游牧民族。华夏民族面临着集中全民族的力量巩固国防、抵御外敌的任务。秦始皇统一中国后，把原来在北方早就存在的赵长城、燕长城，连成一条万里长城，"胡人不敢南下而牧马"，这是他最大的历史贡献。这两项任务都要求我们的祖先采取一种强调群体利益的指导思想，它强调以家国为主，要有家国情怀，如果每个人都自私自利地守着自己的小天地，整个民族的意志便无法体现。所以儒学是应运而生，其发展壮大也是客观的需要，不是某个思想家或帝王将相的推动。正因如此，儒学的典籍就是中华文化中最重要的经典。

四、作为中华民族第一经典的《论语》

既然我们要读经典，读本民族传统文化中重要的经典，接下来大家会顺理成章地问：该读哪些经典？因为之前已经说过，古书太多，不要说同学们，在文学院做教授的老师们也不可能全部读完，所以我们需要选择。可惜恰恰在追问要读哪些经典的时候，我要暂时停顿一下，不能马上给出答案。假设美国有一个大学的教授在讲西方文化，他强调要读西方文化经典，同学们要求老师开一份书单，那就非常简单，因为有现成的书单。耶鲁大学的哈罗德·布鲁姆教授的文学批评理论大家都很熟悉，他有一本书叫作《西方正典》(*The Western Canon*)，这本书介绍了西方文化中的26部经典，《荷马史诗》《圣经》、莎士比亚戏剧，等等，这是有权威性的书单，很多美国大学都采用。如果说布鲁姆这本书的学院派气息太浓，那么针对社会上的一般读者，有没有好的书单呢？也有的，美国人大卫·丹比写了一本《伟大的书》(Great Books)，这本书对提高同学们读经典的自觉性会有帮助。大学排行榜不一定准确，但是美国有一种排行榜，它根据学科进行排名，例如今年全美物理学的第一名是谁，化学的第一名是谁，这种排名方法比较合理。大卫·丹比毕业于美国哥伦比亚大学的传媒专业。哥伦比亚大学也是常春藤联盟的一员，但是它的地位比哈佛、耶鲁要低一些，然而在单科的排行榜上，它的传媒专业名列前茅，数次得过全美第一。大卫·丹比毕业30年后成了一个非常著名的媒体人，事业非常成功，他忽发奇想，当年他在哥大读书修了很多课程，到底是哪一门课对他后来的工作和事业起到了最大的推进作用？得出的结果使他自己都大吃一惊，这门课并不是他的专业课，而是一门通识教育课。所以，他重返哥伦比亚大学，重修这门课。30年过去了，讲课的教授当然也换了人，教室里的学弟学妹比他年轻很多，他都不在意，他坐在教室里认真地重修了一年。一年之后，他写了这本Great Books，一本一本地介绍哥大通识教育课上讲的西方文化经典。在座的同学，哪怕你不是文学院的，不是人文学科的，我觉得你也要读一些人文方面的经典，它一定会对你的工作和整个人生起很大作用。回到本题，如果我们在美国讨论哪些书先读的问题，这很简单，有现成的书目。《西方正典》也好，《伟大的书》也好，都是比较有权威性的书单。可惜，中国目前还没有这样的书单，没有中国学者写出一本《中国正典》《东方正典》或中文的《伟大的书》。在座的同学也许会追问中国文史哲的教授们为什么不写这样一本书？其实不是我们不想写，而是我们没有能力写。我一直觉得，如果要写这样一本书，你一定要有比较宽广的知识面，至少在人文学科里要能贯通各科才能够写作，只精通一门是不够的。我认为中国当代高等教育最大的问题是走专科教育的路线，一所大学里的学科设置不够全面，而且不同系科的师生老死不相往来。在这种情况下，你不能指望像我们这样被培养出来的人去写《东方正典》，所以目前还没有这样的书。

虽然没有这样的书，但是我觉得还是有一本书可以推荐给同学们，是意大利文学家卡尔维诺写的书。卡尔维诺是一位小说家，曾和诺贝尔文学奖擦肩而过。我要介绍的不是他的小说，而是他的一本谈经典著作的书——《为什么读经典》。这本书的前言写得非常好，叫《什么是经典》，它为经典著作下了14条定义。我读了这14条定义以后，最佩服其中的两条：第四条和第五条。在第四条中，卡尔维诺说："一部经典著作就是一本每次重读都像初读那样带来发现的书。"即使这本书你以前读过，在你读第二次和第三次时，又会有新的收获，得到新的启发，这样的书是经典。第五条定义正好倒过来，卡尔维诺说："一部经典作品是一本即使我们初读也好像是在重温的书。"你没读过这本书，甚至你以前都不知道有这本书，但在你第一次拿到时，打开一读却如逢故人、似曾相识。可能这本书中说的某些道理是你平时也若有所感，但是你没有想透，读过此书后你才会深刻地思考它们。我曾经用卡尔维诺的这两条定义来检查我自己读过的中国古书，为自己确立了一本我心中的中华文化经典，这本书就是《论语》。

为什么《论语》符合这两条定义？这就牵涉到我们这代人的读书经历了。我1968年下农村，1977年高考恢复，1978年春离开农村，一共当了10年知青。我们那代人的读书经历和现在的朋友们大不一样，现在各位同学读书时面临的困境是书太多，眼花缭乱、不知所从，我们年轻的时候却是书太少、没书可读。当知青是比较艰苦的，同学们在银屏上看到的知青生活好像很丰富多彩，其实不然。农村的生活艰苦，劳动繁重，我们所用的农具是镰刀、锄头，我后来看到汉墓里的石刻时，才发现我们用的农具和汉朝农民是一样的。知青生活不仅艰苦，而且希望渺茫，大家的思想都很沉闷，但最大的困难还是无书可读。当时的图书馆都被贴了封条，书店里也买不到什么书，就在这个情况下，我开始读《论语》。

使我联想到卡尔维诺关于经典著作第四条定义的是《论语·子路》里的一条："叶公语孔子曰：'吾党有直躬者，其父攘羊，而子证之。'孔子曰：'吾党之直者异于是。父为子隐，子为父隐，直在其中矣。'"我读到这条，想不通，我认为叶公说的是对的。叶公说他的一个老乡很正直，老乡的父亲偷了一头羊，老乡主动出来检举作证，所以这个人很正直。孔子却说父亲和儿子应相互隐瞒，不告诉别人偷了羊，这才算正直。我想，孔子是不是说得不对？这个问题一直困扰了我很多年。若干年后，我考进南大，在和导师程千帆先生见面的第一时间，我就请教这个问题。程先生说这很简单，就是儒家的亲情原则。儒家认为人伦关系中最重要的就是亲情关系，父子关系、夫妻关系、兄弟关系等家族内部的关系，这是一切人伦关系的基础。假如这个关系受到损害，其他关系也都不复存在，社会就会变成一盘散沙。所以儒家一定要着力维护好亲情关系，宁愿委屈一下法律和公正。要是老乡揭发父亲偷羊，那么父子关系就会受损，受损后就不可修复，再也回不到原本的状态。后来我认识了一些法学院的朋友，他们告诉我，其实在西方某些发达国家的法律体系中都有这一条"亲隐原则"，即不能强迫犯罪嫌疑人的直系亲属到法庭上作证。法学界对于这条原则是有争议的，但这种条文值得我们深入思考，孔子说的"父为子隐，子为父隐，直在其中矣"值得我们深入思考。我们反复阅读，深入思考，才能理解其中的深层意义。这完全符合卡尔维诺说的第四条："一部经典著作就是一本每次重读都像初读那样带来发现的书。"

　　我又是如何联想到第五条的呢？我先介绍一下我读《论语》的经历。我下乡后从《古代汉语》中读到了几十条《论语》的条文，十分佩服，很想读《论语》全文，但是怎么也弄不到。一直到1975年，当时要批判孔子和儒家，所以出了一本《〈论语〉批注》，是北京大学哲学系一九七〇级工农兵学员集体编著的。"批注"就是批判并注解的意思。这本书很有意思，白色封面，书名的四个字，"论语"二字是用黑色印的，意思是这是一本反动的黑书；"批注"二字是用鲜红的颜色印的，表示用无产阶级的红色思想来批判《论语》。那么它是如何批判的呢？《论语》开篇有云："有朋自远方来，不亦乐乎？"这本书"批判"部分说："'有朋自远方来，不亦乐乎'，是要他们拉拢来自远方的反革命党羽，扩大反革命组织。"全书基本上都是这样的批判。尽管如此，我从县城的新华书店买到这本《〈论语〉批注》，还是如获至宝，因为《论语》的原文都在，虽然有批判，但我可以不看批判，直接读原文，这是我平生第一次读到《论语》全文。于是我读到了《论语·子张》中的一条，中间有曾子转述孔子的话："人未有自致者也，必也亲丧乎！""自致"就是全心全意地办某件事。孔子认为人一般做不到"自致"，做事总是用七八分力气，只有"亲丧"时才会用十分力气，才会奉献整个自我。"亲丧"就是为亲人办丧事。这里我们要关注一下"亲"这个字，现在有些年轻朋友乱用"亲"字，跟陌生人通话，开口就称"亲"。其实"亲"字是非常尊贵的字眼，不能乱用。在孔子的时代，"亲"只能用在两个人身上——父亲和母亲。他们给你生命，是你生命中最尊贵、最亲密的人。所以"亲丧"在先秦语境中就是指为父母亲办丧事，孔子说这个时候人才会全心全意。为什么我在读这条的时候会联想到卡尔维诺的第五条定义呢？因为在我1975年读到《论语》这条条文的前一年，我为我父亲办了丧事。1974年我父亲去世了，他是国民党军人，当时戴着历史反革命的帽子。父亲去世之后，我要把他的遗体送去火化。我插队在江南水乡，那里河道纵横，主要的交通工具是木船。但是全县唯一的火葬场偏偏不在河边，而在一片陆地上，船是到不了那里的，我必须借一个陆上交通工具运送我父亲的遗体。那时候整个大队只有一台拖拉机，钥匙由大队书记亲自保管。我找大队书记借那台拖拉机，被一口回绝，因为我的家庭出身不好。我束手无策，不知所措，有好心人看到我为难，就帮我出谋划策。我听了他的劝告，买了两包香烟，去送给大队书记，再说借拖拉机的事。书记收下香烟，就把拖拉机借给我了。第二天，我就把父亲的遗体运到火葬场，总算把丧事办了。我向听众朋友坦白，在我70年的生涯中，我向基层干部行贿的行为只有那一次。但是办完丧事后，我觉得这件事不光彩，心里不舒坦，一直难以排解。一年以后，我买到《〈论语〉批注》，读到《论语·子张》，看到"人未有自致者也，必也亲丧乎"，压在我心里的那块石头顿时落地。依照孔圣人的说法，我去年的做法是可以的。

所以《论语》是一本什么样的书？它是一本人生教科书，是一本教我们怎么有原则、怎么有尊严、怎么有意义地生活的书。有一位学者在央视讲《论语》是一本告诉我们怎么愉快地生活的书，这至少是片面的。在没有读《论语》时，我们的生活是不自觉的；读过《论语》，我们的生活才有一个明确的价值导向。所以我认为《论语》是中华民族第一经典，值得我们每个人好好品读。可惜我从未研究过《论语》，不敢讲解它，下面话题就转移到我比较熟悉的领域。

五、走近伟大的灵魂

我从1979年考进南大，40年来一直在从事古典文学研究，我的研究集中于唐宋诗词。我写过不少书，也写过100多篇论文。我敢讲的必须是我比较熟悉的文学经典，唐宋诗词当然在内。唐宋诗词是我们中华文化的经典，当然我指的是其中好的作品，唐宋诗词也不是每一篇都好，但其中的好作品绝对是千古名篇。我们中国的古人在评判文学家价值的时候，一向是人、文并重。古人认为人品不高的，哪怕再有才华，其作品也是没有意义的。经过我们古人千百年地选择，留下来的那些大诗人、大词人，一定是人品、文品并重的。有了这个前提，我要强调一点，读诗实际上就是读人。读诗，当然要注意它的平仄、对仗、典故、字句优美等文学价值，但最根本的意义，是透过这些作品来读诗人本身。读1458首杜诗，实际上是读杜甫这个人，看这个人的人生观，看这个人在作品中表达的思想、表达的价值判断，看这些文化方面的内容对我们今天的人有什么意义。这才是我们最终的阅读目标、阅读价值。所以在这个前提下，我下面的话题就转为在唐宋诗人、词人中，选择一个作为我们的阅读目标，通过这样的阅读来了解和感受我们的传统文化。我在唐代诗人中间选到的第一个典范人物，就是杜甫。在我的心目中，杜甫的重要性是高于李白的，学术上我承认李、杜并重，都是第一层次，但是就个人来说，作为一个读者，我感到最亲近的，对我最有意义的，首先是杜甫。

杜甫对当代读者有什么意义？为什么说他的诗就是中华文化的经典？杜诗1458首，就它的内容来说，地负海涵，包罗万象，山川云物、草木虫鱼，包括日常生活中的细节都写了，但它的核心内容，最闪光的那些内容，是弘扬儒家的理论和精神。他实际上是把儒家的精神以诗语的方式表述出来，用现实中的生活场景阐释出来。所以杜甫是唐代儒家精神最好的阐释者，甚至也是历史上最好的儒学阐释者。钱穆先生称杜甫是唐代的"醇儒"，我很赞成。为什么这样说呢？中华传统文化最核心的一条主线无疑是儒家文化，儒家文化最有意义的价值有两点。第一，在政治观念上，强调仁政爱民。儒家认为检测一个政权是不是具有合法性，唯一的标准就是仁政爱民。所谓仁政爱民，是说这个政权的一切措施和行为是为了提高百姓的生活水平，使百姓生活得更富裕、更安定、更幸福。儒家是赞成革命的，孟子甚至说，"闻诛一夫纣矣，未闻弑君也"，杀商纣王，就是杀一个独夫民贼，不是杀一个国君。第二，在伦理观念上，提出"仁者爱人"。儒家的仁政爱民思想是从哪里来的呢？一种思想有一个立论的基础，有一个推论的过程。儒家思想非常清晰，简洁明了，其出发点就是人性善。《三字经》中说，"人之初，性本善"，这是孟子的观点。孟子认为人的本性中本来就有向善的一面。他举了一个很好的例子，一个小朋友在井边玩，快要掉到井里去了，这时你不会考虑这个小孩是不是你亲戚家的，他父母认不认识你啊，你去救了他会不会有人谢你啊，你本能就会冲上去拉他一把，把他救起来。"恻隐之心，人皆有之。"在这个基础上，儒家提出"仁者爱人"。作为伦理观念的"仁者爱人"，跟政治观念的"仁政爱民"，这两者是怎么联系起来的呢？儒家的推理过程非常简单，是自然地延伸、自然地扩大。孟子用两句话，把这个过程说得非常清楚，就是大家熟悉的"老吾老以及人之老，幼吾幼以及人之幼"。第一个"老"字是动词，把老人当老人看待，包含着善待老人的意思。孟子认为光善待自己家里的老人是不够的，应该"及人之老"，要扩张出去，延伸出去，爱邻居家的老人，爱全社会上的老人。"幼吾幼以及人之幼"，也是同理。爱全社会上的老人，爱全社会上的孩子，这才是儒家的信仰。儒家的仁爱精神，表面上看和基督教的博爱精神很相似，但来源不一样。博爱精神的来源是宗教的，《圣经》中说得很清楚，假如你做不到博爱，对别人不好，耶和华就显灵了，就惩罚你。人在神灵的道德要求下，才做到博爱。儒家不承认有神灵，儒家认为这一切都是从我们内心自然生发出来的，人的本性中就有善良的东西，你培育好它，保护好它，发扬出来就是仁爱精神。它是天然的，自然可行，又易于操作。儒家精神说一千道一万，核心就在这里。

正是这一点，杜甫体会得最真切，表现得最深刻。1458首杜诗非常形象生动地把儒家的精神本质表达出来。杜甫的《乾元中寓居同谷县作歌七首》《茅屋为秋风所破歌》等伟大诗篇，就是儒家"仁者爱人""仁政爱民"精神的诗语表述。前一首从穷愁潦倒的自我，写到跟他一起逃难的家人，又写到飘泊在远方的弟弟、妹妹，然后想到天下苍生。后一首写一个秋风秋雨之夜，诗人自家的茅屋被大风刮破，但他想到："安得广厦千万间，大庇天下寒士俱欢颜！"杜甫的这种情怀，就是儒家的仁爱精神。什么叫"安得广厦千万间"？这就是历史上最早提出的"安居房"的概念。说到底，杜甫的价值就是把儒家精神用诗歌表达出来。我们今天读杜诗，欣赏这些优美的文本，它们在典故、对仗、炼字等方面都精美绝伦，千锤百炼，但更重要的是，这些诗歌里包含着火热的感情，蕴含着关心天下苍生的伟大情怀。我一直认为读杜诗，既是欣赏文学作品，也是接受人生观的熏陶，会提升自己的人生境界。

下面我们看文天祥读杜诗的经历。公元1279年崖山沦陷，现在网络上很多朋友讨论崖山以后有没有中华的问题，我是坚定地认为，崖山沦陷，灭亡的是南宋王朝，而中华民族依然存在。崖山沦陷时，南宋最后一个宰相陆秀夫背着九岁的小皇帝赵昺跳海殉国。两年多以后，南宋的前宰相文天祥在大都慷慨就义。他们两个人把我们中华民族的尊严、气节都保存了下来，所以中华哪里亡了？不会亡，因为文化还在。崖山沦陷时，文天祥正在蒙古人的战船上。他被俘虏了，蒙古人押着他一起去崖山。在进攻崖山前，蒙古人强迫文天祥写信招降固守崖山的张世杰、陆秀夫，文天祥拒绝了，他写了一首《过零丁洋》，其中两句大家都很熟悉："人生自古谁无死？留取丹心照汗青。"崖山沦陷后，蒙古人押着文天祥北归，回到大都，然后就开始了长达近三年的劝降过程。蒙古人用尽办法，威逼利诱，甚至元朝皇帝忽必烈亲自劝降，许以宰相高位，文天祥就是不降，最后慷慨就义。

现在我们追问这样一个问题，为什么文天祥在南宋亡国将近三年后还能坚持不降？在这种生死关头采取这么壮烈的举动，其背后一定有强大的精神力量做支撑。文天祥在监狱里写了一首最有名的诗《正气歌》，最后两句写道："风檐展书读，古道照颜色。"我在一个穿风漏雨的屋檐下，打开书来读，古人的道德光辉照亮了我。文天祥说得很清楚，是传统文化的力量，是经典的力量，在那里支撑着他。我们再追问一下，支撑他的具体对象到底是什么？我觉得有两个，第一当然是孔、孟之道。文天祥就义以后，他的夫人欧阳氏去为他收尸，发现遗体的腰带上有一块布，上面用毛笔写着一行文字，我们后人崇敬地称他为"衣带铭"，当时并没有标题，内容是："孔曰成仁，孟曰取义。惟其义尽，所以仁至。读圣贤书，所学何事。而今而后，庶几无愧。"第一、二句，就是孔子说的"杀身成仁"，孟子说的"舍生取义"。杀身成仁，舍生取义，意思是一样的。为了一种崇高的道德目标，人可以牺牲生命，因为它比生命更宝贵。所以衣带铭的存在告诉我们支撑着文天祥坚持到最后的第一精神来源是孔、孟之道，也就是儒家思想，这是毫无疑问的。还有第二来源，就是杜诗，文天祥在狱中经常读杜诗。我们做古代文学研究的人讲究证据，我们有证人，证人叫汪元量，本是南宋的琴师。蒙古攻陷临安后，汪元量被俘到大都，但可以自由走动。等到文天祥被押解到大都时，汪元量就经常去探监。他回忆说，每次到监狱里看文丞相，都看到他在读杜诗。他不但读杜诗，还写了200首《集杜诗》，就是把杜甫的诗东抽一句，西抽一句，重新组装成一首新的诗。200首《集杜诗》都是五言绝句，一共800句，全是杜甫的原话。我们知道写集句诗非常难，因为都是人家的句子，你一个字也不能改，还要表达你自己的意思，还要押韵通顺，比自己写一首诗还麻烦。但他为什么要写200首《集杜诗》呢？他在序中说了两个原因：一是国破家亡以来，他的一切遭遇杜甫都写过；二是自从抗元以来，他的内心感受杜甫都写过。所以他认为杜甫已经帮他抒情了，把杜甫的句子重新组织就可以表达他的思想了。200首《集杜诗》的存在告诉我们支撑着文天祥坚持到最后的第二精神来源就是杜诗。当然这两个精神来源实际上是同源的，因为杜诗本身也是儒家精神的诗语表述，这就是传统文化的力量。

所以我认为读杜诗，读这样好的文学作品，可以对人生、对心灵起到熏陶和淘洗的作用。就像杜甫描写的成都郊外的那场春雨，"随风潜入夜，润物细无声"。所以杜诗不仅仅是文学作品，更是中华传统文化中的经典，它是激励后代读者提升人生境界的经典。

(2019年10月8日在山东大学文学院"新杏坛"上的演讲)

万里长江与千年文脉

华夏大地上有两条奔流不息的大河，北方的一条长达5464公里，南方的一条长达6403公里。据宋祁的《释俗》记载，中国古代"南方之人谓水皆曰江，北方之人谓水皆曰河"，于是北方的那条大河被叫作"河"，后来又称"大河""黄河"；南方的那条大河被叫作"江"，后来又称"长江""扬子江"。"江南"毫无疑义特指长江之南，这个地名在先秦时代就产生了。但是无论是地理区域意义上的"江南"，还是行政区域意义上的"江南"，它的内涵都是不断演变的。历史地理学者周振鹤先生指出，"江南"作为一个地域名称，经历了一个"先扩后缩""由大变小"的变化过程，其方位则随着滔滔东流的长江不断东移。大致说来，秦汉之际的"江南"主要指长江中游的荆楚，中唐之后的"江南"则主要指长江下游的吴越。到了近代，"江南"特指长江三角洲或太湖流域的"八府一州"，其范围与今天所说的"长三角"基本重合。从现代经济建设的视角来说，"长三角"当然是一个很好的概念。但要说到文化，则"江南"无疑是这个地区最合适的名称，"江南文脉"则指江南文化的源流脉络。万里长江滚滚东流，一路上九流百派不断地注入，流域面积超过1万平方公里的支流多达48条，整个长江流域的面积广达180余万平方公里。到了下游，长江已变得浩浩荡荡，年均入海水量达1万亿立方米，居世界第三位。江南文化也经历了类似的发育过程：从公元前七千年开始，先民们在江南筚路蓝缕，相继创造了河姆渡文化、马家浜文化、崧泽文化、良渚文化。这些南方文化与北方的龙山等文化交相辉映，形成了中华文明最早的辉煌。及至周代的泰伯、仲雍南奔江南，以及两晋之际、唐代安史之乱和南北宋之交三次大规模的衣冠南渡，江南文化中又不断地渗入中原文明的因素，从而形成气象万千的文化奇观。由万里长江与千年文脉组成的三维空间宏伟壮阔，为我们继承传统、重创辉煌提供了得天独厚的大舞台，所以对江南文脉进行深入的研究、总结，也就成为时代交给我们的重要课题。

江南是著名的水乡泽国，江南风光整体性地得到水的滋润，水光潋滟、烟雨空濛、小桥流水、杏花春雨……。如此温润秀美的江南，本地人士当然会留恋不舍，异乡来客则会流连忘返。晋代的江南名士张翰在洛阳做官，才到中年，便因想念吴地的鲈鱼莼菜而辞官归乡。唐代的长安才子韦庄在江南作客，却万分留恋江南的秀美景色，慨叹"未老莫还乡，还乡须断肠"。南京是不用说了，南朝的谢朓早已赞美它是"江南佳丽地，金陵帝王州"。李白一生云游四海，曾七次来到金陵，远多于他进入长安的次数。苏州和杭州，则"上有天堂，下有苏杭"的谚语深入人心。中唐的嘉兴名士殷尧藩流宦外地，曾作《忆江南》诗30首，盛赞苏、杭二州之美丽。曾任苏、杭二州刺史的太原人白居易见之，作诗和之云："江南名郡数苏杭，写在殷家三十章。君是旅人犹苦忆，我为刺史更难忘。"到了宋代，从"蜀江水碧蜀山青"那里走来的苏东坡盛赞杭州美景，慨叹说："故乡无此好湖山！"扬州与江南近在咫尺，又有运河相通，风土人情皆与江南相通，唐代的长安人杜牧思慕扬州说"青山隐隐水迢迢，秋尽江南草未凋"，南阳人张祜甚至断言"人生只合扬州死，禅智山光好墓田"。盛唐教坊有曲名《望江南》，白居易依其调作《忆江南》，他深情地追问："能不忆江南？"这句词说出了所有江南游子的共同心声。

比自然美景更令人心折的是江南的文化。长江的万里波涛，太湖的万顷烟波，使江南的文化基因中天然充溢着水的因素。水是自然界最宝贵的物质，它滋养了世间所有的生命，水稻、蚕桑、鱼盐……，都是水乡特有的产物，而舟楫之利则为商业的繁盛提供了天然的便利。水网密布、雨量充沛的江南因此成为中国历史上最著名的鱼米之乡，也是现代中国经济最发达的地区之一。水又是自然界最奇妙的物质，它随物赋形，与物无争；它柔若无骨，却无坚不摧。老子说："上善若水，水善利万物而不争。"孔子说"智者乐水"，还赞叹说："水哉水哉！""善"和"智"显然都属于文化的范畴，水乡文化更加使人产生此类丰富的联想。江南自古以来盛产柔软细腻的丝绸和坚韧锋利的兵器，两者堪称江南文化的器物标志。江南的蚕桑业，至少可以溯源到5300年以前，太湖南岸的钱山漾遗址中就有丝织品存在。江南的铸剑业，至少在春秋时代就已非常发达，吴、越的欧冶子、干将等是天下闻名的铸剑名匠。柔若丝绸，刚似利剑，正是江南文化的性格特征。水是世间最好的溶剂，它最善于与其他物质混融无痕，它也最善于积少成多、汇细流而成巨泽。江南文化则具有开放包融的胸怀，对其他地区的异质文化兼收并蓄。周朝的江南人民热情地接受泰伯带来的中原文化，且拥戴他建成了句吴部落。近代的江南人民热情地学习西方的先进文化，率先开眼看世界的近代国人中，冯桂芬、王韬、郑观应、薛福成等皆是江南人士。然而水的性质中又有坚强的一面，老子说得好："天下莫柔弱于水，而攻坚强者莫之能胜。"任何坚硬的固体都是可以压缩的，只有以水为代表的液体才具有不可压缩的物理性质。江南文化也是如此，操着吴侬软语的江南人自古就有不畏强暴的性格，鲁迅曾借用古语声称其家乡绍兴"乃报仇雪耻之乡，非藏垢纳污之地"，其实整个江南又何尝不是如此！清兵入关后长驱南下，却在大江南北受到最激烈的抵抗。扬州、江阴、嘉定，江南人民用生命保持了民族的气节；宁断头，不剃发，江南人民用鲜血维护了传统的尊严。鸦片战争时英国军队入侵长江，江南人民奋起抵抗，镇江军民浴血奋战的事迹甚至惊动了远在欧洲的恩格斯。刚柔相济的江南文化，既有善良温和、宽宏通达的品性，又有果敢坚毅、刚强不屈的风骨。虎踞龙盘的南京城中，秦淮河畔有青楼歌妓李香君的媚香楼，雨花台下有抗金英烈杨邦乂的"剖心处"。碧波荡漾的西湖边上，既长眠着美丽温柔的苏小小和冯小青，也安葬着壮怀激烈的岳飞和于谦。春秋时代的吴公子季札，被后人誉为"神智器识乃是春秋第一流人物"，堪称江南文化最早的形象代言人，其流风遗韵就是江南文化的精神底蕴。

　　任何文化都可分成器物文化、制度文化和观念文化三个层面，它们组成相互依存、逐步深化的复杂结构。江南文化在前两个层面上都留下了优秀的遗产，但最值得我们总结、继承的，当然是其观念文化，也即江南先民的思维模式、价值判断和思想结晶。吴钩、越剑已经不是今人的防身利器，但沉淀在其中的千锤百炼、精益求精的工匠精神却代代相传。东林书院已经不合现代的教育制度，但"风声雨声读书声，声声入耳；家事国事天下事，事事关心"的人生理念却与世长存。观念文化的成果集中体现在思想、宗教、科学、文学、艺术等方面，而历代典籍则是这些成果的重要载体，人杰地灵的江南在这方面贡献巨大。记载在《礼记·礼运》篇中的"大道之行也，天下为公"那段言论，堪称最具普世价值的人类理想，就是孔子对常熟人言偃的询问作出的回答，而且多半是由言偃记录从而载入文献的。中国最早的文学总集《昭明文选》，最早的文学理论巨著《文心雕龙》，都产生于南朝的南京。世界上年代最早、规模最大的百科全书《永乐大典》编纂于明代的南京。中国文学史上最重要的总集《全唐诗》则编纂、印行于清代的扬州。江南物产丰富，用于书写与印刷的材料量多质优，歙砚、徽墨、湖笔、宣纸是天下闻名的文房四宝。江南的出版业兴旺发达，南京、杭州、苏州、无锡、扬州、徽州、绍兴、宁波、湖州等城市都是古代出版史上的重镇，宋代的杭州以印刷质量之佳在全国独领风骚。据王国维考证，北宋国子监编辑出版的"监本"书，"刊于杭州者殆居泰半"，南北宋之交的叶梦得即断言"天下印书以杭州为上"。明代的南京是全国最重要的出版中心，在南京印刷的"南监本"名重一时，古代药物学巨著《本草纲目》也初刊于南京。江南对印刷术的发展也有独特的贡献，世界上最早的活字印刷是北宋杭州书肆的刻工毕昇发明的，中国最早的铜活字是明代无锡的华氏会通馆制造的。江南的藏书业最称繁盛，南宋无锡人尤袤所著《遂初堂书目》和浙江安吉人陈振孙所著《直斋书录解题》是中国古代目录学的经典。中国古代著名藏书家的名单中，江南人士占了十之八九。晚清的中国四大藏书楼中，江南独占其三，湖州的皕宋楼、常熟的铁琴铜剑楼和杭州的八千卷楼天下闻名。总之，江南产生及保存的文化典籍浩如烟海，这是列祖列宗留给我们的宝贵文化遗产。

"盛世修典"是中华民族的优秀传统。历朝历代，中国人都自觉地通过各种方式全面保存、整理古代的典籍，进而从中撷取精华，阐释义理，以达到"温故而知新"的目的。当代中国正处于文化复兴的时代，当代中国人应该保持对本民族传统文化的敬畏和传承，也应该重视本土典籍的保存和整理。动植物的生命奥秘在于一代一代地复制基因，文化的生命就在于某些基本精神的代代相传。一种观念或习俗，一定要维系相当长的历史时段，才称得上是文化，那种人亡政息的观念或习俗是称不上文化的。一种成熟的文化需要千百年的积淀养成，那种"破字当头"、热衷批判的轻率态度只会割断文化的血脉，从而导致民族虚无主义。孔子是中国传统文化整体上的祖师，朱熹甚至说"天不生仲尼，万古长如夜"，但孔子自己的志向却是传承前代文化。他声称"述而不作，信而好古"，他以韦编三绝的精神从事古代典籍的整理研究，所谓"自卫反鲁，然后乐正，雅颂各得其所"，分明是对《诗经》的研究与整理。朱熹也是如此，在儒学方面，朱熹的最大贡献就是《四书章句集注》，成为儒学史上的一座里程碑。在文学方面，朱熹用毕生精力编纂《诗集传》与《楚辞集注》，成为后人读《诗》、读《骚》的重要版本。孔子与朱子的工作重点并不在"创新"，而是在于传承，他们是为文化传承作出巨大贡献的古代学者。在中华民族面临着民族复兴的伟大使命的今天，孔子和朱子的传统理应得到继承和发扬。我们对江南文化的典籍进行全面细致的整理，对江南文脉进行探源索本的研究，不仅能够为江南乡土文化的发展创新提供学理的资源，而且能为整个中华文化的发展创新提供地域的经验。江苏省于2016年启动了名为"江苏文脉整理与研究工程"的大型文化工程，我认为其主要意义正在这里。由于工程是按现代政区来规划、操作的，所以名为"江苏文脉"。但从学理上说，江苏文化就是江南文化的重要组成部分，江苏文脉也就是江南文脉。我与南大文学院的同仁有幸参加这个重要的工程，并积极投入《江苏文库》中的《文献编》和《精华编》的具体工作。我们相信，从根本的意义上说，古代的经典作品流传至今的价值并不是专供学者进行研究，而是供社会大众阅读，从而获得精神滋养，进而推陈出新，继往开来，这正是《文献编》和《精华编》的终极价值。万里长江终古不竭，千年文脉日月常新,我们决心继承孔子、朱子的精神,努力使江南文脉在打造当代中国软实力的过程中发挥更重要的作用,从而在复兴中华的伟大事业中再度焕发生机。

(2018年12月3日在无锡"首届江南文脉论坛"上的讲话)

古典文学研究方法谈

今天和大家谈谈研究方法。刚才杜贵晨老师讲到了我的导师，那么我就从南京大学中国古代文学学科的情况说起。南大的中国古代文学学科本来是一个源远流长的学科，在新中国成立前的源头是两所大学，一所是中央大学，一所是金陵大学，20世纪50年代院系调整时把它们合并成了一个大学，两个学校的文学院就成了南京大学的中文系，现在我们也改名叫文学院了。

我们这个学科历史上曾经有一些著名的学者，像大家都知道的黄季刚、吴梅、胡小石、陈中凡、罗根泽等。但是这样一批学人，等到上世纪60年代，基本上都已经不在了。所以到1978年，我们国家的教育恢复正常的时候，南京大学的中国古代文学学科实际上已经相当衰弱了。我昨天跟山东大学的老师们在一起交流，他们觉得山大以前有"冯陆高萧"，后来觉得后继无人，我们在上个世纪70年代末也是这种情况。

就在这个时候，南大的老校长匡亚明从武汉把一个退休的街道居民，也就是我的导师程千帆先生聘请来南大了。因为程先生当了18年"右派"，"摘帽"以后，武汉大学就让他退休了，就不要他工作了，程先生就变成了一个街道居民，工资都从街道上拿。当时匡亚明校长力排众议，就把他给聘来了。南大也是程先生的母校。他回来工作以后，第一他搞科研非常勤奋，第二他也非常认真地培养研究生，同时也培养中青年教师。过了几年以后，我们南大的中国古代文学学科就开始振兴了。到1987年，国家第一次评全国重点学科的时候，我们就评上了。那时全国只有两家，一家是北大，一家是南大。后来第二次评、第三次评，我们都一直保持下来。所以我们南大的古代文学学科能有今天的气象，在很大程度上，是跟程先生个人的努力分不开的。正因为这样，我们的整个学科、我们的学风，都打下了程先生个人的印记，比如他对学术的一些理念，他对研究生培养的一些要求，都明显地体现在整个学科的面貌上。后来他退休了，过世了，但他的学生开始挑大梁了，如今程先生的三传弟子已经当上博士生导师，我们的学术梯队已经形成。那么，我们这个梯队，或者说我们这个学科，有什么特点呢？我想国内兄弟院校的一些基本学术理念都是差不多的，但具体的做法可能各有各的特点。

一、文献问题

在学术理念上，我们比较强调古典文学研究一定要跟古典文献学研究非常紧密地结合起来，也就是说我们强调在进行古典文学研究时一定要首先在古典文献学上打好基础。因为文献学就是告诉我们应该注意哪些文献，同时也指导我们对这些文献怎么进行处理，这一点是我们整个学术工作的基础。程千帆先生非常强调这一点。所以我们给硕士生、博士生都开授校雠学的课程，也就是传统意义上的文献学。有的同学可能看过程千帆先生和我的师兄徐有富教授合著的四卷本的《校雠广义》，最早就是齐鲁书社出版的。这部书就是在程先生亲自为我们讲授校雠学的讲义的基础上编撰的。我昨天跟山大的老师还回忆过，当年程千帆先生应邀到山大来讲授校雠学，山大的研究生做了一个记录稿，后来有一个油印本；我们南大的同学也有一个记录稿，后来也有一个油印本，把这两个油印本合起来，又进行扩充，就形成了这样一部四卷本的《校雠广义》。我们认为古代文学研究的对象都是过去的文本，即使近代文学，距离我们也是百年以上，更不用说唐宋诗词，还有更早的《诗经》《楚辞》了。这些作品流传到今天，经过了这么长的时间，它的存在形式很可能发生某种变异，比如有的亡佚了，有的在传抄过程中有变化，不再是原本的面貌。所以我们开始研究的时候，要注意你所研究的文本是不是准确可靠。

这个问题首先是个全不全的问题。我相信山东师大的老师肯定也是这样要求同学们的。当你试图要研究某个课题，当你试图就某个对象写一篇论文的时候，老师们肯定会要求你要掌握全部的资料。比如你要写一篇关于李白的文章，你一定要读过李白的全部作品，你不能光读李白的一部分作品就来立论，否则你的材料是片面的、不完整的。现在有的同学，脑子很灵活，脑子灵活当然是好事，但有一个缺点，就是往往不愿意下苦功夫。我在南大发现过这种情况，尤其是本科论文，有的同学根本没有读过《李太白全集》，只读了一本《李白诗选》，就写一篇论文，大谈李白的浪漫主义如何，李白的气象如何。那本《李白诗选》，我数了一下，大概一共选了一百二三十首诗，但是传世的李白诗有900多首，那么你这个结论是根据100多首李白诗得出的，你怎么知道你的结论对那800首的李白诗都适用呢？我们根据部分的材料不能得出一个笼盖全局的结论。当然更聪明的同学连《李白诗选》都不读，只读古代文学作品选里的十几首李白诗，也能写出一篇论文来，那就更不对了。所以掌握资料一定要全面。我们在评同学们论文的时候，好的评语就是材料完整或材料翔实。

然而文献不完整，对我们学术研究的影响还不是最致命的。你得出的论点是偏颇的，不全面的，但还不至于致命，不至于南辕北辙。另外一个问题就是文献的真伪问题，也就是材料可靠不可靠，是真的还是假的。如果材料是假的，那么你的整个立论可能是南辕北辙，可能是完全错误。实际上在古代文学的资料中间这样的问题比比皆是，相当常见。拿我本人比较关注的唐宋诗歌来说，比如《全唐诗》，在闻一多先生、李嘉言先生的年代，就是上世纪40、50年代，他们那一代学人研究唐诗的论文如果注出处的话，注明《全唐诗》卷几就可以了。当时认为《全唐诗》是可靠的、完整的，但现在我们明确知道，《全唐诗》不全，还有《全唐诗补编》，原来是49000多首，现在又扩展了6700多首。我当年读王力先生《汉语诗律学》的时候，非常佩服老一辈学者的功夫之深。王力先生在这部书里谈到这样一个观点：唐人写诗，不犯"孤平"。什么叫犯"孤平"呢？就是一句近体诗中间，也就是要讲究平仄格律的一句诗中，如果只有一个平声字，这个平声字又跟押韵的那个韵脚不连在一起，它是个孤零零的平声字，这种情况叫作"孤平"。王力先生说，唐代诗人不犯"孤平"，视"孤平"为大忌。他的立论根据是什么？他说《全唐诗》近五万首诗中，孤平只有三个例子。要知道那个时候没有电脑，我们现在也许弄个软件一检索就出来了，那时候他要一首一首地检索，近五万首诗一首一首地查阅。我读书读到这里的时候，觉得老一辈学者之所以成就大，是因为他们下的功夫深，决不投机取巧。但是到了今天，假如我们重新检查这个结论，就要加以修正了。因为除了《全唐诗》，还有《全唐诗补编》，你还必须要把这6700多首也搜罗一遍，你才能下这个结论，因此文献资料一定要全。即使一些大学者，在材料不全的情况下，他的立论也会有偏颇。我们举钱锺书先生的《宋诗选注》为例。在此书的初版本中，选了南北宋之交的吕本中的《兵乱后杂诗》。吕本中是亲身经历了靖康之变的。当金兵南下，北宋军民进行汴京保卫战，后来汴京沦陷了。这个过程中，吕本中本人就在围城中，亲身经历了那个天翻地覆的大事，所以他就写了一组诗来咏这个事件。这样的诗当然具有诗史的性质。吕本中其人又是南北宋之交重要的诗人，重要诗人写重大题材，这样的作品选入《宋诗选注》，应该说是没有问题的。问题是这是一组诗，该选哪几首？我们看《宋诗选注》的初版本，钱先生说，原作共有5首，他从中选了2首。我想，按钱先生的眼光，按他的判断能力，从5首诗中选2首出来，我们可以断定他选的是最好的2首，这一点大致上不会有问题。就是说有这样一个分数，五分之二，这个作为分子的"二"是没有问题的，问题是分母。吕本中的这组诗到底是不是只有5首？实际上这组诗规模很大，一共有29首。钱锺书先生当时没有看到全部的29首，只看到了5首，他是根据《瀛奎律髓》入选的5首来再做选择的。假如当时钱锺书先生看到了那29首，他再来选的话，是不是一定选2首？要是只选2首的话，他是不是一定选现在选的这2首？这都是存在问题的。也就是说，你的判断，一定要建立在占有全部资料的基础上，才可能准确。当然这也不怪钱锺书先生，当时那29首很难看到。我是看到了，因为我博士论文做江西诗派，吕本中算是江西诗派的诗人。这个本子大陆上已经没有了，美国的国会图书馆有一本，后来北图从那里买了一个缩微胶卷过来，原来那29首都在。当然补充一句，钱锺书先生这本书的修订版已经说明原来有29首了。这些例子说明掌握材料要全。但是我刚才说了全还是不全，还不是最严重的问题，真伪的问题才是最严重的。

我们还是看《全唐诗》。《全唐诗》是按时代排列的，我本人通读《全唐诗》时有这样一个印象，就是从卷一读到卷三十八，突然出现了一个使我眼前一亮的诗人，这个人就是初唐的王绩。为什么王绩的诗使我眼前一亮呢？原因就在于《全唐诗》前面几卷都是以唐太宗为首的宫廷诗人的作品，内容是写帝王生活、王家苑囿、宰相府第、皇家宴会等，它的风格是华丽的、典雅的。这样一种诗歌，我们普通的读者是不喜欢的，因为距离我们的生活太遥远，但是读到卷三十八，出现了王绩以后，情况就变了。王绩虽然长期在长安做官，但是他始终怀念田园生活，他的诗中有对田园的向往与追忆，他的诗歌风格又是学习陶渊明的，自然、朴素、清新。所以读到王绩的诗，就觉得有一股清新的风吹进了初唐诗坛。我们现在不分析诗的艺术，只讲文献。在《全唐诗》卷三十八王绩的诗中，有一首大家应该关注一下，它的标题是"在京思故园见乡人问"。在京，在京城；思故园，思念故乡的田园；见乡人问，见到一个老乡，然后问他。这首诗的内容就是向老乡打听家乡的情况，家乡的梅花有没有开？竹子有没有成活？我家的亲戚还安好吗？这个构思非常像大家所熟悉的王维的一首短诗，就是《杂诗》："君自故乡来，应知故乡事。来日绮窗前，寒梅著花未？"不过王维那首诗非常凝练、简洁，而王绩这首诗比较冗长，它是五言古诗，有24句，他一连问了好多个问题，但两者的构思方式是一样的。这样一首诗，写对田园生活的怀念，风格非常朴素，像陶诗，很好。问题是它有没有文献上的问题？我们经过一番考查，发现它没有问题。这样说并不是它编在《全唐诗》里就可靠，而在于上世纪初，我们在敦煌洞窟中发现了一个五卷本的王绩文集，叫《王无功文集》，它是唐人的手抄本，在那个五卷本中就有这首诗，所以它在文献上绝对可靠，没有问题。那我为什么要举它为例子呢？就在于在这首诗的后面，在卷三十九，我们又读到了另一首诗，标题叫"答王无功问故园"，王无功就是王绩，就是回答他问故园的诗。从内容上看，第二首诗跟第一首完全是一一相对，就是王绩的诗中问了11个问题，第二首给了他11个答案，告诉他你家乡的梅花怎么样、竹子怎么样，等等。照一般的推理，既然王绩的那首诗编在《全唐诗》卷三十八，也就是初唐诗部分，那么第二首也同样编在初唐诗部分，应该是没有问题的，两位诗人应该是同一时代的人，才能一问一答。我至少看到三种学术著作，就是这样理解的。山西大学的一个老师撰的一本《王绩集编年校注》，在《在京思故园见乡人问》这首诗的题下注中就说，这个乡人就是后面那首诗的作者。还有的书中分析这两首诗的问答，说那位乡人如何热心地回答王绩的问题，等等。问题是第二首诗的作者是王绩的老乡吗？是王绩的同时代人吗？我们看看第二首诗的作者是谁。《全唐诗》中的署名是"朱仲晦"。"朱仲晦"是何许人也？学术界对唐代诗人的生平已经下过很大的功夫，唐代诗人凡是有资料的都调查过了，但是找不到朱仲晦的任何材料。当然也许是资料已经亡佚了，他就是王绩的老乡，但是生平无考。在逻辑上是有这种可能性，但总是使人怀疑。我读到这里，正巧我对"朱仲晦"比较熟悉，因为我跟他整整打了两年交道，我读他的作品整整两年。他不是别人，正是南宋理学家朱熹。朱熹排行老二，他有一个字就是"仲晦"。这首诗也是朱熹本人写的。我们有什么根据这样说？在朱熹的《朱文公文集》的卷四，就有这首诗。朱熹的文集是他的儿子朱在编的，南宋的刻本现在还在，保存在北京图书馆，里面就有这首诗，标题稍长一些，是"答王无功在京思故园见乡人问"，正文一字不差。这首诗当然就是朱熹的作品，不会有错误。同学们可能会有疑惑，南宋的朱熹怎么会写一首诗，来回答初唐的王绩呢？原来这是古人的一种写作习惯。我们的古人，哪怕是宋代的理学家，并不像我们所理解的那么严肃，那么死板，正襟危坐，不苟言笑，不是的，古人的思想非常活跃,古人的写作态度也非常通脱。所以,南宋的朱熹看到王绩的诗,又没有看到乡人来回答他,就说我来替那个乡人回他一首吧。所以这是一首拟作,也就是朱熹用这首诗,跟前人进行异代人之间的对话。这种情况在中国文学史上并不罕见。一个最著名的例子就是关于屈原的《天问》。我相信大家读《楚辞》的时候,感到最难读的就是《天问》。我很少发现有同学能背诵《天问》,因为《天问》太难读,都是不认识的字,读也读不懂。《天问》是什么内容?根据王逸的注,就是屈原被楚怀王放逐后南游,看到楚国宗庙里的壁画,就"呵而问之",对着墙上的壁画,提出了他的追问。《天问》就是一首充满了问号的作品,从头到尾都是追问。屈原追问自然的秩序、人间的秩序为什么是这个样子?追问为什么天上的日月星辰不掉下来?追问风雨雷电是怎么形成的?追问人间为什么忠奸颠倒?为什么忠而见谤?奸邪的人为什么反而会受到重用?屈原想不通。他的很多问题没有答案,他愤怒、苦闷,所以最后跳进了汨罗江。假如这些问题他都有答案了,都清楚了,他就不会跳汨罗江了。《天问》全文中有173个问号,就像王绩的那首诗,仅仅是问。那么谁来回答他呢?到了唐代,古文家柳宗元写了一篇《天对》,《天对》就是逐一回答屈原《天问》中的173个问题。这是异代人在进行交流,在进行对话。我们的古人有这样的写作方式。所以《全唐诗》里的《答王无功问故园》,就是一首南宋人的诗,不是唐诗,我们不能根据它来分析唐代诗人怎么用诗歌进行问答,一问一答何等风趣,等等。当然,这个问题比较偶然,其影响也不大,我很少发现有人举它为例。

但是《全唐诗》还有更严重的文献学问题,我们往下读,当大家读到卷四五七,就读到了另外一个不知名的诗人,这个诗人叫牟融。卷四五七就是牟融的诗,共有69首。我不知道山师同学的学习情况怎么样，我们南大的研究生，尤其是中国古代文学的研究生，面临着很大一个问题，就是选题。假如一个同学要研究唐诗，他发现李白、杜甫的文章不好作，什么话都有人说过了，降而求其次，哪怕是王维、李商隐也不好写。于是一流不行研究二流，二流不行研究三流，每况愈下。我曾开玩笑说，总有一天，我们的选题会出现《论唐代诗人张打油》。在这种情况下，同学们为选题所困扰，想找一个前人研究不多的或根本没研究过的唐代诗人，很可能会挑到这个牟融，而牟融的作品量应该说够作一篇硕士论文了。假如哪位同学选择了牟融为论文题目，我猜想可能有接下来的工作。首先，牟融其人没有生平资料，我们只能根据他的作品来考察他的生平。我们很快发现，牟融的69首诗，标题中出现了一些中唐诗人的名字，比如说张籍、朱庆馀。朱庆馀不是太有名，但是他也有作品收入《唐诗三百首》，当时也比较有名。你根据这些标题来分析，他肯定是中唐诗人，他和张籍、朱庆馀是同时代人，还有交往。当然你还可以分析他的诗歌内容，他和中唐时期元白、韩孟两大流派之间有什么联系等，你大致上可以敷衍出一篇硕士论文。可是，假如哪个同学果真选了牟融作品，果真对他下了一番功夫，写成了一篇论文，那么你就是三生不幸！为什么？因为《全唐诗》中的牟融诗完全出于伪造！唐代无牟融其人！中国历史上叫牟融的人是有的，是东汉人，是一个思想家，他有一本书叫《理惑论》，可能是我国文献中今见最早记载佛教的书。现在研究佛教史的人可能会提到，我们研究文学的人一般不会提到。唐代没有牟融，为什么《全唐诗》有牟融的一卷诗呢？还有69首之多？标题中又有张籍、朱庆馀？原来，这完全是明朝人伪造的唐诗。清人批评明人，有两句话，一句是学风空疏，一句是"明人好刻古书而古书亡"。为什么"好刻古书"反而会"古书亡"呢？在于伪造。明人刻一些假的古书，让人真假莫辨，后人看上去不知道真假，古书因而灭亡了。刚才提到的牟融就是一个例子。牟融诗集完全是明人伪造的，是明朝的某个不法书商为了牟取暴利而伪造的。我们知道明朝的文坛风气，"文必秦汉，诗必盛唐"。明朝人崇拜唐诗，鄙薄宋诗。所以就有一个书商说发现了一部海内孤本的唐人诗集，叫《牟融集》，把它刻出来，结果很畅销，赚了一大笔钱。那么这些作品是哪来的？全部是从明朝人的集子里东抽一首、西抽一首，把它的标题改一改，拼凑而成。清朝编《全唐诗》的时候，没有仔细考辨，就把它收进去了，现在已经有学者用非常坚实的考证判定它为伪作。所以大家读《全唐诗》的时候，怎么能看到白纸黑字就信以为真？它里面有这样的错误、那样的错误，甚至还有故意伪造的东西。

为了要强调文献学的问题，我再稍微多说几句。也许同学们说我们现在不读《全唐诗》，所以不会碰到这样的问题。我相信，大部分同学现在不读《全唐诗》，读《全唐诗》太费时间了，五万多首。那么，是不是不读《全唐诗》，只读别集或者选本，就一定没有文献学上的问题呢？不是的，我们同样会碰到各种各样的文献学上的问题。我们不谈《全唐诗》，谈唐诗选本。当前最通行的唐诗选本，无疑是《唐诗三百首》。不管是哪个唐诗选本，哪怕是比较能体现我们现代人意识的中国社会科学院文学研究所的《唐诗选》，还是上海师范大学已故的马茂元先生的《唐诗选》，这两本是今人编的唐诗选本中比较好的，但是它们的流行程度，也还比不上《唐诗三百首》。《唐诗三百首》自清代乾隆二十九年（1764）成书以后，两个半世纪以来，可以说是风行海内。那么这样一本书，是不是我们就可以非常放心地阅读呢？就相信其中的作品一点儿都没有文献学上的问题呢？不是这样的。我给大家举一个例子。大概10多年以前，我在南大给本科同学讲文学史，讲到唐诗部分，我就顺便劝同学们读《唐诗三百首》。我说《唐诗三百首》很好，因为它有代表性，它的选目没有体现太强的学术观念。它不像王渔洋的《唐贤三昧集》，完全是神韵派的观点；也不像沈德潜的《唐诗别裁集》，完全是格调派的观点。它没有太强的派系性质，所以它选的诗非常有代表性，初、盛、中、晚都有，山水田园诗派、边塞诗派也都照顾到，又突出大家，杜甫第一，选得最多，第二李白跟王维，基本上都符合一般读者对唐诗的理解。所以总的来说，这个选本很好。但是，我又补充了一句，我说《唐诗三百首》也有一个缺点，它遗漏了一位重要的诗人，这个人就是中唐的李贺。李贺诗在《唐诗三百首》中一首都没有入选，完全缺席。我觉得这是不对的。尽管《唐诗三百首》的选者，署名叫"蘅塘退士"，他的真名叫孙洙，这个人是我江苏无锡的老乡。但是老乡归老乡，你学术上有缺点，我还是要讲，我觉得没选李贺是个很大的缺点。照我想，不论从哪种价值标准来衡量，成就还是风格，李贺诗在《唐诗三百首》中不但应该入选，而且应该选四到五首，现在一首都没有，这是一个明显的缺点。南大的本科同学特别活跃，我刚说完，也没叫同学们提问，一个女生站起来举手，说："我有问题。莫老师，你刚才讲得不对。"我说："我什么地方讲得不对了？"她说："你说《唐诗三百首》没选李贺的诗，实际上已经选了。"我当时40多岁，活了那么长时间，第一次对自己的智商产生了严重的怀疑。我一直认为，《唐诗三百首》没选李贺的诗，这是一个缺点，怎么这位同学说已经选了？我就问："已经选了吗？"这位同学抽出一个书包，从书包里"呼"地抽出一本书来，原来她随身带着一本《唐诗三百首》。她非常熟练地翻到某一页，说"老师你看"，我走过去拿过来一看，差点儿晕倒。白纸黑字，"李贺"，还不止一首，差不多有四到五首，我比较喜欢的几首李贺诗——《苏小小墓》《梦天谣》《金铜仙人辞汉歌》等，都在里面。再一看封面，就是《唐诗三百首》，清代蘅塘退士编，又看看有没有前言、后记，是不是经过今人的改编，没有，是一本原汁原味的《唐诗三百首》。说实话，假如我今天在山师的课堂上跟大家讨论学术问题，如果有哪位同学或者在座的老师指出来我哪个地方讲错了，我的第一反应就是承认错误。为什么？我今年已经满60周岁了，60周岁意味着距离老年痴呆症不远了，所以记不清楚、记错了是常事。我现在读书经常今天读了明天忘，因为记忆力不行了。但是10多年前，我还不到50岁，脑子也比较清楚。我当时心乱如麻，没法讲课了，我怎么从来没有看到《唐诗三百首》里有李贺的诗呢？我就把课暂停一下，使劲地翻这本书，一翻翻到最后。大家可能还记得吧，《唐诗三百首》是按诗体来编的，五言古诗、七言古诗、五言律诗……最后是七言绝句。每种诗体内部是按时代来排，初、盛、中、晚，也就是全书最后是晚唐的七言绝句。翻到最后，我就放心了。为什么放心？就是我还没有老年痴呆啊，是这本书不对头。因为我在后面又发现了原来在《唐诗三百首》中没有入选的诗人的两首诗，两首七言绝句，居然选在里面。这个诗人是晚唐人，这两首诗也许同学们没读过，但是我敢保证，这两首诗中至少有一句是人人都知道的。因为两年以前，张艺谋拍了一个电影，叫作《满城尽带黄金甲》。这是谁的诗？黄巢的诗。晚唐农民起义领袖黄巢，有两首咏菊花的诗，都是七言绝句。一首说："飒飒西风满院栽，蕊寒香冷蝶难来。他年我若为青帝，报与桃花一处开。"还有一首就是："待到秋来九月八，我花开后百花杀。冲天香阵透长安，满城尽带黄金甲。"这两首诗不论好或不好，不论它在唐诗中有没有代表性，也不论在近五万首唐诗中选300首能不能选到这两首，问题是以黄巢的身份，在清代乾隆二十九年，他能不能被选入《唐诗三百首》？这显然是不可能的。因为黄巢其人，我们今天说他是农民起义领袖，但在清人看来他是乱臣贼子，乱臣贼子是人人得而诛之的。怎么可能在乾隆时代把他选到《唐诗三百首》里去？乾隆朝是什么时代？现在电视屏幕上整天大辫子晃来晃去，晃得全国观众都有点糊涂了，以为乾隆朝是什么太平盛世，实际上完全不是么回事。乾隆统治的60年，是中国历史上少有的黑暗、专制的时代，他在文化上采取高压手段。当时的清王朝为了镇压汉族人民的民族意识，也为了镇压包括满族同胞在内的全国人民的初步的民主意识，就制造了一连串的文字狱，乾隆一朝的文字狱材料完整保留到现在的起码在130件以上，档案材料从地上可以堆到天花板。那个朝代在思想文化上是绝对专制的，不允许有一丝一毫触犯统治阶级忌讳的话。在那个时代，要想在《唐诗三百首》中选黄巢的诗，是不可思议的；即使选进去，这本书居然没有被禁，也是不可思议的。假如我这位老乡，敢冒天下之大不韪，舍得一身剐，也要把黄巢的诗选进《唐诗三百首》，那么只有一个结果，书刚出来人就被处斩，然后满门抄斩，株连九族。所以这是不可能的。我一看到有黄巢的诗，就大胆断定这本书是伪作。我就把这本书还给那位同学，说："对不起，你这本书是伪造的《唐诗三百首》。"那位同学不服气："老师，这怎么是伪造的呢？我是从新华书店买的，又不是在地摊上买的。你看版权页，有出版社，有书号。"我说："尽管这样，这还是伪造的，因为书里面有黄巢的诗。"我课后了解了一下，原来这本书是华北某省的一家人民出版社印的。可能是这家出版社的编辑觉得《唐诗三百首》很畅销，能赚钱，大家都印，他们也印。这位编辑先生可能对李贺有偏好，觉得《唐诗三百首》怎么能不选李贺呢？就补了四到五首进去，这个很合我的意愿。问题是他对黄巢的诗也情有独钟，那时候张艺谋还没有拍这部电影,黄巢诗也不是太著名,他也给补了两首进去。你补是可以补,但是你要说明本社出版的《唐诗三百首》经过我社编辑的增补,哪几首是我们补进去的,否则的话,你就是误导读者。为什么说他是误导呢?因为我们马上想到了一个结果,就是假如哪位同学看到了这本《唐诗三百首》,而这位同学又对清代乾隆朝的政治思想文化很感兴趣,那么他就可以根据这本《唐诗三百首》得出一个结论:谁说乾隆朝黑暗、专制?你看乾隆朝一个叫孙洙的人编选的《唐诗三百首》把黄巢的诗选进去了,不但没有被查禁,还很畅销,风行海内,说明乾隆朝很宽容,很开放。这不是胡说八道嘛。所以我们读书一定要注意版本的可靠性,注意文本的准确性。一句话,我们在进行古代文学研究之前,首先要解决文献学的问题。我不知道山师的同学对文献学的重视程度如何,反正在我们南京大学,对文献学非常强调。凡是从外校考入南大的,如果在以前的学校没有系统地学习过文献学,一定要求他补修。因为你必须要经过文献学的训练以后,你才会有这种比较敏锐的眼光,才会有这种自觉的意识。当你处理一个文献的时候,你先从文献学上追问一下,然后再来从事分析。这是我今天讲的第一点。

二、选题问题

文献问题解决了,接下来我们要选题研究了。这时候我们要关注什么呢?大致上是这样的。首先,古代文学学科研究的对象非常大,我们要处理的对象是整个的古代文学,作家作品不计其数。有的同学说,我是研究宋代的,唐以前的我不管。不行,你在打基础的时候,必须要全局在胸,必须要从我们文化的源头,从《论语》《孟子》

《老子》《庄子》，从《诗经》《楚辞》一路读下来，才能进行你这一段的研究。比如你要研究唐诗，你不读这些先秦基本典籍的话，你就对唐代诗人的文化素养、唐诗的根源等缺乏了解，你来分析唐诗就说不到点子上去。再说，我们评价一个作家也好，评价一个时代的文学也好，你凭什么对他作出评价？你凭什么说李白的地位、杜甫的贡献如何？这都是通过比较得出来的。没有比较就没有评价。所以一定要全局在胸。假如你对古代的历史毫无了解，那么你对古代文学的发生背景就弄不清楚。当你在考察某种文学现象的时候，你不知道社会的、政治的、经济的根源是什么，你就解释不清楚。你要是对古代的思想史不了解，对经学不了解，你对古代作家的心态就不懂。他们是怎样想的？为什么杜甫要强调以儒学为本，而李白是兼取百家？你就说不清楚。所以读书要广博。

当然大家都很忙，学制也很短，来不及读太多的书。读书要有侧重点。读书有的时候要快读，有的时候要精读、慢读。朱熹论读书有一句名言，在《朱子语类》中有两个地方用了同一个比喻。他说读书就像煮东西，比如一块牛肉、一个猪蹄。他说"煮物"要分两步，第一步要"猛火先煮"，第二步转入"微火慢煮"，烧开以后，要变微火，才能煮透。朱熹这话是什么意思？他说读书第一步要非常广泛，要快读，要多读。你不能每一本书都细读，一个字一个字地抠，三年毕业才读了几本书。所以读书要"广"，在"广"的基础上挑几本最重要的典籍，再来细读，仔细涵泳。有一部分书一定要精读、细读。经过这样两步，你才可能获得必需的学养。研究生阶段最不好的培养方式就是一进来就选一个论文题目，然后整整三年都围绕着论文来读书。这样培养出来的学生，论文也许还不错，但是将来可能毫无学术后劲。我们如果希望自己的学术生命长一些，就一定要打好基础，不要急功近利；要下苦功，要扎扎实实地读好多跟你的学位论文并无直接关系的书。这些书、这些知识，在你的学位论文中可能根本没有反映，但你一辈子受益无穷。

还有，读书，尤其是读文学作品，有两种读法。第一，你是作为一个普通读者来读，并不是为了写论文，不是把自己定位为一个学者，这时候的阅读要"感字当头"。"感字当头"是程千帆先生说的，意思是说读文学作品要受感动，要从感情切入，跟古代的诗人进行心灵交流。这是一种非常好的阅读方式。第二，就是带着学者眼光的阅读，为了找题目来写论文，为了找出前人结论中不够准确、不够全面的地方来进行追究，这是第二种阅读。这两种阅读缺一不可。第一种阅读是第二种阅读的基础，第二种阅读是第一种阅读的深化，是一个自然的延续，两者结合起来，你的读书才是比较有成效的。研究文学的人首先要热爱文学，假如你不热爱文学，读了文学作品不受感动，你趁早改行，可以去研究别的学问。研究文学一定要"感字当头"。你对作品没有感觉，对作品中浸透的那么深厚的感情都没有感动的话，你怎么来研究它？文学研究不能是冷静的、不动声色的，不能把文本当作一个解剖的对象，这样不可能研究好。

然后就进入选题阶段。对于同学们来说，选题应该注意两点，第一是学术价值，第二是工作量和难易程度。我们选一个题目来做论文，它必须是有学术价值的。假如研究唐朝的一个不知名的诗人，他在任何方面都没有代表性，你的研究就没意义，所以要选一个有价值的论题。但问题是，同学们在攻读学位，中国的学制又比较短，大家的学力还不够深厚，所以你选题目的时候不能仅仅看学术价值。也许这个题目很有学术价值，需注意的是，以你的学力，在有限的时间内，能不能做好。同学们一定要考虑自己的实际情况，不能选太大太难的题目,当然也不能选太容易的题目,那样会浪费自己的才华;要选一个比较难,但在规定时间内又能完成的题目。还有,大家选题的时候,必须要关注学界的研究动态。《圣经》中有一句名言:"太阳底下没有新鲜事。"这句话的引申意义是,所有该思考的东西都已经被人们反复思考过了,在中国古代文学这个传统极其深厚的学科里,更是这样,一切有研究价值的题目可能都被我们前人研究过了,我们一定要在前人的积累上开始走。所以你选题的时候,一定要关注学界已有的看法。你要调查一下,在你想做的题目上学界已经有哪些看法,你在这个基础上再进行思考。现在有了电脑检索,这个问题不是太难了。在我读博士的时候,这个工作是非常难做的。那时候没有电脑,文献浩如烟海,要想知道有哪些书出版了,哪些论文发表了,你只能亲自到处去找。

我在博士阶段选题有个过程,我把它介绍给大家。我最后的论文题目是"江西诗派研究",博士论文后来在齐鲁书社出版了。但这不是我的首选,我的首选是"朱熹文学思想研究"。我在攻读博士学位的时候,有一年时间都是读先唐的典籍。一开始程先生不让我读唐宋的书,规定我读先唐的书,开列的必读书目是:《论语》《孟子》《老子》《庄子》《左传》《史记》《诗经》《楚辞》《文选》《文心雕龙》。在此期间,我读了三部有关朱熹的书,一本是《诗集传》,一本是《楚辞集注》,还有一本是《韩文考异》。这三部书我是老老实实地读了,读了之后我就有一个感觉,我觉得朱熹的文学思想可以研究一下。因为那时很多人都说宋代理学家是反对文学、排斥文学的。朱熹虽然是南宋的理学宗师,可是他非常重视文学,也很懂文学。他花了很大力气从事文学方面的著作,在他去世前三天还在修订《楚辞集注》。他最后的著作不是《四书章句集注》,而是《楚辞集注》。他是热爱文学的，所以我想是不是可以研究一下朱熹的文学思想。但是我要先了解一下学界的动态，看有没有人研究过这个问题。那时候没有电脑，我就到处翻，翻了国内所有的论著，都说理学家否定文学、反对文学。现代的学术是国际性的，不能光看中国大陆的情况，也得看港台、日本、欧美的情况，所以我把眼光扩展到域外去，很快就发现问题了。原来当时在台湾，钱穆先生刚出版了一本关于朱熹的新书，叫《朱子新学案》，是一本很厚的书，台湾版有2500多页。当时两岸还没有交通，我们是看不到台湾书的，我是从报纸上看到报导，有这么一本书出版了，但是我看不到，我不知道钱先生在那本书里写了些什么。我没办法解决，就向老师求助。程先生说，我来帮你打听吧。一打听，才知道那本书在中国大陆已经有一本了，可惜并不在图书馆里，而在一个私人家里。这个人是谁呢？就是北大哲学系的张岱年先生。问题是张先生是德高望重的老前辈，谁敢到他家里去借书看啊，我又不认识他。程先生也不认识张岱年先生，但认识北大中文系的林庚先生，他就写了封信给林庚先生，请他派个年轻人到张先生家里把这本书借来看一眼。林先生很热情，派了个学生到张岱年先生家里，把那本《朱子新学案》借出来，把目录部分复印了寄给我。光目录就有34页，我一看那目录，心就凉了，因为目录里包括这样几章：《朱子之诗学》，是研究《诗集传》的；《朱子之楚辞学》，是关于《楚辞集注》的；还有《朱子之校勘学》，下面有小标题《韩文考异》。我本来想考察的三个方面，这部书已经全都包括在内了，我又不知道他老人家到底写了些什么，所以我就非常遗憾地放弃了那个选题。我后来一直觉得很遗憾，在1981年，"朱熹文学思想研究"是一个非常好的选题，那时候国内学术界根本没有人关注到这个方面，没有人想到要研究理学家的文学思想。这个例子说明什么呢？说明我们选题的时候一定要非常关注学界已有的动态，国内国外有什么成果，要进行检索，要了解别人已经做过什么，否则的话，就会撞车。

三、写作问题

　　说实话，怎么写论文，是无法具体谈的。古人说"文无定法"，写论文也没有固定不变的方法。写论文最终目的是解决问题。为了解决问题，可用的方法是多元的，在多元的方法中，肯定有最妥当的方法，要选取最能跟你这个问题的性质契合的方法。有的方法虽然好，但是在这个课题上不合用，那你就不要用。为什么这样说呢？我觉得现在的年轻人有一种倾向就是片面地追求新方法。比如说用最时髦的西方文学理论、文艺理论，乃至文化哲学理论，来研究我们的传统课题。好多年轻人有这样一种思维定势：觉得要论功底，我们肯定比不过老一辈学者，而且，这个问题前人已经研究过了，那么，我们怎么才能出新呢？我们怎么才能有所突破呢？那就用新方法，用老一辈都不懂的新方法。用这个新方法来研究，点铁成金，一下就上了一个台阶。我经常向这些同学泼一些冷水，当然我们也鼓励他们用新方法，但是适当地要泼一些冷水，就是你不要对新方法寄予太高的希望，假如你的基本功不扎实，假如你对传统学科的一些基本方法不太熟悉，假如你对你所研究的对象也缺乏理解，却试图把某个新方法拿来一用，就出一个好的成果，几乎是不可能的。从上世纪80年代初期到现在，学界呼吁新方法，不知道呼吁了多少次，到现在为止，我们几曾看见用新方法研究传统课题有最好的成果？很少。这说明新方法的有效性不是太好，你们不要寄予太大的希望。实际上，方法无所谓新旧，方法好还是不好，就看它合用不合用。它本身无所谓好坏，我们不能说这个方法就一定比那个方法好。在发现问题、解决问题的时候，我们要讲究方法的实用性，借用武功的话说，就是实战效果。武术界最忌讳的就是花拳绣腿。花拳绣腿很漂亮，但是没有实战能力。举一个例子，《水浒传》第一回"王教头私走延安府，九纹龙大闹史家村"，写东京80万禁军教头王进路过史家庄，碰到了九纹龙史进。史进是一个年轻人，威风凛凛，身上刺着九条青龙，王进却是一个干瘪老头。史太公叫史进拜王进为师，史进不服，说他怎么能教我？史进就和王进较量一番。《水浒传》里描写得很精彩，说史进"把一条棒使得风车儿似转"，多好看啊，多威风啊。结果王进用棍子一挑，史进便"扑地望后倒了"。他没有实战能力，那是花拳绣腿，那样的功夫没有用。那样的功夫，有点儿像现在学界的某些论文，它们装饰了大量时髦的术语，贴了大量新方法的标签，一会儿什么"论"，一会儿什么"主义"，结果并没有解决什么问题。真正的武林高手是什么样的？朱熹引用宗杲禅师的话："譬如人载一车兵器，弄了一件，又取了件来弄，便不是杀人手段。我则只有寸铁，便可以杀人。"为什么寸铁反而能杀人？因为武功的最高境界是"一剑封喉"，这个武器才是最好的武器，其他十八般武器没有用。学术研究的方法跟这个是类似的。所以大家选中一个课题以后，一定要用一个最实用、最有效的方法，达到"一剑封喉"的目的。你去解决了这个问题，你就创造了一个学术记录，否则的话你贴满了标签也没有用，你把棍子舞得像风车一样也没用，因为你没有解决问题。

好吧，我就讲到这里。谢谢大家！

（2009年4月26日在山东师范大学文学院的演讲）

中国古典文学中的爱情主题

今天有这么多同学来听讲座，多半是冲着这个题目来的。为了让大家对大失所望有个心理预期，我先泼几碗冷水。

一、"三碗冷水"

首先，我这个人很少听流行歌曲，但还记得上世纪90年代有一首歌中的两句，今天唱给大家听听，请掌声鼓励！（掌声）"爱有几分能说清楚，还有几分是糊里又糊涂。"大家知道它的题目吗？对了，是《糊涂的爱》。爱本来就是糊涂的，据说古希腊、古罗马的爱神雕像都是有眼无珠的，因为他们认为爱情是盲目的。所以，爱是一件不太能说得清楚的事情。上世纪50年代有一位美国学者叫弗洛姆，他写了一本书叫作《爱的艺术》。到了80年代，保加利亚有位学者叫瓦西列夫，写了本书叫作《情爱论》。我想以上两本著作都是理论的探索，不大可能把真正的爱情说清楚。换句话说，如果哪位同学在开始恋爱之前去找此类的理论书来读一读，说不定你就更不会恋爱了，因为爱情本身就是说不清楚的。因此，今天我讲的可能不是很有条理，这一点要请大家原谅。中国古典文学中的爱情就是说不清楚的。《红楼梦》中的贾宝玉爱上了林黛玉，他的另一个选择对象是薛宝钗，贾府里上上下下都认为他和薛宝钗更般配，是"金玉良缘"。但是宝玉就爱黛玉，就要舍弃"金玉良缘"去追求"木石前盟"。这是什么道理呢？若要理智地分析，自然是得不出结论的，没有什么道理可讲。我们看《红楼梦》第28回"薛宝钗羞笼红麝串"，说元妃给大家送礼物，其中一件是红色香料做的手串子。宝玉看到宝钗戴在左腕上，就请她拿下来看一看。宝钗长得比较丰满，一时取不下，宝玉看着她那雪白的胳膊，就心猿意马了。《红楼梦》里这样写：宝玉盯着宝钗的胳膊，心想要是这胳膊长在林妹妹身上，或者还能摸一摸，偏偏长在宝姐姐身上！可见宝钗也是天生妩媚，对宝玉也有吸引力。这说明宝、黛的"木石前盟"并非单纯是容貌上的选择，宝、黛为何相爱，这是说不清楚的。这是我要泼的第一碗冷水。

我想泼的第二碗冷水是，让我来讲这个题目，是不妥当的。我记得1979年我考进南大读研究生，胡乱读了许多书，其中有金圣叹所谓的"古本《水浒传》"，就是70回的"腰斩本"。书前有一篇序言，托名施耐庵，多半是金圣叹自己作的。序言中有一句说："人生三十而未娶，不应更娶。"为什么呢？"用违其时"，因为过时了嘛。1979年我正好30周岁，不要说妻子，连女朋友都没有。当时我看到这句，心都凉了。因此，我后来读一系列古典爱情作品，总感觉自己在这方面比较迟钝。《西厢记》里的张君瑞第一次见到崔莺莺，失魂落魄。舞台上崔莺莺临下场时回头看了张生一眼，张生的一句唱词很有名："怎当他临去秋波那一转。"大家肯定都很欣赏这句词，但我读的时候更关注前面张生的一句说白："我死也！"我当时觉得奇怪，崔莺莺只是看了张生一眼，他怎么会死呢？我本科时读外语系，知道希腊神话里有一个蛇发女怪叫美杜莎，她的眼光很毒，看到谁，谁就会变成石头。崔莺莺又不是美杜莎，她怎么会把张生看死呢？同学们在笑，肯定都明白,可我就是比较迟钝。到了今天,我就更迟钝了。我已经年过花甲,是一个老人了。老人谈爱情主题,这有点不太妥当,因为爱情是属于青春的。虽然现在社会上老年人好像也谈恋爱,并且创造了一个名词叫作"黄昏恋",但从本质上说,爱情是属于青年的。我们不妨套用伟人的一句话:"爱情是你们的,也是我们的,但归根结底是你们的。"让我一个老人来讲爱情主题,肯定讲不好。这是我要泼的第二碗冷水。

下面切入主题,我还要泼第三碗冷水。中国古典文学中的爱情主题本来就不是很发达。欧洲文学的两大主题是爱与死,在中国文学中间,爱却不是第一主题。鲁迅先生在他的一篇杂文《中华民国的新"堂·吉诃德"们》中说,西班牙的男士爱上一位女子,就天天跑到女子窗下去唱情歌,公开宣布出来;中国的文人学子,也就是我们古典文学的作者们,他们不肯承认爱上某个女子,"总说女人先来引诱他"。古典文学中有没有这种情况呢?应该说是有的。我们看《聊斋志异》中的篇章,凡是爱情主题,都是女方先主动。情节往往是一个穷书生,坐在书房里,在青灯下用功读书,突然就飘进来一个美丽的女子,狐精、花妖,有时甚至是美丽的女鬼,来勾引这个书生。当然,这个书生往往意志极不坚定,一被勾引就直奔主题,很快就跑到床上去了。有人说这是蒲松龄的幻想。因为蒲松龄是一个穷书生,落第秀才,在乡下教书,又老又穷。他老是幻想自己在青灯下看书时,来一番从天而降的艳遇。这种说法有一定的道理。

当然,抛开鲁迅的俏皮话不讲,与西方相比,中国古典文学中的爱情主题是不是受到了一些削弱呢?我们说是的。先看一个例子,《诗经》中的《郑风》和《卫风》。郑、卫两个国家的民歌,历来被认为是爱情主题最多、最集中的,所以后世批判郑、卫之音是靡靡之音。那么《郑风》中所写的爱情是什么情况呢？我们看一首堪称代表作的《将仲子》。"将"就是"将进酒"的"将"，请求的意思。《将仲子》分三段，写一个姑娘劝她的情人不要翻越门户，不要爬过围墙，不要越过菜园。第一段说"畏我父母"，怕我的父母；第二段说"畏我诸兄"，怕我的几个哥哥；第三段是"畏人之多言"，怕别人风言风语。第一段是这么说的："将仲子兮，无逾我里，无折我树杞"，不要把我院子里的杞树枝折断了。"岂敢爱之，畏我父母"，我岂是爱惜那些树枝？只是怕惊动了父母。"仲可怀也"，一个美国汉学家在他的论文集中，把这句话翻译成英文："仲"，"The second"，老二，这译得不错；"可怀也"，他翻译成"I will embrace you"，我要把你搂在怀里。我觉得美国汉学家读中国的古典文学作品，毕竟是隔着一层。他不知道我们先秦的姑娘，即使是郑国的姑娘，也不会像现代美国姑娘那样开放的。"仲可怀也"并不是说要把老二搂在怀里，"怀"是怀想的意思。为什么这样说呢？思想源头在《论语》中。《论语·颜渊》里讲到颜回问孔子，说"克己复礼"有什么具体表现，孔子说了四句话："非礼勿视，非礼勿听，非礼勿言，非礼勿动。"不符合礼节的言行，都不能有。我们现在还用"非礼"这个词，这是古风。视、听、言、动，都不行，但孔子没有说"非礼勿思"。姑娘想想老二还是可以的，但不要付诸行动。所以说，中国古人在礼教观念的压迫下或者说约束下，对于爱情，心里虽然可以想，也会有欲望的冲动，但付诸行动的时候却有种种约束。这种种约束一方面源于家庭、社会，"人之多言"；另一方面，礼教已经深入人心，每个人的内心都有一个心灵的枷锁，即使身在其中的青年男女追求爱情的时候，也会意识到礼教的束缚，不能做出格的事情。

因此，在比较忠实地继承了儒家思想的历代士大夫那里，比如说

2018年12月，江南文脉论坛（无锡）

2019年8月，中国国家图书馆（北京）

莫砺锋演讲录
Speeches by Mo Lifeng

2019年10月，山东大学（济南）

2024年4月，全民阅读大会（昆明）

莫砺锋演讲录
Speeches by Mo Lifeng

到了宋代，这种礼教观念就发展得比较严重了，以致于大家认为这个话题是不能轻易谈的，更不要说行动了。我们看朱熹。在我研究过的古人中间，朱熹是我非常敬佩但不想亲近的一个人，因为他太严肃，不可亲。对于我们今天的话题，朱熹基本上是持反对态度的。朱熹的诗歌中创造了一个别人从没用过的词——"黎涡"，是指一个叫黎倩的姑娘脸上的酒窝。那么奇怪了，朱熹这样一个非常严肃的理学宗师，为什么在诗中写到人家姑娘的酒窝呢？原来他不是自己欣赏，是批判别人的。他批判的是胡铨。胡铨是南宋政治生活中的一个重要人物。南宋最大的政治问题就是朝廷里有一条投降路线。秦桧当了宰相以后，诱使宋高宗投降金朝，屈节事敌。在秦桧要和金人签订和约的时候，胡铨愤然上书，请求朝廷诛杀秦桧等三个卖国贼。这样一来他就受到了镇压，一贬再贬，最后贬到了海南岛。过了十几年，遇到朝廷赦免才得以北归。当他走到湘潭的时候，一个朋友招待他喝酒。南贬十几年，九死一生，现在活着回来，那个时候已经50多岁，他当然很高兴，喝得很愉快。正好旁边的服务员中有一个美丽的姑娘，名叫黎倩。黎倩的脸上，长着两个浅浅的酒窝。所以胡铨就写了一首诗，里面有两句："君恩许归此一醉，傍有黎颊生微涡。"是说皇帝开恩，让我回来了，我得以在这里喝一次酒，不光酒好，旁边还有美丽的姑娘黎倩，黎倩脸上还有两个浅浅的酒窝。我们来追问一下：这首诗怎么了，犯什么忌讳了吗？没有。胡铨没有什么出格的行为，也没有说什么出格的话，无非是赞赏一下姑娘的美丽可爱。爱美之心，人皆有之，胡铨并没有什么邪念啊。但是朱熹读到胡铨这两句诗之后，就不高兴了，写了一首《自警》来批评他。他说："十年浮海一身轻"，十年被贬，漂泊于江海，身家性命都弃之不顾了，因为要报国嘛。"归对黎涡却有情"，回来看到黎倩的酒窝却产生感情了。"世上无如人欲险",世上最凶险的就是人的欲望。"几人到此误平生",多少英雄好汉到了这里都被耽误掉了,就是受到美丽姑娘的诱惑,名节就要不保了。胡铨仅仅是赞美了姑娘脸上的酒窝,本来没有什么,但在理学家朱熹严苛的眼光下,这也是不对的。不能赞赏,应该目不斜视才好。所以,我们不要责备帝制时代的士大夫如李商隐们为什么写爱情写得那么朦胧、隐约,他们受到礼教观念的束缚太重了。

士大夫是这样,那么民间呢?同样,也受到了影响。《孔雀东南飞》大家都很熟悉,里面的男女主角焦仲卿、刘兰芝,是明媒正娶的一对夫妻,不是什么自由恋爱。他们成婚了,非常恩爱。但仅仅因为焦仲卿的母亲不喜欢刘兰芝,所以逼着他们一定要离婚,要把刘兰芝休掉。后来焦仲卿没办法,就把刘兰芝休回娘家去了。刘兰芝回到娘家后,她的哥哥就逼着她嫁给一个官宦子弟,焦母也对焦仲卿说我再给你找一个更好的媳妇。但是焦、刘两人忠于爱情,以死抗争,最后决定自杀。我读《孔雀东南飞》,非常感动于下面这几句,就是焦仲卿决定要自杀后,去向他母亲告别的那几句话,他说:"今日大风寒,寒风摧树木,严霜结庭兰。"今天刮着大风,天气非常寒冷,寒风把庭院里的树木都刮坏了,厚厚的霜凝结在兰草上面。接着说"儿今日冥冥,令母在后单",我现在要到阴间去了,抛下母亲孤零零的一个人留在世间。因为他父亲已经不在了,家里就是母子两人。这番话真是伤心欲绝!假如是现代社会,或者是西方社会,譬如说18世纪的英国诗人布朗宁和布朗宁夫人,他俩谈恋爱,布朗宁夫人受到家庭的极大阻力,但是他俩二话不说,马上私奔,去追求自由的爱情了。布朗宁夫人后来的《抒情十四行诗集》,大家都喜欢读,因为追求爱情非常热烈。但是中国古代的年轻人,父母亲的话,是不敢违抗的。焦仲卿虽然要反抗,要殉情,但是他不敢说母亲半个不字,还要好好地去向她告别，他哪敢带刘兰芝去私奔啊。

《孔雀东南飞》是民歌，民间的诗人把这个爱情悲剧记录下来了。我们再来看文人的作品。文人作为抒情主人公自己写的作品，我们举南宋的陆游为例。陆游的《钗头凤》，这是大家都知道的作品。陆游的原妻是唐氏，唐婉这个名字是后人编出来的，我们只知道她姓唐，不知道叫什么名。陆游跟唐氏也是明媒正娶的夫妻，也很恩爱，但也是因为陆游的母亲不喜欢这个儿媳妇，像焦仲卿家里一样，夫妻俩就被迫离婚了，造成了陆游终生的心理创伤。他不光是写《钗头凤》，后来写的两首《沈园》诗，比《钗头凤》更沉痛，第一首是："城上斜阳画角哀，沈园非复旧池台。伤心桥下春波绿，曾是惊鸿照影来。"他到沈园故地重游，桥下一池春水，想起当年唐氏从这里走过，翩若惊鸿，婉若游龙，这个美丽的身影在水里面映照过，但是现在人已作古。因为离婚以后不久，唐氏就伤心地去世了，所以陆游终生都念念不忘，一直在吟咏。后来清末民初的诗评家陈衍在《宋诗精华录》中评陆游这两首《沈园》诗，评得非常好，他说："无此绝等伤心之事，亦无此绝等伤心之诗。"如果没有这样无比伤心的事情，就不会有这样无比伤心的作品。下面又说："就百年论，谁愿有此事？就千秋论，不可无此诗！"一个人的一生中，谁愿意发生这样的事情呢？但是就文学史来说，不能没有这样的作品！因为它歌颂了坚贞的爱情。所以，帝制时代的爱情，确实受到礼教观念非常强的影响，我甚至觉得我们现在来回顾绵延几千年的整个传统文化，其中最值得声讨的就是这一点。传统的礼教对年轻人追求个性、追求爱情的行为有残酷的戕害。

二、古典文学中的爱情作品

既然如此，是不是古典文学中的爱情主题就没什么可讲了呢？当然，还是有得讲的。我刚才说了，仅仅是爱情主题比重不高而已。但是，中国古典文学长达三千多年，作品浩如烟海，即使比重不高，其中还是有相当多的好作品。尽管我们的传统文化中有礼教观念，不利于文学中爱情主题的发展，但是由于爱情本是人的自然本性，不可违背，所以实际上从古到今的中国文学作品中，还是有很多非常热烈的、非常优美的爱情主题的作品，历代都没有间断过。

首先是民间文学。古代的民间文学，其中重要的形式之一是民歌，如汉乐府、敦煌曲子词等。敦煌曲子词是在敦煌发现的，主要是唐代留下来的一些民间词作。民歌中大量的作品是写什么呢？是写男女之间的"山盟海誓"，我们只用这四个字就把它们的内容概括了。汉乐府中有一篇很有名的《上邪》，"上"就是上苍、老天，"上邪"，就是一个女子对着天发誓。再看敦煌曲子词里的一首《菩萨蛮》，第一句是"枕前发尽千般愿"，在枕头上发了千般愿，就如下面所说的"白日参辰现，北斗回南面"，等等，都是天地山河怎么改变，山谷为陵，陵为山谷，但是爱情始终不变。所以男女之间的"海誓山盟"，在古代的文学作品特别是民歌中，是一个永恒的主题。

由于阅读兴趣的偏好，我对民间文学的兴趣不大，主要是读诗词这一类的作品。当然，诗词中最好的爱情作品，还是写民间的爱情。《唐诗三百首》中，有三首诗是写民间的爱情主题。这三首诗都叫《长干行》。前面两首是崔颢写的，是五言绝句，以简略取胜；另外一首是李白写的，是一首五言古诗，长达30句，以详尽细腻取胜。这三首《长干行》都是描写民间的爱情故事，非常生动，非常优美。

民间的爱情故事写成这样子，那么作为古代诗人主体的士大夫，他们写自己的爱情又怎么样呢？其实，他们所写的作品中，有一部分的内容也还是来源于民间。大家一定喜欢韦庄写的一些爱情词，韦庄的爱情词里有一些内容看上去就像是民间的。比如说他有一首词叫《思帝乡》："春日游，杏花吹满头"，这是一个姑娘的口吻，春天出去玩，杏花飘落，吹在头上。"陌上谁家年少，足风流"，路上看到一个小伙子，长得非常风流、非常潇洒。"妾拟将身嫁与，一生休"，我下定决心要嫁给他，这一生就算了。"纵被无情弃，不能羞"，即使将来被他无情地抛弃了，我也不羞恼。这种非常热烈、非常决绝的口气，一般都是民间女子的口吻。我们读《西厢记》，崔莺莺不会这样说的。贵族女子恋爱时，往往是再三地犹豫、迟回，跟民间女子不一样。尽管这样说，诗人们写自己的爱情题材，也还是有好作品的。但是，写爱情成功的比较少，大部分的作品，唐诗也好，宋词也好，往往不是写恋爱，倒是写失恋。成功的例子中最著名的就是唐朝诗人崔护的一首诗。崔护生平没有任何事迹值得记录，他的作品在《全唐诗》里一共也只有三首，其中有两首写得不太好。他所以今天还被我们知道，就在于他的那首七言绝句，叫《题都城南庄》。他到长安城南的一个村庄去游玩，题了一首诗在那里。这首诗四句话，大家很熟悉："去年今日此门中，人面桃花相映红。人面不知何处去，桃花依旧笑春风。"根据《本事诗》的记载，这首诗有一个本事，故事写得很生动，也符合大部分读者的阅读预期，在后代流传得很广。但《本事诗》里的记载是后人附会的，实际上并无其事。这首诗的全部内容，就在于崔护先后两次到都城南庄去游玩，第一次看到一个姑娘，第二次没看到，就题了这一首诗。如果光看这一首诗，它是一首优美的爱情诗吗？是一首爱情主题的好作品吗？当然是！爱情不一定要天长地久。刹那之间，心灵感应，这就是爱情。虽然姑娘只跟崔护说了两个字"谁耶"，这已经是爱情了。所以这是唐诗中很少有的写诗人自身的爱情经历，又写得明明白白的一首作品。

三、"美人芳草"的问题

我们来看一看，古代爱情主题作品的几个特点。第一个特点，自从《楚辞》开始，就是从屈原的作品开始，古代爱情主题的作品就纠缠着一些非爱情的主题。屈原的作品中，很多地方都写到男女相思、男女恋爱。汉朝的解读者，往往把它们理解为一种忠君意识、一种爱国热情、一种政治寄托，也即所谓的"美人芳草"。你看屈原《九歌》里的《少司命》，其中有这么几句："秋兰兮青青，绿叶兮紫茎。满堂兮美人，忽独与余兮目成。""目成"就是眉目传情。眼睛是交流感情的窗户，两个人四目相对，眉目含情，爱情就完成了。如果理解成是爱国家、爱君主，总觉得有点煞风景。我想这样的作品最初就是写爱情的，但是有了"美人芳草"的阐释传统，后代凡是此类作品，我们的理解都处于两难之间，不知到底该怎么读。我们看汉人张衡的《四愁诗》。张衡是科学家，要是生在当代，肯定是两院院士，既是科学院院士，又是工程院院士。其实要是中国社会科学院也评院士的话，张衡还会是三院院士，他的文学也很强。张衡的《四愁诗》，我把第一首读给大家听："我所思兮在太山，欲往从之梁父艰。侧身东望涕沾翰。美人赠我金错刀，何以报之英琼瑶。路远莫致倚逍遥，何为怀忧心烦劳。"他说，我想念的那个人住在泰山，我想去找她，泰山前面挡着梁父山，道路艰难，难以到达。她曾经很殷勤地给我送了定情之物——一把金错刀，我想还赠她一个英琼瑶，但是路太远，无法送达。这一组诗，如果我们仅仅读这一首，几乎可以肯定它是爱情诗了，他在想念一个意中人。但问题是这一组诗共有四首，第一首想的人是在泰山，第二首又想到南方去了，说："我所思兮在桂林，欲往从之湘水深。"我想到桂林去，但是湘江很深，无法渡过。第三首想到西方去："我所思兮在汉阳，欲往从之陇阪长。"我想到汉阳，就是现在的甘肃天水，在汉代曾叫汉阳，可是陇阪很陡、很长，也难过去。第四首想到北方去："我所思兮在雁门，欲往从之雪纷纷。"要到雁门关那里去，大雪纷飞，路也不好走。这里我们就要产生怀疑了。如果张衡是想念一个意中人的话，那么这个姑娘怎么住在东、南、西、北啊？或者说难道我们的张衡同时恋上了东、南、西、北的四个姑娘？好像难以解释。所以我们不得不又回归传统的阐释路数，说这是一种寄托，或这是一种对人生境界的求索，等等。这方面的作品，最值得介绍的，可能是某些赋中的相关描写。在那些赋中，经常会写到，抒情主人公，当然一般都是男性，他说我热爱一个美人，我愿意变成某种物体来亲近她。比如说变成一张席子，让她睡在上面；变成一件衣服，让她穿在身上，等等。不要说其他人有这种想入非非的作品，连大名鼎鼎的陶渊明都有。陶渊明有一篇《闲情赋》，他在赋里发了10个愿。他说他爱上了一个美人，他愿意变成一个衣领，穿在她的脖子上；愿意变成一条腰带，围在她的腰里；还说愿意变成一双用丝绸做的鞋子，穿在她的脚上。"附素足以周旋"，也就是穿在她很白嫩的脚上，跟着她走来走去。你们看，连变成一双鞋子给她踩都愿意的。所以我说这篇赋可以改一个名字，改得通俗一点，叫作《十愿赋》，他有10个愿望么！陶渊明的这篇赋把这个主题设想得淋漓尽致，以至于后代的同类作品都难以超出他的范围。因为他什么都想到了，从衣领到鞋子都有了。唯一能够补充《闲情赋》的人，是钱锺书先生。《围城》里有一个姑娘叫唐晓芙,钱先生说唐晓芙非常漂亮,尤其是一口牙长得好,洁白整齐。钱先生就问:有那么多古今中外的诗人,愿意变成钗、愿意变成鞋,等等,为什么就没有人愿意变成一把牙刷呢?钱锺书先生之所以能补充陶渊明,是因为陶渊明那个时代可能没有牙刷,所以他没有想到。这一类作品,你要问它究竟是不是爱情主题,对不起,我没法肯定,只能说见仁见智。你如果愿意把它作为爱情主题来阅读,阅读的时候觉得很自然,那么你就可以这样去读。这是第一个特点。

四、委婉朦胧

现在讲第二个特点。在中国古代,凡是写得比较成功的爱情主题的诗歌,不管是古诗,还是唐代的格律诗、宋代的词,几乎都有同样的风格倾向,那就是写得非常委婉、非常朦胧,都不是直来直去、说得非常清楚的。这样,我们后代的读者来解读这些作品,会有一些困难,会读不懂。我们感觉到好像是写男女的相思之情,但是诗人到底说了什么呢,不太清楚。也许有些读者会感到不满,诗人为什么不写得明白一点、清楚一点呢?我认为可能爱情题材的诗歌本身就应该是这种风格,这样写才是爱情作品的本色。

我们从民歌看起。南北朝的时候,中国南北分治,南方是南朝,从东晋到宋、齐、梁、陈,首都都在我们南京;北方是北朝,首都基本上在洛阳,当然有时候也在长安。南北分治的时候,国家政治上分立,文化上也分立,所以南北朝时期的民歌分成南朝乐府和北朝乐府,发生的时间是一样的,空间却不同。南朝乐府就是南方的民歌,南方民歌的爱情主题出现得最多的是所谓的"吴歌",吴歌主要的产地就是我们南京,或是以南京为中心的长江下游地区。吴歌中产生了很多优美的爱情诗,有一首《子夜歌》很有名,还有一首《作蚕丝》也很有名,这首诗直接影响到李商隐的"春蚕到死丝方尽,蜡炬成灰泪始干",所以值得介绍一下。《作蚕丝》是这样写的:"春蚕不应老,昼夜常怀丝。何惜微躯尽,缠绵自有时。"春天的蚕还没有老,它肚子里日日夜夜都怀着丝,到最后把所有的丝都吐出来,把身体都吐空了,蚕丝当然非常的绵长、柔软。这个"丝"字,当然跟思念的"思"是谐音字,春蚕吐丝就像人们绵绵不绝的情思。这是南方民歌。南方民歌写爱情就是这种风格,朦胧、委婉、优美。

北方人民当然也有爱情,所以北方民歌中也有类似主题,但是风格完全不一样。北朝乐府中爱情主题的作品比较少,我找来找去,只找到两首代表作,标题是一样的,都叫《地驱乐歌》。前面一首很简单,只有两句话,第一句是"月明光光星欲堕",就是月亮已经很亮,星星快要沉下去了,这是说夜深了。下面一句就切入爱情主题了:"欲来不来早语我!"你到底是来还是不来,早点告诉我一声。这肯定是爱情主题,肯定是写一男一女的约会,就像宋词中所说的"月上柳梢头,人约黄昏后"。但是这个人的口气未免太干脆,太直接了。"欲来不来早语我",言下之意是什么呢?我想无非就是两种,一种是你要不来我就回家睡觉去了,还有一种就是你要不来我还另有打算呢。不管怎么解释,反正口气非常干脆,斩钉截铁,没有商量的余地。这种口气,用来表现其他题材也许可以,比如战争等,但是对于爱情主题就不太妥当,这首诗肯定不是一首优美的爱情诗。爱情诗不能这样写,不能写得太粗豪,因为爱情这种感情应该是隐微的,温柔的。我今天谈的是古代的爱情,到现在为止都没提过现在的爱情,但是我要稍微说几句。我一向对现在某些人的求爱方式不以为然。报上经常报道某个学校某个男同学在某一天,多半是情人节,举了一个大横幅,到女生楼下去大叫:"某某某,我爱你!"我觉得这是不妥当的。因为爱情是属于你们两个人私下里的一种情感交流,你干嘛要吵得满世界都知道呢?上面我们把北朝民歌跟南朝民歌作了对比,就比较容易理解,唐诗也好,宋词也好,为什么有那么多成功的爱情作品都写得相当隐微,相当朦胧,都是能够感觉但难以条分缕析。

我们读李商隐的诗,你有感觉吗?当然有感觉。李商隐的《无题》诗,"春蚕到死丝方尽,蜡炬成灰泪始干""身无彩凤双飞翼,心有灵犀一点通",多么动人啊,里面肯定是男女相思之情。但是请问他到底说的是什么?谁知道呢?谁都不知道。那些《无题》诗不用说了,基本上都没有确切的解释。即使非无题诗,也往往如此。现在我们看他很有名的一首短诗,叫《嫦娥》:"云母屏风烛影深,长河渐落晓星沉。嫦娥应悔偷灵药,碧海青天夜夜心。"后面两句诗写嫦娥应该很后悔当时偷了后羿的灵药,然后一个人飞到月宫中去,从此以后夜夜都孤独地待在月宫里面,看着碧海青天。这首诗写的是什么?真的是咏嫦娥吗?后人有很多种解释,我觉得清代纪晓岚解释得最好,他说"此悼亡诗",这是李商隐怀念他的亡妻的。李商隐40岁就丧偶了,他的妻子姓王,王氏去世以后,李商隐非常想念她。他看着天上的月亮,就想象他的妻子像嫦娥一样飞升到月宫中去了,现在一个在地上,一个在天上,彼此只能相望相思,夜夜如此,非常痛苦。当然你也可以不这样解,但是假如这样解,这首诗就有一个深层含义,读起来特别有味道。实际上,这样的作品理解起来是有一点困难的。我曾经听作家王蒙说过一句笑话,王蒙说我们读李商隐的这一类无题诗,读不懂,没法得到一个明确的解释,那怎么办呢?只有一种可能性,就是希望哪年哪月我们的考古学家在某一个地方发掘出一部《李商隐日记》,一看,日记上面记得清清楚楚:"某年某月某日作《无题》一首,为某某女郎而作。"这样一切都解决了。但是当这部日记还没有出土之前,我们只能停留在现在的解读方式上,你可以感受,但不要去分析,分析是分析不出来的。更何况我们读古典诗词,读那些爱情主题的作品,就是要欣赏这些朦胧的、优美的,但是又没有一个清楚的本事的这类作品,这才能给我们一个永恒的感动。一旦它有了本事,有了具体的人物、时间、地点、情节,其意义就受到局限了。如果没有,其意义倒是无限的。

五、高雅纯洁

最后一个特点,古代诗歌中凡是成功的爱情主题的作品,注意啊,我说的是诗歌,唐诗也好,宋词也好,都有一个共同的特点,格调都很高雅,而不是低俗的。爱情本身不一定是雅的,完全可以是俗的,在小说、戏剧中,也有很通俗的、很民间的。但是一旦进入诗歌的领域,爱情作品都是比较高雅的,高雅的才能成功,低俗的都不太好。这是为什么呢?可能是由于爱情特别纯洁,特别优美,它一定要一个高雅的、纯洁的文本,才配得上它。我一直觉得"爱情"这个名词是很神圣的,甚至"爱"这个字都是很神圣的。所以我非常反感现代有一个词,或者说一个词组,原是西方人创造出来的,把我们非常神圣的这个字眼"爱",变成了某一个动词的宾语,我就不具体地说了,反正你们懂的。回到古代文学上来,爱情主题的作品中有没有比较低俗的呢?是有的,比如说《花间词》中就有。《花间词》中很多作品也是很好的,韦庄的词就很好,但是其中也有一些比较低俗的,比如说当时西蜀有一个词人叫张泌,这个字不念 mì,念 bì。张泌有一首《浣溪沙》，写的就是一段爱情经历，上阕说："晚逐香车入凤城。东风斜揭绣帘轻。慢回娇眼笑盈盈。"就是到了傍晚，他跟着一辆香车回城里去，香车里当然坐的是女性。东风把车子的帘幕吹开来，坐在里面的美女回过头来朝他娇笑。下阕是："消息未通何计是"，我不知道跟她怎么通消息，因为素昧平生；"便须佯醉且随行"，我假装喝醉了，就骑着马跟在香车后面；最后一句说"依稀闻道太狂生"，仿佛听到车里面的人说这个人太轻狂。这首词格调高雅吗？不高雅，很低俗，曾受到鲁迅先生的嘲笑。鲁迅写了一篇杂文，叫《唐代的钉梢》，"钉梢"就是流氓盯梢。鲁迅还把这首词翻译成白话文了，前面五句我不记得了，只记得最后一句是："好像听得骂道'杀千刀'！"这样的句子，这样的内容，高雅吗？优美吗？当然不。这不是我们所欣赏的爱情作品。我们欣赏的好的爱情作品，一定是提供了优美的甚至是清幽的一种境界，大家只要把柳永的两部分词对照一下，就可以明显地感受出来。柳永的词大部分写男欢女爱，其中有一部分的格调比较卑俗，都是写红烛啊，罗帐啊，甚至男女双方上床以前的一些情况，"留作帐前灯，待时时，看伊娇面"，灯不要吹灭，留着灯光，时时看她千娇百媚的脸。这样的作品低俗，不是我们所喜欢的。我们喜欢的是《八声甘州》的"对潇潇暮雨洒江天"，是《雨霖铃》的"寒蝉凄切，对长亭晚，骤雨初歇"。这样的作品，把原来在洞房中的红烛罗帐变成了"潇潇暮雨"，变成了"千里相思"，境界就升华了。记得鲁迅先生曾经在《我和〈语丝〉的始终》中嘲笑当时的新诗人，说这些人写爱情诗啊，一写就是："阿呀阿唷，我要死了。"我们不管鲁迅先生骂的是谁，他也许骂的是邵洵美，当然也可能是徐志摩、陈西滢这些人，反正你的爱情诗写成"阿呀阿唷，我要死了"，我想这是不成功的。假如我是一个姑娘，哪个男孩写一首"阿呀阿唷，我要死了"来给我看,我肯定会说"你就死去吧"!因为这诗写得太糟糕了。

最后我用一句话来结束今天讲座的内容,我认为唐诗也好,宋词也好,乃至汉乐府也好,凡是关于爱情主题的作品它都应该是优美的、高雅的、纯洁的,它不会使用粗俗的比喻和粗俗的字眼。我衷心希望同学们在谈恋爱时,在写爱情诗时,也要尽量往优美、高雅、纯洁的境界靠拢,这是中国古典文学中的爱情作品留给我们的最好启迪。

(2012年4月23日在南京大学的演讲)

唐宋诗词的现代解读

大家看到黑板上写的演讲题目是"唐宋诗词的现代解读",这个题目有两点要解释一下。第一,我们通常说的文学史名词是"唐诗宋词",我为什么把它改成"唐宋诗词"呢?原因就在于五、七言诗跟词这两种文体,在整个唐代和宋代都有非常辉煌的表现。假如我们只说唐诗的话,那么就把近25万首的宋诗排除在外,大家都喜欢的北宋的苏东坡、南宋的陆放翁就被排除掉了。如果只说宋词,那么我们就把唐五代词排除在外。唐五代词的数量虽然不多,大概2600首作品,但是它的水准已经很高,已经出现了韦庄、李后主这样的大词人,所以我倾向于不说"唐诗宋词",而说"唐宋诗词"。第二,我解释一下这个题目的后四个字,所谓"现代解读",说白了,就是我今天要讲的我个人的解读。意大利的美学家克罗齐说:"一切历史都是当代史。"当我们把历史作为遗留态的一种文化来进行研究,进行解读,你这个阅读者本人是当代人,你必然渗进自己的观念、自己的取舍、自己的价值判断,你的解读就是当代解读。所以这四个字毫无深意,我仅仅想说我要谈的就是我个人的一些想法。

唐宋时代的作品,距离现在最近的也有800年了,更早的有1400年了。在距离我们那么遥远的古代,古人基于他们生活中的感受来写作,留下了那么多的诗,那么多的词,我们在时隔千年以后再来读它们，我们的阅读行为跟古代的读者相比，有什么不同？我们是处于有利的地位，还是不利的地位？这个问题换一种说法，就是我们阅读的时候应该注意什么？我想我可以从两个角度来切入这个问题。

一、关于文献真伪

一般来说，古代的文学作品在流传的过程中数量总是越来越少，有的作品没能流传下来，有的被读者抛弃了，肯定是越来越少，中唐的韩愈在谈到李白、杜甫的时候就已经说他们的作品流传人间的只是很小的一部分，韩愈的原话是"流落人间者，泰山一毫芒"。于是问题就来了，从唐宋到现在，经过一千多年的历史过程，我们看到的文献是不是比前人少呢？或者说是越来越少呢？这是不一定的。刚才所讲的是一般的情况，但是反过来，有的时候我们也会处在比较有利的地位，因为历代都有很多的专业工作者，有很多专门钻故纸堆的人，他们在进行收集整理，把遗失的东西再找出来，因此在某些方面也许时代较后的读者读到的文本更多了。举一个简单的例子，当20世纪40年代闻一多那批学者读唐诗的时候，譬如闻一多在西南联大讲唐诗，后来写成了《唐诗大系》，他处理的材料就是一部《全唐诗》。《全唐诗》的数量是49000多首，但是我们现在应该处理的唐诗文献远远超过这个数目，有56000多首，因为《全唐诗补编》又增补了6700多首，所以我们掌握的唐诗文献要比闻一多来得多。其他方面也是一样，譬如说唐五代词、全宋词，当代学者都有一些补充。这一点对于专业的读者是有用的，譬如说中文系的老师、研究生，要研究古代文学，就必须面对完整的文献，否则就会影响研究的质量。

更重要的是，我们阅读唐宋诗词，必须要读真的文献，而不是假的文献；要读更准确的文献，而不是读有错误的文献。当年闻一多写文章的时候，他的引文、注解，只要注《全唐诗》卷几就行了。只要这首作品见于《全唐诗》，就认为没有文献上的问题，是可靠的。但是我们已经知道，《全唐诗》里错收的诗非常多，有许多作品张冠李戴，同样一首诗既在张三名下出现又在李四名下出现；更严重的是有一些不是唐代诗人写的诗，是唐以前人写的或者唐以后人写的，也被错误地编进去了。你如果以为《全唐诗》里的都是唐诗，根据《全唐诗》就来理解唐诗，就来归纳唐诗，说唐诗怎么样怎么样，往往会得出错误的结论。佟培基教授的专著《全唐诗重出误收考》，已经指出许多这方面的错误。当然《全唐诗》是给专业的人读的，一般的读者不可能去读。第一，数量太多，你没有时间去读五万多首唐诗。第二，确实也不值得去读，因为里面有好多作品写得并不好。所以一般的读者只要读选本就可以了。

那么选本中有没有问题？我们举最有名的选本来开刀，就是《唐诗三百首》。它是清代乾隆年间由一个叫孙洙的人选的，是最家喻户晓的一个唐诗选本。虽然我们现在有了好多种其他的唐诗选本，但是它们的影响都没有超过《唐诗三百首》。《唐诗三百首》选得好不好，选得是不是很准确，当然大家是有疑问的。贵校文学院教授王步高先生，曾对《唐诗三百首》做了一个新的注本，他认为里面有一个缺点，就是没有选李贺的诗。不管你以什么价值标准来衡量，如果在唐诗中选300首的话，照理说李贺是应该入选的，现在一首都没有选，这是《唐诗三百首》的一个缺点。还有就是有的诗也许可以不选，比如，我相信《唐诗三百首》的读者中有百分之九十九的人都不喜欢李商隐的《韩碑》，它是一首很长的七言古诗，大部分读者都不喜欢，不妨把它删去。此外，有没有人怀疑《唐诗三百首》选的诗是不是都是唐诗？它里面有没有选其他朝代的诗？去年我在《文学遗产》上发了一篇小文章，标题是"《唐诗三百首》中有宋诗吗？"。关于这个问题，我想一般的思路就是考察一下《唐诗三百首》里所收的诗人，有没有哪个人的生平正好是从唐代进入宋代的。当然唐跟宋之间隔了一个五代，五代有50年，但是在文学史上五代是附属于唐代的，唐诗也包括五代诗。所以问题就归结为，在《唐诗三百首》的诗人中有没有哪个诗人是从五代一直生活到宋代的？如果有人跨两个时代，他的作品也许会是唐诗，也许会是宋诗。我们一查，还真的有这样一个人，叫张泌，《唐诗三百首》里选了他的一首诗叫《寄人》："别梦依依到谢家，小廊回合曲栏斜。多情只有春庭月，犹为离人照落花。"我们一查他的生平，发现他是五代人，入宋以后又生活了20多年，那么这首诗到底是入宋以前写的呢，还是入宋以后写的呢？倘若要简单地回答这个问题，我们可以查一下北京大学出版社出版的《全宋诗》，果然《全宋诗》里有这首诗，就是编《全宋诗》的人认为这首诗是宋诗。但是你如果再仔细查一下，发现又不对了，它还是唐诗，为什么？因为这是他年轻时写的，当时他在南唐做官，才20多岁，是写给邻居家一个姑娘的一首情诗，老头子是不会写情诗的，所以这还是唐诗。除了张泌以外，后来我又发现了一个可疑的人，也姓张，叫张旭。张旭的年代不会发生问题，他是从初唐到盛唐的人。他的作品《桃花溪》被选入了《唐诗三百首》，诗曰："隐隐飞桥隔野烟，石矶西畔问渔船。桃花尽日随流水，洞在清溪何处边？"我经过一番考证，断定这首诗不是张旭写的，而是北宋大书法家蔡襄写的。由于后代的人编书时犯了错误，把它编到唐诗中去了，孙洙又把它作为唐诗选到《唐诗三百首》里去了。这个例子说明，我们对文献的真伪程度的了解也可能超过前人，我们完全可以读到一个更好的选本，里面的材料更可靠，这是我们现代解读的一个有利的条件，这是第一个方面。

二、关于文本阅读

文献的真伪问题我们不会要求普通的读者来做，这需要专业工作者为普通的读者提供比较可靠的读本。作为一个普通的读者，我们的问题就在于怎么理解这个文本，怎么解释它，怎么欣赏它，怎么通过阅读来实现我们跟一千年以前的作者进行心灵之间的交流，全部阅读的意义就在这里。假如不能跟古人达成交流，这个阅读就没有什么意义。在这一点上我们现代人处于什么地位呢？应该承认大前提是不利的，因为我们离古人的生活环境太远了，古人产生他们的喜怒哀乐的背景，用西方现在的术语说就是"语境"，跟我们现在有很大的变化。某件事情古人觉得很重要，我们现在觉得没有那么重要；古人因为某件事情情感上受到很大的震动，我们现在觉得很平常。举一个例子：中国古人非常重视离别，写离愁别恨的诗，在古代诗词中占了极大的部分，很多好诗都是写离别的，写跟朋友的离别、兄弟的离别，当然更多的是情人、夫妻之间的离别。我们现代人读这些诗的时候，觉得好像没有受到震撼，古人的那种离愁别恨，现代人看来比较淡漠，这是因为我们现在的交通发达了，通讯发达了。古人一旦离别，一去半年不知音讯，寄一封信不知什么时候能收到。现在你到哪里去，朝发夕至。晚上一到打个电话，我平安到达，不需要写诗，没有那么多的眼泪要流出来。所以有一部分诗，古人写得很投入，我们今天读来好像并不受到很深的感动，这是处于一个不利的条件。

除此以外，还有两种误解也会对大家产生不利影响。一种是从五四新文化运动以后，尤其是1949年到"文革"这一个阶段，那种不正常的政治风气、不正常的学术风气对我们的阅读行为造成了干扰。那个时代出版了大量的选本，有很多的注释、很多的讲解，我小时候就读这些书，受到了一个很不利的影响，主要是价值判断的标准。谁是唐代最伟大的诗人，哪些诗是最好的诗，那个时候的标准跟我们今天是不一样的。山东大学有一位老先生叫萧涤非，他是杜甫专家，最推崇杜甫。但是那个时候的风气主张阶级斗争是最重要的，在评价古代的诗人时，首先要查这个诗人是地主阶级出身，还是农民阶级出身；他的诗歌有没有反映民生疾苦，有没有反映唐代的农民起义。杜甫当然出身地主阶级，杜诗虽然反映民生疾苦，但他对农民起义则持反对的态度。所以萧先生的观点就一直受到批判，尤其是山大的学生批判他，因为学生革命嘛，思想比较先进。萧先生后来生气了，有一天走进教室讲唐诗，在黑板上写一个标题"唐代最伟大的诗人"，然后一个破折号，是谁呢？我写出来大家看，黄巢。（笑）唐代最伟大的诗人是谁，历代就有李杜优劣之争，有的说李白第一，有的说杜甫第一，但是现在既不是李白，也不是杜甫，是黄巢，为什么？黄巢是唐末的农民起义的领袖，他写的诗最革命！黄巢是不是诗人？当然是诗人！《全唐诗》里确实有几首黄巢的诗，其中最有名的一首，是他考进士落第以后，写了一首咏菊花的诗——《不第后赋菊》："待到秋来九月八，我花开后百花杀。冲天香阵透长安，满城尽带黄金甲。"这确实是一个农民起义领袖写的诗，里面有革命精神。"我花开后百花杀"这句诗，我当初读了以后，老联想到"文革"前夕的一句口号，叫"百花齐放，百家争鸣"。按照张春桥的解释，"百家争鸣，一家作主，就是无产阶级作主，最后听江青的"。"我花开后百花杀"，真是有无产阶级革命精神的一句诗，但你说这首诗是不是唐代最好的诗呢，黄巢是不是唐代最伟大的诗人呢？这要打一个大大的问号。当然萧先生是说反话，他对这种情况感到不满。但是当时的风气确实非常严重地影响了我们对古代作品的选择、阅读和评价。

我们再以著名的学者郭沫若为例。"文革"10年中，古典文学领域的书只出过两本，一本是章士钊的《柳文指要》，一本是郭沫若的《李白与杜甫》。《李白与杜甫》出版的时候，我在乡下插队已到第三年，已经无书可看了，忽然听说县城里的新华书店来了一本《李白与杜甫》，我就赶快去买了一本。一看又是大名鼎鼎的郭沫若写的，很感兴趣，赶快来看，结果看到这本书里的观点大为意外。1962年，北京举办纪念杜甫诞辰1250周年的大会，因为那一年杜甫被世界和平理事会列为世界文化名人，所以北京举行盛大的纪念活动。郭沫若在会上有一个发言，讲得非常好。他是诗人，所以用诗的语言来评价。他说唐代的诗人中，李白和杜甫是一对双子星座，就是天文学上的"双星"，"双星"就是两颗星围绕一个公共的重心来运转，不是说我围绕你，或者你围绕我，两颗星的地位是平等的，他认为李白和杜甫是同样伟大的诗人。但是10年以后，他写这本《李白与杜甫》，把杜甫骂得一钱不值，把李白抬到九霄之上。杜甫的一切都是不对的，包括《茅屋为秋风所破歌》也是不对的。比如"卷我屋上三重茅"，郭沫若就说，这表明杜甫过的是地主阶级的糜烂的生活。（笑）为什么呢？因为这个茅屋不是一般的茅屋，铺着三重的茅草，每一重大概有四五寸厚，三重就有一尺多厚，这样的茅屋冬暖夏凉，有时候比瓦房要讲究得多，是地主阶级的高级茅屋。杜甫说到他屋上的茅草被风刮到对岸，邻村的小孩捡了茅草就跑，他怎么呼叫也叫不回来。郭沫若又说，杜甫是在咒骂贫下中农的子弟。（笑）那么他对李白怎么评价呢？他对李白的评价是一切皆好，一切都对。李白有首诗咏洞庭湖里的君山:"划却君山好,平铺湘水流。巴陵无限酒,醉杀洞庭秋。"这是李白喝醉后的奇思妙想,要把君山铲去,让湘江水流得更加畅快。郭沫若却有奇特的解读,说"李白要'划却君山好'是从农事上着想,要扩大耕地面积"。好像李白在唐代就预知后代会有大寨这样的农业典型,把山头都开成梯田来种粮食。假如郭沫若确实对李白、杜甫就是持那样的看法,一贯如此,这当然也是可以的,各人有各人的理解嘛,一千个读者有一千个哈姆雷特,每个读者都有他的阐释权力。问题是这跟他10年以前说的话完全不一样,他为什么突然改口呢?原来是毛泽东同志素来不喜欢杜甫,他最喜欢的三个唐代诗人是"三李"——李白、李贺、李商隐。郭沫若离毛泽东很近,毛泽东的观点他先听见了,捷足先登,赶快写书来证明这个看法,来大骂杜甫,来大捧李白。这样一种风气,严重地影响了那个时代的出版物,80年代以后的比较公正一些。至于词就更是这样了,比如说对李后主的词。大家都很喜欢李后主的词,都为李后主词中那种无望的、痛苦的心情所感动,尽管我们知道李后主是一个亡国之君,我们不可能设身处地去理解他,但是他在人生遭遇不幸的时候,对生活中美好的事物仍有深情的回忆,那种感情是人之常情,我们读的时候都感动。但是50、60年代,学术界曾经讨论过李后主的词有没有人民性,我想结果大家肯定知道的,当然是没有人民性。他的词哪有人民性?他的一生先是一个君主,亡国后作了俘虏,后来又被毒死了,就是这么短短的一生,他从来没有想到过人民,我们不能这样去要求他。我想这是我们阅读时可能产生的一重误解。

刚才说的是误解,那么反过来说,怎么才能不误解?怎么才能得到正解?我想作为一般的读者来读古人的作品,首先要选择比较好的选本。你不要去买不负责任的粗制滥造的选本,它里面选的既不好,讲解往往也错误连篇，读这样的东西你会受误导。那么怎么判断呢？一般来说要挑比较好的出版社，比如中华书局、上海古籍出版社、江苏古籍出版社，人民文学出版社等，这些严肃的比较正规的出版社，它的出版物你可以看。或者你看编选者、注释者，要是比较严肃的学者，他做这个工作很认真，不是粗制滥造，当然比较好。然而说一千道一万，到最后落实到一点，就靠你自己的判断，你要在经常性的阅读中努力提高自己的判断能力，努力提高自己分辨真假、分辨好坏的能力，就是读来读去，读出味道来，读到自己有选择了，在李白和杜甫之间我更倾向于哪一个，在某两首诗中我觉得哪一首更好一些，这个时候你就进入阅读的境界了。

对于非中文专业的同学们，我一直大声疾呼，希望大家抽空读一些唐宋诗词。读这些作品，真正是一种审美上的享受。现在的青年大多喜欢热闹，其实你如果天天晚上都是狂歌劲舞，我想没有什么意思，不如在风雨潇潇的时候在灯下读读唐宋诗词，有的时候有它特别的味道，它会带给你很多古人在感悟人生、体会人生时的深刻思考，你会发现在很多场合下，自己的感受古人已经很好地表达出来了，这个时候就会发生共鸣。说得高一点，这个时候会对你的灵魂产生一个净化的作用。你读多了唐宋诗词以后，会觉得自己慢慢地变得高尚，变得文雅。苏东坡有一句诗，"腹有诗书气自华"，你的腹中如果记得很多诗书，你整个人的气度都会变得比较高雅，至少比较有修养！唐宋诗词是我们传统文化中的瑰宝，我们作为中华民族的传人，应该知道老祖宗留给我们这么珍贵的文化遗产。如果一个当代大学生，对此一无所知，一点都没有兴趣，这是不应该的！我以前看过一本《列宁回忆录》，里面说到列宁有一次从彼得堡坐火车到芬兰去。他在车上碰到几个芬兰的旅客，列宁与他们谈论芬兰的文化传统，结果发现对方不知道，还不如列宁知道的多。列宁非常感慨地说："他们都不知道，反而我们知道了，这是很不应该的。"中华民族有伟大的文化传统，这个文化传统里面当然有精华，也有糟粕，但是唐宋诗词里的好些名篇肯定都是属于精华的部分。所以我希望非中文专业的大学生们，也可以适当地读一些唐宋诗词，读多了你会发现是有好处的。我个人的体会是，当你在生活中不太顺利的时候，当你觉得苦闷、烦恼的时候，唐宋诗词往往是一贴清凉剂、一贴安慰剂。我在农村呆了10年，当时农村不通电，点灯的油也买不到，在风雨交加的晚上我怎么办？就是靠心里记得的一些唐宋诗词，背诵、回味，以此来安慰自己，我觉得那是支持我走过艰难岁月的精神力量。

〔附〕**答学生问**

学生：请问莫老师，《宋词三百首》里为何选婉约派的词远多于豪放派的词？有没有什么选本更好一点的？

莫砺锋：这个选本里选婉约派的词多于豪放派的词，这是符合宋词的本来面貌的，因为宋词中本来的比例就是这样的。为什么我们现在都感觉好像豪放词跟婉约词是平分秋色的，甚至有的时候觉得豪放词更重要一些呢？这是由于1949年以后，人们习惯于用作品的思想性，用作品的内容，来衡量宋词，当然豪放派的词容易入选。特别是到了南宋，那些爱国词，像辛稼轩的词，肯定容易入选，而婉约词大半是写男欢女爱，还有一些是写歌妓生活，秦楼楚馆，在当时的标准下肯定是不健康的，所以从50年代开始，在我们的文学史著作中，以及一般的宋词选本中，经常有这种观点，好像在整个宋词中豪放词和婉约词至少是平分秋色，甚至是豪放词更重要，这不符合宋词的本来面目。在宋词的真实发展过程中，豪放词在北宋只是偶然的现象，具体地说就是除了苏东坡以外，只有少数的作品，在苏东坡的300多首词中，豪放词不足30首，就是东坡词只有不到十分之一是豪放风格的，大部分还是婉约词。

当朱孝臧选《宋词三百首》的时候，还没有受50年代学术风气的影响，他的选本基本上符合宋词发展的真实情况。那么我们现在应该怎么认识这个问题？我个人比较喜欢豪放词，宋代的词人我最喜欢的就是辛弃疾，第二才是苏东坡。我喜欢辛弃疾的阳刚之气、男子汉气概、英雄气概，但是应该承认，宋代发展得更充分的确是婉约词，而不是豪放词。豪放词除了辛弃疾以外，其他词人的艺术境界都不是太高，辛弃疾这一派里的有些词人在艺术上比较粗糙，比如刘过等人。而婉约词在艺术上自成一家的词人相当多，名单可以开出一大串来。所以就实际的情况来说，仅仅看艺术性的话，应该说是婉约词更高一些。当然在今天，我觉得《宋词三百首》那样的选本有点脱离时代，现在大家可以读胡云翼的《宋词选》，上海古籍出版社出版的。这本书选的作品数量大概接近300首，它比较全面，兼顾各个流派，尤其是里面较大地增加了豪放词的份量。

学生：请莫老师谈一谈《红楼梦》中的诗词。

莫砺锋：首先说明一下，这个问题走题了，我们今天是讲唐宋诗词，不过既然有同学感兴趣，我也稍微谈几句。《红楼梦》中的诗词有的读者很喜欢，评价很高，特别是像林黛玉的《葬花吟》《秋窗风雨夕》，许多读者觉得她写得很好。但是严格地说，按照纯粹的诗词艺术的标准来看，《红楼梦》中的诗词都不是第一流的。它跟传世的名篇相比，不要说是唐宋时代的名篇了，就是跟明清时代的名篇相比，也还是有一点距离。这个问题应该怎样看？大家千万不要把《红楼梦》诗词的水准理解成是曹雪芹诗词的水准，这是不一样的。《红楼梦》诗词都是曹雪芹代书中的人物来写的。具体地说，当他帮林黛玉写的时候，他就要设身处地地想象自己是一个十几岁寄人篱下的多愁善感的贵族少女，要用林黛玉的身份来写。他写薛宝钗的时候，又想象自己是薛宝钗——一个工于心计、一心讨好老祖宗的贵族小姐。这些诗词都要照顾到各个人物的身份、各个人物的性格，一个作者帮很多人来代言，因此《红楼梦》诗词的水准跟作者本人的诗词水准是不能划等号的，我觉得肯定是要打上一个较大的折扣。如果抛开这一点不谈，不考虑曹雪芹代撰的问题，仅仅看这些诗词本身，它们的水平怎么样？我刚才说了，应该是二流水平，它们还是比较好的，但不是顶尖的。后来有很多红学家讨论这个问题，一种比较流行的观点就是曹雪芹的高明之处就在于他能够惟妙惟肖地代书中人物来写诗。尤其是在很多人物一起写诗的场合，比如建立一个诗社，写菊花诗，写白海棠诗，很多人物同时写诗，写同样的题目，就像一场诗歌比赛。曹雪芹不但把各个人物的诗写得在艺术水准上有所差距，菊花诗，是林潇湘夺魁，她的诗写得最好，林黛玉的三首菊花诗都是最好的，薛宝钗她们就是第二个层次，分得很清楚，而且每一首诗里所蕴含的那种情感，对人生的理解，都符合这个人物的性格，读后就觉得这首诗就是那个人物自己写的，而不是曹雪芹代她写的，这一点非常难得。从这一点来还原，我们不难想象曹雪芹本人的诗词水平应该是很高的，可惜曹雪芹的诗留传太少。如果让曹雪芹以他本人的身份来写，不受限制，肯定会写得非常好。还有一点我很有兴趣的是，现代西方文艺理论中有一种很流行的理论叫作女性主义批评，按照女性主义批评的观点，女性作家跟男性作家是不能互相替代的，就是所有男性作家写的文本，对于女性的形象、女性的感情、女性的思想，肯定都是弯曲的，只有妇女才可能写妇女，只有女性作家才能写好女性人物。自从西蒙·波伏娃的《第二性》等书出来之后，这已成为一种比较流行的观点。我觉得《红楼梦》中的诗词正好提供了一个强有力的反证。大家如果感兴趣的话，在读《红楼梦》的时候，不妨同时读一读清代那些才女的诗词。清代有很多才女，她们诗词刻书的非常之多，很容易找到。我们读一读跟曹雪芹同时的女性诗人的诗词，再来读《红楼梦》中林黛玉等人的诗词，对比一下，我觉得《红楼梦》人物的诗词，更具有女性意识。对于女性不依附男性的独立人格的追求、独立的审美观点，表达得更好，而那些真正的女性诗人反而更多地受了"三从四德"的礼教观念的影响。所以我一直觉得西方女性主义批评的上述观点是荒谬的，至少在我们中国的古代文学中，更好地表达女性感情的，是男性作家而不是女性作家，至少在清代是如此。《红楼梦》诗词如果有特别的意义，主要在于这里。

学生：古诗词有"半江瑟瑟半江红""春来江水绿如蓝"。这里的"江"是指长江吗？现在的江是黄的，是因为环境污染吗？现在的环境污染很严重，您认为后人还能领略古诗词优美的意境吗？

莫砺锋：这是一个环保的问题。（笑）我们谈谈诗词吧，环保我不懂。这个同学大概很喜欢白居易，因为两句都是白居易的作品，前面一句见于白居易的一首七言绝句《暮江吟》，后面一句是白居易词《忆江南》中的。"半江瑟瑟"，"瑟瑟"是一种绿颜色的小颗珍珠，这里指碧绿的颜色。这首诗的第一句是"一道残阳铺水中"，斜阳西下，日光照在水面上，把江水染成红色，但是还有一半江面没有照到，依然是绿色的，就是江面上有两种颜色。后面一句"春来江水绿如蓝"，是说春天来了，江水像蓝一样的绿。"蓝"是古代的一种染料，用

"蓝草"来提炼的染料。"青出于蓝而胜于蓝"中的"蓝",就是这个蓝。这两句诗都写到了"江",第一首《暮江吟》是在江州写的,就是现在的九江,这个"江"当然就是长江。第二首词可能是在洛阳写的,但是题目是"忆江南",所以也是指长江。这位同学说现在的长江是黄色的,古代却是绿色的,这一点不稀奇。古代的长江就是绿色的,就是蓝色的,长江变黄是近代的事情。古代长江沿岸都是森林,李白坐船在长江里走,"朝辞白帝彩云间,千里江陵一日还。两岸猿声啼不住",那时候两岸都是原始森林,里面有大量的猿猴。现在你坐船过三峡,哪里能听到什么猿声?猿早就没有了,森林都快消失了。人类的活动已经使江水完全改变了颜色。关于环境污染的问题,我不敢回答,我不知道将来会怎么样,我们的子孙会不会把江水再治好,使它恢复到"春来江水绿如蓝"那样的优美境界,但这是我们美好的愿望。我想有一点是可以自我安慰的,当我们现在看着浑黄的江水的时候,拿白居易的诗来读一读,闭眼想象一下,我们曾经拥有一条碧蓝的长江,我们的家园曾经是一个美好的地方。这也是读唐宋诗词的一个好处吧。

学生:请问莫老师,是否认为好诗都被唐宋人写光了?如何在现代生活中以诗词的形式来表现生活的诗意?

莫砺锋:"一切好诗,到唐已被做完",这是鲁迅在给朋友杨霁云的信中说过的话,他说:"我以为一切好诗,到唐已被做完,此后倘非能翻出如来掌心之'齐天大圣',大可不必动手。"意思是你肯定写不过唐人的。应该说在特定题材的范围内,譬如说我们写离愁别恨,写三峡风景,确实是写不过唐人的。原因在于不管古人今人,我们的感情是共通的,我们的感受是相似的,当唐代诗人捷足先登,在某一个生活领域内把某种感受用最优美的诗篇表现出来以后,你再想写同样的题材,这就很难。女作家冰心年轻时说过,每当她看到一个优美的景色,或者在生活中有某种深切的感受,就想写诗,一想到唐诗里已经有了,于是产生了一个想法,她的原话是"恨不趁古人未说我先说",最好古人还没有写的时候,让我先来写就好了。王维的诗"独在异乡为异客,每逢佳节倍思亲",如果一个人在外地,碰到佳节,想念家乡的亲人,很容易有这种想法,但是王维已经捷足先登,他又写得那么淋漓尽致,后人就无法超越了。而且古人写了那么多,唐诗五万多首,宋诗二十多万首,宋词二万多首,留给我们的天地确实不是太多了。

下面一个问题,"如何在现代生活中以诗词的形式来表现生活的诗意",首先表明我的一个看法,我觉得古典诗词的那种形式已经过时了,尽管从五四以来,还有人在写诗、写词,尤其是20世纪80年代以来,有一点回潮的状态。现在的诗词协会、诗词刊物非常多,像雨后春笋,这个现象我觉得不太正常。照理说我研究古典诗词,看到很多人热心于古代的形式,应该感到很欣慰啊,我研究的东西没有被大家抛弃,但是我并不认为诗词写作还有很大的前途,真正要表现现代生活、表现现代人的情感,最好的形式应该是白话诗,是新诗,而不是旧体诗词。从五四到现在,有一个现象也许值得大家注意,就是有不少的新诗人年轻时候写白话诗,但是年纪稍微大一点,他又写起旧体诗词来了。闻一多有一句诗,"勒马回缰作旧诗",他原本新诗写得特别好,我个人认为比徐志摩的要好,但后来又写旧诗了。很多人都有这样的现象,朱自清这样,郭沫若也这样。原因在于旧体诗词比较适合于年纪大的人。当你的感情比较平静了,你比较怀旧了,你想表达一些比较传统的情感了,你有点跟不上现代生活的节奏了,这时可能旧体诗词比较适合你。我觉得从五四以来，旧体诗词真正写得好的，只有两个人，词写得是好的是沈祖棻，是我没有见过面的师母。当我考到南大读研究生的时候，这位师母在武汉大学出车祸已经去世了，我没见过她。诗呢，是聂绀弩。他的诗大部分写在劳改生活中，他是"右派"，在北大荒劳动改造，他写了很多表面上很像打油诗的七言律诗，以一种恢谐的、嘲讽的口吻来描写荒谬的时代，写得非常好。我们从那个时代过来的人看了有一种沉痛的感觉，把那个时代人们受压抑、受摧残的感受表达得很真切。"青眼高歌望吾子，红心大干管他妈！"写得真好！这是特例，除此以外我很少看到真正的好作品。年轻朋友如果想写诗，我倒认为应该多写新诗，而不是写旧诗。

学生：请问莫老师，如何评价金庸小说中的诗句？

莫砺锋：刚刚谈《红楼梦》，现在又谈金庸。应该说金庸武侠小说中的诗词是比较拙劣的，因为金庸自己承认他不懂平仄，不会写诗词，我们看金庸武侠小说的回目就可以看出来，回目是讲究对仗的，金庸的回目远远没有《红楼梦》的回目对得那么好。回目本身就需要写诗的功底，因为诗词里面经常用到对仗这种手法，金庸不懂平仄，是他多次声明的，所以金庸小说中比较好一点的诗句，多数是借用古人的。他自己动手创作的一般来说都不太好。

学生：请您谈一谈唐圭璋及他编的《唐宋词简释》。

莫砺锋：唐圭璋先生是已故的南京师范大学教授，可以说是现代专门研究宋词成就最大的学者。唐老一辈子最大的功劳在哪里呢？在于他整理宋词的文献，就是我们现在读的《全宋词》。宋代所有的词加起来两万多首，就是唐老一个人编的。他一个人收集各种各样的材料，考辨真伪，编成总集。《全宋词》的质量比《全唐诗》好，这是一个很了不起的工程。他后来又编了《词话丛编》，就是关于词的那些评论性著作。唐老的主要精力都放在这些方面，他最大的成就在于文献的整理。这部《唐宋词简释》是一个普及性的读本，当然他非常内行，他掌握的材料非常多，选得很好。但是对于初读者，我觉得还是胡云翼的《宋词选》更好，我个人更喜欢那个选本。

学生：请问您所说的现代读者的不利因素，是否还应有对诗词音律的误解的因素？

莫砺锋：应该是有的，但问题不是很严重。问题在于哪里呢？主要在于现代的普通话，四声中的"入"声已经没有了。而在唐代、宋代，是有入声的。入声从元代以后就在北方话中渐渐地消失了。入声消失以后，古代被归为入声的那些字，后来分到各个声中去了，现代汉语的一声、二声、三声、四声中都有古代的入声字。如果归到后两声去，没有问题，因为它还是仄声。问题是有一部分入声的字现在归到平声中去了，就是一声、二声中去了，这样的字在古人读来是仄声，现在却是平声。比如说国家的"国"，我们现在读平声，但是古代读仄声。现在南方一些方言，比如苏州话读"国"，发音较短促，一下子就收住了。主要的麻烦在于古代的入声变成现在的平声的这些字，这样一来我们读古典诗词的时候，如果你理解平仄规律的话，你会觉得不对呀，这个地方好像不合格律呀，这是古今语音发生的变化。但是这样的字数量并不很多，大部分汉字的读音没有变化，我们还是能体会到古典诗词在声音上面的美的。

学生：请问莫老师，历史上散文、诗歌、小说的发展兴衰是由于社会因素还是地域因素呢？

莫砺锋：我认为主要是社会因素。大家比较熟悉王国维的一句话，文学"一代有一代之胜"，就是每一个时代都有一种最好的、最突出的文学形式。一般来说，汉以前有《诗经》的四言诗，然后有《楚辞》，汉代是赋最流行，到了汉末产生了五言诗，然后产生了七言诗，到了唐中后期产生了词，到元代又产生了曲，曲包括散曲和杂剧，后者是剧本，前者是诗歌形式。从唐开始有文言小说，从宋开始有白话小说，然后慢慢地演变成明清的章回小说。这个情况是自然生成的。人们对于文学作品的需求，每一个时代都有变化，就会自然而然、水到渠成地形成一些新的文体。这完全是由时代引起的，不同的时代有不同的社会需求。比如现代人读《楚辞》，读不懂；读汉赋也读不懂，扬雄、班固的大赋，当时很有名，被认为是最好的文学作品，现在连我这个在中文系当教授的人也读不懂，里面很多字不认识，读的时候要把字典放在手边。汉代的大赋，现在看来没有多少文学价值，但是在汉代，在司马相如那个时代，赋是衡量一个人文学才华的最主要的标准。不同的时代有不同的社会背景，有不同的社会需求。在帝制社会，主要是看帝王等统治阶级的爱好和提倡。在汉代你如果会写赋，就可能会受到皇帝的重用。司马相如本来是一介草民，他去追卓文君的时候，还是一文不名的穷光蛋，卓文君的父亲很不愿意把女儿嫁给他，两个人只好私奔了。但是司马相如赋写得好，被汉武帝发现了，一下子做了大官，趾高气扬地回到四川去。既然社会上层有一种力量来提拔你，赞赏你，全社会的人都会奔向你这边来。唐代为什么诗歌最发达？有一个原因就是唐代的进士考试要考诗歌，你要想做进士，你必须会作诗。我们不妨设想一下，假如现在的公务员考试要考诗词，我想全社会的人都会来学诗词，否则你进不了政界啊！这是社会在功利方面的诱导。所以有的时候文体的发展不纯粹是文体内部的原因，它有外在的因素，当然内部有一个自然发展的脉络，那是文学史所要解释的内容。

学生：古代诗词格律烦琐，而文学重要的是表达思想，何不抛开古代诗词烦琐的形式，直接去学习现代文学呢？

莫砺锋：首先我很不同意，要是这样的话，我的饭碗都没有了，因为我是中国古代文学专业的。(笑声)对于这个问题，我可以说说我自己的看法。真正第一流的文学，真正能够深入人心的文学，是不分古代、现代的。古代最好的文学到了现代还是最好的文学，现代最好的文学到了将来还是最好的文学，真正的文学的生命力是永恒的，古代、现代的区别是一个暂时的区别。好的文学作品，必须接受时间的考验。有一些作家在某个时期非常流行，大家觉得这些作家是大名鼎鼎的，但时过境迁，过了半个世纪、一个世纪，他们完全被抛弃了，完全被读者忘却了。我们现在说唐宋诗词，离我们最近的也有800年了，它还留在世间，还拥有读者。现在《唐诗三百首》每年印刷的数量，不会比现代诗选少。更多的读者还情愿接受唐宋诗词，而不一定接受现代诗。尽管有些现代诗人自己炒得很热，但是读者不多。广大读者的选择、时间的选择、历史的选择，它是公正的，凡是没有价值的，迟早会被淘汰。说到现代文学，请问经过100年、200年，或者800年以后，现代文学史上的这些作家，能够留存几个？现代文学从五四到1949年，一共30年时间，从1949年到现在的当代文学，也不过50年时间，这一段时间在文学史上是短短的一刹那，古代文学史上有很多阶段，这么长的一段时间内只是一片空白。现代文学的作家中，将来有多少人能避免被淘汰的命运，很难说。照我的理解，从五四到现在的作家,能够存在500年的,只有鲁迅一人,其他的人很难。如果我来研究现代文学,说不定过一阵我的研究对象都不存在了。而我现在研究的对象,基本是永恒的,它已经在历史中定格,再经过1000年也不会被淘汰。所以我跟这个同学的观点不太一样,你可以到我们南大中文系的现代文学专业去。

学生:王翰的《凉州词》中"醉卧沙场君莫笑,古来征战几人回"是对战争的无奈悲观,还是乐观?

莫砺锋:这个问题很难讲,应该说两者兼有。"葡萄美酒夜光杯,欲饮琵琶马上催",临上战场之前在夜光杯里倒上美酒,喝上一杯,然后就上沙场了,想到古来上沙场的有几个人能回来呢?都牺牲在沙场了。这样的诗你能说它是悲观还是乐观吗?当然是兼而有之,是一种悲壮兼有的感受。一首好诗,它的感情是丰富的,它的内涵是复杂的。这首诗好就好在这里,它兼有乐观和悲观,它具有对于不可预测命运的悲凉感觉,同样也有要献身沙场、保卫祖国的豪迈情怀。

学生:后人对诗词有"诗庄词媚"的说法,请问对此评论您有何看法?

莫砺锋:刚才有位同学问起宋词中豪放词和婉约词比例的问题,"诗庄词媚",这个"媚"字严格地说只能用在婉约词中,像辛弃疾的豪放词是不能用"媚"这个字的。辛弃疾即便有少部分写歌女、舞女的作品,也没有一丝的媚,它完全是一种英雄词、豪放词。假如把词界定为婉约词,应该说这是一个比较精练的概括。诗和词在古代有明确的分工,尤其在宋代,宋代的作者眼中,诗跟词的表现功能、写作场合都有明确的分工。宋人觉得某一部分题材、某一部分主题要用诗来表达，而另外一部分题材和主题应该用词来表达。简单地说，他们认为重大主题，事关国计民生的，事关个人政治理想的，用诗来表达更好一些。而另外一部分题材，比如说关于个人的比较隐秘的、内在的感情，用西方人的话说，"very private"的，像爱情的倾诉，用词来表达更好。好多人问宋诗中为什么没有爱情诗，宋诗中确实很少有爱情诗，除了陆游的几首以外，我们几乎找不到好的爱情诗。这个不奇怪，就是由于宋代的作者，当他们表达爱情的时候，都转移到词中去了，他们觉得词这种形式更适合写爱情。所以我们读宋初词，经常遇到这样的情况：假如看他的诗文，你会发现他有一张很严肃的面孔，但是读他的词，你会发现另外一张面孔。像欧阳修，你读他的文、他的诗，发现他是一代儒宗、一代文宗，是一个很严肃的学者、一个对国家有责任心的士大夫。但当你读他的词的时候，发现他写了很活泼的小儿女之间的感情。所以当时有人要维护欧阳修的正面形象，就说欧阳修的那些爱情词事实上不是他写的，而是他的仇人写的，他的仇人为了诋毁欧阳修，故意写这些作品，然后署上欧阳修的名字，在外面散布："看这个人表面上严肃，实际上是不正经的，偷偷写爱情词。"但是我们今天来读那些作品，觉得非常好。"笑问双鸳鸯字怎生书？"以一个女性的口吻问她的男友，"鸳鸯"两个字怎么写呀，完全是青年男女亲密无间的那种口吻。如果在座的哪位同学写了这样好的爱情词，然后嫁祸于我，说这是莫砺锋写的，我就太感谢你了！但是当时的人不这样看，当时的人认为这是仇人对欧阳修的诋毁、陷害。原因就在于，宋代的诗和词在功能上是分开的，"诗庄词媚"主要是由这个原因引起的。但是发展到南宋，到了辛稼轩，词变成英雄词、豪放词以后，"词媚"的说法就不再合理了。

学生：我想请问莫老师对高适的"战士军前半死生，美人帐下犹歌舞"这两句怎么理解？有两种不同的理解，一种是赞扬当官的，一种是讽刺当官的。

莫砺锋：基本上我们都采取第二种理解，就是讽刺。"战士军前半死生，美人帐下犹歌舞"，这是唐代军队中很常见的一个现象，这个现象不仅仅高适的诗中有，岑参诗中表现得更多。岑参是亲自到西域从军的，过了很长时间的军中生活，他有很多七言古诗写军中生活，就写到过这种现象。这种现象一直到宋代的陆游笔下还是一样。当时军中有大量的歌舞伎，就是在军中唱歌跳舞的那些歌女、舞女，是干什么的呢？是为军中的高级军官提供娱乐。这可能是朝廷的一种政策设计。军人长期远离家乡，又不可能带家眷，日常生活很枯燥，军中配备歌舞演员提供娱乐。"美人帐下犹歌舞"，这是军中的正常现象，当然不能顾及一般的战士，只能为高级军官提供娱乐。高适写这首诗当然是讽刺，前面有一句"战士军前半死生"嘛，士兵在前方卖命，打得很艰苦，高级将领还在后方享乐。

学生：但是古代"战士"可以指士兵和将领，而且战士在打仗前也可以娱乐的，那么可不可以理解为对当时现象的赞扬呢？

莫砺锋：基本上不能这样理解。我们从句法上看不出来，"战士军前半死生，美人帐下犹歌舞"，它是两件同时发生的事情，就是当战士在军前拼死拼活打仗牺牲，美人还在帐下为军官歌舞，这是同时发生的。明明写下级士兵跟高级军官的两种不同的生活情景，很难理解成这个战士打得半死不活，又回来看美人跳舞。而且应该注意《燕歌行》的写作背景，高适并没有上战场，高适是听到一个人到了现在的河北北部，回来说起前线的情况，然后他"感征戍之事"，他觉得前线的士兵很辛苦,于是写了这首诗。所以这首诗的主题主要是表达对于前线士兵的同情。《燕歌行》这个诗题不是从高适开始写的,从曹植的哥哥曹丕就开始写了,是一个传统的题材,历史上有很多首《燕歌行》,都是这个主题,都是写在北方边疆的那些士兵的辛苦遭遇,作者表达的都是对他们的同情,所以高适不会觉得那些士兵苦中作乐,又打仗,又看跳舞。况且这首诗中还有"少妇城南欲断肠,征人蓟北空回首"的句子,可见征人一心思念家中的妻子,哪有心情看军中美人跳舞作乐呢?

(2002年3月24日在东南大学的演讲)

唐宋诗词的现代意义

今天我们讲的是"唐宋诗词的现代意义"。首先解释一下"唐诗宋词"这四个字。大家一定知道文学史上的两个专有名词：唐诗和宋词。我们经常把它们合称为"唐诗宋词"。为什么我要变换词序，改称"唐宋诗词"呢？我认为对于这两种文体，都应该兼重唐宋。如果我们只说唐诗，就会忽略宋诗；如果我们只提宋词，就会忽略唐五代词。唐诗虽是古典诗歌的巅峰，但宋诗也非常了不起，宋诗是一个巨大的存在。现在的《全唐诗》加《全唐诗补编》不过56000多首，但是《全宋诗》里收录的宋诗接近25万首，数量非常大。宋诗不仅多，而且好。北宋的苏东坡和南宋的陆放翁，他们的整体水平并不亚于唐代的李、杜。词也是一样，词当然是在宋代才发展到顶峰，但是晚唐五代已经出现了很好的词人和作品，温庭筠、韦庄就是两位非常优秀的词人。更了不起的是五代的李后主，他的词作拥有广大的读者。所以我一向认为，阅读古典诗词，最好是把唐宋的诗与词放在一起读。

什么叫唐宋诗词的现代意义？通俗地来讲，就是唐宋时代的诗词对于现代读者有什么价值。唐宋的诗词作品距离我们最远的有1400年了，最近的也有800年。相隔的年代这么久远，为什么我们还会感兴趣呢？这就在于它具有现代价值。我下面从四个方面来讲讲我的看法。

一、唐宋诗词的审美价值

诗词，尤其是唐宋诗词，是用汉字码成的文本中审美价值最高的一类作品。新诗人艾青说过，诗就是文学中的文学。我们可以模仿艾青的话来说，唐宋诗词，就是诗歌中的诗歌。它简洁、优美，把汉语汉字所蕴含的审美潜能充分地发挥出来了。多读唐宋诗词，对于我们的写作，对于我们的语言文字表达能力是一个有力的促进。在座诸位不一定从事与文字有关的工作，但汉语汉字是我们本民族的语言文字，我们每个人都离不开它。

在座的都是年轻人，大家都有一个无法回避的写作任务，就是写情书。我们怎样才能把情书写得更好呢？我想有两个基本要求，其实也是我们汉字写作的基本要求：第一，要简洁，不能啰嗦；第二，要优美，不能写得太粗俗。假如我们希望把情书写得很优美，又缺乏写作才能，怎么办呢？借鉴唐诗宋词啊！我们可以把李商隐《无题》诗中的警句摘录下来，镶嵌在情书中。你的朋友看到情书中有这样的语句："春蚕到死丝方尽，蜡炬成灰泪始干""身无彩凤双飞翼，心有灵犀一点通"。多么感人啊！万一哪位同学恋爱不顺利，你的朋友暂时不理睬你了，你需要写一封信去劝她（他）回心转意，唐宋诗词中也有非常好的参考文本。北宋词人晏几道，我们称他为"小晏"。小晏词写得最好的主题就是失恋的痛苦。比如《临江仙》的上片："梦后楼台高锁，酒醒帘幕低垂。去年春恨却来时。落花人独立，微雨燕双飞。"假如你在书信中把这几句镶嵌进去，寄到那位暂时不理睬你的朋友手中，她（他）读了之后，肯定马上就回心转意了，因为被感动了。所以我说多读唐宋诗词可以提升我们的语言表达能力，这一重意义是显而易见的，不用多说。

二、唐宋诗词的"言志"与"抒情"

说到第二重意义，首先要明白唐宋诗词写的是什么内容。中国古典诗歌有一个最古老的纲领，就是儒家说的"诗言志"，这在《尚书·尧典》当中就提到了。到了西晋，陆机在《文赋》中又提出"诗缘情"的理论。有人认为"言志"偏向严肃、正大的主题，"缘情"则是偏向抒发那些个性化、私人化的情感，把二者对立起来了。但我想，从唐宋诗词来看，"言志"和"抒情"并不是对立的。初唐孔颖达在《左传正义》中就已说清楚了："情志一也"。情与志在唐宋人看来是一个东西。比较笼统地解释，情志就是指一个人的内心世界，包括对生活的感受和思考，也包括对万事万物的价值判断。这都是古典诗词所包含的内容。既然如此，那么唐宋诗词的内容就跟现代人没有什么距离了，因为诗词中表达的那些内容都是普通人的基本情感、基本人生观和基本价值观。比如喜怒哀乐，比如对真善美的肯定和追求，比如对祖国大好河山的热爱、对保家卫国的英雄行为的赞美，唐宋人如此，现代人也如此。所以唐宋诗词中的典范作品所表达的内心情感、思考和价值判断就可以毫无阻碍地传递到今天。这些作品仿佛就是现代的才华横溢的诗人为我们而写的，仿佛就是代替我们来抒写内心情思的。

口说无凭，我举两个例子。1984年我毕业留校，在南大当老师，当时系领导要求我们在节假日要经常去宿舍看看一年级的新同学。有一年的国庆节，我来到中文系的学生宿舍，看到一个身高一米八的云南男孩，站在那里偷偷地抹眼泪，原来他想家了。佳节来临又离家万里，谁都会想家，这是人之常情。我当时就想，假如这个同学此时想写一首诗来表达自己的情思，他多半不用写，只要读唐诗就行。他可以读王维的《九月九日忆山东兄弟》："独在异乡为异客，每逢佳节倍思亲。"我们不可能比王维写得更深刻，更优美，更淋漓尽致了。不只是年轻人思念家乡，不只是年轻人的情感，人到中年、人到老年漂泊异乡的时候也会有这样的情感。1986年我到美国的哈佛大学当访问学者，刚到不久就遇到中秋节。那天晚上我在哈佛的校园里看到一轮明月升到空中，真是浮想联翩。我非常思念留在南京的妻女，很想写一首诗或者填一首词，来抒发一下内心的情思。可转念一想，何必用我来写？苏东坡早就写过了："人有悲欢离合，月有阴晴圆缺，此事古难全。但愿人长久，千里共婵娟。"我心中的一切想法、一切感受，苏东坡的这首词里都有，我只要读就可以了。所以唐宋诗词中的好作品，就是帮我们抒情的。它们能帮助我们纾解内心郁结的苦闷，能让我们获得安慰和共鸣，这是唐宋诗词对现代人的第二重意义。

三、唐宋诗词来源于生活

唐宋诗词的第三重现代意义，是它们巨细无遗、真切生动地展现了我们祖先的生活情景，它们告诉我们祖先曾经是怎样生活的。我非常遗憾地感觉到许多现代人不太懂生活。虽然我们的生活已经达到小康，但有很多朋友未必感受到幸福感。他们不会享受生活，不会品味生活，不会珍惜转瞬即逝的人生片段。而古人很会生活，唐宋的诗人词人真会生活。那些作品对于现代人的实际生活具有巨大的启发意义。

比如说，唐宋诗词告诉我们，我们的祖先在生活中时时刻刻都注意与自然环境的和谐相处，他们热爱自然，而今人往往与自然渐行渐远。亲朋好友聚餐小酌，进了饭店包厢里往往先把窗帘拉上，无视窗外的一轮明月——这真是自绝于自然。我们看李白怎样喝酒。有一次他独自喝闷酒，但是他携着一壶酒来到月下，来到花间："花间一壶酒，独酌无相亲。举杯邀明月，对影成三人。"那是多么优美的生活场景，多么积极的生活态度，他与自然的关系多么亲密啊！再举一个例子，韩愈有一首七言绝句："漠漠轻阴晚自开，青天白日映楼台。曲江水满花千树，有底忙时不肯来。"韩愈写这首诗时，正在长安做官。春日的一天，他约了张籍、白居易二人到长安南郊的曲江池去游春。上午天气尚阴，到了下午就放晴了。曲江水涨得很满，亭台楼阁与青天白日倒映在水中，两岸繁花怒放。当时张籍前来赴约，白居易却没来。于是韩愈写信质问他：你有什么事在忙，怎么不来欣赏如此美丽的春光？我想白居易可能会回答自己工作忙，走不开，这也是我们现代人不去游春时常用来推脱的理由。白居易是忙，那韩愈忙不忙呢？白居易这一年任中书舍人，是正四品的官。韩愈呢，吏部侍郎，官居三品。三品官能抽出时间到曲江赏春，四品官反倒没时间？可见这是借口。所以关键不是忙不忙，而是能否珍惜这样的机会。晚唐诗人李昌符有两句诗写得很好："若待皆无事，应难更有花。"不但自然界的花季很快就过去了，人生的花季也是转瞬即逝的。人的一生过得非常快，人生就是由一个个片段组成的，这些片断都是转瞬即逝，必须要抓紧，才能仔细品味，仔细咀嚼。如果把每一个有意味的片段都轻易放过去，整个人生就变成毫无意义的一堆碎片。请大家多读唐宋诗词，像古人那样品味人生吧。

更重要的是唐宋诗词中蕴含着美好的人际情感，比如天伦之情，就得到极为广泛、极为生动的描写，那些作品直到今天还让我们深受感动。像孟郊的《游子吟》对母爱的歌颂，像杜甫诗中对儿女的款款深情，都是感人至深的真情流露。又如歌颂友谊，这是唐宋诗词中发展得最为充分的一类主题。由于唐宋的诗人词人在抒写情感时都是通过具体、生动的生活情景来进行的，所以会给现代读者留下极为真切的感受，比如离愁别恨，都是通过环境烘托、情景描述来抒写的，作品中会展现出具体的场景，使现代读者身临其境。我一向认为，唐宋诗词里所展现的离别场景、离别行为，用现代的话说，简直就是优美的行为艺术。我们的祖先是如何送别的呢？他们在离城五里处修一座亭子，叫短亭；离城十里处修一座亭子，叫长亭。短亭、长亭一般是供人休息的地方，十里长亭也是送别的地方。来到这里，送行的人往往会携带一些酒菜，在长亭里摆好，大家喝几杯酒，写几首诗，唱一曲离歌。王维的《渭城曲》，后来被称为《阳关三叠》，就是经常在这种场合唱的离歌。这样的离别过程是悠长的、从容不迫的，所抒发的离别之情也是深厚的、绵长不绝的。我们看李白在黄鹤楼送孟浩然："故人西辞黄鹤楼，烟花三月下扬州。孤帆远影碧空尽，唯见长江天际流。"我们可以想象，李白先是跟孟浩然在黄鹤楼上喝酒，写诗唱和。然后，孟浩然走下楼，登上船，在长江上渐行渐远。李白一开始是站在江边上望，望不到了，再返回楼上，楼上的视野开阔，最后看到"孤帆远影碧空尽"。船在江面上越走越远，李白送别孟浩然的情意也绵绵不绝有如江水。再看一首宋词。柳永《雨霖铃》的上片："寒蝉凄切，对长亭晚，骤雨初歇。都门帐饮无绪，留恋处，兰舟催发。执手相看泪眼，竟无语凝噎。念去去、千里烟波，暮霭沉沉楚天阔。"送别的地点是长亭外面，时间是一个秋天的傍晚。第二句写在城门外面，搭了一个帐篷，在里面喝酒。"无绪"就是没有心绪，心情缭乱，因为这是一对情人之间的送别，依依难舍。下面说到"兰舟催发"，船家催促要走了。古人一般是雇船，时间到了，船家催他们走。但是送别的人与行人还在那里"执手相看泪眼",握着对方的手,看着对方眼中的泪水,话说不出来。整个送别过程非常绵长,情感非常缠绵。江淹《别赋》说,离别是使人销魂的情感。"销魂",就是灵魂受到震撼,受到深度的感动,这是人生中非常宝贵的瞬间。唐宋诗词中所写的离别,虽然伤感,但那是人生中非常珍贵的瞬间,是非常值得回忆的人生经历。那么,现代人呢?我们享受了高度的物质文明,快节奏、高速度,但这样一来,很多离别之类的生活细节和场景都被压缩了、碎片化了,甚至不复存在。我读王实甫《西厢记》的时候,经常会有一个联想。《西厢记》第四本第三折,写崔莺莺到十里长亭送张生,我们来看她抒发的情感。第一曲《端正好》:"碧云天,黄花地,西风紧,北雁南飞。晓来谁染霜林醉?总是离人泪。"整个情境渲染得多么优美,她和张生之间依依不舍的情感抒发得多么充分,淋漓尽致。假如现代也有一个崔莺莺,也要去送她的张君瑞,她会怎么送?当然,送别地点有两个,高铁车站或是飞机场。还没等到她说什么话呢,张君瑞就不见了。所以,假如有一个剧作家,写一本现代的《西厢记》,来写同样的场景的话,那么,崔莺莺在舞台上面哪里来得及唱《端正好》,大概只来得及说一句说白:"呀!张生不见了也!"不仅是送别,还有类似的传书寄信等等,其他的生活内容也是如此。我一直认为,唐宋诗词中描写得非常充分的古人生活中的细节、片段,都是非常有意味的。而这些在现代生活中是缺乏的,现代人的生活粗鄙化了,值得回味的东西都不存在了。当然,我不是主张我们都回到唐宋去生活,我们再也回不去了。回不去怎么办?我们可以阅读唐宋诗词,从古人的生活情景中得到一些启发,我们可以把生活的节奏稍微放得缓慢一些,生活得从容一些,尽量细致地品味生活的滋味,感受人生的意义和美感。总之,唐宋诗词会教我们如何生活，会提高我们的生活品质。这是它们的第三点现代意义。

四、唐宋诗词的教育意义

唐宋诗词对于现代人的最大意义是什么？我认为是在于其中的典范作品可以提升我们的思想境界，提升我们的人格，对我们有着巨大的教育作用。中国古人坚定地认为，只有人品一流的人，才可能成为一流的作家。的确，凡是历代公认的大诗人、大词人，他们一定是一流人物。唐代的李白、杜甫，宋代的苏东坡、辛稼轩，就是这样的人。他们不但作品写得好，他们的人格境界也是一流的。在这一重意义上，我认为，读诗最后也是读人，读古代诗词的最高境界，就是最后透过文字来读人。所以唐宋诗词中境界最高的名家名作，对现代人具有人格熏陶和境界提升的作用。

下面简短介绍一下我心目中的李杜苏辛。

李白，他对我们的意义在哪里？李白诗歌中所展现的，是一种从始至终意气风发的精神状态。他24岁离开江油，沿江东下。四川江油的李白纪念馆里有一尊很好的李白塑像，塑的就是李白仗剑出蜀、昂首阔步的姿态。这是他的青年时代。一直到他61岁，去世的前一年，他已经老病交加，但当他听到大将李光弼率军前去抗击安史叛军余部的时候，他又想去从军建功立业。可以说，李白一生意气风发，从未萎靡不振。李白的意气风发从哪里来的呢？首先，他对自己充满了自信。他坚信自己的人格、能力，坚信通过自己的努力可以实现人生理想。只有李白才能写出这样的诗："天生我材必有用，千金散尽还复来。"请问在唐代的条件下，既没有股市，也没有畸形的房市，他千金散尽，哪里还能来？这句话不是说真的能千金散尽还复来，而是说他对自己充满信心。李白的诗中不是没有苦闷、牢骚，但最后的基调始终都是昂扬奋发的精神。比如《行路难》，具体描写了道路艰难："欲渡黄河冰塞川，将登太行雪满山"，到处都无法行走，所以他问："多歧路，今安在？"但此诗的最后两句是："长风破浪会有时，直挂云帆济沧海"，只要时机一成熟，我就可以施展抱负。李白一生中只有短短几年作翰林供奉的经历，他经常以百姓的身份出现，但他从来不因自己的布衣身份而觉得低人一等，他决不在王公大臣面前卑躬屈膝，相反是平交王侯。总而言之，李白是诗国中独往独来的一位豪士。他天性真率，狂放不羁，充分体现了浪漫乐观、豪迈积极的盛唐精神。李白的思想无拘无束，自由自在，绝不局限于某家某派。他决不盲从任何权威，一生追求自由的思想和独立的意志。李白的诗歌热情洋溢，风格豪放，像滔滔黄河般倾泻奔流，创造了超凡脱俗的神奇境界，包蕴着上天入地的探索精神。李白的意义在于，他用行为与诗歌维护了自身的人格尊严，弘扬了昂扬奋发的人生精神。多读李白，可以鼓舞我们的人生意志，可以使我们在人生境界上追求崇高而拒绝庸俗，在思想上追求自由解放而拒绝作茧自缚。

下面讲杜甫。杜甫一生遵循儒家的精神，他是儒家精神在唐代文学中最好的代表，所以钱穆先生称杜甫是唐代的"醇儒"。儒家学说的根本精神是仁爱思想，儒家认为仁爱之心是人性中本来就有的，只要培育好，就自然而然发展成仁爱思想。孟子说："老吾老以及人之老，幼吾幼以及人之幼。"一部杜诗，其基调就是这种精神。正因为这样，我们读《茅屋为秋风所破歌》才深受感动，深深地相信这不是说空话、说大话。诗人在秋风秋雨的夜晚，秋风把他的茅屋刮破了，秋雨漏下来了，床头都潮了，挨不到天亮了，这个时候，诗人居然发下宏愿："安得广厦千万间，大庇天下寒士俱欢颜，风雨不动安如山！"什么叫"安得广厦千万间"？这就是中国历史上最早提出的"安居房"的概念，就是让百姓有房子住。杜甫的伟大情怀就是人要关心他人，要关心社会，特别是要关心弱势人群。这是我们传统文化中最主要的正能量。总而言之，杜甫是中国诗歌史上最典型的儒士。他服膺儒家仁政爱民的思想，以关爱天下苍生为己任。杜甫生逢大唐帝国由盛转衰的历史关头，亲身经历了安史之乱前后的动荡时代，时代的疾风骤雨在他心中引起了情感的巨大波澜，他用诗笔描绘了兵荒马乱的时代画卷，也倾诉了自己忧国忧民的沉郁情怀。杜甫因超凡入圣的人格境界和登峰造极的诗歌成就而被誉为中国诗歌史上惟一的"诗圣"。杜甫最大的意义在于，他是穷愁潦倒的一介布衣，平生毫无功业建树，却实至名归地跻身于中华文化史上的圣贤之列，从而实现了人生境界上跨度最大的超越。杜甫是儒家"人皆可以为尧舜"这个命题的真正实行者，他永远是后人提升人格境界的精神导师。

再讲苏轼。苏轼的思想非常复杂、丰富。他一方面深受儒家淑世精神的影响，在朝为官时风节凛然，在地方官任上则政绩卓著。另一方面，他从道家和禅宗吸取了离世独立的自由精神，形成了潇洒从容的生活态度。苏轼一生屡经磨难，曾三度流放，直至荒远的海南，但他以坚韧而又旷达的人生态度傲视艰难处境，真正实现了对苦难现实的精神超越。苏轼热爱人世，他以宽广的胸怀去拥抱生活，以兼收并蓄的审美情趣去体味人生。他的诗词内容丰富，兴味盎然，堪称在风雨人生中实现诗意生存的指南。苏轼65岁那年从海南岛北归，路过江苏镇江的金山寺，自题画像，后面两句是："问汝平生功业，黄州惠州儋州。"三个地方都是他的流放地，而且越来越僻远、荒凉，他在逆境中的时间长达10年。那么，苏轼给现代人的启发在哪里呢？我觉得，他对于现代读者最大的启示，就在于他诗词中展现的在逆境中的人生态度。我们来读他的《定风波》。他45岁那年贬到黄州，不久就开始开荒种地。可惜官府借给他的那块荒地太贫瘠，收成欠佳。于是朋友们劝他自己凑钱去买一块肥沃的地。朋友告诉他在一个叫沙湖的小村庄里，有一块水田要出售，劝他去相田。苏轼47岁那年的三月初七，他在两个朋友的陪同下去相田。田没有买成，途中还遇到风雨，于是他写成《定风波》这样的一首词："莫听穿林打叶声，何妨吟啸且徐行。竹杖芒鞋轻胜马，谁怕？一蓑烟雨任平生。　　料峭春风吹酒醒，微冷，山头斜照却相迎。回首向来萧瑟处，归去，也无风雨也无晴。"请问这写的是苏轼到沙湖相田偶然碰到的那场风雨么？当然是的。但是这仅仅是写偶然碰到的风雨么？当然不是。它实际上写的是人生旅途中的风风雨雨。苏轼不但沉着坚定地走完了10年逆境，他还把逆境变成了顺境。他在10年逆境中照样有进步、有创造、有光辉的人生成果。我认为普通人一生中总会碰到困难、挫折。换句话说，你一定会在人生的某个阶段暂时处在逆境中。问题的关键不在于我们能不能规避这种境地，关键在于我们处于这种境地时采取什么样的人生态度。我非常遗憾地看到有些青年朋友碰到挫折以后，消极、沮丧、甚至放弃，但苏轼没有放弃，他坚定、潇洒、从容地走下来了，他所写作的作品中包含着强烈的人生观的意义，对我们有巨大的启发作用。

最后讲辛弃疾。辛弃疾是南宋词坛上少见的雄豪英武的侠士。他本是智勇双全的良将，年轻时曾驰骋疆场，斩将搴旗；南渡后曾向朝廷提出全面的抗金方略，雄才大略，盖世无双。可惜南宋小朝廷以偏安为国策，又对"归来人"充满疑忌，辛弃疾报国无门，最后赍志而殁。辛弃疾的词作充满着捐躯报国的壮烈情怀，洋溢着气吞骄虏的英风豪气。他以军旅词人的身份把英武之气渗入诗词雅境，遂在词坛上开创了雄壮豪放的流派。多读辛词,可以熏陶爱国情操,也可以培养尚武精神。那种为了正义事业而奋不顾身的价值取向,必然会实现人生境界的超越。宋词在辛稼轩以前,可以说是偏于软媚的。辛弃疾是一个具有独特身份的词人,他挟带着北国风霜、沙场烽烟闯进词坛,把英豪之气和尚武精神写入词中。辛词始终把报效国家、收复失土作为最重要的主题,雄豪就是辛词的基调。举两个例子。现存的宋词中,寿词多半比较庸俗,而辛弃疾为韩元吉祝寿的《水龙吟》却说:"渡江天马南来,几人真是经纶手?……算平戎万里,功名本是真儒事,君知否?"他以收复失土、击退强敌的报国壮志来与韩元吉互相勉励,这种情怀是何等壮烈。又如送别词容易写得悲悲切切,可是辛弃疾送辛茂嘉的词中说:"易水萧萧西风冷,满座衣冠似雪。正壮士、悲歌未彻!"所以说稼轩词始终都是英雄词,展现给我们的是一个堂堂正正、有担当、有责任感的抒情主人公形象。年轻人读这类词,可以提升我们的人生境界。中华民族很需要这种刚健、向上的积极力量。

总的来说,李杜苏辛的作品,不仅具有审美价值,更重要的是它们对于我们有提升人格境界的熏陶作用。阅读唐宋诗词中的典范作品,可以在审美享受中不知不觉地受到感染。这个过程就像杜甫所描写的成都郊外的那场春雨一样,"随风潜入夜,润物细无声"。所以我认为唐宋诗词虽然距离我们有800年、1400年了,但实际上它始终是活在现代读者心头的活的文本,这是它最大的现代意义。

(2016年3月16日在南京大学"光明论坛"的演讲)

与南京市中学语文教师谈唐宋诗词

我跟大家从事的职业都是语文教学,但是我们教学的对象不一样。我现在在南大,基本上是给博士生开课,上什么课呢?整天就是讲用什么版本,怎么考证,怎么写论文,就是这些东西,应该说比较枯燥乏味,因为我们要保证我们的学生能写出论文来,能拿到学位,与大家给中学生打语文基础的教学,要有一个广泛的视野,那是不一样的。

中学是每个人最美好的回忆。我家三口人,我们说自己母校的时候,不大讲大学的,都讲中学,我的母校是苏州中学,我老伴的母校是南师附中,我女儿的母校是金陵中学,三个人一讲到中学,就彼此不相让,大家都说自己的母校好,争论不休。中学的老师给每个人留下非常深刻的印象。我现在非常清晰地记得中学的老师,我当时是一个理科生,如果不是"文革"的话,我肯定去学工科了。我的语文老师讲课确实非常好,我觉得他给我们打下了非常扎实的基础,所以后来我转专业,从理科转到文科,好像并不困难。

今天在座的都是中学里的老师,我知道中学老师的分量。大概十几年前,我有一次到教育部出高考语文考卷,命题组里当然也有几个大学老师,也有北大附中的语文老师,还有他们的退休校长,当时大家在一起命题,讨论试题的准确性、答案是不是唯一性,等等。我觉得中学语文老师非常厉害，大学老师如果跟他们的意见不一样，最后他们经常是对的。就是我们不太追求答案的唯一性，比较开放，你们追求的是准确。为了让我们的话题更集中一些，我先说几点自己学习唐宋诗词的感受，然后就回答大家的问题。

一、多读细品是关键

我本人没有大学中文系本科的学习阶段。在座的老师恐怕都比我年轻，我们的人生经历不一样。我1966年高中毕业，1968年秋天下乡，1978年在生产队拿到录取通知书，在农村整整10年。所以我一直说我最擅长的专业，既不是本科时读的英语，也不是研究生时学的中国古代文学，而是长江下游地区的水稻栽培，种水稻是一把好手，可惜现在农学院从来不请我去讲学。像我这样的人，本科才读了一年半，又是读英文专业的，中文系的课没有上过，后来直接跟程千帆先生读研究生，才进入了古代文学领域。这样，本来应该在本科阶段接受的古代文学训练，我是没有的。也许自己做过一点弥补，我在当知青的时候胡乱看书，那时候借不到想要看的书，所以看书非常的杂，像《孙子兵法》我都全文背诵过，当然也读了一点唐宋诗词。

所以说，关于唐宋诗词，或者说整个中国古代文学，我觉得一开始是可以自学的。我自己读了一些书，后来再来读研究生，衔接起来好像不太困难。学习古典诗词的关键在哪里呢？我觉得最关键的是读书，是品味。读书、品味是第一位的，在中文系里学习文学史课程，听老师讲解古代的作家作品，都是次要的。假如老师们希望你们的学生将来对这方面感兴趣，在阅读唐宋诗词时有感觉，能够喜爱这些东西，最关键的是引导他们读作品，广泛地接触作品，这是最主要的。

作品读得多，读进去了，后面的问题都顺理成章地解决了。如果这一点没有解决，他们在阅读中没有任何的愉悦感，得不到审美的享受，怎么讲都没有用，他们还是不能读进去，还是不能主动接受。

所以唐宋诗词的阅读，关键就在于多读细品，慢慢地喜欢这个东西，我们的老师要引导学生喜欢它。如果你根本不喜欢文学，你读了作品不受感动，你怎么研究文学呢？你会说这个东西没意思，那你不可能研究。你要喜欢，你要感动，用程千帆先生的原话，就是"感字当头"。但是尽管这么说，我们不能放弃指导，我们不能说只要培养兴趣就可以了，我们完全放任不管了，那肯定也是不行的。所以我们还是要有指导，要让同学们了解一定的规范。

二、注意文本问题

我们现在读唐宋时代的作品，不管是诗也好，词也好，当然都是古人留下来的文本。我一向不太喜欢用"唐诗宋词"这样的名词，我比较喜欢说"唐宋诗词"，也就是唐宋时代的诗和词。无论是五、七言诗也好，词也好，我们都把整个唐宋时代放在一起来考虑，就是你读唐诗的同时，不能忽视宋诗；你读宋词的时候，也不能忽视唐五代词。唐诗以后有了宋诗，才形成了我们诗歌史上双峰并峙的局面。所以在宋以后，我们只说唐诗、宋诗，不怎么讲明诗、清诗，因为诗歌领域里双峰并峙的格局已经形成。这也就是说，宋诗具有与唐诗同等重要的价值。词的方面也是一样。词虽然到宋代才发展到巅峰，但唐五代词已经非常好了，比如李后主的词，那是我们不能舍弃的，我们都很喜欢。所以唐宋时代的诗词，应该作为一个整体来阅读、来把握、来体会，我们才可能对它掌握得比较全面，体会得比较深刻。

唐宋时代除了诗词，还有其他的文学作品，我本人也很喜欢唐传奇，唐代的传奇写得真美，唐宋的散文也写得非常好。为什么我们比较强调唐宋的诗词呢？我想引用美学家李泽厚的一句话，他本人是研究思想史和美学的，但是他曾经说过一句关于唐诗宋词的话，他用的是"唐诗宋词"，他说我们中华民族的文化源远流长，博大精深，但是中华传统文化并不是全部内容都有永恒的价值，随着时间的推进，里面有些组成部分，它的光芒会逐渐地暗淡，它的价值会过时，我很同意这一点。比如说古代伦理学方面的一些观念，当时的人觉得天经地义，但是我们今天觉得有些过时了，甚至完全可以否定了。但是李泽厚说，中华传统文化有一个组成部分，就是唐诗宋词，它的魅力是永恒的。只要中国人还说汉语，只要中国人还用方块字写作，那么唐诗宋词的魅力永恒，我们会永远记得这些珍贵的文本。（以下省略）

三、提倡非功利阅读

怎么读，很难说有一定的尺度，这个是说不清楚的。阅读诗歌，实际上最好的境界就是你跟古代诗人直接进行对话，你深入阅读作品，来体会古代诗人在诗里抒发的美好情怀，你要感受这一点，当然同时也体会他们艺术方面达到的水准。我们读杜甫的诗，既要体会其忧国忧民的情怀，也要体会他是怎么千锤百炼的；我们读李白的诗，既要想象其豪气干云的气概，也要想象他是怎么一挥而就的，这些方面没有一定的尺度。我现在想要谈一谈的是，各位老师应该向我们的同学们说清楚，唐宋诗词确实是值得他们阅读的。不是要为了你的语文课的分数而去读，而是为了你的人生，为了你的语文修养，甚至为了你的文字能力、你的口头表达能力等，你都应该多读一些。我们中华民族的语言文字是有我们的特点的。我们是用方块汉字来进行写作的，诗词就是最大程度地发挥了我们汉字的美学潜能的一种文本。意思就是说，当我们用汉字来组织成一个文本、写成一篇美文的时候，无论哪种形式都比不上诗词，诗词把这种文字所有的美学潜能都发挥出来了。我们的汉字是一个一个的方块字，单字、单音、单义，所以只有方块汉字才可能产生对仗，其他的拼音文字可以有对偶，但是不可能对仗，因为它不可能完全长度相等。同时，我们的汉字有四声，每个字有声调的变化，所以即使没有乐谱，即使只是吟诵，它也有一种音乐美。为什么要讲究平平仄仄？就是要造成一种回环往复的音乐美，诵读本身就有一种音乐美包含在其中，而这一切都体现在诗词当中。所以诗词是汉语文字所最能表达美感的一种形式。

还有一点，就是汉语的表达，跟其他语言相比，一个最大的优点是简洁。我们到联合国大厦去看，它的每一种文件，因为有中、英、法、俄、西班牙、阿拉伯六种工作语言，为了表示平等，每一种文件一定要翻译成六种工作语言，六种文本都放在那里。你还没有走近那张桌子，你老远地看到六堆文件，你就能把汉字的那一堆辨认出来。为什么？因为它最薄。不管是什么内容，汉字的一堆肯定是最薄的一堆。汉字的简洁在什么文本中表达得最好？就是诗词。最短的是五言绝句20个字，最短的词是16个字。日本的俳句算是短的了，还有17个字。这么简短的一种形式，竟然就是一个独立的、优美的文本，这充分表达了我们的语言文字的魅力。

有些年轻人声称要跟传统文化割断关系，有些年轻的诗人写诗，经常宣称要断裂，要跟我们的传统完全割断，什么唐宋诗词，我一概不读，我只接受外国的影响。我一直觉得，假如你要这样写诗的话，你最好是学好了外语，用外语去写。如果你还想用汉字来写，这种联系是割不断的，因为唐宋诗词的优点、精华，已经沉淀在我们的语言文字本身中间了，很多词汇就从那里来的，你是割不断的。况且让我们的下一代多读一点唐宋诗词，不但能提高他们语言文字的水平，而且能培养他们对民族文化的认同感。

唐宋时代的诗也好，词也好，距离我们的时间都相当长了。经过这样长的时间以后，发生了两种变化，一个是文本本身有变化，一个是我们的阅读能力有变化。当李白、杜甫写诗的时候，当苏东坡、辛稼轩填词的时候，他们同时代的读者对他们写的文本是非常容易理解的。唐代的诗、宋代的词都是当时最流行的文体，是大众都能接受的东西，并不是一个高雅的象牙塔的东西，所以很容易理解。但是经过了800年，经过了1400年以后，我们再来读它，情况变化了，连一些读音都变化了，很多唐人读起来押韵的地方，我们今天读起来不押韵了；唐人读起来平仄和婉的地方，我们今天用普通话来读，平仄都不对了。除此以外，社会生活也变化了，人们的审美习惯、价值判断都变化了。所以有些作品，古人读了以后回肠荡气，我们今天来读，可能无动于衷。譬如说离别之情，假如按照主题来分类，不管是唐诗，还是宋词，离愁别恨都是第一主题，写得最多，也写得最好。但是那些离别诗词，我们今天读还那么动人吗？恐怕未必。这就在于我们今天的生活条件非常好，今天出远门不再在路上走几个月，也不是一去无消息，去了以后晚上打个电话，发个电子邮件，对方马上就知道了。古人寄一封信，有时候几个月还没有送到；离别之后，对方音讯全无。在那种情况之下，他们特别重视离别之情，而今人明显的比较淡薄。

再比如说爱情，不管是李商隐的诗也好，还是晏几道的词也好，他们写的爱情都是回肠荡气，都是一种欲行不能、欲罢不忍的感情。

感情很隐秘，又要想说出来，不说心里痛苦，说出来又怕人家听明白，要设置很多障碍，写得非常含蓄。这样一种情况，今天显然没有了。所以今天的年轻人来读李商隐的诗，读晏几道的词，可能体会不到那种回肠荡气。李商隐可以说是唐代诗人中的情歌王子，他写爱情写得最好。但是我们读他写的爱情诗，是明白可感吗？可感，但是并不明白。以前有一个女作家，叫苏雪林，她的笔名叫苏绿漪，散文写得非常漂亮。她也是一个学者，研究李商隐的爱情诗，写过一本著作，著作最初的标题叫"李义山恋爱事迹考"，她认为把李商隐诗中写的那些恋爱的内容，都考证出来了。这本书后来出了第二版，书名就变了，叫"玉溪诗谜"，就是李商隐诗中的谜语，不再理直气壮地说是考证了，改成猜谜了。我认为苏雪林说考证，肯定不能成立，我看过那本书，大部分结论是不能成立的，真的是牵强附会。她说猜谜对不对呢？她能把谜底猜出来吗？也不可靠，都是瞎猜的。当然，即使我们对李商隐的诗读不懂，还是会觉得它美好，会觉得他抒发的那种情感是纯真的，而且它符合爱情本身应有的隐秘的特性。

  问题是，他们是写得好，可我们现代人阅读起来有一点距离，怎么办？陈寅恪先生说得好，"了解之同情"，他说我们阅读古人的文本、研究古人的生活，一定要怀有了解之同情，就是你不能要求古人靠拢我们，古人已经不在人世了，不可能靠拢我们，只能由我们去靠拢古人。我们要设身处地地想一想，他们当时的环境，李商隐也好，晏几道也好，他们生活的那个环境，不但有当时体制造成的一些制约，而且礼教观念在他们的内心铸了一道心灵枷锁，所以他们只能那样表达。我们尽管不能猜出他的谜底，但并不妨碍我们阅读这些文字受到感动。"春蚕到死丝方尽，蜡炬成灰泪始干"，我们同样觉得美，觉得亲切，觉得诚挚，这就好。我的意思就是，无论我们读唐宋诗词中的什么作品，他们的喜怒哀乐，跟我们今天还是相通的，比如王维说"独在异乡为异客，每逢佳节倍思亲"，这种感情，我想古人、今人都是一样的。大家如果到异乡客地去生活，想念家乡，肯定还会产生这种情怀，肯定会引起共鸣。假如有一点距离，古今的情况变了，这个时候就有一点隔阂，我们就不要强求古人，尤其不要用我们今天的一些价值标准来苛求古人，来责备古人，你为什么不这样写，为什么那样写，你要知道这种情感是他在那个特定环境中产生的。

〔附〕**答听众问**

听众：您刚才比较多地谈到了《唐诗三百首》，能否请您评议一下沈德潜的《唐诗别裁集》？

莫砺锋：清代有好几种唐诗选本，比较有名的是两种，一种是王渔洋的《唐贤三昧集》，还有一种是沈德潜的《唐诗别裁集》。这两种选集之所以比较受人重视，就在于它们都体现了某一种文学观念、某一种诗歌理论，因为王渔洋和沈德潜都是清代著名的诗论家。沈德潜的诗论最主要的特点是什么呢？实际上就是儒家的"温柔敦厚"。他认为最好的诗歌，必定是温柔敦厚的，当然这个温柔敦厚也有一个潜在的价值判断，就是要符合当时的道德观念。沈德潜的《唐诗别裁集》选诗比较多，近2000首，不像《唐诗三百首》，也不像王渔洋的《唐贤三昧集》，只选了400多首，所以没有太大的偏颇。

作为一般读者的阅读对象，《唐诗别裁集》选诗太多了一些，我们不能要求一般的读者阅读那么多的作品，但是就学术价值来说，它很有特点。他的选目是体现其诗学思想的，假如你读他的诗话，对其中某一条感觉不是很深刻的话，那就可以读读《唐诗别裁集》，它里面的选目会印证那些诗歌观点。沈德潜跟皇帝的关系很密切，他是专代乾隆写诗的"枪手",也是一个御用诗人,所以他的价值判断一定是最符合封建统治者的口味的。他强调温柔敦厚,基本上体现了这样的一种价值观。但是《唐诗别裁集》对于名家、名篇的关注是比较全面的,大部分的唐诗名篇书里都有。

听众:莫教授,《春江花月夜》是非常有名的唐诗,闻一多先生讲它是"诗中的诗,顶峰上的顶峰"。这首诗的鉴赏我看得也比较多,我想听听您对这首诗的评价。

莫砺锋:《春江花月夜》这首诗有一个特点,就是它是后来才走红的。作者张若虚是从初唐入盛唐的人,他比李白还早一点,但是他的这首诗在他生前一点名都没有,一直到宋代还没有名,我们在明代以前的典籍中没有发现任何人评论过它,也没有把它选到选本中去。它最早出现在郭茂倩的《乐府诗集》中。郭茂倩编乐府诗的宗旨是,只要是乐府诗就收录,《春江花月夜》收进《乐府诗集》,并不表示郭茂倩重视它。一直到明代,李攀龙的《唐诗选》开始选它,然后才有人注意到它,但是还没有把它看作是最好的作品。直到清末民初,王闿运评它为"孤篇横绝,竟为大家",就是张若虚凭一首诗就是大家了,人们才开始关注它。闻一多对它有最高的评价,就是"诗中的诗,顶峰上的顶峰"。从那以后,大家都认为它是名篇了。到现在为止,关于《春江花月夜》的学术论文至少有50篇,但是没有更好的文章,就是关于这首诗正面的评价,闻一多已经把它表扬到顶了,我们就没有办法再说什么了。

到了上世纪80年代,李泽厚在他的《美的历程》中又提到这首诗。李泽厚把这首诗放在快要产生李白、快要到盛唐时代的阶段。他还认为这首诗里表现的是宇宙意识。闻一多的文章里也说到过,就是对宇宙的一种迷茫的感觉，诗人把天上的月亮、永恒的大自然，跟短促的人生进行对比，闻一多已经有了这个意思，李泽厚更加清晰地说了这一层意思。李泽厚认为这首诗体现的对宇宙的迷茫感，是一种少年人的迷茫感，尽管迷茫但并不哀伤，对生活充满了美好的想象。从那以后，还有一篇好文章，就是我的导师程千帆先生写的，他不是具体分析这首诗怎么美，而是说它为什么在很长一段时期没有受到重视，而到了明代才受到重视，就是这首诗在文学史上的地位是有变化的，这个变化反映了从唐至明的文学观念的变化。除此以外，那么多的赏析文章，基本上都是千篇一律。这首诗是很可讲的，我相信各位老师都喜欢讲它。张若虚把"春江花月夜"这五个字都写到了，中心意象还是"月"。它没有一个固定的视角，诗中空间和时间都是转换的，它不是像有的诗一样，就发生在一个楼上，它写的是一种非常丰富但又很普遍的意思；它不是写某一个人独特的生活经历，而是写大家都会感受到的那种抽象的、普世意义很强的东西。所以这首诗拥有特别多的读者，但奇怪的是长期以来它没有受到重视，原因在于它是初唐的歌行体。初唐的歌行体到了李白、杜甫的七言古诗产生以后，这种诗体基本上被超越了，所以就不再流行了，而明代文学有一种复古的观念，所以李攀龙等文人就特别重视这首诗，又把它从典籍里挖出来，然后就受到了重视。

一篇优秀作品，一旦有人给予它特别高的评价后，大家就都会接受，然后就走红。《春江花月夜》主要是经过两个人的鉴赏，当然首先是李攀龙选了它，然后王闿运、闻一多给予它高度的评价，后来大家都接受了。假如没有碰到这几个人，说不定到今天它还埋没在那本《乐府诗集》中。因为《乐府诗集》中有好几首《春江花月夜》，有隋炀帝写的，有陈后主写的，张若虚的不是最早的一首。这首诗的接受过程很有意思，还是值得深入研究的。

听众：我想问一下，从您的角度看，我们给高中生讲诗词应该把握什么样的度。比如我们讲《春江花月夜》，有时候钻得太深，同学们接受不了。现在是一个浮躁的时代，但是我们在读这些诗歌的时候，需要的是"静"，我们怎么样才能"静"？您能不能结合这几点，给我们讲一讲？

莫砺锋：我觉得，对中学生讲这些作品，不要讲得太深，就是你不要把这篇作品中所有的意思都讲完，应该有学生自己思考和感受的东西，老师不要包办了。老师讲得太全面，留给学生自己体会的空间就没有了，这样可能不利于培养他们的兴趣。最好引导他们一下，启发他们一下，有的部分留给他们自己去体会。最成功的教学我想应该是培养他们的兴趣，把他们的兴趣培养起来之后，课外他们自己就会去读。课堂教学永远是有限的，我们不可能在课堂上把所有的东西都教给学生，很多东西要靠他们自己去学，这一点我想本科阶段和中学阶段是一样的。我们在大学中文系给本科生上文学史课，也不想把所有的东西讲给他们听，很多东西留给他们自己去读，自己体会，这是比较活的教学。语文老师和数理化老师不一样，数理化老师有明确的教学内容，内容是有限的，语文却是无边无际的，是一个开放式的体系。我们在课堂上也许会教学生读5首杜甫的诗，但是杜甫的好诗哪是只有5首呢？至少有100首。所以我们要培养同学们对杜诗本身的兴趣，这样就成功了。

说到读诗的环境和心态，我个人是这样理解的。元好问有两句诗："好诗端如绿绮琴，静中窥见古人心。"就是好的诗就像一架古琴，弹古琴的时候一定要安静。大家喧嚣得不得了，声音都听不见，无法欣赏古琴。元好问说读诗的时候也要这样，要非常安静地读才能读出其中的好处。要是在分贝很高的歌厅里读诗，那肯定读不进去。读诗的时候最好对着一盏台灯，窗外是凄风苦雨，你把窗帘拉上，这个时候读诗最好。

我自己进入诗词的阅读，完全是在插队的时候。我在高中时比较喜欢数理化，课余时间也是看看科普的书。后来下乡插队了，数理化学不下去了，因为碰到不懂的地方没人指点，而且也找不到合适的教材，很快就停止了。后来就胡乱看书，在那种情况下，我就爱上了诗词。我是单个插队的，不是和很多同学一起。我那个生产队里就两个知青，我们的茅屋孤零零的，前不巴村、后不着店。我在农闲的时候，比如下雨天，就可以看书，这个时候非常安静。我还有一种安静的心态，因为我出身不好。如果我出身好的话，整天想着招工、招生、当兵，那心态肯定就不安静了。因为我出身不好，这些事情轮不上我。所以每次有了招工、招生、当兵的消息，我都心如古井、波澜不惊，我只管沉静在我自己的世界里。这种情况下我开始读诗词，就钻进去了。

刚才说到李后主，大家都知道他是亡国之君，而且也不是仁慈、开明的君主，是一个昏君。他把南唐的政治搞得一塌糊涂，很快就亡国了。亡国时他又没有勇气殉国，当了俘虏，被抓到开封去了，过了两年又屈辱地被毒死了。这样的人物，他的身份、经历、情感，跟我们是格格不入的。但是他的词，我在插队时开始读，真是感动。"帘外雨潺潺，春意阑珊。罗衾不耐五更寒。"我们当知青时也是这种感觉。尽管他是皇帝，还当了俘虏；我是个高中毕业生，被赶到农村去插队了，但是人生的喜怒哀乐是相通的，所以这个时候读，就读进去了。

后来我看到王国维的《人间词话》，说"尼采谓：'一切文学，余爱以血书者。'后主之词，真所谓'以血书者'也"，李后主被俘虏以后写的词，可以说是用他的血泪写成的。因为他每天以泪洗面，这样的文本就非常感人。所以我想读诗一定要有一种非常安静的环境，同时，你内心也要安静，不能浮躁。如果你还在想着我读这首诗能不能写一篇论文，能不能出一个成果，那时候肯定读不好，要在完全摆脱掉物质世界和外界干扰的情境下才能读进去。现在社会节奏快，大家都很忙，当然这个大环境我们改变不了，我们就生活在里面。我想现在的中学，老师也整天忙，你要能忙里偷闲，给自己创造一个比较好的阅读环境，你不要想着我怎么备课，不要想着写一篇论文，你就把阅读当作一种人生的享受，这个时候就能读进去，大致上是这样的。

听众：我听过一些说法，古诗是可以用来唱的，我也听过用戏曲来唱的，那感觉是唱不是吟，请问莫教授，古人到底是怎么吟诗的呢？为什么是吟诗呢？好像弹奏已经没有了。我想这个传统好像已经没有了，我想找，但是找不到一点资料。

莫砺锋：现在由于材料的缺乏，已经很难完全复原唐宋诗词的歌唱方式。扬州大学已故教授任半塘先生认为，唐代的诗歌，特别是绝句，都是歌唱的。唐代的绝句就是当时流行歌曲的歌词。宋词更是这样，每一首都能歌唱，都有曲谱。但唐宋时没有录音设备，那些曲调后来就失传了。词乐的失传，很可能是由于词的写作越来越案头化了。词人就是在桌子上写，更加关注文字，所以就跟音乐慢慢分离了，后来词乐就失传了。

有一位美国学者，叫苏珊·朗格，她有一句话说得非常好，她说一首流行歌曲可分为两个部分，一个是它的曲，一个是它的词。如果它真正流行起来，人们记住的仅仅是它的曲，词就被忘掉了。词与曲不能并行，当然有一个时间是并行的，但是时间长了以后，一定是"东风压倒西风"，或者"西风压倒东风"，文学部分加强以后，音乐就衰落了；音乐部分加强以后，文学的东西就消亡了。诗词基本上也是这样的。后来的作者越来越关注文字部分，文字怎么样才能写得更精美，音乐的部分就不怎么在意了。为什么不在意了呢？因为文字部分是不断地在变化和创新的，而音乐部分是基本不动的。比如说《满江红》，无论谁写的《满江红》都是这样唱的，但是文字就可以争奇斗艳，大家想方设法在那里创新，久而久之，作者关注的重点都在文字上了，而不在音乐上了，因此后来曲谱就失传了。失传了怎么办呢？作为一个研究对象，我们怎么才能复原呢？目前是这样的情况，少量的词牌我们现在还是知道词乐的，像姜夔的一部分词。他有17首词的词牌是他自己创造的，以前没有，他是音乐家，怕人家不会唱，当时就在上面标了曲谱。我们古代的工尺谱是有缺陷的，它不能完全复原为现代的五线谱，只能大致上复原。那么为什么古人的诗词现在不唱了，变成吟诵了呢？就在于诗词的音乐部分慢慢地弱化了，而文字部分则强化了。文字部分强化以后，平仄的特点和效果反而得到凸现。

这里我给大家介绍一个观点，南朝诗歌理论家钟嵘《诗品》中的一个非常重要的观点，就是反对当时写诗的人注意平仄。沈约等人早就提出要把我们汉字的四声有规律地运用到诗歌的写作里去，就是写诗的时候不能光注意意思，还要注意声调，注意平仄。钟嵘反对，他说以前的乐府诗都是歌唱的，所以要讲究平仄；现在的诗歌不唱了，就不用再讲平仄了。钟嵘的观点是错误的。正因为不唱，平仄就更加重要。平仄是在不配合乐谱歌唱的情况下，在吟诵文本的时候体现出来的一种音乐美。它的规律基本上是对称的，又是不断变化的。这样我们读起来就琅琅上口，有一种抑扬顿挫的美。但是平仄毕竟不是曲谱，它的变化没有那么丰富，读起来悦耳的程度肯定比不上音乐。至于说具体的吟诵，就我接触过的老一辈学者来说，要是吟诵的话，基本上都是用南方的方言来吟诵，可以说普通话吟诵的效果是不好的。因为普通话没有入声，没有入声的话，现在的平仄和古人的平仄就已经不一样了。前年我在香港待了半年，听了香港组织的几次吟诗会。他们用的是广东话，广东话不但有入声，而且有九个声调，所以那边的人吟诵非常好听，非常有抑扬顿挫的特点。要是用北方话就不行了，入声取消之后就很难调节了，特别是有些入声变成了平声，读起来一点节奏感都没有。很抱歉我不会吟诵，但是道理大概是这样的。

听众：孔子说过："诵诗三百，使于四方，不能专对，虽多，亦奚以为？"他似乎很强调诗的实用性。请您谈一下这个实用性的问题。

莫砺锋：孔子的时代，实际上就是整个春秋时代，那时的诗歌是一种外交语言。《左传》里面有很多的例子。《左传》里写到两个国家会盟、谈判时，双方代表经常用赋诗的方式来表达意思。对方赋诗一首，我也赋诗一首，诗歌中就包含着对对方的要求，甚至谴责，这样就使外交语言变得很委婉，不那么直截了当。诗歌是一种很好的外交语言，春秋时代各国之间有会盟或者礼聘活动的时候，每个国家都有外交辞令。外交辞令要说得非常委婉，同时要把意思表达出来，还要显示你这个国家的人有文化，在文化上能压倒对方，他们一定要赋诗。所以古人说"登高作赋，能为大夫"，就是你不会登高作赋，不会作诗的话，你做不了大夫，这是一种必备的训练。当然孔子对诗的功能的理解还不仅仅是这样的，他还认为诗歌能陶冶人的性情。

我一直觉得假如一个年轻人读唐诗宋词读得比较多的话，他就不会去偷人家、抢人家的，他有一种基本的修养。因为你在阅读这些诗词的同时，你也受到了古人美好情怀的熏陶。苏东坡有一句诗——"腹有诗书气自华"，就是说你读了好的诗词之后，整个人的气质就不一样了，就高雅有光彩了。我们研究古代文学的人当然希望全社会都重视这一块，特别是我们的青少年。如果青少年都喜欢读唐宋诗词的话，我想很多思想教育方面的内容，可以由这一块来解决。人文素质教育是很重要的，把优美的东西教给青少年，对熏陶他们的人格是很有用的。

听众：您是如何看待辛文房的《唐才子传》的？在我看来如果辛文房有文学才华的话，《唐才子传》完全可以成为一部新的《世说新语》，可惜作者没有这方面的才华。

莫砺锋：《唐才子传》肯定不能和《世说新语》相比。《世说新语》不仅是史料，在文学上也是非常有价值的。现在看来，它的文本都是很美的小品文，《唐才子传》远远没有达到那个程度。《唐才子传》的作者辛文房，是一个西域人。他当时不能感受到唐代的文化氛围，他都是根据史料来写的。现在学术界比较看重的《唐才子传》的整理本，是中华书局傅璇琮先生主编的《唐才子传校笺》。你去看看校笺部分，就知道书中的史料都是有来源的。所以它是后人为前代的一批文学家追写的传记，它的写作目的和方式，跟《世说新语》是完全不一样的。应该承认《唐才子传》中没有特别优美的文字，如果有的话也都是别人写的。如果原来的史料写得不太好，这本书的相关部分也就不太好。那么《唐才子传》的价值在哪里呢？价值就在于它把唐代主要文学家的生平用一本书非常集中地做了介绍。它基本上把唐代三流以上的诗人都写到了,所以一卷在手,你对大多数唐代诗人都知道了。

《世说新语》不一样,它几乎每一条都是一篇优秀的小品文。还有,《世说新语》的时代,就是魏晋时代,和唐代不一样,当时名士们创造了魏晋风流,也就是魏晋风度。"风流"这个词实际上是从那个时代开始的。冯友兰有一篇文章叫《论风流》,就是说风流是一种人格美,那个时代的贵族、士大夫,平时的言行都很脱俗,生活本身都充满了诗意。所以《唐才子传》是不能跟《世说新语》相比的。

听众:今天是当代诗人海子逝世20周年,请问您做过知青,您喜欢现代诗吗?您觉得读现代诗和唐宋诗有什么不同呢?

莫砺锋:首先非常抱歉,我几乎没有读过海子的诗,除了《面朝大海,春暖花开》,我也不认为海子所说的"大诗"真是新诗的发展方向。他一生都想写一首"大诗",一首"民族和人类结合、诗歌和真理合一的大诗",但是最后也没有写出来。作为知青,我想说的可不一样。海子不是知青,他生于1964年,跟我们这些当过知青的人完全是两代人。我们对于人生的基本态度,对于一些基本问题的价值判断,跟他们是有相当大的代沟的。我现在还没有看到很好地反映我们知青生活的诗歌作品,应该说那个时代不属于海子,而是北岛、顾城等人的时代。当然他们一般要比我们年轻一些,即使下过乡,也是后来下去的,跟我们不一样。非常遗憾的是在我们这一批人当中还没有产生什么好的现代诗,因为那时候的生活本身是跟诗歌绝缘的,生活就没有什么诗意,没有写诗的土壤。当然那时候实际上也是不能写诗的,假如你要表达真情实感的话,你是有危险的,你会招致意想不到的灾祸,所以那时候基本上是鸦雀无声,大家集体沉默。所以那一代人的生活至今都没有人好好地用诗歌来表现。到了北岛、顾城等人的时候,他们的诗在情绪方面是有一点与我们相通的,特别像北岛写的《我不相信》,这种话确实是跟受过欺骗的知青相通的。我作为一个知青,对于以海子为代表的那一代的现代诗,应该说是格格不入的。所以我读现代诗,只到北岛、顾城这一代为止,再往下就离我太远了。我读不懂,也不能欣赏,我觉得读那些现代诗,还不如读唐宋诗词好;与其读中国的现代诗,还不如读外国的现代诗。我觉得我们的一些现代诗的最大毛病,就是矫揉造作,而不是表现人们原生态的生活,他们写的是一小部分人在一个封闭的环境里面,矫揉造作出来的一种情感,情感是扭曲的,文本表达方式也是扭曲的。我甚至觉得有很多的现代诗是不美的。一首诗如果没有美感的话,那算什么诗?诗一定要有美感。

我个人的看法是,从五四以来,我们的现代诗还没有产生出经典。五四以来的白话诗,比较早的那部分,我们还是读的。从胡适之开始,到后来稍微晚一点的艾青这些人,我都读过。但是读来读去,没有发现像唐宋诗词那样的经典。请问,五四以后有哪一首诗能称为经典?有哪一首诗是老百姓都很喜欢的,家喻户晓,很多人能背诵,有这样的作品吗?没有。郭沫若那些很有名的诗,时过境迁,我们现在回过头来读,还有什么味道吗?不说胡适之"两个黄蝴蝶,双双飞上天"那些诗了。郭沫若《女神》中的一些诗,当时的青年刚刚要打破封建的牢笼,走向社会,走向革命,那个时候读,可能还有一点味道,是时代的豪言壮语,但是我们现在读起来有点像狂语:"我把月来吞了,我把日来吞了,我把一切的星球来吞了,我把全宇宙来吞了。"这像诗吗?我觉得没有诗意。我一直认为中国现代诗的前途,肯定寄托在白话诗身上。现在虽然有很多人写诗词,但是要想让诗词恢复到以前鼎盛的时候是不可能的。但是至今为止，我们的白话诗还没有产生经典，希望不久的将来从白话诗中产生经典，产生像唐宋诗词的名篇那样受到大家欢迎的经典。

听众：您看《百家讲坛》《文化中国》这一类电视文化专栏节目吗？您如何评价这些节目？

莫砺锋：《文化中国》是哪个电视台的，我不知道；《百家讲坛》我知道是央视的，因为我去过。我不看这些节目，只看很少的电视剧，比如最近播的《北风那个吹》，当然我只看其中的知青阶段，他们回城以后就不看了，回城以后的内容跟一般的电视剧没有什么区别。此外，我必看的节目是《新闻联播》《天气预报》，再加一个《动物世界》。

《百家讲坛》现在受到很多批评，比较多的批评来自于学术界，大部分的意见都是从学术角度来进行批评的。我觉得这是认识的误区，就是你不能要求《百家讲坛》讲的内容都有学术含量，这是不可能做到的。电视台还要注意收视率，你讲学术研究，讲文献考证，那谁要听啊？所以不能在这个栏目中讲学术。这个栏目完全是一个普及性的栏目，就是要求把我们的文化知识向大众普及，让一般不接触我们学术研究的人也来了解一些情况。我2008年在《百家讲坛》讲了唐诗以后，收到了600多封听众来信，很多来信都是热情地鼓励我，并希望我再去讲。我觉得我光在大学里教书，对社会的贡献太小了，能有机会为社会做点事情，向大众普及一些古代文化传统中比较优秀的东西，还是有一点意义的，所以今年又接受了央视的邀请，最近在讲白居易，希望能比较准确、生动地给听众朋友介绍一些白居易的情况。

(2009年3月26日在南京外国语学校的演讲)

谁是唐代最伟大的诗人

今天讲的题目是"谁是唐代最伟大的诗人",我先不直接把答案拿出来,先从其他地方讲起。

一、"文无第一,武无第二"

据说在江湖上有这样一句话,叫作"文无第一,武无第二"。我想第二句话大家可能比较容易理解,就是武林里的人物,他们是一定要争天下第一的,两个武林高手碰到一起,一定要争个你死我活。我们看金庸小说里的人物,有些已经成为一代宗师了,东邪西毒、南帝北丐,武术都那样的高超了,还要拼命地练。为什么呢?他们一定要争天下第一。东邪跟西毒一辈子都在争,争到后来欧阳锋都发疯迷失自我了。假如两个诗人相遇,他们也许会较量诗艺。一方,假定是李白,另一方选一个唐代比较差的诗人吧,姑且是张打油。李白碰到张打油,两人来比赛一下诗艺。李白当然是才华横溢,假如叫李白咏雪,他就会说"燕山雪花大如席,片片吹落轩辕台",多好的诗句!但问题是,两个诗人比赛,它不像比武那样马上分出高低来,所以这一方尽管是张打油,他也许并不服李白,你李白尽管说"燕山雪花大如席"好了,我张打油照样可以长吟"黄狗身上白,白狗身上肿"。

只要看看现在的文学界，我们就可以知道，水平越差的作家、越差的诗人，往往越是"牛气"，越是不服别人，连古人都不服的。好多年轻诗人不服陶渊明，不服李白，不服杜甫，谁都不服，因为他认定老子天下第一。所以我想，可能这是学文的跟学武的最大的不同之处。原因就是马克思说的，"批判的武器当然不能代替武器的批判"。武林中是"武器的批判"，马上见高低，一方当场把另一方的性命结果了，你还能不服吗？而文学是一种观念形态的东西，它是用文本比高低，再高明的文本也不至于致对方于死地。诗人即使要争高低，也不至于有拔刀相向的冲突。

话又说回来，这句"文无第一"，也不是完全准确的，文人也是要争高低的。我们看"初唐四杰"，王、杨、卢、骆，杨炯排第二。照我想，一个时代的文坛上有"四杰"，而你排第二，已经满不错了，但是唐人的资料中明确记载了杨炯对于他排第二不满意，他说我是"愧在卢前，耻居王后"。当时有人评价说，杨炯说的第一句是谦虚，第二句才是真实的。这简直是颠倒黑白。照我看来，在初唐四杰里，杨炯应该排第四，排第二已经抬举他了。

所以说，武林中人会说"文无第一，武无第二"，可能是认为文人争斗的情况不太严重，他们是争不出第一来的。其实文人也是要争的，而且，如果竞争的双方或者几方中有一方掌握了特别大的权力、地位特别高的话，那么文人争斗的结果也会是很严重的，同样会发生性命危险。我们看隋代著名诗人薛道衡，薛道衡最有名的诗就是《昔昔盐》，《昔昔盐》里最有名的句子就是"暗牖悬蛛网，空梁落燕泥"。这两句诗真是名句，就是放到唐诗中去都是名句。后来薛道衡被隋炀帝杀掉了，隋炀帝就说："现在你还能写'空梁落燕泥'吗？"就是把你的性命结果了，你就不能再压过我了。大家如果按照编年的顺序来读鲍照的诗文，就会发现鲍照的作品越到后来越不行，有人说他像江淹一样"江郎才尽"了，真的是"江郎才尽"吗？不是的！鲍照之所以这样，是因为当时的皇帝宋孝武帝非常喜欢文学创作，而且自以为天下人都不如他写得好，鲍照就生活在那个时候，所以鲍照不敢写得好，故意写些芜词累句，这样可以免祸。当然，幸亏这种情况在我们的文学史上不是很多，更幸亏唐代的帝王中很少有隋炀帝这样喜欢和臣下比赛写诗的，所以唐代的诗人一般还没有这样的危险。

二、谁来判断唐代诗人的名次

现在言归正传，让我们看看究竟谁是唐代最伟大的诗人。是谁呢？唐代诗人有没有比赛过？比赛过！唐代经常举行为全国所瞩目的诗歌比赛，当然，科举考试不算在内。武则天时代，有一次在长安举行诗歌比赛，武则天带着一帮人坐在高台上面。大臣们写完诗就交给皇上，过了一阵儿，凡是写得不好落选的，都被从台上扔下，纸片像雪片一样飘落下来。大家都在下面找，这是张三的，那是李四的，找到了就赶快藏起来。为什么呢，你输掉了么！最后只有两个人的没落下来，一个是沈佺期，一个是宋之问。过了一会，又一张纸片飘下来，大家拥上前去一看，是沈佺期的。沈佺期输掉了，宋之问得到最后的胜利。在唐代，类似这样的诗歌大奖赛是经常举行的，如果你能获胜的话，是非常荣耀的。但是，这样的大奖赛评出来的获胜者会是唐代最伟大的诗人吗？这个可能性非常小，因为官方举办的竞赛往往是不够公平的，在武则天主办的比赛中是比不出最伟大的诗人来的。

那么，我们怎么判断谁是唐代最好的诗人？首先要问由谁来判断。20世纪中叶，在美国最流行的唐代诗人是寒山子，那时候寒山的诗被印在文化衫上，美国的青年人都穿着这样的文化衫。按照现在有些人的习惯，只要外国人说好就是好，那么寒山就是最伟大的唐代诗人。但是我想，判断谁是中国的某一个时期最伟大的诗人，这个话语权应该在中国人手里，绝对不可能在外国人手里。不要说美国人——他们从18世纪以后才开始读我们的唐诗，就是日本人也一样。日本人读唐诗的历史和我们一样长，我们唐代诗人的作品刚写出来，当时的中国读者开始读，日本人也开始读了。因为那时候有大量的日本人到中国来留学，像晁衡，晁衡到唐朝来留学，他和李白、王维都是朋友。王维一写诗他就看到了，他也是第一批读者，跟唐代人同时开始读的。但是长期以来，日本人都认为最伟大的唐代诗人是白居易。我们要不要考虑日本人的意见？我觉得不需要。照我看来，日本人最喜欢白居易，而不是李白、杜甫，就在于他们的阅读能力和欣赏水平只能到白居易这个层次，再上去到了李、杜，他们就难以欣赏、难以理解了。所以我说，这些意见基本上不用理睬。判断唐诗优劣是我们中国人的事，我们该怎样判断就怎样判断。

三、李、杜之外的人选

那么，我们中国人自己怎么判断呢？我们先从历史上说起，历史上有没有李、杜以外的人选呢？当然有！首先就是王维。在很多唐人心目中，王维的地位是不亚于李白、杜甫的。他们三个人是同时代的，在最接近他们三个人的时代有一部非常重要的选本，就是《河岳英灵集》。在那个选本里，杜甫诗没有入选，李白诗呢，选了13首，王维诗选了15首，王维入选的诗超过李白。到了后代，也有人持这种观点，比如清代的王渔洋，虽然不敢批评李、杜，但他心中是不以李、杜为然的，他心中最大的诗人就是王维。说王维是唐代第一诗人，虽然不大符合现代人的观点，但总算比较接近。还有一些人选，现在看来简直是匪夷所思。跟李、杜同时的有一个人叫吴筠，是当时的一个道士。他曾经推荐李白入朝。就是这个吴筠，曾经有人说过他是唐代最伟大的诗人。这个材料是钱锺书先生发现的。钱先生注意到，在《旧唐书》的吴筠传里，这样评价吴筠的诗歌："虽李白之放荡，杜甫之壮丽，能兼之者，其为筠乎？"就是说吴筠能把李、杜各自的优点兼而有之。所以钱锺书就讽刺说，按照《旧唐书》编者的观点，唐代最伟大的诗人就是吴筠。这肯定不符合我们的观点，现在恐怕没有人去读吴筠的诗吧，他的诗从来没进入过什么选本。

此外还有谁呢？晚唐时有一个诗人叫薛能，他的名声比吴筠稍微大一点，他也曾经被说成是唐代最伟大的诗人。是谁说的呢？是他自己说的。薛能这个人，非常狂妄自大，他的年代比白居易、元稹稍晚一点，他评起诗人来，当代人是一个都不入眼，比他早一点的呢，元、白也都不入眼。他甚至说："我身若在开元日，争遣名为李翰林？"要是我与李白同时的话，诗坛的名声怎么能归于李白呢！对杜甫，他没有这样说过，但也流露过类似的意思。他去四川，看到了海棠花，他就说，海棠花这么美，要有非常好的诗才能形容它，杜甫都不敢咏，我今天就来咏一首。凭良心说，薛能的这首海棠诗写得真是糟糕，简直玷污了海棠花。关于薛能这个诗人，我以前写过一篇文章，标题就叫"唐代最会吹牛的诗人——薛能"，后来觉得这个标题不像是学术论文，如果投到《文学遗产》去，他们肯定不会录用，于是就把标题改了一下，叫"大家阴影下的焦虑"。薛能这个人，被笼罩在盛唐、中唐那些大诗人的阴影里面。他非常焦虑，但又超不过前人，怎么办呢，他就靠吹牛压倒前人，宣称我已经超过他们了。这个薛能，虽然自称超过李、杜，但我们不能说他最伟大。

刚才我们介绍了两个人选，第一个是吴筠，第二个是薛能，显然我们可以毫不犹豫地把他们给排除掉。那么我们选谁呢？我们还是回到传统的看法上来。清代乾隆年间编了一本诗选，叫《唐宋诗醇》，一共选了六位诗人，唐代选了四家，宋代选了两家。宋代是苏东坡和陆放翁，唐代是哪四家呢？是李白、杜甫、韩愈、白居易。在我看来，这基本就是唐代诗人的第一方阵。当然，我们可以稍微扩大一些，扩大到六位的话，就要加上王维和李商隐。在我看来，第一方阵只能是这六个人。那么这六个人中我们又选谁呢？我们看看从唐以来历代的诗话、评论，以及在选本中出现的频率，最后恐怕只能把票投给李白和杜甫。

四、李、杜的同与异

自从有了李白、杜甫以来，他们两个人的高低优劣就成了人们讨论不尽的话题。李白和杜甫到底是同样伟大呢，还是一个高一点，另一个低一点？历来就讨论个没完。我们首先会注意到人们一般都说"李杜"，而不说"杜李"。当然也有例外，中唐的顾陶编了一本《唐诗类选》，书里选了很多杜甫的诗，原书已经亡佚了，但它的序言还保存在《全唐文》里。顾陶序中的说法很奇怪，人家都说"李杜"，他偏说"杜李"，他把李白、杜甫的次序颠倒过来了。我想这也是一种价值判断。但是一般说来，大家都是说"李杜"的。下面我们就顺着"李杜"的次序来看一看他们的情况。

李白比杜甫年长11岁，可以算是同时代的人。他们一共见过两次，一次是在天宝三载（744），一次是在天宝四载，以后就再也没有见过面了。天宝三载李白离开长安，在洛阳碰到了杜甫，照闻一多先生的说法，这是中国文学史上一个了不起的事件，好像太阳在天空中碰到了月亮，两个人就开始交游了。他们曾经到王屋山去找一个叫华盖君的老道士，传说老道士有长生不老之术，两个人一起去访问他，到那里去学长生，但是千辛万苦地跑到王屋山一看，这个老先生已经死掉了。学长生的人怎么自己死掉了呢？但是两个人还不觉悟，还是对长生充满了信心。他们是诗人啊，那个时候杜甫也很浪漫，他写了送给李白的第一首诗："秋来相顾尚飘蓬，未就丹砂愧葛洪。痛饮狂歌空度日，飞扬跋扈为谁雄？"两个人是一样的思想风貌，都对人生充满着理想。两个人一起游玩，一起写诗，相处得很愉快。但是后人对两人的关系议论纷纷，议论什么呢？就是说两个人对对方的态度不一样。杜甫对李白是一往情深，经常写诗怀念他，你看杜甫怀念李白的主要的诗，《天末怀李白》，还有两首《梦李白》，都是在秦州写的，那正是杜甫流落不偶、自顾不暇的时候，但他始终关心着李白。而李白呢，跟杜甫分别后也写过一首诗怀念杜甫，说"思君若汶水，浩荡寄南征"，以后就没有了，连一个字也没有谈到杜甫。这是怎么回事啊，是不是李白轻视杜甫啊？我想可能有两个原因，一个就是李白比较年长，李白遇到杜甫的时候，他已经到过长安，当过唐玄宗的御前诗人，已经是一个名人。当时杜甫在诗坛上还没有什么名气，初出茅庐，年纪较轻，所以两人的地位有点不相称。第二，可能是两个人的性格不一样，我一直觉得李白有点像美国人的性格，他会以最快的速度和你交朋友，也会以最快的速度把你忘掉，不像杜甫那么执著，那么沉郁。

　　李、杜二人交往的细节我们就不说了，我们要讨论的是，如果只把他们当作诗人看待的话，李、杜二人同在哪里？又异在哪里？首先，李白、杜甫在政治上都是失败的，两个人在政治上都自诩很高，都希望安邦定国，做一番惊天动地的大事业，但是谁都没有实现。两个人的人生遭遇有很不一样的地方。李白一辈子好像没怎么受过穷，我们看李白的诗中也常写如何不顺利，理想得不到实现，但他很少说自己怎么穷困。杜甫则经常说到他怎么穷困。杜甫在长安的时候，是"朝扣富儿门，暮随肥马尘。残杯与冷炙，到处潜悲辛"。这里面可能有一些夸张，不至于每天都去吃人家的剩饭，但确实很惨。李白不一样，他一辈子都过得不错。在见到杜甫以前，李白在长安，唐玄宗并没有在政治上重用他，但还是很重视他的诗才，所以唐代有很多传说，传说李白被召到长安后，有力士脱靴、贵妃捧砚等故事。这当然可能只是传说，但也是事出有因，不然怎么不传说是杜甫呢？所以李白并不穷困，比如唐玄宗赏赐给他的宫锦，他到临终前还没有穿完呢。杜甫就不同了，他终生穷困。清人赵翼在《瓯北诗话》中感慨说，这个老天爷是怎么回事，赐给杜甫千秋万岁的名声，在他生前就不给他一点粮食和布匹。当然，也许有人会说，这正是上苍对杜甫的玉成，如果不这样就没有杜甫了，就没有我们的诗圣了。

正因为李、杜二人的生活是完全不一样的，所以相传他们的死亡方式也不一样。我们知道这两个人都是病死的，李白病死于安徽当涂，死在他族叔李阳冰家里；杜甫病死在湘江上的一叶扁舟中。从唐代开始就传说他们两个人有不同的死法。据说在当涂的采石矶，一个月夜，李白穿着宫锦袍，在长江上行舟，他看到江中有一轮明月，"入水捉月"，就淹死了。这样一种死法，多么浪漫，多么富有诗意！分明是读者为他编造的，再来看看杜甫是怎么死的。唐代就开始传说他到湖南去投靠亲友，到了耒阳附近，夏天发大水，船不能走了，一连几天挨饿。耒阳姓聂的县令知道了，就派人给杜甫送牛肉白酒。传说杜甫饱吃了牛肉，喝得大醉，一天晚上就突然去世了。这当然也是大众给他编出来的，大家觉得杜甫一生穷苦，又是一个现实主义诗人，就给他编造了一个非常现实的死法。所以关于李白、杜甫的不同死亡方式的传说，其实就是一种解读，是李白、杜甫留在人们心目中的印象。

当然，李白、杜甫的思想、诗歌写作也都是不一样的。李白的思想非常解放，有点像庄子的思想，追求绝对自由，要摆脱一切的束缚。其实李白在现实生活中倒是非常现实的，但是诗歌中则表现得无拘无束、上天入海。李白一生结过两次婚，两个妻子都是故宰相的孙女，一个姓许，一个姓宗，而且两次结婚都是当上门女婿，倒插门，所以，他的婚姻还是有现实考虑的，因为唐代很重门第嘛。当然，李白极端藐视功名富贵，人世间那些不正当的功名富贵，他是极端地看不起，"功名富贵若长在，汉水亦应西北流"，汉水怎么会向西北流呢，汉水就是向东南流的，是永远不会变的，他的意思是功名富贵不会长久。

李白、杜甫的基本思想都深深地植根于儒家思想，但是李白有的时候会表现出反叛的一面，所以他会说："我本楚狂人，凤歌笑孔丘！"杜甫就不同了，后人说"少陵一生却只在儒家界内"，他绝对地推崇儒家，信奉以孔、孟之道为中心的原始儒家学说。杜诗中有44次谈到"儒"字，他经常称自己为"老儒""儒生"，有时甚至是"腐儒"，他深深地眷恋儒家。在这一点上，杜甫和李白是不同的。

李、杜的不同在诗歌中有各种各样的表现，比如说用典。他们两人说到古人的时候，杜甫诗中诸葛亮出现的频率非常之高，杜甫非常尊敬诸葛亮，诸葛亮被认为是古代的一个儒臣，因为他鞠躬尽瘁，始终忠诚于蜀汉。但是李白写得更多的是鲁仲连、张良，是带有纵横家色彩的古人。两个人的诗中各自写到了一种有名的鸟，李白写的是大鹏鸟，杜甫写的是凤凰。大鹏也好，凤凰也好，都不是自然界中真实存在的鸟，是虚构出来的。大鹏是道家的庄子创造出来的，是自由精神的载体，自由的象征，它靠着大风就从北海一直飞到南海。杜甫呢，经常咏凤凰，凤凰是儒家的祥瑞。杜诗中说"七龄思即壮，开口咏凤凰"，到了生命的最后一刻，他还说"君不见潇湘之山衡山高，山巅朱凤声嗷嗷。……下愍百鸟在罗网，黄雀最小犹难逃"。它不是哀鸣自身，而是哀鸣世上的百鸟都被套在罗网里无法逃脱，也就是说百姓都在受苦，他不忍心。大鹏鸟是一种出世的象征，要离开这个世界，要自我解放；凤凰则是一种入世的象征，要拯救这个世界。

李白和杜甫在当时诗坛上的地位也不一样。李白生前已享有很高的声名，所以他临终之前把自己的诗稿托付给李阳冰，让李阳冰帮他整理。李阳冰在这个诗集的序言中说，自从李白的集子出来之后，"古今文集遏而不行"，就他一个人的诗流行，别人的都不流行了，影响极大。杜甫呢，恰恰相反，杜甫跟当时的几个主要诗人李白、岑参、高适、王维、储光羲等都有交往，杜甫在他的诗中评价过、赞美过这些诗友的成就，可惜在那些诗人的诗中，我们没有看到过对杜甫的赞美。因此，杜甫临终时在诗中说"百年歌自苦，不见有知音"，辛辛苦苦地写了一辈子的诗，但是没有知音，没有人对自己作过高度的评价。

五、李、杜的高与低

我们要想比较公正地评价一个作家、一部作品，要有耐心，要等时间来评判，时间是最公正的。到了中唐，李、杜两人都受到了重视。从中唐的诗坛来回顾盛唐的诗，王维的地位已经低落。中唐的元白诗派基本认为杜甫要比李白更高。相反的一派，尤其是韩愈，认为李、杜同样伟大。元稹、白居易批评李白什么呢？有两点。一是杜甫的诗写民生疾苦，这和元、白写新乐府是一致的，而李白没有写这方面的诗歌。第二，他们认为李白不擅长写长篇的排律。反正到了中唐，李、杜在诗坛上的领先地位已经凸显出来，只有他俩还在争高低，其他诗人都已退出竞争。到了宋代，北宋人提出了"诗圣"的概念。"诗圣"这个名词是明代人提出来的，但这个概念是北宋人创建的。北宋诗人写诗时，他们的竞争对象是谁呢？就是唐代诗人。正因为北宋诗人有自成一家的气概，他们要创造风格独特的一代诗风，想要超越唐诗，当然要瞄准唐代最伟大的诗人，一定要超越唐代最伟大的诗人才能与唐人争高低。他们在唐代诗人中反复选择，最终认为，杜甫比李白更高一筹。宋人在这方面的言论非常多，我想苏东坡说的话比较有代表性，因为苏东坡在当时影响最大、地位最高，他也最善于评论别人。苏东坡认为李、杜都很伟大，他俩把他们之前的诗歌都超越了。当然，苏东坡后来认为陶渊明的诗歌成就最高，但他一开始是说李、杜最高。苏东坡又在这两人中间有所褒贬，他对李白有一些批评，这批评正代表着北宋人的两种选择。

　　一是人品问题。在苏东坡看来，李白的人品是有缺陷的。这一点王安石说得更绝对，他说李白10首诗有8首、9首是写女人和酒的，所以不好！那么苏东坡是怎么说的呢？他说李白这个人在政治上是很糊涂的，在忠君爱国方面做得不够。他特别指出李白晚年加入永王李璘的军队的问题。当时李白在庐山，永王李璘带着军队沿着长江东下，唐肃宗的中央政府命令他不准东下，因为肃宗已经登基了，永王李璘却只管东下，他借口听从玄宗的命令到东方去打击叛军，不听中央的号令。李白糊里糊涂地加入永王的叛军，后来被判了刑，长流夜郎，中途又遇赦东归。李白写道："朝辞白帝彩云间，千里江陵一日还。两岸猿声啼不住，轻舟已过万重山。"这首诗不是他年轻时刚出四川的时候写的，而是走到白帝城遇到赦免的时候写的。遇到赦免得以东归，李白高兴极了，诗中洋溢着轻松愉快的心情。苏东坡认为李白从永王军在人品上是重大的缺陷。反过来，苏东坡认为杜甫没有这样的缺陷，杜甫一生都忠君爱国。忠君爱国，现在有些年轻朋友也许会把这看成是杜甫的一个缺陷，但是我们千万不要脱离了时代。在唐代，在宋代，忠君爱国是全社会毫无例外、无可置疑的道德准则。古人不可能说忠君不好，不可能对忠君有所怀疑，当时就是这样的道德标准，所以东坡认为杜甫好就好在他始终忠君爱国。当然，忠君和爱国其实是两个概念，连在一起，这在古人看来是不矛盾的，是二位一体的，所以王安石就认为杜甫最好的诗是关心天下苍生的。王安石在诗中说"宁令吾庐独破受冻死，不忍天下赤子寒飕飗"，这是杜甫在《茅屋为秋风所破歌》中所表达的情怀。这就是宋人在人品上选择杜甫的原因。

二是艺术问题。在艺术的角度，宋人又是怎样把杜甫确立为典范的呢？我想在评判诗歌艺术高低方面，苏东坡是最有发言权的。苏东坡是何等人物啊，他的朋友黄庭坚说，有些年轻人写了一首诗或一篇文章，想让东坡判断一下好坏，东坡用鼻子一嗅就知道了，根本不用看。这个比《聊斋志异》里的"司文郎"还要高明。那个和尚要判断一篇文章的好坏，就把这篇文章烧了，用水泡了喝上一口，好文章喝起来味道比较好，坏文章一喝就要呕吐。这个办法太麻烦了，苏东坡的更简单，他用鼻子一嗅就知道了。所以，让东坡来判断艺术水平的高低是最准确的，因为他是内行。那么东坡是怎样判断李、杜的诗歌艺术的呢？他说李白的诗歌当然很好，但有一个缺点，就是有时候比较率意、随便。东坡还指出李白的诗集传到北宋，其中混进了一些别人的诗，他说原因就是李白写诗不够精练，随意挥洒，所以容易与别人的诗混淆，有些不怎么分得开来。他说杜甫的诗就不同了，难道有人敢去伪造杜甫的诗吗？那是不可能的，杜诗太经典了，它千锤百炼，别人的诗没法混进去。他由此判断在艺术上杜甫还是高于李白。应该说，苏东坡的判断基本就是北宋整个诗坛的判断。所以，到了北宋，李、杜两个人的地位开始有一些区别，杜甫要高一些，李白要低一些。

　　上面说的都是古人的看法，我们没必要遵循它。从五四以后，尤其是1949年以来，我们的学术界、教育界，再来讲文学史，再来讲唐诗的话，很少采取古人的说法。我们很少说杜甫比李白好，一般认为李白、杜甫是同样伟大的。我个人觉得在这个方面表述得最好的应该是郭沫若。1962年，世界和平理事会号召全世界人民纪念四位世界文化名人，其中一位就是杜甫。所以那一年北京召开了非常隆重的纪念杜甫诞辰1250周年的大会，郭沫若是当时的文联主席，他在大会上作了一个讲话，讲得非常好。他讲话的标题叫"诗歌史上的双子星座"，就是说李白跟杜甫是中国诗歌史上的一对双子星，"双星"！我想这里也许没有天文系的同学，双星的两颗星都是恒星，两颗恒星围绕着它们共同的重心运转，就是你也绕着我转，我也绕着你转，两颗星的地位是平等的。我觉得这个比喻非常好。我一向觉得全国古迹中对联写得最好的地方有两处，一处是杜甫草堂，一处是武侯祠。在杜甫草堂里，我最欣赏的一副对联是谁写的呢？是郭沫若写的，写得真好。对联是："世上疮痍，诗中圣哲；民间疾苦，笔底波澜。"这是他对杜甫的评价，说到点子上了，又非常精练。我想这应该是比较典型地代表了当代人对李白、杜甫成就的一个评判。作为当代人，我们该怎么看待李白、杜甫的高低优劣呢？在我看来，我们只需关注李白和杜甫给我们带来的阅读感受如何。我觉得明代的王世贞说得很好，他说，我们读李白和杜甫的诗，假如读得很少，只读10首以内，那么比较容易接受的是李白。他的原话是"十首以前，少陵稍难人"，就是说杜甫的诗比较难于进入。但是如果你读得比较多，读到100首以上，那么"青莲较易倦"，李白容易使你产生厌倦，而杜甫不会。也就是说，我们读得比较少的时候，李白容易接受，而读得比较多的时候，李白容易使人厌倦。作家汪曾祺也有类似的看法。总之，你读得多了，会感受到杜诗千变万化，千锤百炼，李白稍微有点单调。

另外一个方面，就是我们怎么来理解这个问题：为什么杜甫的地位后来越来越高呢？我想这只能从他们两人对后代诗歌史所起的实际影响来看。一言以蔽之，李白不容易学，而杜甫比较容易学。李白是靠天才来作诗的，天才怎么学啊，天才是没有办法学的！所以尽管李白当时名声那么大，身后的名声也一直很高，但是我们看整个唐诗发展的过程，从盛唐一直到唐末，有几个人学李白？或者说能学得成功？很少！一定要举例子的话，也许会注意到一些不著名的诗人。大家知道他吗？李赤！肯定不是很有名的诗人。中唐诗人李赤有几首诗，到北宋时混进了李白的诗集里，苏东坡一看到这几首诗就拍手大笑，说："假货！假货！"这些诗是对李白诗的拙劣模仿，但确实有点像。还有一个中唐诗人，也有点像李白，他叫张碧，字大碧。李白、李太白，张碧、张大碧，名与字有点像，但是张碧的诗也不是很像李白。杜甫就不是这样了，历代有很多人通过学习杜诗吸取营养，然后自成一家。中唐两大诗派，元稹、白居易学杜甫乐府诗的精神，反映民生疾苦，学得非常好；韩愈、孟郊学杜甫的雄劲笔力，善于描写健峭的气象、雄奇的景物，也学得非常好！到了晚唐，学得最好的是李商隐。李商隐的七言律诗，特别是非爱情题材的七言律诗，学杜甫真是学到家了。他的《安定城楼》中间两联"贾生年少虚垂涕，王粲春来更远游。永忆江湖归白发，欲回天地入扁舟"，真是像杜甫，意境浑融，语言精练。到了北宋，杜甫被称为江西诗派"一祖三宗"的"一祖"，认为他是"祖"，这种情况在李白的影响史中没有发生过。因为杜甫容易学习，影响巨大，所以后人对杜甫的评价就越来越高。

六、我眼中的李、杜

说了这么多，最后回到这个问题上来：谁是唐代最伟大的诗人？我们检索历史，发现后人曾经举出过这个诗人、那个诗人，最后大家一致认为是李、杜。在李、杜两人中间，从北宋开始又有很多人认为是杜甫，李白要稍微差一点。到了现代，我们一般都认为李、杜同样伟大。那么，同学们如果问我：你认为谁是唐代最伟大的诗人？我希望投两张选票。我想说李白、杜甫都是唐代最伟大的诗人！如果同学们只给我一张选票，那么我首先选杜甫。作为一个读者，我觉得杜甫就在我们身边，而李白好像在云端，有点高高在上的意味。安史之乱时唐朝人民经受那么多苦难，但李白的诗是怎么表现的呢？就是"俯视洛阳川，茫茫走胡兵"，我从天上看洛阳川啊，胡人的军队在那里纷纷地走，然后才说"流血涂野草，豺狼尽冠缨"。这首诗是《古风五十九首》中的一首，它的前半部分说我跟着仙人一起飞上青天，从云端往下看，看到地上的老百姓都在受苦，这分明是居高临下的态度。而杜甫一直就在人民中间，他在安史之乱时就夹在难民群中一起逃难，跟老百姓一起接受颠沛流离的生活，所以他就在我们身边，离我们更近。但是抛开感情立场，把李、杜作为两个古代诗人来看，我认为他们是同样伟大的。我希望大家不要强迫我一定要在李白和杜甫中间选一个，这是一种两难的选择！我觉得他们两个人都是唐代最伟大的诗人！没有李白，唐诗就缺了重要的一块。当然，没有杜甫，唐诗也缺了重要的一块！李、杜两个人是互补的，李、杜互补才构成了唐诗的最高峰。

(2007年11月19日在安徽师范大学的演讲)

诗圣杜甫

今年是杜甫诞辰1300周年,在学术界和文化界还没有对此做出任何反响的时候,4月份媒体上爆出了一个事件,叫作"杜甫很忙"。原来中学语文课本上有一幅杜甫的肖像画,一些中学生朋友就对它进行涂鸦,把它改画。这个事件发生后,南京有三家报社的记者给我打电话,请我对此发表看法。我看了有关材料,有点不高兴,就没有接受采访。为什么不高兴呢?对课本上的人物肖像画进行涂鸦,说实话,我小时候也干过,无非是添上两笔胡子,画上一副眼镜。但现在的小朋友与时俱进了,他们对杜甫画像的涂鸦幅度很大,画成了杜甫飙摩托车,杜甫唱卡拉OK,甚至还有更不堪的,什么都有。我今天来讲"诗圣杜甫",看看我们对这样一个人物是不是应该抱有敬畏之心。

一、人格楷模

杜甫被称为"诗圣",准确地说是从明朝人开始的。我们在明朝人的著作中找到一些材料,年代最早的可能是一个叫费宏的诗人,他有一句诗叫"杜从夔府称诗圣",就是杜甫自从到了夔州以后,就可以称之为"诗圣"。明朝中后期的胡应麟说,人们一向称杜甫为"诗圣",又称"集大成"。明末清初,有一个著名的杜甫研究者,就是

《杜臆》的作者王嗣奭，他曾经梦到杜甫，醒了以后，写了一首诗，其中有两句是"青莲号诗仙，我公号诗圣"。他非常尊敬地称杜甫为"我公"，说杜甫号称"诗圣"。

"诗圣"的称号虽然是明朝人提出来的，但是我们追本溯源，发现这个概念实际上是从宋朝开始的，是宋朝人把杜甫推上了诗圣的地位。我们先来看一看这个过程。

宋朝人推崇杜甫，是沿着两个维度进行的。第一，他们想从唐代诗人中寻找一位在人格意义上足以成为典范的人物，他们选啊选，选中了杜甫。当然有的后人说，宋朝人评价历史人物，封建意识非常浓重。的确是这样，任何人都不能脱离时代。我们看看大名鼎鼎的苏东坡对杜甫的推崇，首先说他是忠君。他说，古今诗人众矣，而杜子美为首，原因就是虽然他一生"流落饥寒，终身不用"，但是他"一饭未尝忘君"。苏东坡这个说法是不是无中生有？是不是夸张？我们说，并不夸张，因为杜甫的诗中有证据。

请大家看这首杜诗，一般的选本都没有选，不是杜甫的代表作，这首诗叫《槐叶冷淘》。槐叶冷淘是唐代一种小吃的名字，是流行在夔州地区的一种凉面。它是用新鲜的槐树叶榨出汁水来，和在面里，做成凉面。这种凉面南方才有，北方没有。杜甫晚年流落夔州，尝到这种凉面，觉得味道很不错，就写了一首诗。前面10多句都是说这个槐叶冷淘是怎么做的，后面两句就联想到君主，他说："君王纳凉晚，此味亦时须。"就是说长安城里的皇帝没有吃过这个东西啊，他在夏天纳凉的时候，最好也能尝一尝这个凉面。这不是"一饭未尝忘君"，又是什么？当然这种意识是过去时代的意识，到了今天我们可以把它扬弃掉。这种意识应该保留给我们的父母亲，想想家里老人还没有吃过，买一点给他们尝尝。但是在古代，当时的人忠君跟爱国是浑然不分的，因为君主就是国家的代表，更何况在杜甫所处的国家动荡的时代，君主更是国家的代表，是维系全国的核心，所以他的忠君也不值得深究，不值得责备。更重要的是，宋朝人推崇杜甫，主要是从人格意义上推崇杜甫，主要是在杜甫忧国忧民这一点上。

北宋后期两位大诗人不约而同地写了题杜甫画像的诗，王安石是新党领袖，黄庭坚是属于当时旧党的一位大诗人，他们两个人在政治上势不两立，但是他们对于杜甫的看法，却是完全一致的。王安石的诗叫《杜甫画像》，里面非常明确地说杜甫这种伟大的胸怀，就是他在《茅屋为秋风所破歌》里表达的我自己受冻而死不要紧，但愿有千万间的房子让天下的穷人都安居在里面的情怀，王安石觉得非常了不起，"宁令吾庐独破受冻死，不忍四海赤子寒飕飗"。最后四句是："所以见公像，再拜涕泗流。推公之心古亦少，愿起公死从之游。"我看到杜甫的画像，流着眼泪对他顶礼膜拜。你这种伟大的情怀古代都很少，我非常希望能够跟你交游，向你学习。黄庭坚的诗叫《浣花溪图引》，这幅图画的是杜甫在成都草堂时，有一次喝醉了酒，骑着驴，从驴上跌下来。黄庭坚题诗说："中原未得平安报，醉里眉攒万国愁。"我们都知道，一般来说诗人借酒浇愁，心中有忧愁，喝杯酒疏解掉，但是杜甫不一样，即使喝得酩酊大醉，他攒集在眉间的那种忧国忧民的表情依然挥之不去。所以黄庭坚说"长使诗人拜画图，煎胶续弦千古无"，后代的诗人都要来膜拜杜甫的画像，但是后人很难继承，他的地位太高了。北宋两位大诗人不约而同地对着杜甫画像下拜，说明当时他们的价值判断主要不是忠君，而是杜甫忧国忧民的情怀，一种崇高的人格境界。

到了南宋，就有了朱熹在理论上对杜甫人格的阐述。我们都知道以朱熹为代表的南宋理学家，在评价历史人物时是非常严格的，有时甚至是苛刻的。他们用一种非常挑剔的眼光来检验历史人物，所以没受到朱熹批评的历史人物是很少的。朱熹认为历史上有五个人是君子：诸葛亮、杜甫、颜真卿、韩愈、范仲淹。朱熹说得很清楚，"此五君子，其所遭不同，所立亦异"，他们立身处世的方式不一样，诸葛亮和范仲淹是大政治家，政治上有所建树；颜真卿是唐代大书法家，也是忠臣烈士，他为了维护国家统一献出生命，牺牲在军阀手里的；韩愈是在唐代建立儒学传统的思想家，也是在政治上刚正不阿、多次被朝廷贬斥的人。这四个人在政治上都有所表现，唯独杜甫是一个普通人，他在政治上没什么表现，但是朱熹认为他们五个人都是君子。五个人的相同点在什么地方呢？朱熹说："求其心则皆所谓光明正大、疏畅洞达、磊磊落落而不可掩者也。"就是他们的胸怀、人格，光明正大、疏畅洞达、磊磊落落。所以朱熹认为他们是五君子。

因此，我们基本上可以下一个断语，宋人从人格意义的角度从唐代诗人中把杜甫挑选出来作为典范，这是他们认定杜甫为诗圣的第一个维度。

二、诗艺高标

对于诗人来说，诗歌写得怎么样也是非常重要的，北宋人选择典范的第二个维度就是对唐代诗人从诗歌艺术方面来进行挑选，最后他们也认为杜甫达到了最高水准，最具有典范意义。

我们这里不讲杜甫的《秋兴八首》《咏怀古迹五首》《诸将五首》等这些代表作，我们只看杜甫的一般作品受到的评价如何。

《陈辅之诗话》里记载了王安石的一段话："世间好语言，已被老杜道尽。"就是世上好的句子都被杜甫写完了，我们再要写，很难写出新的好句子来。王安石这句话当然有一点夸张,但是还有几分道理。我们看一个例子。北宋初年的诗人王禹偁,被贬到陕西的商州地区做团练副使。到了商州以后,他家里有一个小院子,种了两棵桃树、杏树,到春天开花了,突然刮了一夜大风,早上起来看到桃树、杏树的树枝被风刮断了几支,但没有完全脱离树干,还连在上面,枝头仍然繁花怒放。王禹偁觉得这个景象很新奇,就写了一首《春居杂兴》:"两株桃杏映篱斜,妆点商州副使家。何事春风容不得,和莺吹折数枝花。"这首诗写得不错。过了几天以后,王禹偁的儿子王嘉祐跑来告诉他,说父亲大人啊,我发现你前两天写的这首诗,好像是从杜甫诗中抄来的。王禹偁说,怎么可能呢,我是自己独立创作的。他儿子就拿出一本杜诗来翻给他看,翻出《绝句漫兴九首》其二:"手种桃李非无主,野老墙低还是家。恰似春风相欺得,夜来吹折数枝花。"这首诗是杜甫在成都写的,写得很幽默:我家里亲手种的几棵桃树、李树,这不是无主的野树。我的围墙很低矮,房子很简陋,但这毕竟是我的家。意思是说,我院子里的桃树、李树是我的私有财产,别人不能随意侵犯,但春风竟来欺负我,夜里把树枝都吹断了。

请大家比较一下这两首诗,后面两句像吗?非常像。这基本上就是王安石说的,"世间好语言,已被老杜道尽",就是你看到很难得的景象,写几句诗写得很不错,结果一看,杜甫已经写过了。当然王禹偁看到儿子翻出杜诗,并没有生气,他并没有像《红楼梦》里的贾政那样说,"小畜生,你怎么乱说",反而大喜。他为什么大喜?他说,哎呀,我的诗歌水平已经接近杜甫了,你看我写的诗句,居然与杜诗暗合。这个例子典型地说明杜甫的诗达到了那样高的成就,对后代诗人产生了一种压力,后人很难超越他。

我们再看看北宋诗人关于杜甫诗的一些讨论。欧阳修《六一诗话》里记载了一件事情，提到杜甫的《送蔡希鲁都尉还陇右因寄高三十五书记》，这也不是杜甫的名作，也是几乎所有的选本都不选的。欧阳修有一个朋友叫陈从易，陈从易有一次拿到一本杜甫诗集，结果读到这一首，读到"身轻一鸟"一句，后面被虫蛀了一个洞，缺了一个字，他就想，"身轻一鸟"，后面是什么字呢？这句是描写一个将军骑在马上，轻捷如鸟地从眼前冲过去，下面的一句是"枪急万人呼"。陈从易跟几个朋友说，我们来给他补补看。大家就补了，有的补"疾"，有的补"落""起""下"等字。过了几天，又找到一个杜诗的本子，比较完整，结果一看，杜甫原文是"身轻一鸟过"。"过"字是不是比上面的几个字都好？我觉得好，写的是一个水平方向的运动，一个将军骑着马飞奔而去，在眼前一闪而过，这里只有"过"字最好。问题是，这句不是杜甫的名句，这首也不是杜甫的名篇，只是他一般的作品中的一句很不起眼的诗，杜甫所用的字也跟人家不一样，真是千锤百炼。

我们再看两个很有意思的例子，是宋人曾经怀疑的。先看《百忧集行》。这是一首七言古诗，共有12句，最后四句是："入门依旧四壁空，老妻睹我颜色同。痴儿不知父子礼，叫怒索饭啼门东。"杜甫家里断顿，到了该开饭的时候，开不出饭来，孩子饿了。当然如果孩子不是"痴儿"，而是一个成年人，他应该知道父子之礼，即使断顿了，他应该会说父亲大人啊，我们是不是应该开饭了？但他是一个"痴儿"，一个不懂事的孩子，他就大声叫唤：我要吃饭，我要吃饭！问题是为什么说"啼门东"？当时就有人议论，孩子想吃饭，为什么要跑到门的东面去叫，为什么不在门西，不在门南，不在门北呢？这四句诗押的是"东"韵，"平水韵"的第一个韵部就是"东"韵。"东"韵里的字表示方位的只有"东"字，杜甫是不是为了押韵，就凑合着用这个"东"字？

我们先放一下，再看《义鹘行》。这是杜甫写的一首寓言诗。他听到一个樵夫给他说的一个故事，说一棵大树上有一对老鹰筑了一个巢，里面生了几个小鹰，有一条凶恶的大白蛇爬到树上去，把这几个小鹰都吃掉了。这对老鹰很悲伤，很愤怒，但是打不过白蛇，雄鹰就飞到远处去，过了一会，请来一只鹘。鹘是一种猛禽，比鹰更大更强壮，鹘飞过来几爪就把白蛇打死了。杜甫觉得这个鹘像侠客一样，就称为"义鹘"，写了这首诗。诗的结尾说"聊为义鹘行，用激壮士肝"，我就写了这首《义鹘行》来激励壮士的精神。关键是为什么说"壮士肝"，不是心、肺，或其他的东西？这首诗押两个韵部，一个是"先"韵，一个是"寒"韵。先韵、寒韵在五言古诗中是可以通押的，"肝"字在寒韵里。大家会怀疑杜甫是不是为了凑韵啊，这个韵部里只有一个"肝"字可用。讨论来讨论去，最后有一个人出来解释了，解释者是一个无名氏，他说："庖厨之门在东，肝主怒，非偶就韵也。"中国古人盖房子是讲究方位的，厨房里灶台的位置一定是在房子的西南角，不能在其他角落，否则是不吉利的。厨房一般是在东边，厨房的门也开在东边，小孩子要饭吃当然是要到厨房去要饭吃，所以在厨房门外面叫，所以是门东，而不是门西，不是门南，不是门北。"肝主怒"是中医的说法，俗话说肝火太旺，肝与愤怒激动的情绪有关，讲义鹘的故事是为了激励壮士，激励他们的侠义精神，所以用"肝"字。请注意，杜诗中的每一个字都不是随便下的。宋朝人对杜甫的诗讨论来讨论去，就觉得它千锤百炼，几乎是无懈可击。

据罗大经《鹤林玉露》记载，南宋时，在首都临安，有一天两个官员林谦之、彭仲举在一个小酒店里讨论杜诗。谈到杜诗妙处，彭仲举已经微醉，忽然大叫道："杜少陵可杀！"隔壁一个没有文化的人听到了，跑去告诉人家，说有两个官员大白天在那里讨论要杀人。人家问他要杀谁啊，他说要杀杜少陵，不知道是什么地方人。

北宋也发生过类似的事情。北宋的官员上朝都很早，天不亮就要去了，结果到得早了，皇帝还没有来，有的人就先打一个瞌睡。当时有两个官员，一个叫叶涛，一个叫吴居厚。吴居厚一看到叶涛，就跟他讨论杜诗，杜诗这一句怎么样，那一句怎么样，喋喋不休。叶涛本来还想睡一会，但是吴居厚要跟他讨论杜诗，他就没法睡，于是他就搬了一把椅子坐在待漏院的走廊里，这样吴居厚在里面他在外面，就没有办法再骚扰他。古代的走廊外面是空的，有一天突然刮风下雨，雨飘过来，飘到他身上。旁边的人说："叶大人啊，你怎么不进去啊，你的衣服都湿了，你怕什么呢？"他说："我怕老杜诗。"他怕一进去，吴居厚又要跟他讨论杜诗了。我们今天讲杜诗，待会不要有朋友逃到走廊里去啊。当然大家不会怕杜诗，最多只会怕莫砺锋讲杜诗，但是我希望大家不怕。

这些例子说明什么？说明北宋人是把杜甫作为一个研究对象，作为一个模仿的最好典范，成天在那里讨论，讨论研究的结果是觉得杜诗千锤百炼，无懈可击，具有最高的典范性。

综上所述，北宋人最后把杜甫确认为诗国中的最高典范，不是平白无故的，他们是沿着人格典范跟诗歌艺术典范两条路同时选择，最后交叉在一起，汇聚在一个点上，他就是杜甫。所以杜甫的诗圣地位为什么会确立，实际上就是这样的。作为诗歌艺术造诣的补充证据，我在讲义上打印了一系列的成语，由于时间关系，我就不细讲了。大家看看，这些成语也许有的我们知道是杜诗中的，有的还不知道，但是你仔细查考一下，它都是杜诗中的，在杜甫以前没有的，白云苍狗、冰雪聪明……都是杜甫创造出来的。一个人的作品能创造这么多的成语,他的贡献有多大!有的杜诗,几乎没有任何改写,就成为成语,像"射人先射马,擒贼先擒王""人生七十古来稀",原封不动就成为成语,这都是杜甫的创造。他是"语不惊人死不休",锤炼字句用了毕生心血,所以达到了这样的高度。

三、文化史上的杜甫

我们现在脱离宋代这个历史背景,从整个文化史的角度来看一看,杜甫作为诗圣得到后代大部分人的认同,原因何在?我们先看杜甫的人格。

杜甫在政治上是具有远大理想、远大抱负的人,他对自己期许很高,刚入长安时,写了一首诗,里面有这样的句子:"致君尧舜上,再使风俗淳。"就是希望通过自己的政治活动,让君主达到尧、舜那样的高度,成为那样的明君,把整个国家管理好,使整个社会达到风俗淳朴优良的境界。一个理想的社会不仅是富裕的,而且是淳朴的,有良好的风俗,接近我们今天说的建设一个文明社会、一个和谐社会,这也是儒家的理想,所以杜甫说,他的最高理想是这样。

杜甫怎么会有这么一种人生理想?这要从他的家庭传统说起。杜甫跟李白不一样,杜甫出生在一个以儒学为传统的家庭里,他描述过自己的家庭,《进雕赋表》中说:"自先君恕、预以降,奉儒守官,未坠素业矣。"杜恕是杜甫的十四世祖,杜预是十三世祖,他们都是缙绅,就是说我们这个家族从我的十四代、十三代祖先开始,就世世代代遵守儒学传统,都是官宦人家,从来没有违背儒学传统。"素业"是人们对儒学的称呼,孔子被称为素王,素王就是不在其位而有其德的帝王。

杜预是杜甫家族史上一个非常著名的历史人物,他是西晋名臣,文武双全。当时人称他为杜武库,说这个人像武器仓库一样,什么办法都有。杜预还是一个研究儒学经典的专家,他所做的《左传》集解收在《十三经注疏》里,是关于《左传》的经典著作,这是一个对儒学有重大贡献的历史人物。杜甫说自己要继承家族的这个传统。

杜甫诗中有没有对儒学表示怀疑过?大家也许会找到《醉时歌》中的两句:"儒术于我何有哉,孔丘盗跖俱尘埃。"儒学对我有什么用处啊,人都要死,死了都一样,孔子也好,盗跖也好,死了还不都是尘埃!很多人抓住这两句,说你看,他怀疑儒学。其实这是杜甫喝醉以后,在穷困潦倒时说的牢骚话,发牢骚说一两句反话不足为奇。杜诗中有44处提到"儒"字,其中有20处直接与他自己相关,都是强调自己是儒生,甚至老儒、腐儒。腐儒就是迂腐的儒生,尽管行不通,他还是坚守这个信念。杜甫对于儒学真是生死以之,颠沛在此,流离在此,无论什么环境他都不变,始终信奉儒学。

儒学的政治主张,根本精神就是两个字:仁政。治理国家,要施行仁政,以仁政为统治基础。仁政是什么意思?仁政就是让老百姓过得好一点,要尽可能改善老百姓的生存条件。《孟子》说:"尧舜之道,不以仁政,不能治天下。"在儒家看来,假如一个政权不实行仁政,对老百姓的生活没有什么改善,那么这个政权是没有合法性的。只有行仁政,才是合法的政权。这个思想对杜甫的影响非常深,杜甫对个人的期许,就是这样。他很明确地说:"许身一何愚,窃比稷与契。"我对我的期许是不是有点笨啊,我私下把自己比作历史上的两个人物,一个是稷,一个是契。稷与契是谁?稷,《左传》里有记载,又称之为后稷,他是舜时代的一个大臣,主管天下农业,相当于现在的农业部长。因为稷从小就喜欢种庄稼,所以他主管农业,他也是周朝的祖先。契是协助大禹治水的大臣。杜甫想要做这两个人，因为他们是历史上的名人，是大臣，是平生有丰功伟绩的人。所以有人怀疑，你杜甫只是一介布衣，你怎么能自比稷与契呢？是不是期许太高了呢？

下面是王嗣奭的解释。在我读过的书中，《杜臆》是对杜诗的思想价值讲得最好的书。他说："人多疑自许稷、契之语，不知稷、契元无他奇，只是己饥己溺之念而已。"他们的伟大之处、独特之处在哪里呢？只是一种己饥己溺的念头罢了。什么叫"己饥己溺"？《孟子·离娄下》说："禹思天下有溺者，由己溺之也。"大禹是治水的，他看到天下有老百姓被洪水淹死，就责备自己说，这是我的罪过，因为我治水治得不够好。孟子又说："稷思天下有饥者，由己饥之也。"稷是主管天下农业的，他看到天下还有老百姓饿肚子，就责备自己说，这是我的罪过，因为我管农业管得不够好。这是一种高度的责任感、一种伟大的胸怀、一种高尚的政治情操。所以当时王嗣奭说杜甫"己饥己溺"，这一点都不稀奇，它是一种信念、一种人格精神。不在于你做得怎么样，而在于你有没有这种情怀。更何况在唐代，已经出现了唐太宗的"贞观之治"，唐玄宗前期又出现了"开元盛世"，士人说要做稷、契，只是一个普通的政治理念。唐太宗时魏徵在《论治道疏》中就说过，"若君为尧、舜，则臣为稷、契"，君王要以尧、舜为榜样，臣子要做稷、契。所以杜甫在这个语境下，说自己要做稷、契，这是合理的，并不是说大话。

那么，杜甫接受儒家思想，有什么具体的表现？刚才说过，儒家的政治主张是行仁政。在古代生产力还不是很发达的情况下，儒家所提出的仁政的基础是什么？也就是他们为当时的人民设定的最低的生活标准是什么？孟子说得很清楚，就是希望老百姓能活下去，活得稍微好一点。《孟子·梁惠王上》说:"仰足以事父母,俯足以畜妻子;乐岁终身饱,凶年免于死亡。"如果年成好,就能吃得很饱;碰上灾荒,也不至于饿死。对于这一点,杜甫也是这么想的,当然杜甫不在其位,但他希望这样。所以我们看到杜甫一生始终在关注社会,尤其是关注这个社会的弱势群体,因为社会的最低水准是以这些人为标准的。所以杜甫希望老百姓能够吃上饭,能够住上房子。最典范的作品就是他的《茅屋为秋风所破歌》。杜甫自己的茅屋被秋风刮破了,秋雨一下就"床头屋漏无干处",都无法捱到天亮了,在那个时候,他胸怀天下,想的是:"安得广厦千万间,大庇天下寒士俱欢颜,风雨不动安如山!"希望有千千万万座在风雨中能够不动摇的房子,让天下的穷人住在里面。有些现在的论者,比如郭沫若,抓住诗里的"寒士"大做文章,说寒士指的是读书人,杜甫只关注读书人。其实穷苦的读书人就是穷苦百姓的一部分,更何况杜甫还有其他的诗。《寄柏学士林居》结尾两句:"几时高议排金门,各使苍生有环堵。"什么时候才能把我们的议论上达朝廷,让统治者听到,然后改善百姓的生活条件,让百姓都有"环堵"。环堵就是有一圈墙围起来的房子,就是安身之处。杜甫诗中提出来的"安得广厦千万间",跟这里的"各使苍生有环堵",可以说是我们历史上最早提出的"安居房"的概念,就是穷人有房子住,有一个安身之处。

杜甫的这种关注苍生、关注天下的思想是一贯的,在他的作品中有全面的表现,这一点是儒学中本来就有的,他是继承,除此以外,杜甫对儒学还有发展和补充。

儒家提出仁爱之心,它的思考对象是人,是人类。我们的仁爱之心从哪里来的?《孟子·公孙丑上》说:"今人乍见孺子将入于井,皆有怵惕恻隐之心。"这时不管这个孩子你认不认识,你都会冲上去,拉一把,把这个孩子救下来。这是人心中本来就有的同情心,即恻隐之心。但是这种恻隐之心、仁爱之心,它的关注对象是人,没有包括其他生命。杜甫从此延伸出去,从人延伸到其他生命。听众朋友中如果有动植物保护者,我觉得你们要特别注意杜甫的诗,杜甫对于动物、植物,对于世界上的一切生物,都有一份仁爱之心。我们看《过津口》中的四句:"白鱼困密网,黄鸟喧嘉音。物微限通塞,恻隐仁者心。"杜甫看到江里张着密密的网,鱼都困在网里。中国的古人对捕鱼的网眼是有规定的,网眼不能太密,要大一些,让小鱼漏过去,这是一种环保思想,也是一种爱动物的思想。杜甫看到这个网眼太密了,所有的鱼都困在里面,就觉得很悲伤。另一方面他看到黄鸟没有在网里,而在树头自由自在地叫,就觉得很好。所以他就联想,说这些生物都很小,白鱼、黄鸟都是很小的,但是它们的命运是不一样的,有的通畅自由,有的却被堵塞了道路。他说对这些生命也要有一些仁爱之心。

我们和上面孟子的话对比,孟子说的恻隐之心是对要跌到井里的小孩子而发,杜甫把它延伸到一般的生命中去。所以杜甫在成都草堂的时候,对他院子里的一草一木都非常关爱。他亲手种了四棵松树,松树长得慢,所以直到他离开时,松树还没有长高。杜甫有一年逃难到梓州去,他很想念那四棵小树,他说:"尚念四小松,蔓草易拘缠。霜骨不堪长,永为邻里怜。"你看他那颗关爱之心啊,都延伸到植物上去了,延伸到小树苗上去了。在杜甫心中,一切生命现象都是值得关爱的。

有的读者也许会觉得杜甫诗中写到动物、植物往往是有一种比兴寄托在,这话不错。如在成都写的《病橘》《病柏》《枯棕》《枯楠》,生了病的橘树和柏树、枯萎的棕树和楠树。这四首诗后代注家都认为

2020年11月，世界文学之都（南京）

2023年5月，三苏祠（眉山）

莫砺锋演讲录
Speeches by Mo Lifeng

2023年5月，天府新区（成都）

2023年5月，杜甫草堂（成都）

莫砺锋演讲录
Speeches by Mo Lifeng

是比喻，用树木来比喻在苛捐杂税的压制下过不下去的老百姓，这不错，但杜甫写植物、动物的诗不全是这样，他有时就是关爱这个生命本身。

请大家看《舟前小鹅儿》，这是杜甫在梓州写的。他坐在船里，船在水面走，打对面游过来一群小鹅儿，小鹅儿是乳黄色的，杜甫觉得真可爱："鹅儿黄似酒，对酒爱新鹅。"结尾又说："客散层城暮，狐狸奈若何。"小鹅要小心啊，到了黄昏人都散了，狐狸要跑出来了，你们不要被它吃掉。他对幼小的动物有一种关爱之心，关心它们的安全，希望他们好好地活着，健康成长。这就是仁爱之心，从人类扩展到动物、植物，扩展到其他一切生命，这应该说是杜甫对于儒学的贡献。

这种思想发展到宋代，理学家才从理论上阐发出来。北宋张载提出："民吾同胞，物吾与也。"这句话往往被压缩成"民胞物与"四个字，就是所有的老百姓都是我的同胞兄弟，所有的动物、植物都是我的朋友。"与"就是相交的意思。今天大家已经充分关注环境，关注动物、植物，关注一切生命，在这方面，杜甫可以说是先驱，他早就在诗歌中表现过这种思想了。我觉得这是杜甫对于儒学思想的一种发展。

还有一点，有人喜欢把儒家所提倡的仁爱之心跟西方文化中的博爱精神进行类比。博爱精神主张不分对象，爱一切人，基督教甚至说要爱你的敌人，而儒家的仁爱思想是有差等的，就是对不同的人群有不同等级的仁爱。那么是不是有差等的仁爱思想，就不如博爱精神呢？不是的，请大家看孟子的表述："老吾老以及人之老，幼吾幼以及人之幼。"我首先是关爱自己家里的老人，我的父母亲、祖父母、叔叔伯伯等，然后把这个关爱之心推而广之，我也爱邻居家的老大爷老大妈，也爱全社会的老人；我首先是爱我自己的孩子，爱我亲戚家的孩子，然后再爱跟我孩子在一个幼儿园的孩子，最后推到爱全社会的孩子。这是一种由近及远、由亲及疏的自然的情感流动。我觉得这样一种情感流动，在这个意义上生发出来的仁爱之心，更自然，更符合人性，也更切实可行。对于这一点，杜甫真是身体力行，他用他的诗歌为孟子这两句话提供了一个最好的阐述。

杜甫有一首诗叫《自京赴奉先县咏怀五百字》，历来被认为是杜诗中表露他心迹的最重要的一首作品。这首诗写到了杜甫家里发生的一个悲剧。当他在长安待了10年以后，在安史之乱爆发的前夕，那时大唐政治已经不行了，社会已经走下坡路了，杜甫的家人寄居在奉先，他到奉先去探亲。刚到家，就发现他最小的儿子因为营养不良而夭折了，用他的话说就是饿死了。亲生儿子饿死了，当然是人生的大悲剧，家里人都在嚎啕大哭，杜甫也非常悲伤。下面他说："抚迹犹酸辛，平人固骚屑。"他马上就联想到别人，由己及人。"平人"在唐代就是平民，因为唐太宗叫李世民，"民"字不准用，用"民"的地方都用"人"来代，平人就是平民，就是平民百姓。"骚屑"就是动荡不安的意思。杜甫虽然也很穷困，但他毕竟是官宦子弟，他的父亲是做过县令的，他的祖父是做过膳部员外郎的，这个时候他家已经穷困了，但是他还是官宦子弟呀，不服兵役，不交捐税，有一点特权。所以他觉得我还过不下去，那么平民百姓怎么样，他们更加动荡不安了。接着就是"默思失业徒，因念远戍卒"。我就默默地想念失业的人。这里的"失业徒"不是我们今天说的"失业者"，而是指失去了土地的农民，因为唐代的田叫作田业。有的农民没有田地，没有生活手段，杜甫觉得他们太艰难了。杜甫又怀念那些戍守边疆的士兵，他们最辛苦。杜甫在自己生活中遭遇不幸的时候，当然悲痛，但他联想到其他人，联想到社会上还有比自己更不幸的人。这不是"老吾老以及人之老，幼吾幼以及人之幼"，又是什么？

我一直觉得要想理解孟子的这两句话，杜甫的《乾元中寓居同谷县作歌七首》是一个最好的范本。乾元元年（758），杜甫先是拖儿带女离开关中，逃到了甘肃的秦州，待了三个月，又待不下去，就向南逃，一直逃到了甘肃的成县，也就是同谷县。当时正是寒冬腊月，他在那里停留了一个月，全家陷于绝境。就在同谷县，他写了这组诗。这组诗共七首。

第一首说："有客有客字子美，白头乱发垂过耳。"有一个远方来的客人，他叫杜子美，苍白的短发披在头上，一副穷困潦倒的模样。这是从"我"开始，写自己。第二首写到他的家人。具体内容是写他全家断粮了，杜甫就手拿一个长柄的铲子，到荒山野地去挖一种野生植物的块茎，这种野生植物叫黄独。我不知道黄独是什么东西，它顾名思义就是黄颜色的，只长一个块茎的像野山芋之类的东西。杜甫想挖黄独给家人充饥，没想到大雪封山，什么也没挖到，空手回来。家里正是"男呻女吟四壁静"，家里的男女老少都饿得没有力气说话了，靠在墙壁上坐着，在那里呻吟。第三首想念在远方的弟弟，"有弟有弟在远方，三人各瘦何人强"，三个亲兄弟都在远方，兵荒马乱的，谁比谁强呢？大家都面黄肌瘦，谁都不好过。杜甫有四个弟弟，叫丰、观、颖、占，幼弟杜占一直跟在他身边，所以还有三个弟弟在远方，他由眼前的家人想到远方的弟弟。第四首想妹妹，"有妹有妹在钟离，良人早殁诸孤痴"，钟离就是今天的安徽凤阳一带，妹妹远嫁到那里，兵荒马乱的，丈夫早就没有了，拖着几个还不懂事的孩子，真是难啊，这是想妹妹。

这组诗的一、二、三、四首，从自己写到眼前的家人，写到远方的弟弟、妹妹；五、六、七首想天下，想到国家还处于灾难中，老百姓都流离失所。所以这一组诗是典型的"老吾老以及人之老，幼吾幼以及人之幼"。这种仁爱之心是由近及远地一步步延伸出去，是普通人都会产生的合理的情感流露，是很自然的，里面没有任何造作的成分。

正因为杜甫关怀全社会，所以他对社会的隐忧、弊病，就看得特别清楚。儒家一向认为整个社会最大的祸患不是贫穷，而是贫富不均、贫富悬殊，贫富悬殊一定会引起社会动荡。《孟子·梁惠王上》说："庖有肥肉，厩有肥马，民有饥色，野有饿莩。"富人厨房里堆了很肥的肉，马圈里养了很肥的马，但是老百姓面带饥色，野外有饿死的人。"饿莩"就是饿死人的尸体，抛在路上。孟子愤怒地谴责，说这是"率兽而食人"，带着一群野兽在那里吃人，这是最不仁义的，应该批判。

现在西方社会学家提出一个"基尼系数"的概念，用来测量一个社会贫富不均的程度。他们认为基尼系数超过0.4，差距过大，就向社会敲响警钟；超过0.5，差距悬殊，可能会引发社会动荡不安。中国现在的基尼系数是多少，我们不知道，国家还没有公布。我感觉肯定超过0.4，社会贫富不均，差距过大。对于这个现象，儒家一向是谴责的，历代诗人也一向是谴责的。从古到今，凡是有正义感的诗人都谴责这个现象，从杜甫到白居易，一直到清代的吴嘉纪、郑板桥，都写过这类作品。但是古今所有这类诗歌作品中，没有哪两句诗像杜甫这两句诗那样惊心动魄，最能引起我们的关注，这就是"朱门酒肉臭，路有冻死骨"。红漆大门里住着富贵人家，酒肉多得吃不了，都变质腐败了，但是老百姓却饿死了，冻死了，尸体抛在路上，没有人收尸，这是贫富严重不均。

关于这两句诗，有一个小问题要说一下。我听到不止一位朋友说，"朱门酒肉臭"的"臭"字，不念 chòu，应该念 xiù。臭（xiù）就是气味，实际上这里说的是朱门酒肉有香气。我觉得也没有什么不可以，但是我们可以不必这么理解，我们看看基本的理由是什么。现在查字书，比如说最权威的《汉语大词典》，"臭"第一义项就是臭（chòu），是不好闻的气味。《孔子家语》说"入鲍鱼之肆，久而不闻其臭"，你到了一个卖咸鱼的店里，你去长了以后，就不觉得它臭。这个"臭"就是臭（chòu）的意思。当然，古书中有没有"臭"是指好闻的气味呢？也有的，《史记·礼书》有这样一句话："侧载臭茝，所以养鼻也。"茝是一种香草。《史记索隐》说"臭，香也"，就是发出一种好闻的气味。问题是杜甫写了"朱门酒肉臭"，我们没有必要把"臭"解释成肉香，他要说的是富贵人家的酒肉太多了，吃不掉以至于腐败变质了，发出臭的味道。

大家看黄庭坚的解释，黄庭坚是最尊敬杜甫的，他对杜甫的这两句诗有自己的解释。他说，杜甫实际上是用典故，王孙子《新书》里说："楚庄王攻宋，厨有臭肉，罇有败酒。将军子重谏曰：'今君厨肉臭而不可食，罇酒败而不可饮，而三军之士皆有饥色。'"楚庄王不关心部下，出征攻宋的时候，君主和高级军官吃得太好，厨房里的肉太多，吃不完，都变臭了；杯里的酒太多，喝不掉，都变质了，但是士兵们饿着肚子，面有饥色。这里的"厨有臭肉，罇有败酒"，是互相对衬的，"败酒"肯定是变质的酒了，所以"臭"就是肉的发臭、腐败。

儒家思想对杜甫还有一方面的影响就是民族大义。儒家主张一个民族一定要保护其文化的传承性，保护该民族所生活区域的安全性。孔子对齐国的政治家管仲有一个高度的评价："管仲相桓公，霸诸侯，一匡天下，民到于今受其赐。微管仲，吾其被发左衽矣。"他对管仲的为人是有批评的，但管仲大体上是好的，因为管仲帮助齐桓公有效地抵抗了游牧民族的侵略，否则的话，我们就要被游牧民族统治了，要改变我们的生活方式了。"被发"就是披散着头发，因为游牧民族是不梳髻的。"左衽"，我们汉人衣服的衣襟开在右边，少数民族开在左边。我们要服从他们的规矩，就要改变我们民族的生活习惯，改变我们民族的传统了。管仲在这方面有贡献。孔子是主张春秋大一统的。国家要统一，不能分裂，这是中国历代共同的政治选择。杜甫对此也是身体力行的。

安史之乱本质上是一场民族斗争。安禄山、史思明的部下基本上是游牧民族，所以当时的矛盾表面上是国内叛乱，实际上是带有民族斗争的性质。杜甫敏锐地感受到这一点，他在《北征》里说，现在我们对安史叛军的战场形势很好，快要把他们打败了，原句是："祸转亡胡岁，势成擒胡月。胡命其能久，皇纲未宜绝。"你看，四句诗有三个"胡"字，就是他反复点明安史叛军的少数民族性质，他们是胡人，不是我们汉人，所以一定要把他们镇压下去，一定要维护我们汉民族的政权。

当然，杜甫是伟大的诗人，不是一味地主张民族扩张。唐代频繁的边疆战争，有的是属于开边战争，皇帝为了扩大疆域，主动去打人家，杜甫是不赞成的。他对战争的正义性和非正义性分得非常清楚，所以杜甫在《兵车行》里对唐玄宗时代的开边战争是有谴责的："君不见青海头，古来白骨无人收。新鬼烦冤旧鬼哭，天阴雨湿声啾啾。"好多人都把尸首抛在边疆上了，不应该这样。他在《前出塞》里说得更清楚："杀人亦有限，列国自有疆。苟能制侵陵，岂在多杀伤。"我们的战争是以防御为主，要保护我们的疆土，达到这个目的就好了，到此为止。所以杜甫对一切事情都有一个很合理的价值判断，这一点基本上是对儒家思想的弘扬和补充。

正因为杜甫如此地服膺儒家思想，所以他就具有儒家所推崇的崇高人格，这个崇高人格用孟子的话说，就是"大丈夫"精神。孟子说："富贵不能淫，贫贱不能移，威武不能屈，此之谓大丈夫。"每当国家处于危难时刻，这种精神就特别重要，我们看一看杜甫在安史之乱中的表现。

请大家看《喜达行在所》，共三首。"行在所"就是皇帝的临时政府所在地，那时在凤翔。杜甫被安史叛军俘虏了，关押在长安。长安沦陷是突然之间的事情，所以唐朝的很多官员都留了下来，被俘虏了，很多官员包括宰相陈希夷、驸马爷张垍等，还有我很喜欢的大诗人王维，都接受了安禄山的伪官，只有杜甫例外，当然他官小，安禄山可能没有注意到，只是把他关在长安。关键是，这么多的臣子被安禄山俘虏，关在洛阳，关在长安，只有杜甫一个人在第二年春天冒着生命危险，从长安城里逃出去，穿过战场啊，九死一生，才逃回临时政府所在地的凤翔。他写了三首诗，其中有两句："死去凭谁报，归来始自怜。"活着回来了，才自己去可怜自己，好不容易才逃回来。这是什么？这是民族气节！在大是大非问题上，在国家危亡时，他忠于祖国，忠于汉族的政权。所以杜甫具有崇高的人格精神，达到了崇高的人格境界。

杜甫一生的身份基本上是一个布衣，他自己说得很清楚："杜陵有布衣。"他在《哀江头》里进一步说"少陵野老吞声哭"，我是少陵这个地方的野老，一个乡下老头。他始终认可他的身份是百姓。他做过官，但是做得很低，时间也不长，大部分时间是在民间。他是一个普通人，是一个普通百姓，问题是一个普通人能不能在人格境界上达到超凡入圣的程度？杜甫以他的人生实践告诉我们是可以的。

我们来看一下这个推理的过程。儒家认为普通人都能够成为圣人，这种思想孟子说得很清楚，他说"人皆可以为尧舜"，普通人都可以成为尧舜，尧舜当然是圣贤了。那么为什么普通人都可以成为圣人？儒家认为关键就是有向善的心。只要你有向善的心，你好好地培育它，好好地发展它，最后都可以达到圣人的境界。到了明代的王阳明，对孟子这个思想有所深化。《传习录》记载，有一天王阳明的一个学生董萝石从街上回来，对王阳明说，我今天看到一件奇怪的事情，看到满街上的人都是圣人。王阳明就说这是正常的事情。后来这句话就传成是王阳明说的。"满街人都是圣人"，普通老百姓都可以成为圣人。问题是圣人毕竟是一个很高的标准，如果我们承认这一点，追问一下，比如你说"满街人都是圣人"，那么你给我指出来看看，哪一个人是圣人？大家觉得为难，确实很难找到。这个人有这个毛病，那个人有那个缺点，好像都没有达到圣人。但是如果有人问我这个问题，我至少可以找出一个典范，他就是杜甫。杜甫真的是普通人中出现的一个圣人。这一点具有特别重大的意义。

我们回到朱熹说过的话。朱熹说中国历史上有"五君子"，这五君子中诸葛亮和范仲淹是大政治家，建功立业；颜真卿官做得也很大，而且为了维护国家统一而捐躯了；韩愈差点儿献身，贬了几次，也有很高的政治地位。这样的人物，我们普通人很难模仿他们，他们的地位太高，跟我们普通人之间的距离太遥远了。但杜甫不一样，他是一个平民，是我们普通百姓中的一员；他没有做过大官，也没有建功立业，但是他在人格方面超凡入圣，达到了后人所公认的圣贤的高度。这就具有一种典范意义，对于我们后人来说，杜甫是可以学习、可以模仿的，所以特别重要。

跟杜甫是"诗圣"的说法可以对照的，是对杜诗的认识。后代人都说杜诗是"诗史"，他的诗是用诗歌来写的一部历史。这个问题我要稍微讲一下我的看法，因为这跟称杜甫为"诗圣"是互相联系的。

四、关于"诗史"

称杜诗为"诗史"的说法很早，晚唐就有了。晚唐的孟启在《本事诗》中说，"杜逢禄山之难，流离陇蜀"，杜甫遭遇安史之乱，逃难逃到甘肃，又逃到四川，在那一带流离。这些情况，他"毕陈于诗"，国家社会的灾难跟他个人的不幸遭遇，他都写到诗歌中去了，而且写得非常透彻，"推见至隐"，非常细小、隐蔽的东西他都写出来了；"殆无遗事"，几乎没有遗漏。"故当时号为诗史"，所以当时就称他的诗为"诗史"，是用诗歌写成的一部历史。

问题是诗歌和历史毕竟属于两回事，诗歌属于文学，而历史不属于文学，所以后人提出异议，最有名的就是王夫之。王夫之是明末清初的大学者，他在《薑斋诗话》中反对称杜诗为"诗史"，他说："夫诗之不可以史为，若口与目之不相为代也。"诗不能写为历史，好像是人的嘴和人的眼睛是两种不同的器官，不能互相取代，你不能用嘴来看，也不能用眼睛来说。王夫之的这个论断是有问题的，问题在哪里呢？我们用王夫之自己的话来驳斥他。王夫之还有一本书叫《读通鉴论》，他读了《资治通鉴》以后，写了一本评论，书里就引杜诗了。他说："读杜甫'拟绝天骄''花门萧瑟'之诗，其乱大防而虐生民，祸亦棘矣。"这段话评论的是这样一件事情，就是安史之乱爆发以后，大唐帝国为了镇压安史叛军，兵力不够，就去向西部的少数民族借兵，主要是向回纥借兵，回纥是维吾尔族的祖先。回纥也派兵来了，杜甫在《北征》里也说"送兵五千人，驱马一万匹"，派了五千个兵，带了一万匹马，他们一人骑两匹马，一匹骑累了，换另一匹，战斗力很强，来了以后，帮助唐军打败了安史叛军。但是"请神容易送神难"，回纥兵来了以后，看见中原很富庶，财富很多，就不走了，开始烧杀抢掠，后来成为唐政府的心腹之患，唐政府却没有办法摆脱他们。这件事情王夫之感到痛心，他说当年借兵于回纥是"其乱大防"，国家的基本政策有失误，最后"虐生民"，给老百姓造成了危害。他评论这个事情的时候，没有举《资治通鉴》，没有举《新唐书》《旧唐书》，举的例子是杜甫的诗，我们看看他举的是杜甫的什么诗。

首先是杜甫的《诸将》。《诸将》有五首，这是第二首。杜甫对于借兵回纥，一向是反对和怀疑的，他说"韩公本意筑三城，拟绝天骄拔汉旌"。韩公是当时唐朝的大将张仁愿，封韩国公。张仁愿在北边筑成三座城，叫上受降城、中受降城、下受降城，就是为了预防西北地区的游牧民族的。筑城以后，不让他们打过来，不让天之骄子来拔我们汉族政权的旗号。《史记·匈奴列传》中称匈奴为"天之骄子"，所以"天骄"就是少数民族，就是游牧民族。"岂意尽劳回纥马，翻然远救朔方兵。"没想到今天反而去跟他们借兵了，借兵来救我们的朔方兵。这是不应该的，这个措施欠考虑，杜甫诗里早就说了。杜甫还有一首诗，叫《留花门》。花门是对回纥的称呼，因为宗教原因，他们脸上要割一道口子，叫花门。诗中说"花门既须留，原野转萧瑟"，这些援兵是要留在这里的，但把老百姓的财物都抢走了，原野一片萧瑟。

王夫之虽然反对称杜诗为诗史，但是他要说明借兵回纥这个事件的祸害，恰恰又举杜诗作为证据，可见杜诗为什么不能称之为"诗史"？他的诗具有一种历史记录的功能，像史书一样准确，更何况我们把杜诗称为"诗史",还在于它有更深层次的功能。

安史之乱这10年,是大唐帝国由盛转衰的时期,给大唐帝国造成了极大的危害。我们看一组数字,《资治通鉴》卷二一七,记载了天宝十三载(754),也就是安史之乱爆发的前一年,大唐帝国的全国总人口数是5288万,10年以后,到了广德二年(764)安史之乱基本平定时,全国人口只剩下1690万。短短的10年间,大唐帝国的总人口减少了三分之二。三分之二的人口没有了,消失了。凡是在很短的时间内,人口数字发生巨大变化,一定是老百姓遭受了深重的灾难,要不怎么可能?历史学家告诉我们,太平天国从金田起义,到最后天京陷落,前后14年,江南的人口减少了1亿,这是大灾难、大动荡。《资治通鉴》虽然记载了这一组数字,5288万到1690万,两个数字很准确,但是它只是冷冰冰的两个数字,没有细节,没有过程。它告诉我们发生了这么大的变化,那么具体过程是什么?或者更深层次的追问是,这样的巨变对于百姓造成的心理创伤是什么?史书不回答,《资治通鉴》也不记载。我们要读什么文献才能知道?要读杜诗。杜诗全方位地、全景式地展现了那一场天翻地覆的大事变,以及它给百姓造成的深重灾难和心灵创伤。杜甫晚年有一首诗叫《白马》,其中有两句话,很简单,但写得非常沉痛,叫"丧乱死多门,呜呼泪如霰"。平常的时候,人们的死亡方式是很单一的,或是寿终正寝,老死了,或是生病病死了,等等,很简单,但是在兵荒马乱的时候,人们有各种意想不到的方式走向死亡,你不知道怎么就死了。那么唐帝国三分之二的人口消失了,具体过程是什么呢?请大家去读杜甫的"三吏""三别",读杜甫的《北征》,读杜甫写的那些逃难过程的诗,那些诗里才真切地反映了安史之乱爆发以后老百姓遭受的苦难到底有多深。杜诗的重要意义不仅仅在于他描述得更具体、更生动、更可靠，还在于历史一味强调客观，是不渗入感情的，是不大有价值判断的，而杜诗是抒情诗，是安史之乱10年间社会的疾风暴雨在杜甫内心所引起的情感波澜。正因为这样，杜诗沉郁顿挫。沉郁顿挫最关键的不是艺术风格，而是它里面所蕴含的情感的深度、强度是一般作品比不上的。

请大家看看前人的解释。清人浦起龙有一部很好的杜诗注本叫《读杜心解》，他说："少陵之诗，一人之性情而三朝之事会寄焉者也。"杜甫的诗当然是写他一个人的性情，但是唐玄宗、唐肃宗、唐代宗三朝时期的事情都浓缩、凝聚在里面。问题是杜诗不仅仅是记录历史，它还有一种价值判断、一种具体感受在里面。这里我要引一句孔子的话，这句话在《论语》中没有，但是司马迁在《太史公自序》中有记载。孔子的话是："我欲载之空言，不若见诸行事之深切著明也。"我要是用一种空洞的理论来阐述我的政治思想，那不如去叙述历史，在具体叙述历史的过程中，通过我的价值判断、我的赞扬或批判来表明我的态度，这样更容易让大家看得清楚。所以我们说杜诗对于后代的意义，不仅仅在于记录历史，还在于我们读了以后，可以感受那段历史，这样就为我们后人提供了无数的教训和经验。我们干嘛要有历史？干嘛投入力量来研究历史，来讲历史？讲历史都是为了当今，甚至是为了未来。因为历史是我们民族走过的路，过去是怎么走过来的，预示着一种方向，有一种价值判断在里面，我们民族的文化基因寄托在里面。所以在这个意义上，杜诗是我们认识历史、认识社会的一个很好的文本。

清人赵翼在评价元好问诗的时候，说了两句话："国家不幸诗家幸，赋到沧桑句便工。"其实这两句话评元好问诗不太确切，把它借来评杜甫的诗就非常好。正是在沧桑巨变的过程中产生出来的一部杜诗，具有特别深远的意义和价值。"诗史"的问题，我就讲到这里。

五、文天祥与苏轼对杜甫的接受

刚才说杜甫从北宋开始，就被人们逐渐推尊为诗歌中的典范，诗人中的圣人，现在来看看，他的人格以及他的作品对于后代的影响到底怎么样。

我们举两个有名的读者来看。先看文天祥。文天祥是宋代的民族英雄。他在南宋政权灭亡以后，在南宋最后一个宰相陆秀夫背着小皇帝赵昺在广东崖山跳海以后两年半，才在北京的菜市口就义。文天祥誓死不降，后来忽必烈亲自来劝，他都不投降，这样的一个民族英雄有特别的价值。因为当时汉族政权一寸领土都没有了，南宋政权灭亡后又过了两年半，他还在坚守民族气节，他是真正的民族英雄。

我个人的研究以宋代文学为主，所以我对宋代也许有一点偏爱，我一直觉得南宋陆秀夫在崖山跳海，文天祥在北京就义，说明虽然当时我们的汉族政权是亡了，但是民族精神和民族气节却保存下来了。我们看看是什么精神力量支撑着文天祥坚持到最后。文天祥在《正气歌》中说得很清楚，是古人的道德光辉。他说："风檐展书读，古道照颜色。"我在一个透风漏雨的屋檐底下，展开书本来阅读，古人的道德光辉照亮了我。那么照亮文天祥的古人的道德是什么呢？我觉得有两个对象，第一当然是儒学，是孔、孟之道。文天祥就义后，人们在他的衣带中发现了这样几句话："孔曰成仁，孟曰取义。惟其义尽，所以仁至。读圣贤书，所学何事。而今而后，庶几无愧。"我们读圣贤书学什么，就是学孔子所说的"杀身成仁"，学孟子所说的"舍生取义"。儒家的这种精神，就是文天祥的精神来源之一。此外他还有一个精神来源，就是杜诗。文天祥在燕京狱中写了200首《集杜诗》。什么叫"集杜诗"？就是从杜甫的诗中把一句一句抽出来，重新组装成一首新的作品。这些诗句都是杜甫写的，文天祥重新组装，共写了200首，都是五言绝句。文天祥在前面写了一篇序，把这个过程说得非常清楚，他说，我坐在燕京的狱中，没什么事情要做，就读杜诗，反复学习，从杜诗里抽出那些诗句，重新组合，经过一段时间以后，写成200首。请注意下面的话，"凡吾意所欲言者，子美先为代言之"，凡是我心中想说的话，杜甫已经帮我先说了。他又说："日玩之不置，但觉为吾诗，忘其为子美之诗也。"天天读它们，好像就是我自己写的诗，都忘了这是杜甫写的。"予所集杜诗，自余颠沛以来，世变人事，概见于此矣。"自从国家动荡以来，我个人的遭遇、国家的遭遇，全都体现在这些诗句中。这是什么？这是杜诗的精神力量，对于后人在坚持民族气节的时候所起的典范作用、引导作用。

为了让大家更清楚，下面引一个例子。200首《集杜诗》的第143首，是写文天祥想念他的妻子，全诗是："结发为妻子（《新婚别》），仓皇避乱兵（《破船》）。生离与死别（《赠别贺兰铦》），回首泪纵横（《熟食日示宗文宗武》）。"这四句诗原来都是杜甫的诗，括弧里的是我找出来的杜诗原来的标题，文天祥从这些不同的杜诗里把它们抽出来，合成一首新的诗，非常好地抒发了文天祥此时此刻的真实心态。凡是中华民族遭受到大灾难的时候，杜诗的意义就凸显出来了。我以前读过冯至先生写的回忆录，也听我导师程千帆先生说过，抗日战争时期有好多文化人都流浪到后方去了，到昆明、重庆、成都。经历了八年抗战以后，1945年8月15日日本投降的消息突然传到大后方，冯至先生、程千帆先生那一辈读书人，听到这个消息都悲喜交加。当时他们共同的行为是什么呢？是背杜诗，是背诵杜甫的《闻官军收河南河北》，

"剑外忽传收蓟北，初闻涕泪满衣裳"。此时此刻，只有杜诗才能更准确更生动地表达大家的心声。

文天祥的《集杜诗》，也许大家觉得这是一种特殊的机遇，就是国家在遭受灾难的时候，杜诗的意义才显现出来，那么在和平时代，杜诗是不是也有这样一种意义？我们看另外一个读者，大名鼎鼎的苏东坡。苏东坡有一次抄写了两首杜诗，题目叫"屏迹"。屏迹就是把自己的行迹隐藏起来，也就是隐居的意思。这是杜甫在成都草堂写的，一共有三首，苏东坡抄了后两首，是作为书法作品写的。写完后，苏东坡在后面加上一段跋，很风趣，他说："此东坡居士之诗也。"有人问他："此杜子美《屏迹》诗也，居士安得窃之？"苏东坡就解释说，所有的庄稼都起源于神农、后稷，今天农民们种了粮食，建了仓库。他们放在仓库里的粮食，假如没得到主人的同意你就去拿，那你就是偷盗，被盗的农民就是失主。但你如果考察粮食的源头，都是神农、后稷发明的，不是这个农民发明的。所以他说，由于这个道理，这两首《屏迹》诗每一句都是我生活的实录，写的就是我的生活，所以这就是我的诗，"子美安得禁吾有哉"！杜甫也不能禁止我拥有啊！这是什么意思？这一段话实际上就是苏东坡用风趣的语言指出，杜甫的诗都能够写出我们心中的所知所感，我们读了以后，感觉仿佛就是为我们而写的，这就是我们的诗。

我就举这两个例子，一个文天祥，一个苏东坡，一个是在国家乱离的时候读杜诗，一个是在和平的年代读杜诗，他们都不约而同地觉得杜诗写的就是他们心中的话。这样的诗，对于我们普通的读者又何尝不是如此呢？我读杜诗的一个最深的印象就是他是帮我们写的，帮我们每一个普通老百姓写的，正是因为如此，我始终觉得他是我们普通百姓中的一员。他虽然是圣人，是我们中间一个比较杰出的人物，但他始终站在我们的队伍中间，所以他写的诗属于全体人民，属于中国人民，是我们中华民族共同的精神财富。

现在再回过头去对今年4月份发生的"杜甫很忙"的事件，说一说我的态度。我觉得，那个事件是我们的中学生朋友做的，本身没有经过深思熟虑，不是有人组织的，所以它是一个涂鸦事件，小朋友随便画画而已。我也能理解他们，小孩子顽皮，乱涂一气，也有可能是处于应试教育的压力之下，同学们就有一种逆反心理，老师管得太紧，要发泄一下，没有什么特别的用意在里面。但我还是要说一下，即使是涂鸦也不能选择杜甫为对象，因为这样一个人物是值得我们敬畏的。

今年10月份我在纽约参观一个现代艺术博物馆，看到一幅现代艺术作品，就是把达·芬奇的《蒙娜丽莎》改画了，在蒙娜丽莎脸上画了两撇胡子，像男人模样。这幅画挂在博物馆里，算是现代艺术作品，这是西方观众能够接受的。但是我们看不到西方人对圣母玛利亚像进行涂鸦，因为在西方基督教社会里面，他们认为圣母像是神圣不可侵犯的，你可以对蒙娜丽莎进行涂鸦，但你不能对圣母像乱画。所以如果我家里有中学生，我就要友善地劝告他，下次你涂鸦要选择一下对象，你不要对杜甫像进行涂鸦。杜甫是值得敬畏的，因为他是我们文化史上的诗圣，我们要对他存有一份敬畏之心。

（2012年12月2日在中国国家图书馆的演讲）

我与杜甫的六次结缘

朋友一进我家，就能察觉我对杜甫的热爱。客厅书架的顶端安放着一尊杜甫瓷像，那是来自诗圣故里的赠品。瓷像的造型独具匠心：愁容满面的杜甫不是俯瞰大地，而是举头望天，基座上刻着"月是故乡明"五字。客厅墙上有一幅题着"清秋燕子故飞飞"的杜甫诗意画，是老友林继中的手笔。我与继中兄结交的初因，就是双方都热爱杜诗。走进书房，便看到高文先生的墨宝，上书其诗一首："杨王卢骆当时体，稷契夔皋一辈人。自掣鲸鱼来碧海，少陵野老更无伦。"靠近书桌的书架上，整整两排都是各种杜集，其中的《杜诗详注》已是"韦编三绝"。我与杜甫须臾不离，我的一生与杜甫结下了不解之缘。

一，我在苏州中学读书时，便爱上了杜诗。循循善诱的马文豪老师在语文课上引导我们走进了李白、杜甫的世界，当时我对李、杜都很喜欢，更不敢妄言李、杜优劣。但是下乡插队以后，李、杜在我心中的天平逐渐倾斜起来。我开始觉得天才横溢的李白固然可敬，可他常常"驾鸿凌紫冥"，虽然在云端里"俯视洛阳川"，毕竟与我相去甚远。杜甫却时时在我身边，而且以"蹇驴破帽"的潦倒模样混杂在我辈中间。1973年深秋，我正在地里用镰刀割稻，一阵狂风从天而降，刮破了那座为我遮蔽了五年风雨的茅屋。我奔回屋里一看，狂风竟然"卷我屋上全部茅"！屋顶上只剩梁、椽，蓝天白云历历在目。生产队长赶来察看一番，答应等稻子割完就帮我重铺屋顶，让我先在破屋子里坚持几天。当天夜里，我缩在被窝里仰望着满天星斗，寒气逼人，难以入睡。我们村子还没通电，定量供应的煤油早已被我点灯用完，四周漆黑一片。忽然，一个温和、苍老的声音从黑暗中传来："安得广厦千万间，大庇天下寒士俱欢颜，风雨不动安如山！"我顿时热泪盈眶，杜甫关心天下苍生的伟大情怀穿透时空来到我身边了！从那个时刻起，杜甫在我心中的份量超过了李白。想起此前一位身居高位的名人肆意贬低《茅屋为秋风所破歌》，还追问凭什么称杜甫为"人民诗人"，我激动万分。我想大声地说：杜甫是当之无愧的人民诗人！在这件事情上，千千万万像我一样住在茅屋里的普通人最有发言权！

二，1979年，我考取南京大学研究生，在导师程千帆教授的指导下攻读古典文学。白发苍苍的程先生亲自登上讲坛，为我们开讲两门课程，其中一门就是杜诗。程先生的杜诗课不是作品选读，而是专题研究。他开课的目的不是介绍有关杜诗的知识，而是传授研究杜诗的方法。在程先生讲授内容的基础上，由他与我及师弟张宏生三人合作，写成了一本杜诗研究论文集——《被开拓的诗世界》。我和张宏生在该书的后记里说："在千帆师亲自给我们讲授的课程中，杜诗是一门重点课。除了课堂上的讲授之外，平时也常与我们讨论杜诗。在讲课和讨论的过程中，我们固然常有经过点拨顿开茅塞之感，千帆师也偶有'起予者商也'之叹。渐渐地，海阔天空的漫谈变成了集中的话题，若有所会的感受变成了明晰的语言。收在这个集子中的11篇文章，都是在这个教学过程中产生的。我们现在把它们呈献给广大读者，既作为我们师生共同研读杜诗的一份心得，也作为千帆师指导我们学习的一份教学成绩汇报。"《被开拓的诗世界》这本书对我的重要意义是，我的身份从杜诗读者逐渐成长为杜诗研究者。

三，1991年，南京大学中国思想家研究中心约请我撰写《杜甫评传》。当时至少已有三种同名的著作早已问世，其中陈贻焮教授所著的一种是长达百万字的皇皇巨著，其细密程度已经无以复加。那么，我为什么同意另外撰写一本《杜甫评传》呢？从表面上看，这是学校交下来的任务，作为《中国思想家评传丛书》的一种，它的写法必然会与其他杜甫评传有所不同。因为这本书在把杜甫当作一位伟大的文学家来进行评述的同时，必须着重阐明他在思想方面的建树，必须对杜甫与传统思想文化的关系予以特别的关注，这正是其他杜甫评传可能不够关注的地方。换句话说，由于这本评传的特殊性质，我仍有可能找到继续拓展的学术空间。然而从骨子里看，我之所以会接受这个任务，是因为我热爱杜甫，我愿意借撰写评传的机会向诗圣献上一瓣心香。当我动笔撰写《杜甫评传》时，虽然时时提醒自己应以严谨的学术态度来叙述杜甫的生平和思想，并恰如其分地评价杜甫在思想史上的贡献，但内心的激情仍然不由自主地流淌到字里行间。我希望通过撰写此书向杜甫致敬，并把我的崇敬之情传达给广大的读者。撰写《杜甫评传》的过程将近一年，我与杜甫朝夕相对，有一夜我竟然在梦中见到了他。他清癯，憔悴，愁容满面，就像是蒋兆和所画的像，又像是黄庭坚所咏的"醉里眉攒万国愁"。他甚至还与我说了几句话，操着浓重的河南口音，可惜我没有记住他究竟说了些什么。1993年，我的《杜甫评传》由南京大学出版社出版。此书评传结合而侧重于评，并且寓评于传。我从两个方面论述杜甫的思想：一是其哲学思想、政治思想等，也即一般意义上属于"思想史"范畴的内容；二是其文学思想和美学思想，尤其是他在诗学方面的真知灼见。正是这些内容形成了本书区别于其他杜甫评传的主要特色。

四，程先生退休后，我开始接他的班，为研究生讲授"杜诗研究"这门课。"薪尽火传"，这是程先生经常说起的一句话，是他对学术事业后继有人的殷切希望，也是鼓励我讲好杜诗课的座右铭。我所讲的内容中有一小部分与程先生重合，大部分内容则有所不同，倒不是我有意要标新立异，而是我觉得程先生所讲的许多内容已经写进《被开拓的诗世界》那本书，同学们可以自己阅读，不用我来重复。与程先生一样，我也希望多讲授一些研究方法。我讲到了如何运用目录学知识来选择杜集善本，如何进行杜诗的文本校勘、作品系年和杜甫生平考证，如何"以杜证杜"，等等。我也与同学们一起逐字逐句地细读《自京赴奉先县咏怀五百字》《北征》《秋兴八首》等重要作品，希望引导同学们通过细读来掌握文本分析的要领。我规定选修这门课的同学要写一篇杜诗研究的小论文，历年来已有20来篇学生作业经我推荐发表于《杜甫研究学刊》等刊物。2005年，广西师大出版社的编辑前来约稿，请我把杜诗课的讲稿收进该社的"大学名师讲课实录"系列。盛情难却，我就请武国权同学帮我记录2006年春季学期所讲的内容。我讲课一向不写教案，武国权的记录完全是根据我讲课的现场录音而整理的。他整理得非常仔细，绝对忠实于录音带上的原文，结果发生了一个有趣的插曲。我在讲杜甫的咏物诗时提到王安石的《北陂杏花》，结果我发现武国权的整理稿中说王诗咏的是长在南京"中山北路"上的杏花。我大吃一惊，北宋时哪来什么中山北路呢？现在的南京倒是有一条中山北路的。经过仔细回想，我恍然大悟，原来我说的是"钟山北麓"。这当然不能怪我的普通话说得不好，因为两个名词的读音是完全一样的。由此可见，武国权整理时多么忠实于原文，这也说明本书确确实实是一本根据口授记录整理的讲演录。

五，2012年是杜甫诞生1300周年，学术界准备进行一些纪念活动。但是那年春天，社会上倒抢先关注杜甫了。4月，媒体上爆出一个事件，叫作"杜甫很忙"。原来中学某年级的《语文》课本上有一幅杜甫的肖像画，有些中学生对它进行涂鸦。事件发生后，南京《扬子晚报》的记者打电话给我，请我对此发表看法。我看了记者传来的材料，看到中学生们对杜甫画像涂鸦得很厉害，画成了杜甫飙摩托车，杜甫唱卡拉OK，还有更加不堪的，我有点不高兴，就没有接受采访。到了9月，杜甫草堂博物馆在成都举办杜甫诞辰1300周年纪念大会，邀请我到草堂去做题为"诗圣杜甫"的演讲。我当时人在国外，没能成行。到了12月，中国国家图书馆请我去做同样题目的演讲，我就向听众解释为什么"杜甫很忙"事件使我不高兴。我知道涂鸦已成为当代西方艺术的一个流派，我在纽约的一家现代艺术博物馆亲眼看到一幅涂鸦《蒙娜丽莎》的作品。但是我们在任何现代艺术博物馆里都看不到涂鸦圣母玛利亚像的作品，因为西方人认为圣母像是神圣不可侵犯的。同理，我们不能涂鸦杜甫像。杜甫是中华民族的"诗圣"，诗圣就是诗国中的圣人。儒家主张个人应该修行进德，争取超凡入圣，孟子说"人皆可以为尧舜"，王阳明的弟子说"满街都是圣人"，杜甫就是从布衣中产生的一位圣贤，我们应该对他怀有敬畏之心。2016年9月，我又应邀到杜甫草堂，在"仰止堂"里做"诗圣杜甫"的演讲。我当场对成都人民表示感谢，因为当年的杜甫草堂仅是几间穿风漏雨的破草房，如今却成为亭台整洁、环境幽雅的文化圣地，这是历代成都人民为杜甫"落实知识分子政策"的结果。近年来我在各地的大学或图书馆做过20多场关于杜甫的讲座，我愿意为弘扬杜甫精神贡献绵薄之力。

六，2014年，商务印书馆约请我编写一本《杜甫诗选》，我邀请弟子童强教授与我合作。此时有多种杜诗选本早已问世，其中山东大学中文系古典文学教研室选注的《杜甫诗选》和邓魁英、聂石樵选注的《杜甫选集》，选目数量适中，注释简明扼要，对一般的读者很有帮助，也是我们常置案头的杜诗读本。既然如此，我们为何同意重新编选一本杜诗选本呢？最主要的原因是我们热爱杜甫，我们希望通过编选本书向杜甫致敬。一座庙宇可以接纳众多的香客，无论他们是先来还是后到，也无论他们贡献的香火是多是少，都有资格在神像前顶礼膜拜。同理，无论别人已经编选了多么优秀的杜诗选本，都不会妨碍我们的重新编选，况且我们对杜甫和杜诗持有自己的观点，我们的编选工作不是跟着前辈亦步亦趋。比如选目，本书与上述两种杜诗选本有较大的差异：删削率达四分之一，新增率则达十分之三。总之，本书所选的195题、250首杜诗，就是我们心目中的杜诗代表作。其中有些作品因思想倾向的因素长期不被现代选家重视，例如《投赠哥舒开府翰二十韵》《哀王孙》；有些作品因诗体、风格的因素而被忽视，例如七排《题郑十八著作丈》、五古《火》，现在一并选入本书，希望它们得到读者的重视。本书的注释参酌各家旧注，择善而从，力求简洁。偶有己见，仅注出处，不作辨析。如《喜达行在所》"雾树行相引"句，旧注未及出处，本书引《国语·周语》"列树以表道"。又如《风疾舟中伏枕书怀三十六韵奉呈湖南亲友》中"鼓迎非祭鬼"句，旧注仅引《岳阳风土记》，本书增引《论语·为政》："非其鬼而祭之，谄也。"本书中每首诗都有"评赏"，文字或长或短，内容不拘一格，或串讲题旨，或分析诗艺，或介绍前人的重要评论，希望对读者理解杜诗有所帮助。这本《杜甫诗选》已于今年4月出版，衷心希望读者朋友喜爱它，也衷心希望大家对它的错误和缺点予以指正。

（2019年8月14日在上海书展"七天七课堂"主题活动上的演讲）

千古东坡面面观

今天讲的题目是"千古东坡面面观"。苏东坡曾向弟子介绍他的读书方法,叫作"八面受敌法",就是他多次阅读同一部经典,每次都从不同的角度来解读。现在我也模仿东坡的方法,从不同的角度来对东坡这位人物进行解读。苏东坡的生平经历非常丰富,成就涉及许多方面,我们不可能在短短的两个小时内详细地介绍他。先让我们从他生平的一个时刻切入话题。

东坡一生活了66年,当他的生命历程走到三分之二的时候,也就是在他44岁那年,北宋宋神宗元丰二年(1079),夏历八月初的一天。当时我们的苏东坡还不叫苏东坡,他仅仅叫苏轼,字子瞻,东坡居士是两年以后才起的号。那一天,一艘官船沿着江南运河从润州(今江苏镇江)驰入长江。东坡就在这艘官船上,他此时的身份是朝廷的钦犯。几天之前他还是浙江湖州的地方长官,宋朝的地方长官称作知州,相当于现在的市长。他到任才三个月,不料突然接到胞弟的密报,说御史台已派人前来逮捕他。七月二十八日,他刚把知州的职务暂时委托给通判祖无颇,钦差带着两个士兵就气势汹汹地冲进州府衙门,把他押上官船,连夜北上。先沿吴兴塘进入江南运河,然后渡过长江进入汴河。东坡在船上忧心忡忡,因为他已经知道他这次被朝廷千里追捕,罪名非常重。有人说他不仅批评朝廷的政治,而且诽谤皇帝，对皇帝有大不敬的言语，这个罪名是非常重的。他觉得被抓到京城去可能后果很严重，说不定会受到种种的侮辱，还会牵连到亲朋好友。所以，他看着船窗外闪过金山寺的巍峨楼阁，寺下就是波涛起伏的长江水。八年前他在金山寺所咏的诗句顿时涌上心头："我家江水初发源，宦游直送江入海""我谢江神岂得已，有田不归如江水！"他原来就对宦海风波心存警惧，故对着江神发誓定要及时归耕。没想到人到中年就遭此不测之祸，连急流勇退的愿望也无法实现了。船窗外就是滚滚东流的"我家江水"，只要纵身一跃葬身清波，顷刻之间就可一了百了……

历史是不能假设的，事实上那天苏东坡没有跳进长江，一个原因是当时押送的官兵对他防守得很严，他是朝廷重犯，必须严加看管。第二，他这个念头只是闪了一下，很快就回心转意，决定不自杀了。我们知道历史不能假设，但是我们现在假设一下，假设元丰二年八月初苏轼跳江自杀了，他的生命画上了句号，这个事件对于他本人来说，就是生命砍掉了三分之一，少活22年。但是，这个事件对我们中华民族的一部文化史会产生什么影响呢？我为朋友们开一份"负面清单"出来：

在我们的古文宝库中，包括《赤壁赋》《后赤壁赋》在内的1500多篇古文就没有了。在我们的诗歌宝库中，包括《荔枝叹》在内的1600多首诗就没有了。在宋词的宝库中间，包括《念奴娇·赤壁怀古》在内的200多首词就没有了。在台北的故宫博物院里要失掉一幅书法精品，就是被后人称为"天下第三行书"的《黄州寒食帖》，这是东坡两年后才写的。在日本某一个私人收藏室里有一幅名叫《枯木怪石图》的名画也就要消失了。在一本叫作《苏沈良方》的中医药书里，大概有450个药方就要消失了。在我们日常语言中的一些格言，比如说"不识庐山真面目，只缘身在此山中"就要没有了。在杭州西湖上那一条像长龙卧波一样美丽的苏堤就要没有了。然后在遍布全球的中菜馆里要失掉一道名菜，它肥而不腻、入口即化——"东坡肉"就没有了，因为那是他两年以后在黄州才发明的。还有……，我必须加省略号了。也就是说，如果把这个人的生命砍掉三分之一，让他少活后面的22年，那么我们中华民族的一部文化史要损失掉这么多有价值的东西。反过来说，这个人对于我们的历史、对于我们的民族的贡献是何等伟大！所以，苏东坡的伟大是不言而喻的。今天我没有时间从学术的角度来细谈东坡的意义，我只想从不同的角度来介绍东坡这个人，来看看东坡对我们当代人有哪些启迪意义。下面我从六个角度来讲。

一、面折廷争的政治家

北宋后期朝廷里最大的政治事件就是新党和旧党的斗争，新党以王安石为首，要推行新法，要改革，要变法。旧党以司马光为首，主张要保守，要持重，要维护旧的规章制度。两边斗得非常厉害，天翻地覆，势不两立。当时苏东坡的基本立场是站在司马光这一边的。事实上在当时的朝廷里，凡是我们现在数得上名字的文人，除了王安石一个人以外都反对新法。不过东坡的态度与众不同，他基本上站在司马光一边，但是有的时候他又对新法表示认同，态度又不像司马光那么固执。

王安石和司马光两个人作为政治家，他们的个人品质都非常好，人品都没有缺陷，都堪称典范。但是这两个人在政治上都有很大的缺点，就是在坚持自己的政见时过于固执，他们都坚决认为我的政治主张是对的，对方全是错的，非常偏执。苏东坡的观点比较通达平正，他比较稳妥，既看到了新法的种种缺点，也看到了其中某些合理性的部分；既看到了司马光的主张有其合理性，也看到了他完全否定新法也是不对的。所以他的政治态度其实是有点中立的。可惜当时他处于新旧两党的夹缝中间，两边不讨好。

我从我的亲身经历说起。1974年，那时候我们国家正处于癫狂的阶段。我那年路过江苏镇江的金山寺，我不是想去看白娘子的遗址，我是看看古迹。结果看到金山寺的山门上挂着一条大横幅，上面有一行惊心怵目的大标语："彻底揭开反革命两面派苏轼的画皮！"我当时很奇怪，苏东坡怎么会是反革命两面派？那个年代说孔子反革命，孟子反革命，大家都习惯了，问题是为什么东坡是两面派？我就走进山门，看到里面有大字报，具体地批评东坡，说东坡一会反对王安石的新法，一会又不满意司马光，所以是两面派。

事实上，苏东坡在政治上的作为，正体现出一个政治家的高风亮节。他在朝廷里发表政见，完全是出于自己的思考，从事实出发，从真理出发。他不是看上司的眼色，不是看宰相怎么说，皇帝怎么说，他不是的，他决不见风使舵。所以在王安石推行新法的时候，东坡被视作"眼中钉"。东坡很聪明，他知道因为新法受到的反对太多，王安石采取了非常严格的组织手段，凡是反对新法的都贬出朝去，凡是拥护新法的都得到升迁。这时候苏东坡反对新法，他说新法在实施中有许多弊病，对民间有很大的扰乱。因为新法实施得太急，根本没有好好论证，就急着在全国推行。正因为东坡批评新法，他被朝廷千里追捕，抓到汴京投入大牢。也正因为如此，他在牢里呆了130多天，差点面临死刑的危险。

但是若干年以后，政治形势变了，支持变法的宋神宗去世了，高太后垂帘听政，司马光东山再起，旧党上台了，苏东坡也被召回汴京去了，还升了官。但是这个时候，当看到司马光不分青红皂白要在一年之内把王安石的新法全部推翻，他又站出来反对。他说有些新法还是合理的，而且执行这么多年，百姓都习惯了，要在一年之内全部纠正过来，这很不稳妥。东坡因此在朝廷里跟司马光当场争起来，由此而得罪了司马光。司马光是君子，没有打击苏东坡。但是司马光一年以后就死了，他的亲信、部下就把东坡又看作"眼中钉"。所以，东坡在朝廷里始终呆不安稳，他22岁就考上进士，66岁去世，他在朝廷里一共只呆了8年零11个月，多次被贬出去。请问东坡的这种政治表现是什么性质？这是高风亮节。面折廷争，直言进谏，这是儒家提倡的政治家风范。

苏东坡幼年时就确立了这样的政治志向。他10岁时跟母亲程夫人一起读《后汉书》，读到《范滂传》。大家读过《三国演义》，知道东汉末年政治上最大的问题是宦官专政，朝政很乱，范滂是反对宦官专政的，所以他被朝廷逮捕处以死刑。《范滂传》里记载，范滂被捕后，他的老母亲前来送别，范滂劝母亲不要悲伤，老母亲大义凛然地说："你得以与李膺、杜密这样的忠臣齐名，死也无憾了！"程夫人读到这里十分感动，放下书本叹息。10岁的东坡在旁边问，假如我将来做范滂，母亲你同意不同意？他母亲马上说，你要能做范滂，我为什么不能做范滂的母亲？所以东坡少年时就确立了要有高风亮节的远大志向。我认为作为政治家的苏东坡，其高风亮节值得后人学习。你要么不要从政，要想从政的话，就应该像东坡这样敢于说真话，要有高风亮节。

二、勤政爱民的地方官

苏东坡由于在朝廷里仗义执言，所以他经常被贬出朝廷，到地方上任职。北宋时的制度规定，地方官的任期不得超过三年。当时地方上的一把手是知州，二把手叫通判，知州和通判满三年一定要调动，朝廷就怕一个人在一个地方任职时间太长，会形成盘根错节的地方势力，会滋生腐败，所以一定要调动。由于上面两点原因，苏东坡是不停地调动。他在很多地方做过官，首先是陕西的凤翔，然后是浙江的杭州，杭州前后两次，第一次做通判，时隔15年又去做知州。然后是湖州。还有我们江苏的扬州和徐州、安徽的颍州、山东的密州和登州，以及河北的定州，他做了13年的地方长官，不停地调动。我们考察一个地方长官，当然要看他的政绩如何。可以肯定，苏东坡政绩卓著。

我们举两个例子。第一是江苏徐州。东坡到徐州做知州，上任才一个多月，黄河泛滥，洪水一下冲到徐州城下，把徐州城团团围住。徐州城就靠一座城墙把洪水挡在外面，洪峰距离城墙顶端只有几寸，而洪峰的峰面比徐州城里的平地高出一丈多，也就是说，假如洪水把城墙冲垮，徐州全城就淹完了。东坡急得不得了，就带领全城的老百姓来抗洪，他在城墙上搭了一个草棚子住在里面，日夜都在城墙上指挥。他也没有什么好办法，就是在城里面挖土，在城墙内侧修一条堤坝，等于重新修一座城墙，从里面托住城墙，不让洪水把它冲垮。

过了一个多月，洪水不退，城里的老百姓都动员起来了，大家都筋疲力尽，人手不够了。东坡必须要到驻军去求援。大家读《水浒传》，知道北宋的军队分两种，一种叫禁军，一种叫厢军。厢军是地方部队，没有战斗力，老弱病残较多。禁军是朝廷的野战军、正规军，有战斗力。徐州城驻有禁军，但是北宋的禁军只有皇帝才能调动，地方官一兵一卒都不能调动，所以，尽管洪水滔天，禁军却安守在营房里不动。东坡这时候没有办法可想，就亲自走到禁军的营房里,请他们出来帮助抗洪。禁军本来不敢轻易出动,但是禁军首领看到这个地方长官、一市之长、知州大人苏东坡走进营房,浑身泥浆,面目憔悴。他几天几夜都没有回家,一直在城墙上抗洪。所以,禁军的首领感动了,就带着士兵参加抗洪。80多天以后,洪水终于退去,徐州百姓的生命财产得以保全了。

我们说一位地方长官,领导全城人抗洪,这是分内之事,是应该做的。当然东坡做得很好,连新党执政的朝廷都颁发了表彰令。但东坡的过人之处在于,第二年春天,洪水已经退了,他马上动员人力、物力在城外兴修水利,加固堤防,预防下一场洪水。我们刚才说过地方官任期最多三年,而且北宋黄河泛滥的周期是50—60年。也就是说,在东坡的任期内徐州不可能有第二场洪水,但是东坡为了地方上的长治久安,竟然刻不容缓地加固堤防。这样的政绩与现在某些地方官的首长工程、面子工程,追求任期内的短期效益,是不可同日而语的。

我们再看一个例子,浙江杭州。苏东坡第二次到杭州,距离第一次时隔15年。他很喜欢杭州,特别喜欢西湖。但是他第二次到杭州一看,西湖的面积萎缩了。原来杭州这个地方气候温暖,西湖水很浅,所以靠湖岸边的地方水草疯长。水草长起来以后,草根容易堆积淤泥。淤泥加上水草,形成了一种江南人叫作"葑田"的东西,这个葑田就把湖面堵塞了,西湖萎缩了三分之一。东坡很急,因为西湖当时不但是游览景点,而且是杭州唯一的淡水源,所以他上任伊始,就开始整治西湖。我手头有一个数字,就是西湖被葑田遮掉的面积,达到25万平方丈。东坡就动员人力割水草、挖淤泥。水草、淤泥堆积如山,这么多废物堆到哪里去?当时西湖里只有一条堤,东西方向,是唐代传下来的,叫白堤。湖的南北方向没有堤。东坡整治西湖,弄了这么多水草、淤泥出来，没有地方堆，他就想不如在西湖里再修一条南北方向的堤，倒可以变废为宝。几个月后，一条新的长堤修成了，为了让湖水流动，堤上建有六座桥，桥下有孔，湖水可以流动。东坡离任以后，老百姓为了纪念他，把这条堤称为"苏公堤"，后来简称"苏堤"。

两年半以后，东坡被调回朝廷去了。临走之前他又想，现在暂时把西湖整治好了，湖水清澈了，但是气候没变，湖里的水草还会长，不久后水草又长起来，淤泥又堆积起来，该怎么办呢？他要想一个长治久安的办法。他向当地人请教以后，就找到了一个办法，原来当地的农民喜欢种菱角，种菱角的人下种前一定要先除草，否则水草长得太快，菱角就无法生长。于是东坡制定了一个地方法规，刻成石碑竖在杭州官衙里面，规定每年用很低的租金把沿岸的湖面出租给农民种菱角。农民为了种菱角，就会每年除一次水草。他又担心万一农民种菱角觉得收成不错，逐步扩大种植面，最后一直种到湖心，菱角把整个湖面都盖住了。东坡就规定只许在沿岸的水面种植，靠湖心的地方不许种。问题是水面上怎么标界限？他就请人用石头凿了几十个小宝塔，竖在湖里，两个宝塔之间的连线就是界标，靠岸的湖面可以种菱，靠湖心的湖面不准种。时隔900多年以后，还有三个小宝塔遗留在西湖里，就是现在的三潭印月。那三座小宝塔是做什么用的？就是当时东坡用来标界线的。

杭州西湖现在是世界闻名的游览景点，我一直想，假如杭州的旅游部门要想为西湖写一首旅游广告词的话，他们不用写，只要到苏东坡的诗词中找一首就行了。东坡有一首七言绝句描写西湖："水光潋滟晴方好，山色空蒙雨亦奇。欲把西湖比西子，淡妆浓抹总相宜。"这是西湖最好的广告词。东坡对西湖的贡献不仅是写了这么优美的广告词，而且在于西湖有今天这样的面貌，就是跟东坡分不开的。苏堤是他建的，西湖的湖水这么清澈，是东坡给后人留下的。

总之，东坡在地方官任上的政绩，都是为地方上做长远考虑，都是为了当地百姓的长远利益。他得到百姓的衷心爱戴，不是无缘无故的。

三、一个勤奋的天才

东坡肯定是天才。我们做教育工作的人，一般不大说"天才"这个词。但是我必须承认苏东坡是天才，要不是天才的话，他怎么可能在许多方面都做出登峰造极的成就？北宋有这样的传说，说他诞生的那一天夜晚，他家乡附近有座山叫彭老山，山上的草木一夜之间全部枯死。为什么他一生下来，彭老山上的草木会枯死？古人相信凡是特别灵秀的人物，天地山川的灵气都凝聚在他身上，山川的灵气被他吸取了，草木就会枯死。朋友们不要批评苏东坡破坏环保，这不是他主动造成的。而且北宋还有第二个传说，66年以后，苏东坡在我们江苏常州去世，那天彭老山上的草木一夜之间全部返青了，他的灵气又还给山川大地了。

朋友们都知道东坡在古文、诗、词，以及书法方面都达到了北宋的最高成就。此外，他在评论方面也是天才。唐代的大诗人王维，山水诗写得很好，山水画也很有名。是谁说王维"诗中有画，画中有诗"？是苏东坡说的。东坡说的这八个字，就成为对王维的定评了。东坡的朋友黄山谷曾对年轻人说，你们写的作品要想送给苏东坡看，不要有心理障碍，只管给他看就对了，因为他不会耽误多少时间。黄山谷的原话是这样讲的：你把一首作品送给东坡，他拿起来用鼻子一嗅，就知道好坏了。因为他太敏锐了，他的判断太准确了。

天才需不需要勤奋？当然需要。苏东坡的成功一半在于天才，还有一半就是勤奋，他有过人的勤奋。他晚年对弟子晁补之说，我年轻时读书，每读一部经典，一定从头抄到尾。贬到黄州以后，东坡已经40多岁了，已经闻名天下了，有人去看他，发现他在家里抄《汉书》，他自己说是第三遍抄了。他抄书时第一遍用楷书抄，第二遍用行书抄，一边抄一边练字。东坡一生都在学习，一生都在思考，所以他的创造也是贯彻终身的。东坡不仅仅是文学艺术方面的一个大家，他的学问、兴趣，实际上是遍布其他学科的，甚至连理工科他也关注。

我们江苏徐州有一个大学叫中国矿业大学，是全国研究采煤最好的大学。中国矿业大学前年成立了苏轼文化研究中心，请我当学术顾问。我在电话里说你们矿业大学怎么会成立苏轼文化研究中心？矿大的那位老师说你不知道，苏轼就是中国采煤事业的先驱。徐州的煤矿就是东坡在徐州做知州的时候发现的。

东坡跟广州也有一点关系。东坡59岁那年贬到广东惠州，到惠州之前先路过广州。广州当时的地方长官叫王古，是东坡的熟人，东坡在广州停留了几天，王古不改旧态，热情地接待东坡。东坡到惠州后，曾给王古写过好多封信，其中有两封的内容是建议在广州安装自来水。原来广州自来水的最早设计者就是苏东坡！东坡两封信的原文都在《苏轼文集》中，大家可以去看，就是文集卷五十六中的《与王敏仲十八首》中的第11封和第15封。敏仲是王古的字。

信的内容说广州的老百姓都喝珠江水，因为南海涨潮的时候海水倒灌，珠江水又苦又咸。在广州城外不到20里的地方，半山腰里有一个流量很大的泉水。东坡建议用粗大的毛竹管一根一根地接起来，把泉水引到广州城里来，给老百姓做饮用水。这就是现代的自来水，不过用竹管代替铁管而已！用毛竹管接起来引泉水，这个技术不是苏东坡发明的，我们在杜甫的诗里就读到了。杜甫在夔州曾看到当地老百姓用竹管把山上的泉水引到山脚下来。关键是苏东坡在这两封信里提供了一些技术方面的细节，他说毛竹管一根根地接起来，不管你插得多么紧，衔接的地方一定会有渗漏。东坡指点王古怎么解决渗漏问题呢？他说要在前面一根竹管较细的一头先缠上一层麻丝，再涂一层漆。上世纪70年代我当知青的时候，曾帮我们公社安装过自来水。我到县城自来水厂学基本技术，老师傅教我说主要是防渗漏，两根水管接头的地方，虽然有螺纹，也会漏水，怎么解决漏水问题呢？老师傅说先在上面缠一层麻丝，再涂上一层漆。我后来到南大读研究生，看到900多年前这个技术已经写在东坡的文集里了。东坡的另一封信告诉王古，说用竹管引水，时间长了总会有沙泥堵塞。怎么检查堵塞在哪根竹管呢？东坡说要在每一根竹管上钻一个绿豆大小的小眼子，再用竹钉把它销住。出现堵塞后，只要逐一拔掉竹钉，就可以断定在什么地方堵塞了。这个例子说明东坡一辈子都在思考，都在学习，真正地做到了活到老学到老。东坡在信里说了，他是从惠州的一位道士那里学到竹管引水的技术的。他那时已经60岁了。所以说，在天才的基础上加上勤奋，才成就了苏东坡这样的一代伟人。

四、平易近人的大名人

苏东坡不仅是千古名人，而且在当时就是大名人。他22岁考上进士，主考欧阳修就预言他的成就一定会超过自己。更出奇的是，他在考场上写的那篇作文，题目是"刑赏忠厚之至论"，被后人选进了《古文观止》。现在每年高考也有一些好作文，有的满分作文还刊登在各地的报纸上。但是几百年以后，还会有人提到这样的文章吗？不可能！而《古文观止》是清代人选的，代表着历代古文的最高成就。此外，东坡的诗、书法，很快就名震朝野。东坡是名副其实的大名人。名人容易骄傲，有些名人高高在上，拒人以千里之外，非常傲慢，但是东坡虽然有那么大的名声，但他始终平易近人。东坡自己说过，他交朋友不看对方的身份，上可以交玉皇大帝，下可以交卑田院乞儿，卑田院就是宋代的乞丐收容所，他三教九流都能相交，从不歧视平头百姓。我们举书法方面的事例来作说明。

东坡是大书法家，他的字当然是墨宝，但是东坡从来不以奇货可居的态度对待自己的书法作品。他在朝为官时，朝廷里的文官几乎每人都有东坡的书法作品，后来又扩大到武官。先说一个小故事。当时朝廷有一个武将叫姚麟，喜欢苏东坡的字，但是他跟东坡没有交往，无法弄到手。结果有一个叫韩宗儒的文官，就专门到苏东坡那里去要字，哪怕是一张便条、一封短信，都拿去送给姚麟。姚麟每得到一幅东坡的字，就馈赠10斤羊肉给韩宗儒。时间久了，此事被黄庭坚知道了，黄庭坚就对东坡说：晋朝的王羲之，人家都传说他帮道士写字来换白鹅，他的书法叫"换鹅书"，你现在的书法是"换羊书"，有人用你的书法换羊肉吃。东坡听了哈哈一笑，也不当一回事。有一天他正在办公，突然韩宗儒派人来送信，也没什么重要内容，无非是说今天天气怎样。东坡看过就说知道了，放到这里吧。过了半天，抬头一看，送信的人还没有走。东坡说你怎么还没有走？那个人说你还没有给我们家老爷回信呢。东坡就说，你回去告诉你家老爷，本官今天不宰羊！话虽然这么说，东坡还是很随意地把书法送给人们，不光是官员，还送给平民，这一点特别了不起。黄庭坚有一次告诉一个平民，说你不是想得到东坡的书法吗？我教你一个好办法，明天东坡要到城外的一个寺庙去游玩，你到那里去做些准备。第二天上午苏东坡果然去了，走到寺庙门口一看，那里居然放了一张桌子，桌上还铺了几张宣纸，旁边有砚台，墨也磨好了，几支毛笔也放在旁边。东坡一看四周没人，却有这么好的纸，还有笔墨，就信手拿起笔来写字。写好以后，那个人就走出来了，这几幅书法当然就归他了！

下面说一个更感人的例子，发生在东坡第二次到杭州做知州时。古代的地方长官很辛苦，因为古代的官员比较少。有人统计过，现代百姓和官员的比例，如果跟汉朝相比，要多出20多倍。所以东坡做知州时，他什么都要管，连司法都要管。东坡有一天在杭州的州府衙门审理案子，一个被告和一个原告进来了。原告说，被告去年冬天向我借了20贯钱，说好今年夏天还，时间到了他却不还，请老爷做主。东坡就问被告，你怎么借人家的钱到期不还？被告说，我不是不想还，是还不出来。因为我家是做扇子卖的，去年借了20贯钱做本钱，买竹子，买绢，用来做团扇。本来打算今年夏天卖了扇子以后再还钱，没想到杭州今年夏天天气不热，扇子卖不动，结果本钱就回笼不了，实在是没办法。东坡一听非常为难，按照法律，这个人当然该还钱；按照人情，他是实在还不出来。古代的州衙门、县衙门，凡是在审理案件的时候，衙门的大门一定得打开，让老百姓在外面旁听，表示司法公正。那天东坡在州衙门审案子，很多人挤在大门外旁听，大家知道东坡是大名士，想看看他怎么审案子。东坡对这桩案子感到为难，他想了想，就对被告说，你是不是家里积压了很多团扇卖不动？被告说是。东坡说，你现在就回家去拿20把扇子来，我帮你卖。那个人就奔回去，过了一会抱了20把扇子来。东坡把它们铺在桌子上，拿起笔来，他是大诗人、大书法家、大画家，他下笔疾如风雨，又是写，又是画，过了一会，20把扇子上都留下了他的真迹。大门外的人都亲眼看到苏东坡在那里写，这肯定是真迹啊。写完画完，东坡就把20把扇子交给被告，说你现在拿到外面去卖，每一把卖一贯多钱，少了不要卖。结果这人一拿出去，大家蜂拥上前，抢购一空，他就此还清了债。请大家注意东坡的身份，他是杭州的地方长官，又是天下闻名的大书法家，而那个被告是一个普通老百姓，东坡竟主动出手相助，帮他题了20把扇子，让他还债。这是什么态度？这是平易近人。东坡是大名人，但是他跟我们普通人之间没有距离，他就是我们的朋友。

五、一生坎坷的逐客

苏东坡一生中坎坷很多，有很长时间处在逆境中。一个人在坎坷的处境是怎么能够淡定地生活下去，东坡给我们提供了非常宝贵的经验。

我们刚才说到东坡德才兼备，肯定是个好人。现在社会上流行一句话，"好人一生平安"，其实好人不一定一生平安，在很多情况下，好人反而比坏人更不平安，苏东坡就是一个典型。东坡才高一代，有很多人妒忌他，然后诽谤他，陷害他，乃至打击他，加上处于党争激烈的北宋后期，东坡一生坎坷不断。他晚年离开海南岛的儋州，第二年，也就是在他去世两个月之前，他走进江苏镇江的金山寺。金山寺的和尚拿出一幅东坡的肖像画，说这是你的画像，请你在上面题首诗，东坡就题了一首六言诗，共有四句，后面两句是："问汝平生功业，黄州惠州儋州。"就是问你这个人平生有什么功业，他自己回答，我一辈子到了三个地方，黄州、惠州、儋州。这三个地方都是他的流放之地。这句话当然是自嘲，但是说得很对。黄州、惠州、儋州虽然是东坡一生中的三个逆境，但是他的人生在这三个阶段都发出了独特的光芒。他在逆境中同样有所贡献，这就特别了不起。

东坡44岁那年被朝廷逮捕，然后被关进大牢，当时的罪名非常重，形势非常险恶。东坡关进大牢的第一天，御史审问他，首先不问他写过什么文章，怎样讥讽朝廷，而是问他家中有没有丹书铁券。什么叫丹书铁券？读过《水浒传》的朋友都知道，水泊梁山108将中有一个好汉，叫小旋风柴进，他家里有丹书铁券。丹书铁券就是朝廷赏给功臣的一个法律文书，有了这份证书，子孙后代犯死罪也可罪减一等。那么，苏东坡家里有丹书铁券吗？当然没有，他出生农家，他的祖父叫苏序，是亲自耕地的农民，他和弟弟两个人完全是靠科举制度才进入仕途的。其实这些审问他的御史明明知道他的经历，知道他家里没有丹书铁券，既然知道，为什么要明知故问？原来问一个囚犯家里有没有丹书铁券，这是宋代规定的审问死刑犯的必经程序。因为有了丹书铁券就可罪减一等，就不能判死刑。所以御史们问这个问题，就说明他们内定要判东坡死刑，要尽量把他往死刑上来量刑。后来由于各方的救援，总算被赦免了，但是遭到撤职处分，并贬到黄州去。

东坡45岁那年的正月初一，汴京城里鞭炮连天的时候，东坡在两个差役的押解下前往黄州。这对他来说是生命中的一个巨大落差、一次巨大打击。因为他之前年纪轻轻就考上了进士，后来又考中制科，做官也还算一帆风顺，春风得意，没想到人到中年突然变成了罪犯，被流放到偏僻的小山城黄州。东坡到了黄州以后，不但心情苦闷，而且在经济上也一下陷入了困境。因为北宋的制度，凡是被流放以后，原来的俸禄就没有了，朝廷只发给一份非常菲薄的生活费。东坡家里有20多口人，他的奶妈还跟着他，三个儿子中长子已经成家，家里还有书童、丫鬟。全家人靠官府发的那点生活费根本不够。所以东坡到黄州的第二年就必须开荒种地，否则没法养家糊口。他怎么会起号叫东坡？就是因为当年黄州的官府把城东山坡上的一块荒地借给他种。那块荒地面积有50亩，原来是驻军的营房，军队开走后房子拆了，遍地瓦砾，东坡开荒的第一步就是捡瓦片、砖块。这个地方在城东山坡上，地名就叫东坡。苏东坡在那里开了荒，又盖了几间房子，自己起了一个号叫东坡居士。假如当年黄州官府借给他种的荒地在黄州城西的山坡上，恐怕我们只能拥有一位苏西坡了。

东坡的荒地面积不小，但是它原来不是农田，种植庄稼的效果不好。第一季种大麦，收成还好。第二年种水稻，收成很差。一来地不好，二来东坡也不会种地。他虽然出生农家，但从小读书，考上进士后就做官，并没种过地，所以第二年种的水稻收成就不好，50亩地打下来的稻子还不够全家人吃。

我是东坡的异代粉丝，当我读到东坡在黄州开荒种地时写的那些诗、词、短文的时候，我既觉得心酸，又感到很遗憾，因为我不会玩"穿越"。要是我会穿越就好了，我就可以一下穿越到北宋去。为什么我要穿越到北宋去？因为我从19岁到29岁，10年最好的青春年华，都在学习我人生的第一专业，就是长江下游地区的水稻栽培。我种水稻是一把好手，从插秧到割稻，全都很内行。我下乡的地方是长江下游，和东坡所在的黄州处于一个纬度，水稻栽培技术是一样的。假如我能穿越到北宋，我一定当志愿者奔赴黄州，去帮东坡种水稻。由于东坡没有得到我这个志愿者的帮助，他的水稻就种得不好，打的粮食不够全家吃，所以就发生了下面的情况。

东坡47的岁那年春天，有朋友劝他，说你眼看要在黄州长期生活下去，光靠这块荒地是不行的，你最好把家里的积蓄全部拿出来，去买一块好点的地。朋友还帮他打听好了，有一个叫沙湖的小村子，离东坡不远，那里有一块肥沃的稻田要出售，你去把那块稻田买下来，以后就可以打较多的粮食。东坡一听欣然同意。三月初七那天，东坡在两个朋友的陪同下到沙湖去看那块地，当时的说法叫"相田"。此行没有买成地，但是产生了一首词，词牌是《定风波》，它的写作背景在小序里交代得很清楚。那天早上临出门的时候，天色阴沉，可能会下雨。东坡就叫书童带着雨具，就是雨伞和蓑衣，先行一步，到半路上去接应。他跟两个朋友在后面走，因为东坡年近半百，两位朋友估计也是这个年龄，他们走得慢一些。没想到他们刚出门不久，还没有走到书童接应的地方，突然刮风下雨了，大家都淋成落汤鸡，两个朋友狼狈不堪。东坡虽然也被淋湿了，但是他并不狼狈，依然淡定、从容地慢慢往前走，一边走一边还在吟诗。下午回来以后，东坡写了《定风波》这首词，我们先来读一下："莫听穿林打叶声，何妨吟啸且徐行。竹杖芒鞋轻胜马，谁怕？一蓑烟雨任平生。　　料峭春风吹酒醒，微冷，山头斜照却相迎。回首向来萧瑟处，归去，也无风雨也无晴。"这首词的意思很清楚：你们不要听穿过树林、打在叶片上的风雨之声，风雨并不妨碍我们一边吟诗、一边慢慢地前行。我本来脚上就穿着草鞋，可以防滑，再随手在路边捡一根竹竿当手杖，步履很轻快，并不输于骑马。风雨有什么可怕？我这个人披着一件蓑衣，风里来雨里去都走过半生了。他的言下之意是，我这个人连政治上的大风大雨都经过了，自然界的雨丝风片又能奈我何？东坡这个人很潇洒，虽然田没有买成，但是中午还跟朋友在路边小酒馆里喝了两杯酒，下午带着几分醉意回来了。此时斜阳复出，回头看看上午遇到风雨萧瑟的地方，既无风雨，也非晴朗，一切都归于空无了。

请问这首词是写那年三月初七东坡在途中偶遇风雨的经历吗？当然是，因为小序中交代得清清楚楚，但是这首词仅仅是写自然界的一次风雨吗？当然不是，它实际上是写人生道路中的风风雨雨，是写在风雨人生中的人生态度。东坡就是带着这种态度从黄州、惠州、儋州三个流放地走过来的。他在三个流放地可不是一般的活下来而已，他在逆境中照样有所贡献，他把人生的低谷变成了事业的高峰。黄州时期是东坡的书法艺术大有长进的时期，也是东坡的词突飞猛进的时期，《念奴娇·赤壁怀古》等杰作就是在黄州写的。东坡在海南岛的儋州完成了平生最重要的三部学术著作，就是《东坡易传》《东坡书传》《论语说》。他离开海南时在途中遇到大风雨，怀中抱着一个包袱，里面藏着这三部书稿，他觉得一生没有白过。所以"试问平生功业，黄州惠州儋州"两句话，还真是东坡对人生业绩的总结。

朋友们肯定读过一些关于苏东坡的书，人们谈到东坡在逆境中的表现，往往会片面地归结为"旷达"二字。什么叫旷达？旷达的基本意思就是看得破、想得开。东坡旷达吗？他确实旷达，但是东坡仅仅有旷达吗？当然不是。东坡刚到黄州，内心也感到苦闷，感到孤独，感到委屈，他并没有一下子就旷达。《后赤壁赋》写到，那年十月十五的夜晚，东坡跟两个朋友来到赤壁下，他一个人爬到山上去。初冬的夜景有什么可看的？环顾四周，无非是山高月小、水落石出，一片萧条的冬景。此时此刻，站在赤壁山头的东坡心情很不好。《后赤壁赋》里说得很清楚："悄然而悲，肃然而恐。"他内心有一种悲凉感、孤独感，甚至还有恐惧感，因为朝廷里的政敌还在搜集他的罪证，还在攻击他。但是东坡挺过来了，他挺过来最主要的原因不是旷达，而是坚韧，是对人生有坚定的信念。东坡贬到黄州后，朋友李常来信安慰他，东坡回信说，你干嘛要说得这样悲悲切切？我们这样的人本来对自己的道德充满自信心，认定自己在政治上持有异见是出于正义，所以我们具有铁石心肠，尽管遭遇不幸，但内心的信念是不变的。所以支持东坡在逆境中坚持下去的精神力量首先是坚定的信念，然后才辅之以旷达，这样才能造成无往而不胜的从容心态。东坡晚年被贬到惠州，接着又贬到儋州，朝廷里的执政者一心把他置于死地，因为当时的海南岛是鬼门关，中原去的人十去九不回。东坡62岁才到海南，三年以后，65岁的苏东坡又活着北归了。东坡这个人，你可以摧残他肉体上的健康，但你没法从精神上打垮他。

人生在世，谁能不碰到挫折？我甚至认为，你不在人生的这个阶段碰到挫折，就在人生的下一个阶段碰到挫折。我们无法规避人生的挫折，无法逃脱暂时的逆境，问题的关键在于当你碰到挫折、处于逆境时，你用什么态度来对待它。东坡为我们展现了在逆境中求生存、求发展的成功典范，这一点对我们有巨大的启发意义，这是我今天所讲的东坡的各种意义中最重要的一点。

六、热爱生活的普通人

苏东坡是一个热爱生活的人，他以满腔热情拥抱人生。他热爱生活，善于生活，尤其善于从普普通通的日常生活中发现幸福感，发现美感，发现诗意，这对我们普通人具有重要的启迪。

东坡是经过荣华富贵的人，他有过锦衣玉食的生活经历。他在朝廷当翰林学士兼侍读学士，相当于我们现在的中央办公厅秘书长，还是教小皇帝读书的帝王之师。垂帘听政的高太后曾亲切接见他，并让太监撤下御座旁的金莲烛护送东坡返回翰林院。但是时隔不久，他就被贬到海南岛去了。有一天东坡背着一个大瓢在田野里一边走一边唱歌，碰到一个老太太，老太太对他说，"苏内翰，你当年荣华富贵，现在看来像一场春梦。"苏东坡说你说得很对，就给这个老太太起了一个名字叫作"春梦婆"，还写到他的诗里去了。很多人说高太后对东坡有知遇之恩，我觉得最理解东坡的不是高太后，而是春梦婆。因为东坡虽然曾经有过锦衣玉食、玉堂金马的富贵生活，但他真正欣赏、真正热爱的却是普通的、简朴的生活，他觉得后者更有滋味，更有诗意。让我们看看他在生活中的具体表现。

东坡对于生活的各类内容都是兴致勃勃的，有滋有味的。比如说饮食，刚才说过东坡肉，其实东坡发明的菜肴不仅仅是东坡肉，在座如果有搞餐饮的朋友，我建议你赶快去读东坡文集，里面还有"东坡鱼羹""东坡菜羹"等，可以开发一个东坡菜系。东坡需要的食材就是普通的蔬菜、猪肉，以及鲫鱼、鲤鱼，都不是稀罕的东西。他为什么能发明东坡肉？因为他到了黄州以后，发现当地的猪肉特别便宜，他的原话是"猪肉贱如土"，所以他经常买猪肉来做菜，就发明了东坡肉。广东的荔枝，是东坡最喜欢的水果。他一到岭南就说："日啖荔枝三百颗，不辞长作岭南人。"荔枝是广东的普通水果，东坡认为是果中极品。东坡是四川人，他后来到了江南，江南有种鱼叫河豚鱼，是一种普通的野鱼。河豚鱼味道鲜美，但是有毒。东坡的好朋友李常是江南人，李常从来不吃河豚，他说"忠臣孝子不食河豚"。为什么？因为中毒死了，就做不成忠臣，做不成孝子了。但是东坡欣赏河豚，认为它与荔枝有得一比。有一个有趣的例子。东坡离开黄州后，有几个月闲居在常州。常州有户人家的河豚鱼做得很好，听说大名鼎鼎的苏东坡就住在城里，就专门去请东坡到他家来品尝河豚。东坡一听欣然前往。那天的客人只有他一人，东坡就坐下来享用一盘河豚。主人是市井小民，站在旁边陪着。厅堂里有一架屏风，屏风后面躲着一大群人，就是这家的男女老少，都想听听大名鼎鼎的苏东坡怎样评价他家的河豚鱼。没想到东坡拿起筷子闷头大吃，一言不发。过了一会，东坡把一盘河豚全吃完了，把筷子一放，说了四个字："也值一死！"所以说东坡这个人会欣赏生活，有人怕中毒，不敢品尝河豚鱼，那么这种特别的美味就没有品尝到，而东坡品尝到了。

东坡是不是专门吃好东西？当然不是。他晚年到了惠州。惠州是个小城，市场很小，一天只杀一头羊，那些好的部位，如羊腿等，都被官员、富商买去了。东坡是个流放的犯官，等到他去买，只剩下骨架。东坡专门写了封信给他弟弟，推荐羊骨架的妙处。他说羊骨缝里还有点残肉，把肉剔出来，蘸上盐，稍微烤一烤，就像螃蟹一样好吃。东坡到了海南岛，生活更加穷苦，他的小儿子苏过用当地的芋头做成一道"玉糁羹"，东坡也觉得是天下绝味，专门写了一首诗来赞美它。他在海南岛第一次吃到蚝，这类东西古代的中原人不能接受，我们看唐朝的韩愈，贬官到广东后专门写了一首诗，题目叫《南食》，说南方的食品，像蚝啦，蛇啦，太可怕了，他一样都不敢吃。东坡不是这样，他在海南岛第一次尝到蚝，就说这个味道太美了，专门写了一篇短文介绍蚝怎么好吃，还叮嘱苏过，千万不要把蚝的美味说出去，以免京城里的人听说以后，一个个都争着像我一样的表现，希望朝廷把他贬到海南岛来分享我的美味。这当然是讽刺，但也意味着东坡对异乡风味的接受与喜爱，他是全方位地拥抱生活。所以东坡是最懂得生活的人，他欣赏风景也是如此。杭州的西湖是天下美景，东坡写了很多诗词来题咏。他到山东密州做官，就是现在山东的诸城，那里有什么风景？不过是平岗荒丘，但东坡也把它们写得非常美好。

不知道朋友们读过关于苏东坡的什么书，我猜想大家可能读过林语堂写的《苏东坡传》，这本书是上世纪40年代林语堂在美国时用英语写的。后来台湾有人把它翻译成中文，出了繁体字版，大陆引进版权又出了简体字版，这本书现在很流行。但是林语堂是作家，作家喜欢想象、虚构，所以这本书里有些细节是不准确的，有些内容是瞎编出来的。比如这本书里说苏东坡有一个堂妹，叫小二娘，他跟这个堂妹幼年时青梅竹马，直到晚年还对她柔情万缕，一辈子都是他的恋爱对象。这是胡说八道，一点根据都没有。小二娘是有这个人，后来嫁到江苏镇江，东坡跟她的丈夫、公公都是好朋友，两人哪有什么恋爱关系，就是堂兄妹关系。这本书又说东坡成天练瑜伽功，北宋根本就没有瑜伽这个名称，东坡练的是道教的气功。《苏东坡传》有些内容不够准确，大家看的时候要小心一点。

但是这本书有个突出的优点，就是书名起得好。《苏东坡传》的题目看来很一般，但是它不是林语堂原著的书名。林语堂当年是用英文写的，英文版的书名叫《The Gay Genius》，Gay是愉快的意思，Genius是天才的意思。所以，林语堂这本书的标题如果准确地翻译过来，就是"一位愉快的天才"，我觉得这个标题起得好。苏东坡就是一位愉快的天才，他生平遭受了那么多的坎坷，那么多的折磨，阅尽沧桑，但是他始终以一种愉快的态度来对待人生，对待生活。这一点我觉得对我们非常有启发意义。因为人生在世带有各种偶然性，我们普通人所能拥有的生活条件，比如享受什么物质待遇，处在什么地位，基本上都是命定的，是我们无法选择的。重要的是我们能不能有一种宽容、潇洒的心态，来对待生活，对待人生。如果有，那么即使过比较简朴的生活，你同样能从里面找到幸福感，找到美感，找到诗意，因为苏东坡已经找到了。东坡在简朴甚至艰苦的生活中发现了幸福感，发现了美感，发现了诗意，他就是我们日常生活中的行为典范。

苏东坡往矣，但他的精神永久地留在了我们的神州大地上，这是我们中国人都应接受的一份宝贵的精神遗产。

〔附〕**答听众问**

听众：我刚好在看一本改革的书，让我想起一个问题。在中国文化里历代改革总是有一个问题，就是你死我活的问题。当权的必须要打倒反对派，历代的改革派几乎都是失败的，我想是不是我们的文化有什么问题？不懂得合作，不懂得妥协。我想请您从历史的角度来讲讲，为什么我们总是欠缺这种合作精神？

莫砺锋：中国古代文化中实际上不缺乏合作精神，因为儒家文化根本上是主张宽容、宽恕的。宽容、宽恕，当然允许对方说话，允许不同意见存在。所以，孔子对弟子并不强求一律，这个弟子偏重于这个方面，那个弟子可以偏重于那个方面，不同的意见都可以互相讨论。但是在古代政治中，在皇权制度下，帝王一定要求思想的统一，以及政治态度的统一，否则会不利于皇权的统治。儒家思想以前不占主流，汉代"罢黜百家，独尊儒术"之后才变成朝廷的主流声音，当然并不是儒家真正取得了统治地位，朝廷只是借用儒家的一些说法而已。但是在民间，人们论学时可以互相讨论。同样在宋朝，我们看理学家之间，像朱熹和陆九渊，他们的理学思想属于两派，是互相对立的，但是他们在江西鹅湖的讨论，彼此都很尊重对方，气氛很好，如沐春风。问题是一到朝廷里，往往就不是这样了。

说到北宋后期的新旧党争，我觉得如果历史学家好好研究，可能对我们今天的改革是有借鉴意义的。王安石的新法为什么不成功？有一点是虽然其出发点是好的，是为了富国强兵，但是具体的操作有问题。第一是太急躁，六年时间里推出10条根本大法，没有论证的过程，也没有小范围的试点。新法里最主要的一条叫"青苗法"，基本精神就是在农民青黄不接的时候朝廷提供贷款，但它在执行的过程中变样了，就是在考察地方官政绩的时候，片面追求数量。青苗法的考察就看你这个地方放出去多少贷款,放得越多,你的政绩越好。结果变成了摊派,有些人不想贷款,也要求必须要贷,后来甚至发展到城市户口,家里没有田地也要贷青苗钱,这就变得荒谬了,东坡提了很多意见,就是集中在这些方面。

还有一点,王安石容不得反面意见。王安石一直认为他最聪明,他的学问最高,其他人都不对。人家在朝廷里跟他讨论,有不同意见,他反驳人家说:"君辈坐不读书耳!"他认为自己学问最高,就一意孤行,结果新法推行非常迅速、剧烈。《老子》里有句话说得很好,叫"治大国若烹小鲜",治理一个大国家就像烹一锅小鱼,小鱼很柔弱,容易翻烂,必须要小心翼翼。王安石实行变法,不光是不像烹小鲜,简直是像炒黄豆,国家和社会都承受不了。司马光也有类似的毛病,他东山再起以后,也是认为自己的意见全对,王安石的全错,所以新法一条都不行。苏东坡曾跟司马光争论免役法与差役法的优劣,东坡觉得新法中的免役法比较合理。我认为王安石和司马光两个人的人品都不错,但是作为政治家,两人都太偏执,倒是东坡比较有宽容精神,比较实事求是。东坡在新法推行时曾给神宗皇帝一封万言书,清代的大学者顾炎武认为,在北宋后期所有的政见中这封信说得最好,因为东坡的观点比较平正通达,不太偏激,太偏激肯定是不对的。

听众:苏东坡进入仕途以后都是贬来贬去的,当时在第一次被贬的时候,他就应该像他在词里面写的"小舟从此逝,江海寄余生",应该归隐。因为孔子曾经说过:"危邦不入,乱邦不居。天下有道则见,无道则隐。"当时的朝廷又不清明,东坡为什么不归隐呢?

莫砺锋:一般说来,中国的朝代越到后面,君权越重,朝廷对知识分子的掌控力越大。有一点跟你提的问题很有关系,就是东坡对陶渊明的态度。大家知道，东坡非常崇拜陶渊明，他贬到海南岛时只带了两本书，一本是柳宗元的，一本是陶渊明的。他写了120多首和陶诗，陶渊明的每一首诗都和过一遍。东坡在写给弟弟的信里也说，自己想学陶渊明，"欲以晚节师范其万一"，可惜没有学到。与你刚才的问题相关，他为什么不像陶渊明一样归隐呢？为什么不逃避政治，回到家乡，回归自然？问题是东坡没有这份自由。到了宋代，士大夫一旦入世以后，就没这个自由了。

东坡一生中的政治心态前后稍有变化。他贬到黄州以后，在《黄州寒食诗》里说："君门深九重，坟墓在万里。"上句说皇帝的宫门九重之深，我没法到朝廷里去，皇帝不相信我，我想报国没机会；下句说先人的坟墓都在家乡眉山，与黄州距离万里，但是也回不去，因为他已经没这份自由了。当然，黄州时期的东坡刚到中年，他在政治上还有希望，所以他还要挺下去，等待政治上的机会。等到他晚年贬到惠州，特别是贬到海南岛，已经老了，政治上已经没希望了，要是能归隐的话，他此刻就该归隐了。其实他也曾做过归隐的准备，倒没想归隐眉山。他在江苏的宜兴买过一块地，置了一个小庄子。所以他贬到惠州时，半路上让长子苏迈带着全家都到宜兴居住，他只带着幼子苏过和侍妾朝云南下，但他本人不能回到宜兴去。在宋代，朝廷把你贬到哪里，你就必须到哪里，不能说我不去贬所，我回家归隐。在中国历史上，知识分子的实际地位越来越低，因为君权越来越重，专制体制越来越发达。到了明代，朱元璋干脆设立一条罪名，叫"寰中士大夫不为君用罪"，就是一个读书人不为皇帝所用，就犯了罪，就该杀。宋朝当然还没有到这个地步，但是对士大夫的掌控已经很严了。所以东坡是无法在黄州时归隐的，他的词句"小舟从此逝，江海寄余生"，只是发发牢骚而已，事实上他写这首词后就回到黄州临皋住处了。相传第二天地方官徐大受听说东坡昨夜驾着一叶扁舟消失了,大吃一惊,赶忙到东坡家去察看虚实,发现东坡正在床上鼻息如雷呢!

听众:您刚才一直在讲苏轼比较旷达,苏轼有句诗叫"人生识字忧患始",他在教导他儿子的时候,希望儿子比较愚笨。我就有点疑惑,因为从这句诗来看,我觉得他是一个非常悲观的人。您怎么看待他性格中的旷达和"人生识字忧患始"的心态?

莫砺锋:"人生识字忧患始"是东坡给他的朋友石苍舒家的醉墨堂而写的。当然,这句话很有名,鲁迅也提到过这句话。人不识字实际上是指没有文化,一个人没有受过教育,没有文化,忧患就少得多。因为好多东西你不会去思考,文化、教育提升了你的能力,包括思考和观察的能力,你肯定比没有文化的人有更多的忧患。完全没有文化的人,或者有点傻乎乎的人,他的烦恼就少一点,这句诗大概是这个意思。那么,东坡的旷达与忧患是不是矛盾呢?其实并不矛盾。刚才谈东坡在黄州时的心态已经有所涉及,他的心态其实是很复杂的,"百感交集"。当他面对眼前的艰难困苦时,当然需要旷达,这样才能生存下去;当他想到国家、社会时,他的责任感迫使他不能对社会真相视而不见,所以心多忧患。这两者始终都是共存于东坡心里的。

比较有意思的是第一个问题,苏东坡曾经希望他的儿子不要太聪明。东坡在黄州的时候,他的侍妾王朝云生了一个儿子,名叫干儿,大名叫遁,这个小孩不到一周岁就夭折了。干儿生下满100天的时候,苏东坡写了一首《洗儿》诗:"人皆养子望聪明,我被聪明误一生。惟愿孩儿愚且鲁,无灾无难到公卿。"这是一首反嘲的诗。我若干年前看到报纸上的报道,记者看到一个妈妈在教育孩子,说你这个小孩不好好读书,将来长大了什么都不会,只会去做干部。真有意思,正好跟东坡的这首诗一样。在一个不正常的社会里，人才选拔的途径不公正，会有一些无才无德的人身居高位。东坡当时就有这种想法，他觉得他自己才华过人，但是在仕途上很不顺利，遭受到各种各样的排挤打击。所以他在黄州发发牢骚，说我就是一辈子太聪明了，反而倒霉。这是说反话，这是讽刺，并不是真的希望孩子愚笨。东坡是滑稽多智的人，他有许多正言反说的言论，需要我们仔细体会。

听众：苏东坡各个方面的成就都跟他的文学有很大关系，那么，在当下这个社会，在物质化、网络化的时代，怎样看待文学在当代的作用？

莫砺锋：文学现在肯定是极大地边缘化了，当然这也是一个进步，因为现代社会是价值多元的社会，一个读书人可以做各行各业的工作，你可以做工程师、律师，做其他的事情，在古代不一样。古代的读书人只有一条出路，就是应举做官，而唐宋时代的科举考试都要考诗赋，所以，科举考试跟文学写作能力直接有关，这就助长了全社会都注重文学。那么到了现代，文学边缘化以后，它还有没有用？我想它肯定是有用的。文学的作用是无用之用，它跟GDP没有关系。一个正常的社会不能没有文学，因为文学是精神生活的重要组成部分。人不同于动物，人是万物之灵，人需要精神生活。现代社会有一个不好的趋势，就是人们被物质、被金钱牵着鼻子走，好像人生的根本意义就是赚更多钱，幸福的根本意义就是享受更好的物质条件。我觉得这些人好傻，其实精神生活才是最有意义的人生内容。阅读经典作品，比如苏东坡的作品，是多么美妙的精神享受啊！

(2013年9月14日在广州中山图书馆的演讲)

东坡笔下的诗意长江

与黄河一样，长江也是中华民族的母亲河。长江长达6400公里，流域面积广达180余万平方公里。水网密布、气候温暖的长江流域非常适合中华民族的生息繁衍，也非常适合中华文化的发展壮大。由万里长江与千年文化组成的三维空间宏伟壮阔，为我们继承传统、重创辉煌提供了得天独厚的历史舞台。对长江文化进行深入的研究、总结，是时代交给我们的重要课题。古人向来认为岷江为长江源头，明末的徐霞客方探明金沙江是真正的源头。宜宾地处岷江、金沙江合流处，无论从哪个时代的地理观念来看，它都堪称万里长江第一城。今天我们在宜宾探讨"诗意长江"这个论题，可谓得其所哉！

万里长江，千姿百态，气象万千，引无数诗人竞折腰，写下无数名篇佳句。上游岷江江水平稳，正如苏东坡所说："相望六十里，共饮玻璃江。"（《送杨孟容》）到了三峡，江水湍急，如杜甫所说："高江急峡雷霆斗，翠木苍藤日月昏。"（《白帝》）江汉以下，众水合流，江面开阔，如李白所说："登高壮观天地间，大江茫茫去不还。黄云万里动风色，白波九道流雪山。"（《庐山谣寄卢侍御虚舟》）到了下游，江面更加开阔，水流更平稳，如谢朓所说："余霞散成绮，澄江静如练。"（《晚登三山还望京邑》）中国古代的山水诗，要是离开了长江的滋润，不知会逊色多少！

水本是自然界最奇妙的物质，它随物赋形，与物无争；它柔若无骨，却无坚不摧。老子说："上善若水，水善利万物而不争。"(《道德经》第八章)孔子说"智者乐水"(《论语·雍也》)，还赞叹说："水哉水哉！"(《孟子·离娄下》)万里江河更能启迪人们的哲思，孔子说："逝者如斯夫，不舍昼夜。"(《论语·子罕》)此外，长江流域是无数英雄豪杰的历史舞台，有多少兴亡故事在这里上演。当诗人面临滚滚东流的江水时，深刻的哲理思考与深沉的历史意识交织融合，便会内化成强烈的诗歌灵感。刘勰说屈原："所以能洞监风骚之情者，抑亦江山之助乎！"(《文心雕龙·物色》)陆游站在归州江边感叹说："一千五百年间事，只有滩声似旧时。"(《楚城》)都是因为如此。所以，长江也是中华民族伟大诗人的母亲河。

古代的伟大诗人，几乎都咏叹过长江。哪一位最有代表性呢？杜甫早年南游吴越，曾渡江南下，可惜没有留下诗作。他54岁离蜀，58岁逝于湘江口，一连几年都与长江为伴，可惜生活潦倒，心情压抑，就像他在江边所写的《旅夜书怀》所说："飘飘何所似，天地一沙鸥。"其生命形态与长江不太吻合。李白一生与长江结缘，25岁仗剑出蜀，晚年相传在江边的采石矶入水捉月而死。李白咏长江的名篇甚多，但是更能代表李白性格的大河也许是黄河，所以余光中对李白说："黄河西来，大江东去/此外五千年都已沉寂/有一条黄河，你已够热闹的了/大江，就让给苏家那乡弟吧/天下二分/都归了蜀人/你据龙门/他领赤壁。"(《戏李白》)我们不妨说，就诗人的性格特征而言，李太白堪称黄河的形象代言人，苏东坡则堪称长江的形象代言人。黄河奔腾咆哮，落天走海，冲决一切阻碍。长江则以波澜不惊为主要面目，它更加深沉，更加从容，百折千回地奔向大海。正因如此，我选择东坡在黄州的长江边上所写的诗赋作品为主要分析对象，我认为这些作品最好地阐释了"诗意长江"这个主题。

东坡一生飘泊江湖，59岁赴惠州途经鄱阳湖，因盼望顺风，就向龙王祷告说："往来江湖之上三十年，王于轼为故人。"（见惠洪《跋顺济王记》）他曾10次渡过淮河，有诗云："此生定向江湖老，默数淮中十往来！"（《淮上早发》）东坡24岁那年，偕父、弟沿江东下，生平第一次在长江旅行。但他自眉州行至江陵（沙市），就改走陆路北上，只走了不足半条长江。他曾在宜宾留下诗作，比如《戎州》："乱山围古郡，市易带群蛮。"还有一首题为《过宜宾见夷中乱山》。可惜正如清人纪昀所评："火候未足时，虽东坡天才，不能强造也。"这些诗对宜宾而言当然很宝贵，但还不是东坡的代表作，也不是吟咏长江的名篇。到了31岁，东坡兄弟俩扶父丧还蜀，自真州溯江至眉州，倒是走了大半条长江。可惜古人有"临丧不文"的习惯，父丧时不能写诗。东坡真正在长江边写出好诗，要等到36岁时。那年他离开汴京前往杭州，途经润州，作《游金山寺》，那是东坡笔下第一首在长江边上所写的杰作。在古人看来，润州附近江中的海门山是长江入海处，唐人韦应物诗中说："海门深不见，浦树远含滋。"（《赋得暮雨送李曹》）东坡此诗开头就从长江写起："我家江水初发源，宦游直送江入海。"这两句既紧扣地理实况，又切合诗人身份。清人汪师韩指出："起二句将万里程、半生事一笔道尽，恰好由岷山导江，至此处海门归宿，为入题之语。"（《苏诗选评笺释》）此时的东坡深感宦海风波险恶，"宦游直送江入海"一句，暗含多少感慨！下文写到江潮起落无定，江边巨石在波涛中出没，也隐有此意。东坡因人生艰难而生归隐之念，归隐的目的地是长江源头的家乡，他登临远眺的目光是沿着长江向西，所以看到"江南江北青山多"。触发归隐念头的则是变化无穷的江上美景，故而对着江水向江神起誓。一句话，长江是东坡的精神归宿之地。

命运终于把东坡抛到长江边上的一座小城，一住五年。45岁那年，刚刚走出御史台大牢的东坡来到黄州。黄州五年是东坡人生道路中第一个低谷，但也是其文艺创作的第一个高潮。47岁那年一连写出多篇与长江有关的杰作，最重要的是前、后《赤壁赋》和《念奴娇·赤壁怀古》词等，正是这些作品使东坡成为"诗意长江"的代言人。真正的三国古战场赤壁并不在黄州，而在蒲圻县（今湖北咸宁市之赤壁市）。对此，博古通今的东坡心知肚明，所以他写信给朋友说："传云曹公败所，所谓'赤壁'者，或曰非也。"（《与范子丰》）既然黄州的赤壁也被传说是古战场，诗人创作时当然可以化虚为实，唐代杜牧那首著名的《赤壁》"东风不与周郎便，铜雀春深锁二乔"，就是他在黄州刺史任上写的。东坡也是如此。当他站在赤壁岸边面临那滔滔东流的长江水时，感念人生，心潮澎湃。此时作赋填词，如果直说赤壁只是一座默默无名的小山岗，未免索然寡味。如果把它想象成赤壁大战的古战场，是曹操、周瑜等英雄人物的人生舞台，那么江山胜景就与历史文化融为一体，东坡的满腹情思就可凭此一吐为快了。

我们先看前《赤壁赋》。后人绘《赤壁图》，往往在东坡的舟中画上黄庭坚与佛印，其实这两人都没有到黄州与东坡同游的经历。东坡赋中那位吹箫之客是杨世昌，他原是绵州武都山的道士，是东坡的同乡。他云游庐山，顺路到黄州来看望东坡。杨世昌多才多艺，擅长吹箫，东坡与他一见如故。元丰五年（1082）七月十六日，东坡邀了几位朋友泛舟于赤壁之下，杨世昌一同前往。面对着伟丽的江山与知心的朋友，东坡心情愉快，不由得吟起《诗经》中的《月出》一诗。仿佛受到东坡的召唤，一轮明月从东山顶上冉冉升起。月光下的景物披上了一层薄纱，江面变得更加辽阔、苍茫。东坡与客人都飘飘然有神仙之概，东坡引吭高歌，杨世昌吹箫助兴。不料箫声呜咽，东坡愀然变色，诘问客人为何箫声如此悲凉，于是引出了主客二人的一番对话。客人由眼前的月色联想到曹操的名句"月明星稀，乌鹊南飞"，又由眼前的地形联想到曹操在这一带的征战经历。是啊，曹操文武双全，称雄一世，但如今安在哉？于是客人发出对自身命运的哀叹，并解释为何自己吹出的箫声是那般凄凉："哀吾生之须臾，羡长江之无穷。挟飞仙以遨游，抱明月而长终。知不可乎骤得，托遗响于悲风。"这就引出了东坡的一段议论："客亦知夫水与月乎？逝者如斯，而未尝往也。盈虚者如彼，而卒莫消长也。盖将自其变者而观之，则天地曾不能以一瞬；自其不变者而观之，则物与我皆无尽也，而又何羡乎？"主客对话本是从汉赋以来一脉相承的传统写法，但东坡笔下却能推陈出新。主客两人的一番对话其实都是东坡的内心独白，是他在作品中虚拟的一对正方与反方。其实是东坡本人在江边缅怀曹操那位文武双全的一世之雄，当年曹操亲率十万雄师沿江东下，对着滔滔大江横槊赋诗，是何等的威武雄壮、风流潇洒！但如今安在哉？名垂青史的英雄尚且如此，更不用说我辈混迹于渔樵的普通人了。相对于千年流淌不尽的长江和亘古如斯的明月，人的身体是多么渺小，人的一生又是多么短促！于是东坡暂时搁置了儒家建功立业的淑世情怀，转而用庄子的相对论的眼光来看待宇宙万物。江水东去，昼夜不息，然而万里长江依然在原地奔流。月圆月缺，变幻不定，然而无论光阴如何流逝，那轮明月何尝有半点减损？世间万物均同此理：从变化的角度来看，连天地都是瞬息万变的不确定之物；从不变的角度来看，我们与外物都是永恒的存在，又何必羡慕长江和明月呢？

如果说《赤壁赋》的主旨是诉诸我们的理性，那么《念奴娇·赤壁怀古》则是诉诸我们的感情。这首词的写作时间不很明确，从词中写到的滔滔江水来看，只能肯定不是在"水落石出"的冬季。写作地点则多半是在舟中，因为"乱石穿空"应是在江面上仰视赤壁所得的形象。当东坡仰眺高耸的石壁，又俯瞰滚滚东流的江水时，觉得如此险要的地形真是天然的好战场，当年万箭齐发、烈焰映空的战争场景便如在目前。于是东坡举杯酹月，写下这首慷慨激烈的怀古词。值得注意，曹操也好，周瑜也好，他们在赤壁留下的事迹都是打仗，他们当时的身份都是武将，但东坡的作品中却强调他们还有文采风流的一面。史书中没有记载周瑜能写诗，只说他精通音乐，并非赳赳武夫。东坡则把他刻画成一副"羽扇纶巾"的儒将装束，又特别点出他与美女小乔的新婚燕尔（事实上周瑜是九年前迎娶小乔的，此时已经生过"三胎"），以此衬托其文采风流。文武双全，功业彪炳，这样的曹操和周瑜，才是东坡心目中的风流人物。东坡用他们来反衬自己心头的失意之感：古代的英雄人物曾经在历史舞台上纵横驰骋，多么威武雄壮，多么风流潇洒！自己却年近半百一事无成，往昔的雄心壮志都已付诸东流，若与少年得意、雄姿英发的周郎相比，更显得自身是这般的委琐、渺小！从表面上看，这首赤壁词中充满着人生如梦的思绪、年华易逝的慨叹，情绪相当低沉。但是这只是它的一个侧面，它的另一面，也就是其基调，其实是否定这种低沉消极的境界，转以开朗、积极为主要精神导向。从全词来看，东坡的心情映衬在江山如画的壮阔背景下，又渗入了面对历史长河的苍茫感受，变得深沉而且厚重。而对火烧赤壁的壮烈场面与英雄美人的风流韵事的深情缅怀又给全词增添了雄豪、潇洒的气概，相形之下，东坡本人的低沉情愫便不像是全词的主旨。也就是说，此词中怀古主题是占主导地位的，词人的身世之感则是第二位的。东坡将它题作《赤壁怀古》，名副其实。正因如此，虽然后人对此词的情感内蕴见仁见智，但公认它是东坡豪放词的代表作，都认为演唱此词必须用铜琵琶、铁绰板来伴奏。我们不妨说，滚滚东流、一泻千里的长江为东坡注入了刚强不屈的精神气质，威武雄壮、潇洒风流的古代英雄为东坡提供了积极有为的人生典范。从这个意义来说，就像黄河是李白人生精神的象征一样，长江就是东坡人生精神的象征。

有人认为赤壁赋和赤壁词含有低沉、消极的思想倾向，比如李泽厚说："这种对整个存在、宇宙、人生、社会的怀疑、厌倦，无所希冀、无所寄托的深沉喟叹，尽管不是那么非常自觉，却是苏轼最早在文艺领域中把它透露出来的。著名的前、后《赤壁赋》是直接议论这个问题的，文中那种人生感伤和强作慰藉以求超脱，都在一定程度和意义上表现了这一点……都与这种人生空漠、无所寄托之感深刻地联在一起的。"(《美的历程·苏轼的意义》)应该承认，李泽厚所言，并非空穴来风。东坡初到黄州时年44岁，离开黄州时年已49岁，人到中年，自然容易伤感。何况东坡以一位市长级地方长官忽然变成发配荒远的政治犯，心中必然充满了委屈、失落之感。由于新法在皇帝与宰相的合力下高歌猛进，作为反对派的旧党已经鸦雀无声，连旧党首领司马光都退居洛阳15年不谈国事。当东坡单枪匹马地奋然上书批评新法的种种弊病时，他难免会有孤掌难鸣的孤独感。当东坡被发配到举目无亲的黄州后，他的孤独感中又渗入了委屈感，从而更加强烈。当年行吟泽畔的屈原长叹说："举世皆浊，唯我独清；众人皆醉，唯我独醒！"行吟于黄州江边的东坡何独不然？东坡刚到黄州时，曾写词吟咏一只独宿沙滩的孤雁，还曾写诗描写一株独处深谷的海棠，它们都是东坡内心的孤寂感的外化。即使是气壮山河的赤壁怀古词中也夹杂着对人生如梦的低沉叹息，即使是潇洒绝俗的前、后《赤壁赋》中也充溢着对广漠宇宙的惆怅情思，它们确实流露了东坡心中的孤寂之感。

那么，此时的东坡有没有对人生感到迷茫、厌倦，甚至想要逃避？当然是有的，但是不宜夸大，更不能把它说成是东坡的主要人生态度。请看《临江仙·夜归临皋》这首词："夜饮东坡醒复醉，归来仿佛三更。家童鼻息已雷鸣。敲门都不应，倚杖听江声。　长恨此身非我有，何时忘却营营。夜阑风静縠纹平。小舟从此逝，江海寄余生。"宋人叶梦得《避暑录话》中记载：东坡吟成此词后，乘着酒兴与友人高歌数遍，然后各自分手。不想第二天众口喧腾，说东坡昨夜写了这首词以后，把官帽、官服挂在江边的树上，驾着一叶扁舟，长啸而去了。消息传到州府，知州徐大受大吃一惊。东坡虽是他的好友，但毕竟是朝廷交给地方上看管的罪人，如今竟擅自逃跑了，这还了得！他立刻赶到东坡家去探看虚实，推门一看，东坡正躺在床上鼻息如雷呢。其后此词和相关的传说传到汴京，连神宗也惊疑不已。此词中确实充满了惆怅和失意，字面上的旷达毕竟遮掩不住内心的那份孤寂感。试想东坡在夜半时分独立江边，拄着手杖倾听那澎湃的涛声。他甚至盼望着摆脱眼前的一切，驾着一叶扁舟消失在那渺无边际的烟涛之中。这不是满纸不可人意又是什么，这不是因人生失意而引起的孤寂感又是什么？李泽厚说此词表达了逃避人生的消极态度，表面上看真是如此，但事实上东坡并没有果真驾舟远逝、逃亡江湖，而是回到家中呼呼大睡。这首词只是东坡在身处逆境时短暂的消沉和口头的牢骚，东坡以此来抒发郁闷，调整心态，从而更好地走向人生。我们不妨参看他在惠州所作《记游松风亭》，文中说他想到山顶的松风亭去休息，才到半山腰却走不动了，于是满腹忧愁。他忽然想开了，反问自己："此间有甚么歇不得处？"就是说随时可以就地躺下，何必非要走进亭子？这仿佛与今人的"躺平"有点相似，但事实上东坡并没有在半山腰长躺不起,他只是休息片刻而已。

中国人主张知行合一,要想准确理解中国古代文学作品的思想内蕴,必须参照作者的整个人生行为。只有始终付诸实践的人生理念,才是人们的真实心声,口头上的门面话或牢骚话是不足当真的。无论是贬谪黄州之前,还是离开黄州以后,东坡的所作所为都与厌倦人生、消极逃避的态度南辕北辙。黄州之后的东坡还有十六年的人生道路要走,他何尝从此躺倒,消极无为?他回朝后依然积极议政,奋不顾身,不惜得罪当朝宰相司马光。他二度到杭州为官后,一上任立即动手疏浚西湖,修筑苏堤,离任前还在操心如何保持湖水的长期清澈。他年过六十后被贬到海南岛,也没有悲悲切切,到达儋州后还努力促进当地的文化,并完成了三部学术著作。难道一个厌倦人生、逃避现实的人物,会有这样的表现?张志烈先生说,东坡被贬海南时内心有三大精神支柱:"**充实的正义感**(坚守自己一贯坚持的政治信念,遭打击而不以自己为非),**饱满的成就感**(历典八州有口皆碑的政绩和名高天下的诗文创作成就的自我感觉),高尚的道德感融成的自我意识作为精神支柱。"(《苏轼选集》)的确,无论是从精神状态,还是从具体业绩来看,东坡的人生都可谓光辉灿烂,亮点多如天上的繁星。他在朝廷里面折廷争、高风亮节,永载史册;他在地方上爱民如子、政绩卓著,有口皆碑;他留下了4400篇古文,2800首诗,350首词,还有无数的书法作品,都是中华民族文化史上的瑰宝。这样的人生,借用《孟子》的话来说,真是"充实而有光辉"。人生有如江河,既有一泻千里的豪迈,也有百折千回的艰辛。东坡在黄州的长江边徘徊思考了将近五年,他已经参透了长江,也参透了人生。孔子说"逝者如斯夫,不舍昼夜",东坡的赤壁赋与赤壁词是对孔子哲言的深刻理解与生动阐释。江水奔流不息,但长江千古如斯。个人的生命转瞬即逝,但一代又一代的风流人物前赴后继，便形成永无终止的人类文明史。滔滔滚滚的长江消解了东坡心中的苦闷，排除了人生空漠之感。正是在黄州的长江边上，东坡实现了对现实人生苦难的精神超越，也实现了对诗意人生的终极追求。东坡只活了66岁，但他的业绩与影响永垂不朽。

东坡离开人世已经920年，但他何尝有一天离开过我们？"逝者如斯，而未尝往也！"这是东坡笔下的长江，又何尝不是东坡自我人生的生动写照？正因如此，当《南方周末》约我到宜宾来参加"诗意长江"的座谈时，我首先联想到的历史人物就是东坡。

（2021年9月12日在"诗意长江"宜宾专场上的演讲）

宋代文学研究与江西

尊敬的王水照会长，各位代表，女士们，先生们：

受王水照会长的委托，由我来做会议总结。刚才听了四位小组代表的汇报以后，我觉得我原来准备要讲的许多内容都显得多余了。我非常感谢李朝军、巩本栋、范松义、程杰四位先生代表他们小组所作的汇报，他们四个人的发言风格不一样，但是春兰秋菊，各有所长，汇报得都很精彩。当然也有一点点的遗憾，因为四个小组发言的都是男性学者，而我们这次会议代表中间，女性学者在数量方面三分天下占其一，所以我们希望下一次年会的小组汇报至少能推荐一至两位女性学者上来报告。女性学者有她们天生的优势，比较细致，比较缜密，报告起来会有另外一种风味。

因为王水照先生下午开会前才交给我这个任务，他没有时间向我交代他的想法，我只能讲一点我个人的感想。这次参加赣州师范学院主办的第八届宋代文学年会，我拿到会议手册感到很惊讶，因为代表人数非常多。我以前总认为宋代文学研究界我认识的人大概会占一半以上，可是看到代表名单，大吃一惊，我认识的人远远不到一半。这说明我们宋代文学研究界又涌现了很多青年才俊，我以前不太认识的新人层出不穷，这是我们宋代文学学会一个非常可喜的现象。好像这几届都有这个情况，每一届都有青年学者涌现出来。刚才有几个组的汇报人已经提到我们这次会议的论文非常多,我也统计了一下,按现在的分组情况,大致是这样一个数字:宋诗55篇,宋文包括小说33篇,宋词33篇,综合37篇。总计这次会议提交的论文,大家能看到全文的,共有158篇之多。宋代文学学会开年会开到第八届,好像从来没有哪一次会议的论文集有这么厚重,这可能给各位代表带回家去增加负担,但是这也显示着这次会议的成果是非常丰硕的。

记得前年在开封举办的第七届年会上,王水照先生做了一个闭幕词,其中也有刚才程杰先生汇报的、王先生这次会议提交论文中提到的内容(见王水照《宋代文学研究的前沿问题——以文学与科举、党争、地域、家族、传播等学科交叉型专题为中心》)。王先生当时在闭幕词里说过,在宋代文学的学术界,在文学与科举、文学与党争、文学与地域、文学与传播、文学与家族等这些关系的研究方面,受到学界的普遍关注,很有发展前途。王先生还用了一句很生动的话,称它们是"五朵金花"。王先生在闭幕词里还提出一种希望,他认为我们还可以关注宋代文学与经济、文学与宗教、文学与民俗等方面的研究。那么,我们很可喜地看到,本次会议提交的论文中已经出现这些方面的内容。比如说文学与经济,文学与宗教都有。如果说两年前王先生在闭幕词中所提出来的这几个选题方向还是一种希望、一种预期的话,那么到了今天,我们完全可以借用台湾同胞所发明的一个汉语新词,称它们为"愿景",宋代文学发展的"愿景"已经有一部分实现了。除此以外,本次提交的论文中,还有一些新的开拓,比如说,宋代文学与职官制度、宋代文学与自然(主要指草木花卉)等。这些方面,刚才程杰先生用比较多的时间介绍了侯体健那篇论文所研究的祠禄的问题(见侯体健《南宋祠禄制度与地方文人群体——以福建为中心的考察》),这个大家确实觉得耳目一新。其他,比如说关于佛教的2篇、道教的

1篇，关于民俗方面的都市书写以及民俗对象化，选题都非常新颖。即使在一些传统的研究内容方面，本次大会的论文也是有开拓的。比如说宋代文学与宋代思想的关系，这当然是一个老课题，以前就有人研究过，但是这一次、这几届在这方面的研究，我个人感觉是很有深度的，我甚至觉得我们圈子里某些学者在关于宋代思想研究方面的学术水平，已经不亚于中国哲学史学术圈子里的水平，这是一种非常可喜的现象。其他，比如说宋代文学的文体研究，以前一直有，但这次已扩大到字说、桥记等比较罕见的、不大被提及的内容。在文献方面也是，这一次比较多的论文引用了一些域外的汉籍，甚至关注到域外从事宋代文学研究的学者，这都是一些可喜的方向。所以，总的来说，这次宋代文学年会提交的论文总体上应该是：在题材的广度上有很大的开拓，在论述的深度上也有很深的开拓。所以本次会议是学术水平非常高的一次会议。

下面我从个人的角度谈一谈与这次会议有关的一些感受，尤其是会议在江西举办所引起的一些想法。

我在29年前完成了博士论文《江西诗派研究》，成为我们学术圈里的一个新兵。从那个时候开始，我一直觉得江西对于我们研究宋代文学的人来说是一块圣地。江西的宋代文学的大家太多了，如果从宋代现存资料可见的宋代作家的绝对人数来说，也许宋代的江南西路不是人数最多的一个路，但如果说宋代文学的大家，一流、二流作家，那么江西绝对称得上是宋代文学的半壁江山。江西确实是我们大家非常盼望的一个地方，这次年会能够到江西来举行，这本身是一个非常好的事情。在昨天的开幕式上，王水照会长还说到了辛弃疾和陈亮的那次鹅湖之会的情况。也就是说在825年以前，词人辛稼轩和词人陈亮在江西信州（今属江西上饶）的带湖那个地方相会，这次相会之后，产生了五首脍炙人口、传之千秋的《贺新郎》词,那些词非常好。其实辛稼轩第一首《贺新郎》(把酒长亭说)的小序(陈同父自东阳来过余,留十日,与之同游鹅湖,且会朱晦庵于紫溪,不至,飘然东归。既别之明日,余意中殊恋恋,复欲追路。至鹭鹚林,则雪深泥滑,不得前矣。独饮方村,怅然久之,颇恨挽留之不遂也。夜半,投宿吴氏泉湖四望楼,闻邻笛悲甚,为赋《贺新郎》以见意。又五日,同父书来索词。心所同然者如此,可发千里一笑)也非常优美,王先生也转述了那篇小序的内容。我觉得那首小序真好,写出了辛稼轩和陈亮两人的那种胸怀、那种肝胆、那种意气、那种风度。辛稼轩有词曰:"我见青山多妩媚,料青山见我应如是。"(《贺新郎》)宋代的文学家跟自然有一种良好的沟通、一种和谐的关系、一种深深的默契,在辛稼轩的《贺新郎》词以及小序中也体现出来了,也就是说宋代文学的繁盛,整体性地得到江山之助。宋代文学与江西的明山秀水有深刻的关系。不但如此,其实宋代的学术也如此,宋代学者的学术精神以及宋代学者在进行学术活动时所体现出来的学术风格和风度,也都值得我们学习。在王先生提到的那场辛稼轩和陈亮的鹅湖之会发生的13年以前,另外一场鹅湖之会,就是理学家朱熹和陆九渊,在另外一位理学家吕祖谦的介绍下,在江西鹅湖相会,进行哲学思想的讨论。朱熹和陆九渊都是当时的一流学者,即使在整个中国思想史上也是一流学者。不但如此,他们两人都非常善于教学,都是讲学非常出色的人,以我们今天的标准的话,这两个人绝对是国家级的教学名师。那么,这样两位大学者与教学名师在鹅湖相会,以及之前,他们在江西的白鹿洞书院的相会(因为朱熹主持白鹿洞书院,请陆九渊去讲学),都体现了一种非常好的学术精神和学术风度。他们两个人的观念不同,思想上有较大的距离,甚至可以说是针锋相对,但在学术讨论中间、在商讨过程中间,双方体现出非常宽容的胸怀、非常谦虚的风度。这也就是朱熹在鹅湖之会以后写的诗里面的两个句子："旧学商量加邃密，新知培养转深沉。"我觉得我们到江西来举行宋代文学讨论会，我们的本次会议，刚才第二组的巩本栋教授也说过，大家的讨论态度非常好，我们在学风上学习宋代的先贤，学习宋代先贤在江西这块土地上所创造的范例，这也是我们的会议得"地利"的一个方面。

各位代表，会议的主要议程今天下午就要结束了，明天开始我们要进入文化考察的阶段。说到文化考察，说到赣州，大家首先会联想起一件事情。这些年来，不管代表们处于哪个城市，只要一碰到连下几个小时的暴雨，这座城市一定淹在洪水中间。大家说在武汉大学看海，我们在南京大学也曾经看过海，还看过瀑布，城市排涝大成问题。赣州在这方面是特别值得关注的一个城市。在北宋的熙宁年间，赣州当时叫虔州，知州刘彝在这里开挖了福寿沟，就是当时的城市排水系统。这个城市排水系统使得赣州在以后的一千年间，不管下怎么大的暴雨都没有积水，没有洪涝，这非常了不起。我这样说，并不是希望主办方组织我们去参观一下这个福寿沟的遗址，这可能已经没有时间了，我是要引出另外一个话题，就是这位刘彝先生有一句名言，他说："读万卷书，不如行万里路。"以前我们都知道司马迁，他是既读万卷书，又行万里路，而刘彝说"读万卷书，不如行万里路"，就是实地考察比读书更重要。我们在赣州举行宋代文学讨论会，我们应该有一个地域性的文化考察。赣州北有奔腾的赣江，南有巍峨的大庾岭。赣江和大庾岭，正是919年以前，苏东坡从河北定州贬到广东惠州途经的路线，苏东坡六年以后北归走的也是这条路，所以我们非常希望，假如会议能够组织我们沿着这条路走一走，体会一下当年苏东坡是怎么走过来的，那多么有意义！当然，会议目前给我们的安排是

2024年3月，南大鼓楼校区（南京）

2023年10月，鼓楼图书馆（南京）

莫砺锋演讲录
Speeches by Mo Lifeng

2023年10月，深圳图书馆（深圳）

2023年10月，贵州大学（贵阳）

莫砺锋演讲录
Speeches by Mo Lifeng

到瑞金去考察。我再三地想，他们的思考也许是为了旅游的方便，江西旅行社安排现成的旅游路线比较方便，而赣江到大庾岭这条路线可能还没有开发出来。当然也可能是因为我们这次会议青年学者比较多，所以老区人民希望大家接受一些革命传统的教育，希望你们到瑞金去，尝一尝红军吃过的红米饭和南瓜汤。但是对于我们宋代文学研究者来说，也许前面的选择是更好的，当然我们寄希望于未来。有一个问题请大家思考，就是919年以前，苏东坡沿着这一条路线南贬的过程。他在那一年的八月七日，刚刚进入赣江，过了惶恐滩，十八滩最险的一个滩，他写诗说："七千里外二毛人，十八滩头一叶身。山忆喜欢劳远梦，地名惶恐泣孤臣。"诗写得非常悲凉。这首诗的最后两句是："便合与官充水手，此生何止略知津。"牢骚满腹。但是等到苏东坡经过了虔州，再往南，也就是一个月之后，当他翻过大庾岭的时候，他又写了一首诗，他的心情已经变了，他说："今日岭上行，身世永相忘。"现在翻过大庾岭，心情已经平淡了，连身世都忘掉了。我一直在思考这个问题，是什么使得我们的苏东坡在短短的一段时间之内，从赣江上的心情变为大庾岭上的另外一种心情。这跟我们的赣州，跟赣州的民俗，跟赣州的官吏及百姓对他的态度，或者跟这里的山水地貌有没有关系？假如我们有机会去走一走，也许会对这些问题有更深的理解。当然，我很理解我们的赣州师范学院的同行，他们办这个会议很不容易，江西毕竟是老区，受条件所限，他们目前做的安排已经很好了。也许他们觉得赣州这个地方古迹甚多，文化资源也很多，为了要大家以后常来赣州，就暂时把最好的景点放在后面，我们寄希望于若干年以后，赣州师院能第二次举办宋代文学讨论会，一定要让我们走一走赣江和大庾岭这条路线。

各位朋友，各位代表，两年以后，也就是我们的第九届年会将要在杭州举行，就是在南宋的首都举行。我想起一个文本，就是辛稼轩在江西信州的带湖购地筑居，他的山庄里面有一间稼轩，他请洪迈为他写了一篇《稼轩记》。洪迈在《稼轩记》里一开始就这样说："国家行在武林，广信最密迩畿辅。东舟西车，蜂午错出，势处便近，士大夫乐寄焉。"意思说现在国家的临时首都是在武林，就是在杭州。信州，也就是今天的江西上饶，这个地方离首都最近，交通非常方便，所以当时的士大夫都愿意到信州来安居。辛稼轩以一个山东的汉子，渡江南来成为归正人，然后在官场里受到种种猜忌，他选择信州这个地方来归隐，一则有山水之美，江西的文化也很发达；二来是离杭州非常近，辛稼轩后来二次复出，都是从信州出发，再前往杭州去的。所以我希望在座的各位代表，让我们两年以后，大家一起沿着辛稼轩当年的足迹，从江西到杭州去，参加我们的第九届年会。

刚才刘扬忠先生说让我代表王先生来做大会总结并且宣布闭幕，大会总结我愿意做，我虽然不想让我这个粗浅的总结取代王先生高瞻远瞩、带有指导性的意见，但是我更愿意保护王先生目前不太舒服的嗓子，不让他太劳累。可是宣布闭幕是庄严的大事，还是让我们的会长来宣布比较好，所以我的总结到此为止，下面让王先生来宣布大会闭幕。谢谢大家！

（2013 年 9 月 22 日在赣南师范大学
"中国宋代文学学会第八届年会"上的学术总结）

中国宋代文学学会第十届年会开幕词

各位代表、女士们、先生们：

大家好！中国宋代文学学会第十届年会暨宋代文学国际学术研讨会正式开幕了。秋天是北京最好的季节，气温是唐诗所说的"已凉天气未寒时"，空气质量是宋诗所说的"不共沙尘一并来"，这个季节在北京开会，可谓得其天时。我谨代表中国宋代文学学会，向各位代表表示最热烈的欢迎！并向为筹办会议付出辛勤劳动的诸葛忆兵教授以及会务组的全体老师、同学致以最诚挚的感谢！

天时如此，地利又如何呢？我有一些想法向大家请教。北京是中国的首都，是全国文化学术的中心，交通等设施也特别发达。但是很奇怪，在北京举办的古代文学方面的学术研讨会却比较少见。就以中国唐代文学学会与中国宋代文学学会这两个关系最紧密的兄弟学会为例，中国唐代文学学会的第一届年会1982年于西安举行，以后的历届年会举办地有兰州、洛阳、太原、南京、厦门、武汉、贵阳、广州等地，其中西安开过两次，甚至连浙江的新昌都办过年会了，直到2006年的第十三届年会才轮到北京来开。中国宋代文学学会的第一届年会2000年在上海举办，以后的历届年会在南京、银川、杭州、广州、开封、成都、赣州等地举行，其中杭州开过两次，直到今年的第十届年会才来到北京。也许有人会认为北京在唐代是范阳节度使的驻地，是

"渔阳鼙鼓动地来"的地方,所以研究唐代文学的学者对它缺乏亲切感。同样,在整个宋代,北京先是辽国的南京,继而成为金国的中都,最后变成元朝的大都,在宋人眼中,北京总是敌国的都城,所以研究宋代文学的学者也对它缺乏亲切感。我本人不同意这种看法。早从商、周时代开始,北京就在华夏疆域之内。到了秦代,北京已有驰道直通咸阳,驰道就是古代的高速公路。由于种种原因,宋朝一直没能收复五代时割让出去的燕云十六州,但正像王安石所说"吾将取之,宁姑与之也",陆游所说的"尽复汉唐故地"一直是宋人的理想。况且宋王朝与辽、金、元在政治上虽属敌国,但在文学上则绝对属于同一个时空板块。还记得2004年我到银川参加本学会的第三届年会,虽然知道那里曾是西夏的京城兴庆府,但一想到"凡有井水饮处,皆能歌柳词"的记载,也就释然于怀了。至于辽、金、元历朝的文学,更与宋代文学始终密不可分。北宋苏东坡的诗集,刚刚问世就在辽都的书肆及时刊行。辽代诗人寺公大师的《醉义歌》,耶律楚材的赞语就是"可与苏、黄并驱"。金代文学更在整体上被元好问评为"借才于异代",所谓"异代",即大宋也。我们周裕锴副会长的老乡宇文虚中,在历代文学家大辞典中既出现在宋代卷,又出现在金代卷。至于南宋词人辛弃疾与金国词人党怀英,青年时本为"同舍生",那就是"睡在我上铺的兄弟"啊!到了元代,堪称宋诗最后一抹光辉的文天祥的《正气歌》与《集杜诗》,就是在大都写成的。所以我们在北京举办中国宋代文学学会的年会,也是得其地利。

当然,更重要的因素肯定是人和。本次会议的参会代表多达140余人,他们来自包括台湾、澳门地区在内的中国各地,以及日本、美国、新加坡等国。代表中既有多年从事宋代文学研究的资深学者,像宝刀不老的刘敬圻、陶文鹏、施议对等先生,也有许多初露锋芒的学术新秀，更多的则是年富力强、正处学术盛期的中坚力量。旧雨新知，济济一堂，体现出我们这个学术群体的兴旺繁荣，这是得其人和。

学术会议最重要的内容是会议论文，以及在论文基础上进行的学术讨论。本次会议收到的论文，提交及时得以编入会议论文集的就有120篇之多。更值得称道的是，论文的内容非常丰富，几乎涵盖了与宋代文学相关的所有领域。如根据文体来分，则关于宋诗的论文有54篇，关于宋文的有39篇，关于宋词的有24篇。不言而喻，两年来关于宋词的研究论文数量远不止此，但是有许多词学论文已经分流到同样是两年一次的词学讨论会上去了。更值得注意的是，许多论文具有"跨学科"的性质，它们的主题或者是跨不同文体，或者是与历史学、哲学等其他学科有关，粗略地统计，涉及史学的论文有8篇，涉及哲学的论文有5篇，它们一定会增进我们对宋代文学的发生背景及宋代文人的创作心态的理解。此外，关于宋代文学研究的学术史探讨的论文多达16篇，关于域外宋代文学研究的论文也有4篇，这表明我们的学术视野在时间和空间两个维度上都有较大的开拓。宋人好议论，这在军事上也许是个缺点，但对于学术研究来说，好议论绝对是个优良传统。为了让大家尽量做到畅所欲言，本次会议对议程有所改革，取消了小组代表汇报的环节，增加了大会交流和评议的时间。我相信，以宋代文学为研究对象的各位代表一定会学习宋儒朱熹、陆九渊鹅湖论学的风度，以心平气和的态度来商量旧学，以勇于探索的精神来培养新知。

各位代表！古代文学研究何为？一是探究其真相，二是阐释其意义。宋代文学研究则在这两个方面都有更重要的任务。宋代是一个长期受到误解和贬低的朝代，它常被后人视为"积贫积弱"。其实"积贫"纯属误解,正如宋史专家漆侠所说:"在唐代经济发展的基础上,宋代社会生产力以前所未有的速度迅猛发展,从而达到了一个更高的高峰。""积弱"也可商榷,虽然北宋亡于金,南宋亡于蒙元,但那是古代农耕民族不敌游牧民族的规律所致。事实上宋人对金与蒙元的侵略进行了长期的坚决抵抗,南宋军队且与蒙古军队联合灭金。蒙元侵宋后,南宋军民的抵抗长达45年,远远超过亚欧大陆上惨遭蒙古铁骑扫荡的任何其他民族。虽然最后崖山战败,但陆秀夫背负帝昺蹈海殉国,文天祥在距离我们这个会场17里的柴市口从容就义,为华夏民族保存了气节和尊严,也为大宋王朝画上了光辉的句号。至于文化,则宋代堪称古代中国的巅峰阶段。研究中国古代文史的著名学者陈寅恪说:"华夏民族之文化,历数千载之演进,造极于赵宋之世。"研究中国古代科技史的著名学者李约瑟说:"每当人们在中国的文献中查考任何一种具体的科技史料时,往往会发现它的主焦点就在宋代,不管在应用科学方面或是在纯粹科学方面都是如此。"这两个结论分别从人文科学与自然科学的角度充分肯定了宋代文化所达到的高度。正是在文化高度发达的大背景下,宋代的文学空前繁荣,在各种文体的领域内都是奇峰突起,宋文、宋诗、宋词、宋话本、宋杂剧、宋南戏等都成为光耀中国文学史的专有名词。宋代文学的总体成就前迈汉唐,后启明清,影响深远,意义重大。鉴古知今,我认为宋代的文学高峰对当代中国的文化建设有着深远的启迪意义,择其要者,有以下五个方面:一是文以载道亦即文艺创作必须有积极健康的主题导向,二是对前代文学遗产推陈出新的正确态度,三是忧患意识和爱国精神的弘扬,四是雅俗共存的宽容态度和以俗为雅的境界追求,五是个性自由与家国情怀的融会贯通。我相信,只要我们继续保持实事求是的态度和穷究底蕴的精神,我们一定会对宋代文学乃至宋代文化做出更准确的阐释和评价，进而从学术的立场上为宋代辩诬、正名，并使宋代文化在整体上产生更大的当代意义。

预祝会议取得圆满成功，预祝各位代表在会议期间以文会友，身心愉快；切磋琢磨，有所裨益！谢谢大家！

(2017年9月1日在中国人民大学"中国宋代文学学会第十届年会暨宋代文学国际学术研讨会"开幕式上的致词)

我们是读南大中文系的人

尊敬的各位领导、各位来宾,敬爱的学兄、学姐,亲爱的学弟、学妹:

院里让我以教师代表的身份在大会上讲几句话,我感到十分荣幸,但我能够代表全院教师说的只有两句话,一是向各位来宾表示衷心的感谢,二是对各位系友表示热烈的欢迎!此外,为了不使同仁们感到"被代表",我只能谈几点个人的感想。

正是秋色潇洒、天气初肃的晚秋时节,我们迎来了南大文学院的百年华诞。今天的盛会,真可谓"群贤毕至,少长咸集"。最难得的是,大家济济一堂,却都有同样的身份标志,我们身上都打着中文学科的烙印。更令人兴奋的是,今天到会的有300多位南大文学院的历届系友,大家都曾在这里度过风华正茂的青春岁月。大学时代的生活,肯定是人生中最珍贵、最温馨的一段回忆。因为它包含着追求真理的人生期盼,指点江山的慷慨激情,还有知心好友的初次相识,以及一见钟情的怦然心动。而中国语言文学的学科性质为我们的青春岁月增添了浓郁的诗意,从而更加高尚纯洁、优雅美丽。我相信,即使系友们分散在天南海北,也始终忘不了那段岁月,始终对南大的美丽校园魂牵梦萦。我也相信各位系友今天在校园里重逢,一定会热烈地谈论当年在讲坛上的他或她,也会在心里默默思念"同桌的你"。

各位系友！南大文学院曾是东南学术的重镇，并始终坚持"东南学术"的精神。"东南学术"具有理性、持重、稳健的学术品格，在追求社会进步与发展的同时特别重视人文关怀，在倡导新文化的同时非常强调继承中华传统文化的精华，这是我院最宝贵的学术传统，也是全体系友最值得骄傲的精神财富。无论系友们从事什么具体工作，也无论系友们在事业上成就如何，由于大家都曾在南大文学院接受过传统文化精神的熏陶，从而体现出与众不同的气质和品格。南大文学院虽然也会走出一些官员，但他们一定是清流而不是热衷富贵的政客。南大文学院虽然也会出现一些企业家，但他们一定是儒商而不会是铜臭熏人的土豪。人们常说南大地处南京这座省会城市，其地理优势北不如北京，东不如上海。如果这是指政治学或经济学等学科，当然不无道理。但是对于我们的文学院来说，南大地处江南佳丽地、金陵帝王州，可谓得江山之助。人称六朝故都的南京，最鲜明的城市特征就是深厚而优雅的文化传统。虽然在南京建都的王朝大多短命，但是南京的文脉却千年不衰。当年梁武帝在南京制礼作乐，大得中原士大夫之仰慕，以为正朔之所在。其实梁朝的经济、军事实力都不如北朝，它的真正优势就是文化。正是在公元5世纪的南京城里，出现了中国历史上最早的文学馆，成为与儒学、玄学、史学并列的国家最高学术机构。据历史学家考证，南朝文学馆的故址就在鼓楼之西，正是南大的鼓楼校区。昭明太子的《文选》，是在南京编纂的。刘勰的《文心雕龙》，是在南京撰写的。李白一生云游四海，曾七次来到金陵，远多于他进入长安的次数，并写出了"金陵子弟来相送，欲行不行各尽觞。请君试问东流水，别意与之谁短长"的深情诗句。王安石和苏东坡在朝廷里针锋相对，但他们在南京的半山园里相逢时，却心平气和地谈诗论文，以至于东坡动情地说"劝我试求三亩宅，从公已觉十年迟"。安徽人吴敬梓寄寓南京，在秦淮河畔写成《儒林外史》，还自称"记得当时，我爱秦淮"。在南京的江宁织造府长大的曹雪芹把《红楼梦》的故事背景安排在南京，并把其中主要人物称为"金陵十二钗"。即使是南京的下层居民，也受到浓郁文化氛围的薰染。柳如是等"秦淮八艳"，无不精通琴棋书画，其他城市的烟花女子似乎缺少这种集体性的文艺范儿。《儒林外史》中写才子杜慎卿在雨花台上听到两位挑大粪的底层劳动者说："我和你到永宁泉吃一壶水，回来再到雨花台看看落照。"杜慎卿慨叹说："真乃菜佣、酒保都有六朝烟水气。"所谓"六朝烟水气"，就是一种有历史积淀的文化底蕴，一种沦肌浃髓的文化修养。所以我认为，南大文学院地处南京，真是得其所哉！缅怀我院的著名前辈，如王伯沆、黄季刚、吴瞿安、汪辟疆、胡小石、方光焘等先生，石头城下的风声雨声曾伴随他们的琅琅书声，玄武湖畔的烟柳长堤曾掩映他们的潇洒身影。我也认为各位系友能在南大文学院度过青春岁月，真是三生有幸！衷心希望学兄、学姐们常回家看看，来重新感受南大中文的美丽风景！

各位来宾，各位系友！在经济大潮波涛汹涌、功利思想甚嚣尘上的现实处境中，作为中文人的我们似乎已被挤压到社会的边缘，还被世人视为不通时务的一群落伍者。我们在文学院里当教师，也在实用学科和英文书写成为时尚的学界潮流中逐渐边缘化。然而我们认同唐诗中所说的一种生活态度："寂寂寥寥扬子居，年年岁岁一床书。独有南山桂花发，飞来飞去袭人裾。"我们为中文人的身份感到自豪，也因中文人的身份感到幸福。中文人所以自豪，是因为我们肩负着重大的社会责任，我们的任务是为弘扬优秀的传统文化进行学理探讨和代际传承。众所周知，语言文字是人类文化最重要的载体，也是人类文化最重要的组成部分。对于中华民族而言，汉语汉字就是中华文化的精神血脉,是中华民族实现身份认同的文化基因。《尚书》云"惟殷先人有册有典",从殷商以来,用汉字书写的典籍浩如烟海,经、史、子、集四大类图书的惊人数量便是明证。对于现代人来说,中国文学尤其具有独特的意义。中国文学不但以生动具象的方式体现了中华文化的基本精神和心理特征,而且广泛、深刻地影响着中华文化的其他分支。中国文学的审美价值和认识功能历久弥新,它是沟通现代人与传统文化的最便捷的桥梁,也是其他文化背景的人们了解中华文化的最佳窗口。所以在当代中国,要想更好地继承传统文化的精神,舍我其谁哉?

中文人所以幸福,是因为我们比别人有更丰盈的精神享受。今人常说缺乏幸福感,其实现在人们的物质生活早已达到温饱,人们感到欠缺的正是精神生活。幸福的渠道当然多种多样,但中国文学无疑是极其重要的一种。有人说文学只为人们提供安慰,事实上中国文学所提供的决非仅仅是安慰,而是内涵丰富的精神食粮。大家学习中文,最重要的收获不是关于语言文学的知识,而是一种有价值的生命范式,是先民们的诗意生存。我本人最为敬仰的古代文学家是屈原、陶渊明、李白、杜甫、苏轼和辛弃疾。我认为他们提供了诗意人生的六种范式,为我们构建了永远的精神家园。屈原是诗国中绝无仅有的一位烈士。他以自沉的激烈方式结束了肉体的生命,却在精神上获得了永生。陶渊明是诗国中最著名的隐士。他证明了朴素乃至贫困的日常生活可以具有浓郁的诗意。李白是诗国中独往独来的一位豪士。他用行为与诗歌鼓舞我们在人生境界上追求崇高而拒绝庸俗,在思想上追求自由解放而拒绝作茧自缚。杜甫是中国诗歌史上最典型的儒士。他是儒家"人皆可以为尧舜"这个命题的真正实行者,是我们提升人格境界的精神导师。苏轼是诗歌史上最为名实相副的居士。他以宽广的胸怀和审美情趣去拥抱生活，还以坚韧旷达的人生态度引导我们在风雨人生中实现诗意生存。辛弃疾是诗国中少见的英武侠士。他用英风豪气鼓舞我们追求刚健而杜绝萎靡。上述六位诗人，其遭遇和行迹各不相同，但他们都以高远的人生追求超越了所处的实际处境，他们的诗歌都蕴涵着丰盈的精神力量。孔子说"诗可以兴"，朱熹确切地解"兴"为"感发志意"。王夫之则在《俟解》一书中明确地指出，没有受到诗歌感发的人，其生存状态非常悲惨："虽觉如梦，虽视如盲，虽勤动其四体而心不灵。"他还指出诗歌的重要意义是："圣人以诗教以荡涤其浊心，震其暮气，纳之于豪杰而后期之以圣贤，此救人道于乱世之大权也。"阅读屈、陶、李、杜、苏、辛的作品，一定会使我们从浑浑噩噩的昏沉心境中蓦然醒悟，一定会使我们从紫陌红尘的庸俗环境中猛然挣脱，从而朝着诗意生存的方向大步迈进。而诗意生存正是人生的最高境界，是真正的幸福人生。作为中文人的我们，当然在此类阅读中独占先机。何况富翁捐款资助别人，多捐出一元自己就少了一元。我们则不然，我们向别人传播人生观，分享幸福感，只会在讲解、切磋的过程中增进自己的理解，从而实现双赢。所以在当代社会里，真正感受到幸福的人，舍我其谁哉？

各位来宾，各位系友！由于上面所说的理由，我认为我们应该堂堂正正地亮出自己的身份，那就是读中文的人。对于各位系友来说，我愿意借用张伯伟教授刚出版的著作的书名，我们应该堂堂正正地亮出自己的身份，那就是"读南大中文系的人"！

我的话完了，谢谢大家！

（2014年10月18日在"庆祝南京大学
文学院成立100周年大会"上的发言）

在南京大学梅庵书院成立大会上的讲话

各位老师，各位同学：

大家好！关于梅庵书院的意义，在院里起草的章程上面都已经有了，刚才徐兴无老师也做了很好的阐发。下面就讲几点我个人的感想。

第一点感想是：三天以前，兴无院长告诉我，要聘我当梅庵书院的院长。我当时就想，我马上都要退休了，院里怎么还派我当个官啊！后来觉得可能院里是这样考虑的，因为我年龄较长。我现在是全院在职教师中年龄最长的，我比其他老师都要长几岁，还不仅仅是一个算术级数的差距，而是几何级数的差距。为什么这样说呢？因为我是民国生人，在职教师中唯一的民国生人。遥想1949年4月，我在无锡呱呱坠地，吃了一点旧社会的苦，很快解放军就打过长江，把我给解放了。但是不管怎样说，我是生在旧社会的人，而其他老师都是生在红旗下，我们属于两代人。我为什么会考虑到这一点呢？我觉得我们现在成立梅庵书院，实际上怀有一种向传统致敬，也就是向中央大学、两江师范学堂的办学精神回归的意味在里面。我个人觉得，中国的高等教育在现代走过一些弯路。最大的弯路，可能是20世纪50年代初期，我们由于一边倒地学习苏联，对原有的大学进行了大刀阔斧的院系调整。那次院系调整对原有的大学，特别是像中央大学、清华大学这样的学校，是伤筋动骨的。有一个很大的问题就是，苏联的高等教育走的是专科路线。同学们去看苏联的高等教育史，它甚至有这样的大学，就叫某某某拖拉机学院，就是专门培养有关拖拉机的人才的。这样一搞，就把很多大学专科化了。我们中央大学的很多学院都分出去了，工学院变成了东南大学，当时叫南京工学院；农学院变成了现在的南京农业大学；林学系变成了南京林业大学，等等。这样分开以后，一方面是伤筋动骨，另一方面，由于偏重培养专科的科技人才，可能就忽视了对于学生人文精神的熏陶。特别是在教学生怎样做人、怎样继承传统文化中的人文精神等方面，是有所削弱的。我们现在既然要成立梅庵书院，而梅庵书院的宗旨有一点主要的精神，就是教同学们更好地做人，所以我想，由我这个民国生人来出任第一任院长，是有一点象征意义的，象征着继承我校从创办以来一脉相承的大学传统。

第二点感想是：刚才兴无院长已经很好地解释了我们为什么要为这个书院取名为"梅庵书院"，就是纪念李瑞清先生。今年正好是李瑞清先生逝世100周年，他是1920年去世的。清道人这位先生，跟北京大学的前校长蔡元培先生，有一些相似之处，他们都是前清进士，考上进士后都曾任翰林院庶吉士。但是后来两个人的人生道路不太一样。蔡元培因为是反清的革命党，所以他进入民国以后，一直在做官，在1916年出任北京大学校长。而清道人是我们两江师范学堂的第一任校长，他1906年就出任了。当然刚才兴无院长已经说清楚了，进入民国以后，他为了保持个人的气节，不做民国的官，所以就坚决拒绝再出任校长。这样一位先生，我觉得他有操守，有人格的高度。清道人喜欢梅花，他身后南大建了梅庵来纪念他。梅花有一种不惧严寒、笑傲霜雪的精神，也就是清道人的人格精神。龚自珍有两句有名的诗："落红不是无情物，化作春泥更护花。"他写这两句诗的时候，还不是教师。但是他离开北京，到了我们江苏丹阳，出任云阳书院的山长，两年以后死在任上。他去世的时候已经是一名教师了。这两句诗经常被我们引用来形容一名教师的奉献精神。我一直在想，什么花才能化作春泥来护花呢？多半是梅花。因为它独占先机，它在寒冬腊月时开放，到了春暖的时候，就飘落下来了。我想清道人的精神也是这样的。这位先生是非常了不起的。他一生清操自守，晚年旅居上海，生活非常贫困，完全靠卖字卖画来维持生计，也不肯委曲求全。就像文天祥诗中所说，"清操厉冰雪"。这样的人格操守，是我们今天所需要继承的精神遗产。所以我认为，我们为书院取名为"梅庵书院"，是非常有意义的。

第三点感想是：书院是我们中国源远流长的一种高等教育形式。在座的徐雁平教授对书院文化做过专门研究。我本人没有研究，但是我崇敬的一些宋代的文化人物，比如说朱熹等人，他们的一生都和书院有非常紧密的联系，所以我曾经关注过。古代的书院，特别是宋代的书院，它们在制度上是属于国家的公立学校呢，还是私立学校？这个界限相当模糊。有一些可能是官办，但是它们的办学方针和理念，却又是私立的。它们和国子监这样真正的国家公立学校是有区别的。朱熹本人一辈子重视教育，曾经在白鹿洞书院和岳麓书院这两个地方主政。他晚年回到武夷山，在武夷精舍授徒讲学，那完全是一个私立的书院，他一生献身于教育。我们来看看朱熹的书院教育事业。他在白鹿洞书院做山长，亲自起草了一个白鹿洞书院的学规。里面说得非常清楚，这个书院最主要的任务不是培养学生应科举，就是说不是教学生如何通过科举考试进入仕途，而是教他们做人。所以他说"以人伦为大本"，人伦方面的教育是这个书院最主要的内容。所以朱熹在白鹿洞书院做山长的时候，他专门聘请在学术思想上跟他相对立的陆九渊前来讲学。陆九渊来了以后，讲的内容就是《论语》中的"君子喻于义，小人喻于利"。据记载，那次讲得非常成功，朱熹也跟其他学子一起坐在下面听。陆九渊讲得非常动人，有的同学听了泪流满面，深受感动。事后，朱熹请陆九渊把讲稿留下，刻成石碑，放在白鹿洞书院里，跟他亲自起草的学规，都成为白鹿洞书院最重要的教育文献。我觉得这就说明，古代的书院是真正意义上的大学。其实西方人所认可的好大学，也是这样的。当然，关于西方最早的大学，有人说可能是古希腊的雅典学院。这也许有一点虚构，有后代追溯的成分在里面。但是西方后来的很多大学，走的也是同样的路线，把育人，即培育人的品格，看成最重要的目标。我们的梅庵书院，本身应该是一个虚体，它和我们文学院，是一个实体两个名称。我想在以后的教学活动中，梅庵书院的各位老师，跟同学们会有比较密切的师生关系。这个过程中当然会教给大家学问，教给大家治学的方法，包括知识在内，但是更大的意义可能是人格的培养。所以我非常希望从我们南大文学院走出去的学生，从梅庵书院走出去的学生，至少在人格方面，要有我们南大的特色。我们在人格方面要有一种坚持，要有一种操守，要做到不随波逐流，不人云亦云。将来大家到了社会上，也许有各种力量把你们拉向随波逐流的泥潭，但是我们要有抗拒的力量。假如若干年以后，甚至几十年以后，当同学们像我这样垂垂老矣，甚至走到生命终点的时候，大家觉得自己还是有操守、有坚持，还是跟庸俗的社会风习有所距离的，或者说我们的言行还是像苏东坡那样，有"一肚皮不合时宜"之处，那么，你到南大文学院就没白来一趟，到梅庵学院也没白来一趟。这是我最大的希望。

谢谢大家！

（2020 年 9 月 23 日于南京大学）

在2009年南京大学毕业典礼上的讲话

各位领导，各位来宾，老师们，同学们：

今天我们欢聚一堂，隆重举行2009届学生毕业典礼暨学位授予仪式。经过几年的勤奋努力，同学们顺利完成了学业，即将走向人生道路上的新起点。作为南大人，能与你们分享收获的喜悦，我感到非常高兴。我谨代表母校的全体老师，向你们表示最衷心的祝贺！

同学们！你们满怀着对未来的无限憧憬，即将奔赴四面八方，或是继续求学深造，或是踏入社会就业创业，在不同的岗位上追求各自的人生理想。此时此刻，请允许我以一个学长和朋友的身份，向你们说几点希望，与大家共勉。

南京大学是一所有着百年历史的知名学府，"诚朴"是南大校训最重要的关键词，也是南大精神最本质的内涵。"诚"就是诚意正心，为人要诚，做事要诚，修辞立言也要诚，"诚"是维系人类社会的最高道德规范，是中华传统文化的核心精神，正像校歌中所说的："大哉一诚天下动！""朴"是朴实无华，是要埋头苦干而不要投机取巧，要实事求是而不要哗众取宠，要实至名归而不要沽名钓誉。淡泊才能明志，宁静才能致远，有了"诚朴"的精神，才能进入"雄伟"的境界，才能堂堂正正地做人、认认真真地做事，才能具有独立的人格和远大的抱负，才能拒绝庸俗、拒绝卑鄙。今天的毕业典礼，意味着你们在母校的学习告一段落，但决不是你们学习过程的终结。希望大家继续秉承南大校训的精神，在今后的学习和工作中进一步发扬这种精神，即使是在一个平凡的岗位上，也要做一个顶天立地的南大人！

同学们！你们来日方长，你们鹏程万里，我衷心祝愿你们人生充满诗意，事业取得成功。我的祝愿的具体内容是：假如你们加入公务员的行列，我的希望不是出现多少个省部级高官，而是出现像焦裕禄那样深受人民爱戴的公仆；假如你们成为企业家，我的希望不是多少人登上福布斯的名单，而是能像比尔·盖茨那样服务大众、回报社会；假如你们从事科学技术研究，我的希望不是多少人成为两院院士，而是要像邓稼先、袁隆平那样为国家作出实实在在的贡献；假如你们从事人文社会科学研究，我的希望不是著作等身，而是写出像《实践是检验真理的唯一标准》那样推动社会进步的好文章。总之，我希望同学们在各自的岗位上努力奋斗，以优秀的成绩和良好的声誉为母校增添光彩！

同学们！大家都说一所大学最重要的不是大楼而是大师，我认为更重要的不是这所大学的教师行列中有多少大师，而是她所培养的学生中涌现了多少大师。正是在这个意义上，南大能不能成为真正的世界一流大学，希望寄托在你们身上。

最后，我想套用某个伟人的话来结束我的发言：

南大是你们的，也是我们的，但是归根结底是你们的！

谢谢大家！

(2009年6月18日于南京大学)

在 2011 年南京大学庆祝教师节大会上的讲话

各位老师，各位同学：

学校里让我到教师节庆祝大会上讲几句话。我很高兴有机会向各位老师致以节日的问候，也很高兴有机会向刚才获奖的老师表示热烈的祝贺。下面借此机会说说我个人对教师节的感想。

有人说：凡是专门设立一个节日的人群，都是社会上的弱势群体。这话有几分道理。比如在男女两性中，只有妇女节而没有男性节。在人生的各个年龄段中，惟独没有壮年节。如果以职业来分，我们有护士节、教师节，但尚未设立官员节、商人节。但是弱势往往意味着清贫和辛劳，同时也意味着光荣和崇高，所以我们还是应该高高兴兴地庆祝我们自己的节日。况且从整个国家的发展态势来看，广大教师的地位毕竟是与日俱增的。那个把教师教书说成是"资产阶级知识分子统治学校"的荒谬时代早已一去不复返了，老师们多年来被迫弯曲着的脊梁已经可以挺直了。自从1985年国家设立教师节以来，广大教师的生活条件和工作条件也逐渐得到改善。还记得最初的几个教师节，经常会看到商场向教师供应打折商品的广告，甚至还有理发店承诺教师在教师节期间前去理发减价几元，现在已经看不到那种使人心酸的所谓优惠了。更重要的是，教师的社会地位也有了相当大的提高，党和政府对教师给予了应有的尊重。每年教师节，各级党政领导都会上门看望一些德高望重的教师代表,就是最明显的标志。

"师道尊严"这句话曾经被批判了几十年,直到现在也有许多人不以为然,但我认为它真是至理名言。它是中华传统文化的重要内容,是值得我们继承发扬的精神遗产。各行各业都有祖师,木工的祖师是鲁班,我们教师的祖师就是孔子。作为政治家和思想家的孔子或许是可以商榷、可以批评的,但是作为教育家的孔子却是神圣不可亵渎的。孔子在封建时代被封为大成至圣先师,历代帝王都会亲自前往孔庙下跪膜拜,就体现了中华民族尊师重教的优良传统。我不认为大学教师是培育幼苗的园丁,我认为我们应该是人类文化的传递者。庄子说"薪尽火传",教师就是为人类文化的代代相传添薪续火的守护人。韩愈对教师的职责有经典性的说明:"师者,所以传道、受业、解惑也。"授业、解惑就是传授知识和答难解疑,这当然是教师的重要职责,也是广大教师教学工作的主要内容。但是教师的第一天职无疑是"传道"!孔门大贤七十二,不乏政治、军事乃至理财等方面的优秀人才,但是孔子最看重的却是以道德境界而著称的颜回,因为培养高尚健全的人格才是教育的终极目标。有人把"传道"的"道"解释成政治思想,这是一种曲解。任何政治思想都会过时,教师应该传递的是具有永恒价值的人类基本道德精神。当年章太炎因政见不同而写了与俞曲园断绝师生关系的《谢本师》,但他对俞曲园终生保持尊敬,便是明显的例子。所以"师道尊严"所强调的其实并不是尊重教师本人,也不是尊重教师本人的思想观念,而是尊重我们的文化传统,尊重我们的民族精神。

各位老师!各位同学!当教师节来临之际,我谨以一个普通教师的身份表达四点愿望:

第一,我希望保持、发扬南大尊师重教的优良传统。我听导师程千帆先生说过，有一次中央大学校长罗家伦坐着汽车驶进校门，远远地望见中文系的著名学者黄季刚先生挟着一个布包走来，罗校长立刻下车，恭恭敬敬地站在校门口，等着与黄先生打招呼，又等到黄先生走远，才重新坐进汽车。黄季刚先生虽以喜欢骂人著称，但他的弟子都对他终生敬重。我曾在不同的场合亲耳听过五位黄门弟子用无比景仰的语气谈论季刚先生，这些弟子自己都是白发苍苍的老人，而季刚先生已经作古好几十年了。我这样说不是想请我们的洪书记和陈校长也站在校门口等着招呼哪位老师，但我希望南大校园里能重现尊敬老师的良好风气。

第二，我希望广大教师的工作条件和生活条件得到更大的改善。毋庸讳言，在当今的社会环境里，大学教师的待遇还有较大的改善空间。特别是有些青年教师，依然处于相当清贫的窘境，而他们正承担着最为繁重的教学和科研任务。我希望每位老师都拥有一间比较宽敞的书房，每位老师在发现身边出现贫困学生时都有能力向他们伸出援助之手而不至于捉襟见肘。

第三，我希望广大教师的工作少受干扰。大学校园应该保持清静、庄重的氛围，应该尽量隔绝社会上的喧嚣和纷扰。我衷心希望南大校园里少搞一些检查、评估，让南大的老师们少填一些繁琐的表格。我认为校园里减少一些迎来送往的活动，校门口少挂一些标语口号式的横幅，才更像一所历史悠久的著名大学。

第四，我希望学校领导继续保持南大的传统和本色，把"诚朴雄伟"的南大精神落到实处，尤其是在招生规模和招生质量等方面，更要守住我们的底线。南大当然可以适量招收一些文体明星类的学生，南大也可以对企业家或官员们进行一些培训，但我希望这只是为了尽我们的社会责任，只是为了贯彻"有教无类"的教育理念，而不是追求某种实际的利益,更不是要在学校的铭牌上镶嵌几颗耀眼的装饰品。孟子说过,"得天下英才而教育之"是人生一乐,希望南大的老师们能把宝贵的精力用在最有价值的教育对象身上。

最后,我愿再次向各位老师致以节日的祝贺,祝大家节日快乐!

(2011年9月9月于南京大学)

在南京大学文科资深教授受聘仪式上的讲话

各位老师：

学校让我代表今天受聘的四位文科资深教授发言，我讲三点意见。

第一，南大文科的渊源。

今天是南大建校112年的校庆，请允许我先从校史说起。曾经有一段时期，南京大学具有文理发展不平衡的严重缺点，"一条腿长，一条腿短"几乎成为南大人的口头禅。其实这并不是南大的全部历史，南大的前身——中央大学和金陵大学原是学科齐全、文理兼长的大学。根据计算机系徐家福教授等人编著的《南雍骊珠：中央大学名师传略》一书的统计，中央大学各个学科的大师级学者的人数如下：人文科学和社会科学共40人，理科和工科共46人，也就是说文科与理工科是相当平衡的。中央大学和金陵大学的文科学者在学术研究上成绩卓著，以"东南学术"的美誉成为当时的学术重镇。"东南学术"具有理性、持重、稳健的学术品格，在追求社会进步与发展的同时始终重视人文关怀，在倡导新文化的同时始终强调继承民族文化的优秀传统。东南学术曾遭到激进思潮的猛烈抨击，并被冠以"保守、落后"的恶名，基本上丧失了引领潮流的话语权。但是当我们在激进思潮的引领下一路狂奔几十年以后，蓦然回首，应该承认东南学术是现代中国学术史上最可贵的思想资源,当然也是南大文科最可贵的学术渊源。我认为,发扬东南学术的精神,与重振南大文科的雄风,这两个目标具有高度的同一性,这是当代南大文科学者的共同使命。

第二,南大文科的现状。

改革开放30年来,经过前后几代师生的不懈努力,南大终于逐步恢复了她在全国高校中名列前茅的原有地位。在振兴南大的过程中,南大文科的学者也作出了重要的贡献。30年来,南大的文科建设已取得重大进展,不但建设了学科比较齐备、结构比较合理的学术团队,而且部分学科已经跻身于全国的领先地位。与此同时,南大文科学者也获得了相当重要的研究成果,例如哲学系胡福明教授《实践是检验真理的唯一标准》的论文,成为20世纪80年代思想解放运动的第一声春雷。更为重要的是,南大文科具有良好的发展前景。首先,南大地处南京这座古城,既不是北京那样的政治中心,也不是上海那样的经济中心,这使得南大的学者很难登高一呼而引领社会风气,同时也使我们具有比较安定的环境,可以安心书斋,潜心学术。其次,南大全校师生已对发展文科的必要性具有共识。南大的历届党政领导,都相当重视文科的建设。比如我所在的文学院,就曾被几位身为理科学者的校领导确立为重点联系单位,并在工作条件上给予有力支持。我相信,只要我们继续努力,南大文科一定是大有可为的。

第三,设立文科资深教授是重要的制度建设。

文科在学术界乃至整个社会的重要性和必要性,本来是不言自明的。一个高度发展的文明社会既需要物质文明,也需要精神文明。前者为人类福祉提供物质的基础,后者则为之灌注精神的内涵。社会生活有一项非常重要的内容是如何分配生活资料,马克思把它比喻成分食一盆汤,罗尔斯更形象地比作分蛋糕。借用罗尔斯的比喻来说,理工科学者从事的工作是制造出更大更好的蛋糕，社会科学的学者要制订更加公正、合理的分蛋糕规则，而人文科学的学者要为大家制造精神的蛋糕。这三者是缺一不可的。可是由于众所周知的原因，中国至今尚未恢复文科院士制度，大学里也没有文科的一级教授，我们至少在人事制度的层面上依然存在着重理轻文的倾向。在这样的背景下，南大创建人文社会科学资深教授制度，这是南大文科发展史上具有里程碑意义的重大事件，这是改变重理轻文倾向的标志性制度建设。我这样说不是指今天获得资深教授称号的四位老师有多么了不起，而是这项制度必将对南大的文科建设产生深远的积极影响。

2324年以前，燕昭王为了振兴燕国，苦心焦虑地搜求人才。但是四顾海内，人才究竟在哪里呢？燕国老臣郭隗献计，请昭王先从尊礼自己开始。他对昭王说："连我郭隗都得到重用了，何况那些胜过郭隗的人呢！"于是燕昭王在易水边上修建了一座黄金台，在台上放置黄金千两来延揽人才，并尊郭隗为国师。果然，各国的人才闻风而动，不远千里，奔赴燕国。其中有来自魏国的杰出军事家乐毅，还有来自齐国的杰出哲学家邹衍。燕昭王只尊礼郭隗一人，就获得了"士争趋燕"的良好效果，何况今天南大一下子请四个"郭隗"登台受聘，它必将有利于激励全校文科教师发愤图强，也必将有利于吸引校外优秀文科人才奔赴南大。郭隗本人并不足道，但是乐毅和邹衍都是名垂青史的杰出人才。我相信，在文科资深教授制度确立以后，在今后产生的南大文科资深教授中，一定会出现乐毅、邹衍那样的杰出人才。我为自己能成为一个当代的"郭隗"而深感自豪！

（2014年5月20日于南京大学）

在清词学术研讨会上的致词

各位代表：

在"正故国晚秋，天气初肃"的潇洒秋日，在"山围故国，绕清江、髻鬟对起"的六朝故都，由南京大学文学院中国古代文学学科和南京大学《全清词》编纂研究室主办的清词学术研讨会隆重开幕了。我谨代表南京大学中国古代文学学科的全体同仁，对不远千里、惠然肯来的各位嘉宾表示最热烈的欢迎！

众所周知，在整个中国古代文学学科的范围内，清词研究是近30年来最引人注目的研究领域之一。如果说30年来的唐诗宋词研究是踵事增华，那么这个时期内的清词研究堪称别开生面。由于种种原因，在上世纪80年代以前的学术界对清词的研究主要着眼于词学理论，尤其集中于清末的几种著名词话，而对清词自身的研究则停留在少数几位大词人如陈维崧、纳兰性德等人身上，以至于我们对整个清词的全貌知之甚少，更说不上有什么深入的思考和准确的分析。经过学人的不懈努力，清词研究取得了长足的进步。与30年前的学界相比，我们对清词文献的掌握已经远迈前人，《全清词》的编纂正在有条不紊地进行，一些重要的清词选集或别集已经得到很好的整理。有关清词的学术论著不断涌现，而且出现了好几种达到较高学术水平的重要著作。可以毫不夸张地说，如今我们对清词的理解比起30年前已有了较大的提高。这种情形当然是与清词自身的高度成就分不开的，是学术发展合乎逻辑的必然结果。再过半个小时，大家就将听到叶嘉莹教授的精彩讲演，她将从清代词人在花间词、两宋词的轨迹上的演化以及对词体美学特质的反思进行阐述。的确，作为一代之文学，在整个词史上足以与宋词的成就双峰并峙的只有清词。词体所以会在清代出现中兴之势，这是历史的必然。朱彝尊认为词这种文体"盖有诗所难言者"，还说词体的特征是"其词愈微，而其旨益远"，这也许就是明清易代之际的士人更愿意用词来抒情述志的原因，即使是性格豪迈的陈维崧也不例外。此外，清代既是少数民族入主中原的特殊时代，又是封建制度臻于成熟的时代，在日趋严密的思想统治之下，士人无论是抒发牢骚，还是倾诉爱情，词这种文体都成为他们的首选。朱彝尊的《风怀诗二百韵》固然有名，但其动人程度仍然远逊于"共眠一舸听秋雨，小簟轻衾各自寒"的词句。郑板桥的五、七言诗固然很好地抒写了寒士失职的愤懑，但其感染力依然不如"看蓬门秋草，年年破巷；疏窗细雨，夜夜孤灯"。正因如此，出身满洲贵族的纳兰性德也在词坛上异军突起，王国维评纳兰词说"由初入中原，未染汉人风气，故能真切如此"。其实那种特点只体现在纳兰少数咏及边塞生活的小令，而最能代表纳兰造诣的悼亡词等作品，完全是对宋词传统的青出于蓝，那正是对汉文化的深刻认同，也是清词中兴的一个标志。与清人词作臻于高境桴鼓相应的是，清代的词学理论达到了历史上的最高水平。张惠言的《词选》等重要选本，陈廷焯的《白雨斋词话》等重要词学论著，其学术水准远迈前贤。使人欣喜的是，上述情形已经得到学者的充分关注。就以提交此次清词研讨会的论文来看，就能知道学术界对清词成就的高度重视。50多篇论文所涉及的领域几乎涵盖了清词研究的全部内容，其中既有对重要词人的重新阐释，也有对某些名不见经传的词人的初探；既有对清词重要流派的创作特色的细致分析，也有对广东、上海等地域性特征的深入考察。此外如清代词乐、清词目录、清词对前代词学的沿革、清代社会风气对词坛的影响，乃至对清词学史的反思等，都进入了代表的研究视野。我相信，有如此高水平的学术论文作为基础，本次学术研讨会一定会取得圆满的成功。

各位代表！正如刚才薛校长所说，清词研究已经成为南京大学中国古代文学学科的重要方向。用如今流行的术语来说，清词研究是本学科最重要的一个学术生长点。早在上世纪80年代初，在程千帆先生的主持下，我们便成立了《全清词》编纂研究室，开始了《全清词》的编纂工作。从那以后，我们不仅在整理清词文献上投入了较大的力量，而且有意识地使一部分研究力量转移到清词研究上来。现任《全清词》编纂研究室主任的张宏生教授原来一直是以唐宋诗学为研究对象的，但为了学科发展的需要，便毅然改向，终于成为卓有成就的清词研究者。此次参加研讨会的南大的代表共有七人，毕业于南大的校友也有七人，他们不是为了参加此会而临时涉及清词研究，而是全心全意地投身于这个新的研究领域。所以现在我们贡献给学界的主要成果虽然是正在陆续付梓的《全清词》，但我们终将拿出其他形式的清词研究成果来向大家请益。当然，南大的清词研究至今仍处于草创阶段，我们的研究水平放在华语的大学术圈内仍处于较低的水平。我们知道台湾和港澳地区的学者在清词研究上起步较早，比如叶嘉莹先生、吴宏一教授、施议对教授和林玫仪教授等，都在清词研究上成果斐然。我们也知道大陆的兄弟高校有不少学者已在清词研究上走在我们前面。我们衷心希望在今后的清词研究中得到他们的不吝指教和热心帮助，这正是我们举办此次研讨会的初衷之一。

各位代表！康熙初年的余怀在追和王安石的《桂枝香》词中有这样的句子："六朝花鸟，五湖烟月，几人消受？"大家在清秋之际来到江南佳丽之地的六朝故都，又都是才华横溢的饱学之士，你们最有资格消受"六朝花鸟"和"五湖烟月"。所以我除了衷心祝愿本次学术研讨会在学术上获得圆满的成功之外，也衷心祝愿各位在南京、扬州生活愉快，身体健康！

谢谢大家！

（2008 年 10 月 24 日于南京大学）

在"中国文学：传统与现代的对话"
研讨会上的致词

由南京大学中国语言文学系和中国文学与比较文学国际学会联合主办的"中国文学:传统与现代的对话"国际学术研讨会开幕了。首先，请允许我代表南大中文系的全体同仁，对来自世界各地的代表和来宾表示最热烈的欢迎！

本次会议以"中国文学:传统与现代的对话"为中心议题，应该说是一个十分明智的策划。虽然中国传统文化博大精深，几乎在观念文化的所有分支上都曾有过光辉的表现，但是我一向觉得其中尤以文学的传统最为强大，文学传统与现代社会的联系最为紧密。也就是说，在文学的领域内进行传统与现代的对话是最有意义，也是最为切实可行的。科学和技术的发展基本上体现为数量的积累和水平的提升，科学的知识和观念经常以证伪作为前进的基本手段。伽利略名震一时，但他的全部天文学、物理学知识并没有超出一个现代中学生的知识范围，更不用说那些早已被证伪的科学理念例如托勒密的地心说了。秦代的郡县制度、隋唐的科举制度，曾经是多么先进的政治设计，可是在现代社会制度的衬映下早已黯然失色。曾经被人们视为天经地义的忠孝节义等伦理观念，也早已被现代人实行了全面的颠覆或部分的修正。只有文学艺术，它的观念只能修正而不能证伪，它的成就具有永恒的性质。文学是诉诸人们的基本情感和审美感受的，后者虽然也会随着时代的变迁而变化，但这种变化不会是颠覆性的，古代文学作品表达的古人的喜怒哀乐，至今依然能在读者心中引起强烈的共鸣。古代文学作品所创造的美学境界，至今依然会使人叹为观止。正如李白所说："屈平词赋悬日月，楚王台榭空山丘。"秦砖汉瓦迟早会成为废墟，但是《诗经》《楚辞》的光辉却不会随着时光的流逝而趋于暗淡。正因如此，当我们要想进行传统与现代的对话时，文学当然是首选的领域。

中国人曾经是世界上最喜欢复古的民族，在五四以前的中国文学史中，几乎每一次文学革新都或多或少地带有复古的色彩，有时甚至直接打出复古思想的大旗。这至少使得历代的文学家时时回首前代，文学的传统便得到了很大程度的加强。特殊的书写工具——汉字也进一步加强了中国文学传统的稳固的性质。当年仓颉造字，"天雨粟，鬼夜哭"。汉字特有的性质和功能使这种文字具有无比强大的生命力，与它先后同时出现的其他古文字早已成为只有在古文字专家的案头才能得到解读的死文字，汉字却依然是现代中国人表情达意的工具。以汉字书写的文学作品也就相应地具有特别强大的生命力，现代的中国人阅读古代的文学作品所面临的困难要远低于其他民族的读者阅读用其他文字书写的古代文学作品。唐诗距今已逾千年，但很多作品在今天的儿童口中仍然琅琅上口。宋代的话本小说距今已过八百多年，但其中的对话听来简直如出今人之口。所以当我们要在文学领域内进行传统与现代的对话时，中国文学又当然是首选的领域。

虽然我们在某些当代诗人的口中也听到一些要与传统断裂的宣言，但在我看来，只要他们还想表达中国人的喜怒哀乐，只要他们还想用汉字来写诗，那就绝对割不断与传统的联系。温故而知新，前代作家的经验可供借鉴。在唐代诗人中，李白具有最旺盛的创造力，后人甚至称他是"扫地并尽""横被六合"，然而事实上李白极其重视传统，不但在写作过程中曾"三拟《文选》"，而且还声称"我志在删述，垂辉映千春"。在现代作家中，鲁迅的反传统精神最为强烈，但是他不但以极大的热情从事古代文学的整理研究，而且其创作中也时时体现出文学传统的深刻影响。所以，长达三千年的中国文学是一条从不间断的历史长河，它在任何部位都处于"抽刀断水水更流"的状态，传统与现代之间决不存在不可逾越的鸿沟。

正因如此，我们要在中国文学的领域内进行传统与现代的对话不但具有必要性，而且具有可行性，这正是我们这次研讨会能顺利举行，并必将取得成功的学理上的原因。此外，本次会议的代表在地域上的广泛性也是会议必将取得成功的重要原因。尤其是有多达40余位的学者来自西方各国的著名大学，他们身处异文化的地区，又接受了日新月异的西方理论和观念的影响，当他们就中国文学进行传统与现代的对话时，肯定会由于远距离的观察而更加清楚地认识中国文学的"庐山真面目"，从而使"它山之石，可以攻玉"的古训得到真正的实现。古人论文说"思接千载"，又说"视通万里"，我相信本次会议的学术讨论在时间和空间两个维度上一定能达到这种境界。

为了使会议开得生动活泼，也为了使会议代表稍微领略在现代生活中还保持得比较好的中华传统文化精神的内容，我们特意在会议期间安排了一些小插曲，例如到桨声灯影的秦淮河边品尝传统风味小吃，欣赏被列入世界非物质文化遗产的昆剧演出，以及游览曾被唐代诗人称为"天下三分明月夜，二分无赖在扬州"的古城。六月的南京，骄阳似火。我相信代表们对于学术研究也怀有火一样的热情，本次会议的学术讨论一定会非常热烈。我希望大家畅所欲言，在热烈的讨论中真正实现思想层面的交锋，但我更希望我们在学术讨论中保持冷静的头脑和温和的态度，从而达到以文会友、促进友谊的目的。827年以前，朱熹与陆氏兄弟在鹅湖寺进行了十分激烈的学术争辩，但是朱子酬和陆九龄的诗中却说："旧学商量加邃密，新知培养转深沉。"我觉得用这两句诗来形容我们这次会议的主题是非常贴切的，我也相信全体代表在讨论中一定会体现出与当年朱、陆之争双方同样的学者风度。

最后，我祝愿本次会议取得圆满的成功，祝愿全体代表在宁期间生活愉快，身体健康！

谢谢大家！

(2005年6月23日于南京大学)

普及古典名著，弘扬传统文化

　　凤凰是华夏民族想象中的美丽神鸟，它在《山海经·南次三经》中初露身影："丹穴之山有鸟焉，其状如鸡，五采而文，名曰凤凰……是鸟也，饮食自然，自歌自舞，见则天下安宁。"可见凤凰的第一重意义是祥瑞。相传周文王兴起，凤凰鸣于岐山。故而孔子见道之不行，乃叹息说："凤鸟不至，河不出图，吾已矣乎！"杜甫七岁就"开口咏凤凰"，垂老之时还惦记着"山巅朱凤声嗷嗷"。凤凰的第二重意义是永生不死，它千年涅槃，并在烈火中获得新生。凤凰出版传媒集团取"凤凰"为名，当然蕴含着传承、弘扬中华民族传统文化，建设和谐文明的太平盛世的伟大目标。所以我认为，"凤凰"不但是集团外在的商业Logo，而且是集团内在的企业精神。

　　据《江南通志》记载，公元439年有凤凰出现在南京城，南京人民随即修建了一座凤凰台。凤凰降临意味着南京的文化事业即将走向高潮，果然，31年之后，南京城里建成了中国历史上最早的国家级学术机构儒学馆、玄学馆、文学馆和史学馆。60多年以后，中国历史上最早的文学理论专著《文心雕龙》与最早的文学总集《昭明文选》在南京城里相继问世。南京的文运如此昌盛，整个江苏更是公认的人文荟萃之地，以苏州为中心的苏南是吴文化的发祥地，以徐州为中心的苏北则是汉文化的发祥地。江苏的文脉源远流长，这是凤凰出版传媒集团得天独厚的优越条件。目前集团正在积极从事"江苏文脉工程"的编纂与出版，可谓得其所哉！

正因怀着继承、弘扬中华传统文化的共同目标，我本人与凤凰集团发生了紧密的联系。从早期的学术专著《唐宋诗歌论集》，到后来的普及读物《漫话东坡》《诗意人生》等，我的重要著作大多是凤凰集团出版的。我已与凤凰集团旗下的六家出版社有过合作，相信今后还会有更加紧密的联系。去年凤凰出版社不计成本为我出版了十卷本的《莫砺锋文集》，江苏文艺出版社又主动为我策划了《莫砺锋讲唐诗课》，标志着我与凤凰集团合作的高潮。这次集团授予我"金凤凰奖"，既是对我本人的工作成绩的热情鼓励，也是对我们的合作关系的高度肯定。借这个宝贵的机会，请允许我向大家汇报我从事传统文化普及工作的经历以及一些粗浅的感想。

我1984年博士毕业后留在南京大学中文系任教，30多年来一直在从事古典文学的教学与研究。我曾连续讲授本科生课程"中国古代文学史"20多年，并参加袁行霈主编《中国文学史》教材的编写，担任宋代卷的主编。2005年，由我主持的"中国古代文学"课程被教育部评为"国家精品课程"。2008年，由我领衔的"南京大学中国古代文学教学团队"被教育部评为"国家级优秀教学团队"。在做好教学工作的同时，我也努力进行学术研究，陆续出版了《江西诗派研究》《朱熹文学研究》《杜甫评传》《唐宋诗歌论集》《古典诗学的文化观照》《文学史沉思拾零》等论著，发表单篇论文150余篇。在2004年以前，我一直固守在南大教师的岗位上，心无旁骛，可称是一个兢兢业业的大学教师。但是几个偶然的机遇使我将较多的精力转移到普及工作上来了。2004年，南大校方不由分说地任命我当系主任，我顿时陷入繁杂事务的重围中，心烦意乱，老是回想我系的老主任陈白尘先生的名言："系主任不是人干的！"我勉强当了一年主任就坚决辞职了，就在那一年里，我撰写了平生第一本普及性读物《莫砺锋诗话》。因为我老是开会或填表格，无法静下心来撰写符合"学术规范"的论文，便随意写些轻松、散漫的文字。没想到《诗话》出版后，我收到许多读者来信，他们认为此书起到了向广大读者推荐古典诗词的作用，使我深感欣慰。另一件偶然发生的事是我走上央视的"百家讲坛"。2001年，南大庆祝百年校庆。校庆办与央视联系，由"百家讲坛"栏目组到南大来录制几个老师的讲座。于是我在南大的教室里以《杜甫的文化意义》为题做了一个讲座，后来分成两讲在"百家讲坛"播出。到了2007年，央视的两位编导专程到南大来请我去讲唐诗，还请南大校方出面劝说，于是我正式走上了"百家讲坛"。我这个人性格拘谨，外表严肃，南大的学生都说我的最大特点便是不苟言笑，这样的人其实不该上电视。果然，我第一次到央视录制节目，编导便指出我在半个小时内两只手下垂着一动不动，还要求我增加一些肢体语言。我便勉为其难地做些手势，节目播出后我老伴又指责我"手舞足蹈"，真是做人难啊！但是观众对我的总体评价还算可以，后来我又应邀到央视去讲了白居易、杜甫草堂等专题，并根据记录稿整理出版了两本书，便是《莫砺锋说唐诗》和《莫砺锋评说白居易》，印数都达10万册，颇受读者的欢迎。

有了上述经历，我对普及工作的意义加深了认识。中华传统文化是博大精深的，它既有物质文化、器物文化，也有精神文化，古典文学便属于后一类。中国古典文学不但在艺术上登峰造极，而且蕴涵着丰富的人文精神和社会价值。它不但是中华传统文化中最为耀眼的精华部分，是最为鲜活生动、元气淋漓的核心内容，而且广泛、深刻地影响着中华文化的其他分支。中国古典文学直观地反映着中华民族的民族性格，生动地表述着中华民族的社会理想和人生态度，忠实地记录着中华民族的喜怒哀乐。古典文学的审美价值和认识功能历久弥新，它是沟通现代人与传统文化的最便捷的桥梁，也是其他文化背景的人们了解中华文化的最佳窗口。当我们从事古典文学的研究时，应该像钱穆先生撰写《国史大纲》那样，怀有一颗充满温情的敬畏之心。我们当然可以用"比较文学"的眼光来从外部对它进行审视，但是决不能轻易地否定它、贬低它。由于古典文学比较高雅、深奥，它在当代社会的普及和传播都比较困难。从事古典文学研究的学者的活动又往往局限在大学或研究机构里，其研究成果仅见于学术刊物或学术著作，与一般的民众基本绝缘。其实从根本的意义上说，古典文学中的经典作品流传至今的意义并不是专供学者研究，它更应该是供大众阅读欣赏，从而获得精神滋养。严肃深奥的学术论著只会在学术圈内产生影响，生动灵活的讲解或注释解说却能将古典名篇引入千家万户。从深入研究到准确阐释，再到广泛弘扬，这是从事古典文学研究的学者义不容辞的庄严责任。由于受到现行学术评价体系的影响，许多学者虽然是在研究古典文学，心中却时时想着如何"创新"。不管是发表论文，还是申请项目，要是缺少"创新点"，就会无疾而终。久而久之，追求"创新"似乎成为学术界不言而喻的价值导向。我当然承认学术研究不能陈陈相因，但同时认为对于古典文学研究来说，也许更应强调的是保持对传统的敬畏和传承。动植物的生命奥秘在于一代一代地复制基因，文化的生命就在于某些基本精神的代代相传。一种观念也好，一种习俗也好，一定要维系相当长的历史时段，才称得上是文化，那种人亡政息的观念或习俗是称不上文化的。孔子和朱子是为文化传承作出巨大贡献的古代学者，他们理应成为我们的典范。孔子是中国传统文化整体上的祖师，朱熹甚至说"天不生仲尼，万古长如夜"，但孔子自己的志向却是传承前代文化。他声称"述而不作，信而好古"，他以韦编三绝的精神从事古代典籍的整理研究，所谓"自卫反鲁，然后乐正，雅颂各得其所"，就是对《诗经》的研究与整理。朱熹也是如此，他对儒学的最大贡献就是《四书章句集注》。在文学方面，朱子并没有撰写诗话一类的文学论著，而是用毕生精力编纂《诗集传》与《楚辞集注》，成为后人读《诗》、读《骚》的重要版本。我们应该继承孔子、朱子的精神，在从事具体的学术课题时心怀传承文化传统的远大目标。无论是学者还是出版人，我们都应该为此贡献一份力量。

正因如此，对于本人在凤凰集团出版的著作，我最看重的并不是以学术论著为主的《莫砺锋文集》，而是另外三部书，它们都与普及传统文化的知识有关，也都是我与凤凰集团紧密合作的产品。一是《国学文选》，它是凤凰出版社前社长姜小青先生提议编写，由我担任主编，并与南大两古专业的24位同仁通力合作而成。本书从有关国学的原典中精选192篇古文，按内容分成12单元，每单元都有导言，每篇文章都有注释与评析，以供中学生与一般的国学爱好者阅读。二是《千年凤凰　浴火重生》，它是南大两古专业集体承担的教育部重大攻关课题"中国古代文学艺术与现代中国社会研究"的最终成果，由于我是该项目的首席专家，故由我领衔署名。全书的主要内容是从学理上论证中国古代文学艺术在当代应该产生巨大的促进作用，"千年凤凰　浴火重生"这个书名就是我与江苏人民出版社前社长徐海先生等人商讨而定的。三是《莫砺锋讲唐诗课》，这本书的出版与获奖都与江苏文艺出版社直接有关。毫不夸张地说，要是没有文艺社的周密策划和热情约稿，此书根本不可能产生。2018年10月，人民文学出版社出版了程千帆先生的《唐诗课》，书中收进了一篇我与程先生合写的论文，我在出版之前就同意授权收进该文，也在第一时间就看到了样书。但我压根儿没有自己也来编写一本《唐诗课》的想法。是江苏文艺出版社的黄孝阳副总编等人闻风而动，及时策划，委派编辑唐婧女士数次登门约稿，并在文字编辑、装帧设计及宣传发行等方面投入很大力量，才使此书及时出版并顺利获得2019年度的"中国好书奖"。上述三本书意味着我本人进一步走出学术象牙塔而迈向社会，也意味着我与凤凰出版传媒集团的合作日益紧密。毫无疑问，对传承弘扬传统文化的担当精神就是我们双方合作成功最重要的基础。

我一向赞成《神灭论》的作者范缜的话：一个人的命运，就像花瓣从树上随风飘落，落到何处纯属偶然。54年前我从苏州中学高中毕业，一心想考进清华大学去学习电机工程，人生理想便是当个工程师，然而高考废除，梦想破灭，下乡去使用镰刀、锄头种了10年庄稼。41年前我在安徽大学外语系读到大二时提前考研，本想报考南大外文系的英美文学，因没学过第二外语无法报名，便在报名地点临时起念，改报了中国古代文学专业，非常偶然地成为程千帆先生的弟子，从此在故纸堆里钻了几十个春秋。岁月如流，人生苦短。七十之年，忽焉已至。王维说得好："七十老翁何所求？"回首平生，虽有许多身不由己的无奈，但偶然之中仍有其必然。我当知青时在江南农村的茅檐底下结识了李、杜、苏、辛，他们在我最困难的时候与我朝夕相伴，他们在冥冥之中引导我成为专攻古典文学的学者。我决心把余生精力贡献给古典文学的研究与普及，来报答那些异代知己对我的恩情。我现在并无具体的人生目标，只是顺从命运的安排，暂时尚未退休，就继续在南大教书，指导几个研究生，撰写几篇学术论文。此外我也要在社会上做些力所能及的古典诗歌普及工作，比如做公益讲座，写普及读物。我在中学时代读过一套《中国历史小丛书》，受益匪浅，心里很崇敬那些认真撰写普及读物的著名历史学家。先师程千帆先生也一向重视普及工作，曾经牛刀割鸡，亲自编撰《唐诗鉴赏辞典》《古诗今选》等普及读物。他们都是我努力追随的榜样。近10年来我在普及工作上投入较多的时间和精力，但自己水平有限，效果不很理想，只望在有生之年写出几本合格的普及读物，来献给热爱唐诗宋词的广大读者。我曾多次表示，如果说唐诗宋词是一座气象万千的名山，我愿意当一位站在山口的导游，来为游客们指点进山路径与景点分布。

最后，我衷心祝愿凤凰出版传媒集团的事业蒸蒸日上，祝愿与凤凰合作的作者朋友成果丰硕，祝愿凤凰版图书的读者队伍不断壮大！凤翔九天，凤鸣朝阳！

（2020年10月23日在凤凰出版传媒集团主办的
"2020凤凰作者年会"上的讲话）

迎接人生的一蓑烟雨

各位老师，各位同学，各位校友：

首先，请允许我以一位老校友的身份，向大家致以节日的祝贺！学校是培育人才的机构，学校向社会贡献的产品就是毕业生，毕业典礼是全校师生庆祝丰收的盛大节日。况且本届毕业生经历了三年抗疫的艰难时世，你们顺利毕业如同大灾之年获得丰收，无论是老师还是学生，都为此付出了加倍的努力，丰收来之不易，尤其值得庆贺。其次，请允许我对母校邀请我参加今天的隆重典礼表示感谢！我是一个并未在母校获得毕业证书的肄业学生，我现在从事的专业是中国古代文学，又专攻古典诗歌，行业公理是"诗穷而后工"，我没有财力向母校捐款设立奖学金或奖教金。我平时的工作是坐冷板凳和钻故纸堆，也没有可能作出重大的社会贡献来为母校增添光彩。母校选中我这个非常平庸的校友到典礼上来致辞，说明她具有对全体学生一视同仁的宽容胸怀。

母校对我的宽容从我入学之前就开始了。1977年12月，当时我是安徽省泗县汴河公社的插队知青，已在农村种地10年。得知高考恢复，我便跑到公社里报名。没想到招生简章上有一条规定：考生年龄不得超过25周岁，个别学有专长的才可适当放宽。当时我已经28周岁，又没有任何专长！有个公社干部比较同情我，说我常读英文书，说明英语是我的专长，文教干事便同意我报考外语系科。当时的我早已丧失了11年前高中毕业时"清华北望气如山"的豪情，便依次填报了安大、安师大和宿州师专的外语系。发榜以后，名落孙山。幸而国家出台了新政策，要求各校补录一些能自己解决住宿的走读生。我在合肥、芜湖和宿州三地都是举目无亲，无法提供自己能解决住宿的证明，也就没有提出申请。没想到过了不久，我就收到了安大外语系的录取通知。1978年4月2日，我走进安大，住进学校提供的宿舍。我这个并不专长英语又无法自行解决住宿的落榜生从此成为安大外语系七七级学生，这是母校对我的第一次宽容。

一年以后，外语系七七级的快班中有几个尖子生要求提前报考研究生，消息传到我班，同学们怂恿我也试一试。我听说研究生的助学金比本科生高出一倍，怦然心动，便跑到省教育厅去查看各著名大学的招生目录。初选的志愿是南京大学外文系的英美文学专业，因没学过第二外语而无法报考，于是临时起念改报南大中文系的中国古代文学。照理说安大完全可以拒绝我的报考请求，因为我的考研不仅提前，而且跨专业。但学校先让我到中文系去接受一场为我专设的面试，两位素昧平生的老师就中国古代文学的常识盘问我一个小时，第二天校方便同意我报考。4月12日报名，6月2日开考，只剩一个半月的复习时间。我觉得考试科目中的中国文学史等三门专业课需要复习，便向罗以康老师请求让我在他讲授的英语精读课上"身在曹营心在汉"，偷偷地看中文参考书。结果我侥幸被南大录取，9月中旬便离开安大。从报名到备考，安大对我一路绿灯，这是母校对我的第二次宽容。日后我几次回到母校，看到那熟悉的教学楼与文科西楼，心怀感恩，感慨万千。

那么，除了感恩母校以外，我还想对在场的毕业生说些什么呢？

三句不离本行，我就从我所从事的专业说起。从1984年博士毕业留校任教开始，我在南大教了40年的古代文学。我学术研究的主攻方向是唐宋诗歌，我最热爱的古代诗人是杜少陵与苏东坡。我是东坡的异代粉丝，我觉得在中国古代圣哲中间，东坡是最可敬佩、最可亲近的千古一人。我曾到黄州、惠州、儋州去瞻仰东坡的遗迹，想到东坡生平遭受的艰难困苦，真是悲愤填膺。东坡谪居黄州后，不但心情凄苦，而且生活艰难。他被迫开荒种地，可惜黄州官府借给他耕种的那块荒地本非农田，面积虽有40多亩，打下的稻谷却不够全家20多人的口粮。当我读到他的《东坡八首》《寒食雨》等描写艰难生计的作品时，我既感辛酸，又生遗憾。我遗憾的是我不能像如今的年轻人那样学会穿越！要是我学会穿越的话，我一定立马奔赴北宋的黄州，去帮助东坡种地。我年轻时当过10年农民，早已练出一身插秧割稻的好本领。以我这种狂热粉丝的劲头，我哪怕累瘫在地，也要帮东坡种出足够他全家充饥的稻谷来！可惜我至今没有学会穿越，于是公元11世纪的东坡站在黄州城东的山坡上朝着未来眺望，21世纪的粉丝莫砺锋却不见踪影。到了公元1082年，东坡听从黄州土著朋友的劝告，决定自己买块好地来耕种。三月初七清晨，两个朋友来到苏家，陪同东坡前往20里外的沙湖去相田。途中突遇风雨，既没有雨具，又路滑难行，两个朋友狼狈不堪。只有东坡不慌不忙，从容淡定。他足蹬草鞋，手持竹竿，步履坚定，冒雨前行。因为他知道风雨是暂时的，不久就会雨散云收。果然，下午他们返回时，天气早已转晴。东坡此行没有买成那块稻田，但催生了苏词名篇《定风波》，其中的警句便是"一蓑烟雨任平生"。"一蓑烟雨"四字淡淡说来，其实它不仅指在自然界中不期而遇的斜风细雨，也包括"乌台诗案"那种政治上的狂风暴雨，东坡一概以平常心看待之。《定风波》不是艺术水平最高的东坡词，也不是最好的东坡黄州词,但是我格外喜爱它,视它为人生格言。在今天的典礼上,我想引用此词作为送给全体毕业生的临别赠言。

我知道,今天在座的九千多位毕业生中,也许有少数命运的宠儿,他们今后的人生道路会铺满鲜花,我愿意祝福他们。但是我相信多数同学都与我一样,我们只是普通人,我们是芸芸众生、凡夫俗子。普通人当然会有普通的命运,我们没有口衔金汤匙来到人间,我们的人生道路不会一帆风顺。命运具有不容置辩的强迫性,贝多芬那样的豪杰之士也许能扼住命运的咽喉,我们普通人却很难做到。命运又具有毫无逻辑的偶然性,1500年前,《神灭论》的作者范缜与竟陵王萧子良在南京城里谈论命运的话题。子良问范缜:你不信因果报应,那怎会有富贵贫贱的差别?范缜回答:人生就像树上随风飘堕的花瓣,落到何处纯属偶然。我们普通人像花瓣飘落一样来到世间,只能顺从命运的安排,我们无法回避人生道路上的各种坎坷或挫折。换句话说,我们在人生道路上总会遇到一些风风雨雨,总会暂时处于人生的低谷甚至逆境。既然无法回避,那么如何应对?东坡为我们提供了一个光辉的典范。"一蓑烟雨任平生"既不是消沉,更不是放弃,而是以淡定从容的态度对待眼前的困境,以坚忍不拔的精神继续走向未来。东坡写出《定风波》的四年后重返朝廷,仍然一如既往地直言进谏,面折廷争。再过三年,他赴任杭州知州,仍像在徐州抗洪一样勤政爱民,疏浚西湖。直到东坡去世前两个月,刚从海南归来、九死一生的他还请友人代购毛笔一百枝、宣纸二千幅,准备创作更多的书画作品。我衷心祝愿同学们像东坡那样始终以"自强不息"的积极态度来对待人生,有所作为。我也衷心希望同学们遇到人生坎坷时以"一蓑烟雨任平生"的格言自我勉励,从容应对。

最后,我愿朗诵《定风波》来结束我的致辞:"莫听穿林打叶声,何妨吟啸且徐行。竹杖芒鞋轻胜马,谁怕?一蓑烟雨任平生。料峭春风吹酒醒,微冷,山头斜照却相迎。回首向来萧瑟处,归去,也无风雨也无晴。"

(2023年6月20日在安徽大学
毕业典礼上的演讲)

卖瓜者言

自从院里通知我要以作者的身份在《莫砺锋文集》发布会上做一个讲话，我就想：假如把这个会比作一个西瓜产品的发布会，那么种瓜的王婆讲什么好呢？如果王婆讲真话，应该说我种的瓜又涩又苦，大家千万别买！但是这个话好像有点不得体，而且我看到在座的姜小青、倪培翔两位出版社老总，他们是我这个产品的经销商，他们一定不同意。所以下面我就不自我谦虚了，讲另外两点意思：第一，我是怎么成为一个瓜农的；第二，我这个瓜是怎么种出来的。

一、成为瓜农

我今年刚满70周岁，现在坐地铁已经不要钱了。记得我刚到60周岁时，办了一张半价的公交卡，登上公交车一刷，刷卡机就大叫"老人卡"！我明白自己已经进入老年了。10年以后我就更老了。"七十老翁何所求？"梁启超给我们指出一条道路，他说"老年常思继往"，现在我先回忆一下往事。

我一向把从事人文学科工作的人比作瓜农，他种的产品是西瓜，不能吃饱肚子，但可以使我们的生活更加甜美。我这个人最初并不想"种瓜"，我最初的理想是"种粮"。种粮是什么意思？我指的是工科。

我年轻时候是想学工科的，我觉得生产一些工业产品，更像种了五谷杂粮，可以直接充饥，直接果腹。可是时代让我改变了方向。

去年我回母校苏州中学去和同班同学聚会，纪念我们"上山下乡"50周年。1966年我在苏州中学读高三，到了5月份，学校已经让我们填了高考志愿的草表。我跟几个要好的同学事先都商量好了，第一我们都报工科，第二我们坚决不报师范，就是不想当老师，不愿学文科，没想到最后命运让我当了一个文科老师，命运播弄人哪！当时我填草表，前三个志愿分别是清华大学的电机工程系、数学力学系和自动化控制系。这一点都不奇怪，苏州中学的同学绝大部分都想学理工科，我们全班40多个同学，只有三四个同学想考文科，其他全想考理工科，重理轻文相当厉害。但我们那一届是共和国历史上最不幸的高中生，我们还没进入高考考场，中央就通知废除高考。等到恢复高考，已是11年以后，到了1977年了。

我高中毕业后主要的经历就是到农村去当知青。我们苏州中学的同学，还是比较喜欢学习的，下乡的时候大家还尽可能地背了一些书下去，有的是事先在新华书店买的，也有的是从学校的图书馆偷的。我也带了一些理科的书下乡。假如你是牛顿或者爱因斯坦，把你投放到农村去，你还是能够成功。但我们是普通人，普通人要在当时农村环境自学理工科是不可能的，你碰到一道坎，没人指点，就怎么也过不去了。所以我们很快就转向了。从第二年开始，我就把一些数理化的书都当废品卖掉，上大学的梦想已经破灭了。

农村10年，生活比较艰苦，而且我有一个特殊的情况，我的父亲是国民党军人，当时戴着历史反革命的帽子，处于那种境遇下的知青，任何出路都被堵死了。推荐进大学当工农兵学员，或者参军当兵、进工厂当工人，这些离开农村的路都绝对走不通，甚至连赤脚医生、民办教师也是绝对当不上，只能种地。时间长了以后，心情当然有点苦闷。我们生产队倒是有个姑娘，名叫小芳，但是她也不喜欢我，所以心情相当苦闷，苦闷之余当然也要稍微读点书。以前在中学里喜欢数理化，后来就转读文科书了。我读得比较杂，不是我想要博览群书，而是当时我们借不到书。只能命运赏给我一本什么书，我就看什么书。我曾经有几个月就看了一本《气象学教程》，因为那几个月就借到了这一本书，便从头到尾仔细地看了一遍。

10年很快就过去了，当初关于"种粮"的梦想也破灭了。等到1977年恢复高考的时候，我已经漂流到安徽去了，插队在安徽最穷的泗县，一半的口粮是山芋干，就是山芋晒成的干子，把它打成面再吃。1977年的高考是分省进行的，安徽省有安徽省的政策，规定说超过25周岁的考生要报名的话，必须学有专长，否则不许报考。我跑到公社去报考，一看条文不符合，我已经28周岁了，我心里很委屈，又不是我想拖这么晚才来报考的，现在恢复高考，又说我超龄了。有几个公社干部比较同情我，就说大家帮小莫想想办法，能不能让他报上名。有人说我经常看英文书，就说英文是特长吧。于是我就谎报说专长英文，然后就考进了安徽大学的外语系，学了一年半英文。

我那时囊中空空，就是靠助学金生活，每个月18块钱有点不够。忽然传来消息说研究生的助学金每月有35元，我就提前考研了。那时候没有电脑，更没有网络，我们是到省教育厅去查目录的，南大的目录是一本书，因为我外婆家在南京，所以老母亲让我考南京的大学，我就选择南大。跑到教育厅一查，南大外语系的英美语言文学专业有第二外语这门考试科目，而我们安大的外语系二年级还没开第二外语，德语、法语我都没学过，我没法报考。当时我们班里的同学都知道我要考研了，如果我名都没报上，就太丢人了。我就临时翻看南大的招生目录，看看有没有其他专业可以考。一翻就翻到中文系，看到了程千帆先生的名字。我根本不知道程千帆是什么人，一看专业是中国古代文学，研究方向是唐宋诗歌。我觉得唐宋诗歌我还蛮喜欢的，在农村时还读了一些，我当场决定就报这个专业了，一考就考上了。

9月份我到了南大，见到了我的导师程千帆先生，后来就是他教我怎么"种瓜"的。过了好久我才知道原来程先生这位老瓜农，年轻时也是一心想要"种粮"的，他并不想种瓜。程先生在民国时代考上了金陵大学的化学系，他到金大报到，一看化学系的学费很贵，而中文系的学费很便宜，家境贫寒的程先生就临时转读中文系了。我觉得我跟程先生的师生缘分中间有一点是最重要的，就是我们原来都想种粮，后来改而种瓜了，这是我要讲的第一点意思。下面讲第二点，我是怎么种这些瓜的。

二、如何种瓜

我到南大读研，读得比较快，在座的徐有富兄长是和我同一年级的，我们那一届硕士读了两年零三个月就毕业了。然后我就接着读博，前后加起来也不过五年零一个月。程先生当然知道我没读过中文系，基础特别薄弱，所以吩咐我要下狠功，要恶补。所以我读研应该说还是蛮辛苦的，特别是读博，因为那时南大中文系的博士生培养刚刚开始，在我博士毕业以前，还没有招第二届。曹虹老师跟今天没到场的蒋寅老师是第二届，他们是1985年才入学的，我是1984年就毕业了。也就是说在接近三年的时间里，程先生名下只有我一个博士生。程先生又觉得我基础太差了，要请更多的老师来教我，他就聘请了周勋初、郭维森、吴新雷三个老师当他的助手。结果四个老师管我一个学生。我现在经常对我的学生说，你们现在比较轻松，我一个人管你们10个人，那个时候四个老师管我一个人。四个老师管我一个人，当然把我管得死去活来，不过总算挺过来了，幸亏当了10年农民，身体还比较棒，所以能挺得过来，后来就毕业了。

那几年学什么？就是学古代文学研究，具体地说就是唐宋诗歌研究。我这个人性格拘谨，才力薄弱，后来我的师弟们的研究方向都有很大的拓展，从时间上说往下延伸到清代，空间上说向外扩展到域外，但我一直坚守着一亩三分地，一直在唐宋诗歌这个领域里，一步都没有离开过。光阴似箭，很快几十年过去了。我留在南大教书，当然也要做点研究，写一点论文，后来年纪大了也开始做点普及工作，写些普及读物。慢慢地写的东西就有点多了。到了2016年，姜小青社长向我提议，说你快70岁了，是不是编一个文集，把自己写的东西总结一下？我觉得虽然我写的东西没什么价值，但是毕竟从事文学研究生涯30年了，做个总结还是可以的。我就动手编这套文集。凤凰出版社派了八个责编来帮我做这套文集，我也动员了目前在读的几个学生帮我一起看校样，在大家的努力下，这套文集总算出来了。

三、关于《莫砺锋文集》

这套文集的内容比较杂，不是纯学术的，有几卷是专著或论文，也有几卷是普及性的读物，甚至是我的回忆录和一些讲话稿。应该说这些瓜种得不好，但是基本上都是我亲手种出来的。只有两点要交代一下。

卷六的《文学史杂论》中间有两篇文章是跟程千帆先生联合署名的。我在程先生指导下一共跟他联合写过五篇论文，那五篇论文都是程先生指导我写，我写好以后程先生亲笔修改过的。1998年我为程先生编文集的时候，把它们都收到《程千帆文集》中去了，那应该算老师的成果，我的文集就不收了。收到这里的两篇，是当年山东大学编写《中国历代著名文学家评传》时向程先生约稿，请他写黄庭坚和王令，程先生说这是普及性的东西，他也没时间写，就让我写了。程先生还让我写完后直接投稿，他也不看了，所以这两篇的署名虽然是程千帆、莫砺锋，但我1998年为程先生编文集的时候，程先生说这两篇不用收到文集中去，我就没收。现在收到我的文集卷六中，这里向大家做一个交代。

另外就是卷八，卷八收了我的一本小书，叫作《诗意人生》，后面有两个附录，一个叫作《诗与道德》，一个叫作《诗与自然》，这两本需要交代一下，因为这是我跟学生合作的。前一本原来名叫《诗歌与道德名言》，是凤凰出版社的前身江苏古籍出版社出版的。它是卞孝萱教授主编的"中华传统文化丛书"中的一本。它的写作有一个特殊背景。那是在2000年，我跟台湾的清华大学签了约，下半年要去做半年的客座教授。我就下定决心，到台湾去待半年，什么都不写，专门读台湾学者的书。那年4月，卞先生突然到我家来向我约稿。我家住在六楼，也没有电梯，但是年近80的卞先生居然事先也没打电话联系，突然就爬到楼上来了。我打开门一看是卞先生，卞先生马上说："莫兄你一定要答应，莫兄你一定要答应。"我吓一跳，问卞先生什么事，他说请你写这本书。在这种情况下，我就不好拒绝，所以就接受了。交稿期限又很短，当年年内就要交稿，我实在没办法，就请学生帮我一起写。我先确定选目，选了200首诗，分门别类地写了一些样稿，然后请了10个学生帮我一起写。在座的胡传志、党银平、孙立尧、吴正岚四位都参加了，这本《诗与道德》就是这样跟学生合作的。第二本《诗与自然》也是跟学生合作的。2008年，我在江苏省政协担任文史委员会主任，这是我生平做过的唯一的在校外的官。文史委员会主任还真是个官，因为按照规定，它是正厅级的！我手下五个副主任都是厅级干部。我每次到省政协去开会，都是骑着自行车去的，散会以后五个副主任都抢着要用他们的专车送我回家。我说我的自行车还在这里，我要骑车回去。文史委有个日常工作，编一本叫《钟山风雨》的杂志，但是省政协主席突发奇想，要编一本以"人与自然"为主题的古典诗词选。这个任务当然要交给文史委员会，我是主任，又是搞古代文学的，当然义不容辞。所以我就请了在读的六个学生帮我来编这本书，今天在座的周小山同学也参加了。编法与上一本一样，也是我确定选目，我写样稿，然后学生写初稿，我再从头到尾修改。书出版后题作《我见青山多妩媚》，印数还相当多。这两部书严格地说不是我个人的作品，需要做一个交代。

关于文集的其他话题我就不说了，文字都在这里，是好是坏，请各位来批评。还记得我考上南大研究生以后，发表了第一篇文章，兴冲冲地拿到外婆家去献宝。我的小姨妈说，发表文章太可怕，你的缺点错误别人一下都看到了，大家一起来批评你，这多可怕！我想确实如此，出一套文集更是这样。晋朝的钟会当年写成了《四本论》，想送到嵇康那里去请教。他把书稿揣进怀里，到了嵇康家，不敢拿出来，站在门外，向门里远远地扔进去，然后转身就逃，因为他怕嵇康当面批评他！今天我也有这种忐忑不安的心情，台下正坐着几十位"嵇康"，但是我无路可逃。况且这些嵇康们是文学院专门请来为我的文集挑毛病的，我要逃走了也不像话，所以我就决定老老实实地坐到台下，聆听各位嵇康对我的批评。

（2019年4月20日在南京大学
"《莫砺锋文集》学术研讨会"上的讲话）

我与古典诗词

各位老师，各位同学：

今天我想从一个大学中文系老师的立场谈谈我跟古典诗词的几种关系。一般来说，大学中文系的老师跟古典诗词会有三种关系，第一是阅读，第二是研究，第三是讲解。但是我个人跟古典诗词的这三种关系，跟在座的朋友们可能都不一样，大家一进中文系就是奔这条道路而来的，我自己好像是偶然被命运抛到这里来的，我与古典诗词的结缘有点偶然，下面先从我的经历讲起。

一、阅读

1966年我从江苏的苏州中学高中毕业，那时苏州中学有一个比较大的特点就是重理轻文，全班40多个同学，大概只有三四个人要考文科，男生基本上都考工科，那时候我做梦都想进清华大学去学电机工程或自动化控制。但是还没等到我们参加高考，高考就被废除了，当然我也就失去了进大学的机会。直到1977年的冬天才恢复高考，中间相隔11年。我是到农村当知青，种地去了，那时的正式名称叫"扎根农村干一辈子革命"，其实就是种庄稼。多年后我进入古代文学专业，看到一些古代的图像资料，发现我当年所用的农具——镰刀、锄头、用牛拉的犁，跟汉代、宋代的基本一样。这种情况下生产效率是不高的，而且江南耕地面积较小，我们生产队平均每人才一亩多地。我当了10年农民，每年为国家贡献的粮食也就1200来斤，还有400斤被我本人吃掉了。那10年，除了种地，我什么都没有干。因为我身上除了"下乡知识青年"以外，还有一个称号叫作"可以教育好的子女"，一旦有了这个称号，除了种地之外就无路可走了，连赤脚医生、民办教师也当不上。10年知青，生活相当艰苦，心情比较郁闷，惟一的亮点就是务农之余读点书。我刚下乡的时候带了一些数理化的书，但是不久就发现，在当时的环境下，既找不到合适的教科书，又无人指导，碰到一道坎就过不去，自学数理化根本不可能，于是我被迫以读文科书为主。但是文科的书实在难找，千方百计才能偶然借到。在这种情况之下，只能到处借书来读，我记得读过的稍成规模的书有《经史百家杂钞》、王力《古代汉语》的前三册、刘大杰《中国文学发展史》的前两册。后来我的阅读逐渐偏重于古典文学，尤其是古典诗词，因为那些书可以仔细咀嚼，反复阅读。

我年轻时一度服膺贝多芬关于"扼住命运咽喉"的豪言，后来屡经坎坷，便转而信服范缜关于命运的思考。1500年前，范缜与萧子良曾在南京城里谈论命运的话题。子良问范缜："君不信因果，何得富贵贫贱？"范缜答曰："人生如树花同发，随风而堕。自有拂帘幌坠于茵席之上，自有关篱墙落于粪溷之中。坠茵席者。殿下是也；落粪溷者，下官是也。贵贱虽复殊途，因果竟在何处？"萧子良贵为帝胄，范缜则是孤寒之士，子良之言分明带有以己身之富贵傲视对方之意。然在不信因果的范缜看来，两人命运之差别尽出偶然。我也觉得我辈普通人确实像树上随风飘堕的花瓣，落到何处纯属偶然。我高中毕业时遇到的"文革"之风，把我从原来希望走的人生道路上吹到旁处，最后落到专门从事古典诗词研究的路上去了。

我在农村的读书当然是零零星星的，既不成规模，更没有系统。因为我只能借到什么书就读什么书，借到一本《楚辞选》就读《楚辞》，借到《李白诗选》就读李白，忽前忽后，毫无头绪。但是这种随意性很强的阅读也有一点好处。我的导师程千帆先生说，研究文学，要"感"字当头。不是勇敢的"敢"，是感动的"感"。他说你研究一个作品、一个作家，原初的冲动一定是因为你受到感动了，你读作品时觉得里面蕴含的情感打动你了，或者优美的形式使你倾倒了，你爱上它了，才会产生研究的冲动。我在农村读古典诗词，虽然杂乱无章，读得不全面，读得也不多，但是感动这一个层次我是做到的。那个年头我读书没有任何功利目的，我读这些作品一点用都没有，农民都劝我说你读这些东西干什么，不如学点手艺，编个竹篮子卖点钱。但我想自己挣的工分也够我吃饭了，况且我也不像农民家有一片竹林，我空下来就读书，那是完全没有功利目的的，但是在读的过程中我受到了感动，我爱上了这些作品。

刚才葛晓音老师介绍说我热衷于研究杜甫，因为我热爱杜甫。我下乡第五年的时候，生产队给我盖了一间半的茅屋，就在长江边上。因为快到入海口了，那儿的江面宽达10公里，茫茫一片，像大海一样。沿岸全部是冲积平原，一座小山包都没有，所以秋冬季刮大风都无遮无挡。以前我总觉得李白跟杜甫是平等的，两个人我都很喜欢。但是那年深秋，一阵狂风从天而降，卷我屋上"全部茅"。当天夜里，我睡在没有顶的茅屋里，完全没想起李白，只听到杜甫的声音："安得广厦千万间，大庇天下寒士俱欢颜，风雨不动安如山！"也许从那天晚上开始，我跟杜甫冥冥之中就结下了因缘，所以我后来就特别喜欢杜甫。当然，不仅是杜诗这样的伟大作品，一般的古典诗词，只要它抒发的感情是真挚的、善良的、美好的，都可以打动我。我在南京城生活了40多年，南京有一个词人李后主，我在农村的时候读他的词也深受感动。葛晓音老师选评的《唐诗鉴赏》里选了李后主的八首词，其中有《浪淘沙》。江南的春天经常风雨潇潇，晚上又没有电，我一到晚上就躺在床上，听着外面的满天风雨。有天晚上听着外面的风雨，我突然就想起了李后主的词："帘外雨潺潺，春意阑珊。罗衾不耐五更寒。梦里不知身是客，一晌贪欢。"我当然知道这是一个亡国君主写的词，但是作为一个离开城市、离开父母、离开母校的知青，来到一个举目无亲的农村，在风雨潇潇的春夜，读李后主的词也深受感动。所以我觉得命运把我抛到农村，使我开始接触古典诗词，虽然没有人指导，但是就感动这一点来说，我是读得相当深入的，这是我跟古典诗词的第一种关系。

二、研究

生活尽管难过，时光还是奔流。我在农村觉得日子相当艰难，但是11年很快就过去了，到了1977年，就恢复高考了。1977年的高考很有意思，是分省命题招生，全国不统一。我那时已经飘荡到安徽北部的一个小村庄里，当时安徽教育厅出的高考报名守则非常不合逻辑，它一方面是对大家都开放，但同时又有年龄限制，一般不得超过25周岁。我1966年高中毕业，到1977年我都28周岁了。我到公社去报名，一看不符合条件，正在着急，有人说后面还有补充条款，说学有专长者可以放宽年龄。我想我有什么专长，实际是我傻，有的考生胡乱填一个专长也报上名了。我正在着急，结果有一个干部比较好心，说这个小莫插队10年了，好不容易遇上高考却没法报名。他经常看到我读英语书，让我就填专长英语。于是我就填了专长英语，报考外语系。11年前我曾想要考清华的，到这个时候清华、北大完全不敢想了。我想到陆游的两句诗："早岁那知世事艰，中原北望气如山。"我曾经"清华北望气如山"，但此时只敢报安徽的三个学校：安徽大学、安徽师范大学、宿州师范专科学校。最后我考上了安徽大学外语系，读英语专业。七七级学生是1978年春天入学的，读了一年多以后，安徽大学的七七级本科生中兴起了一股提前考研的热潮。一些学生认为他们已经读得比较好了，要提前考研，就向学校申请，学校被他们纠缠一番也就同意了。我班同学怂恿我也提前考研，因为安徽大学发给我的助学金，每个月只有18块钱，除了吃饭以外，买块肥皂、理个发就用完了。听说研究生的助学金每个月有35块，差不多涨了一倍。经济是最大的驱动力，所以我也提前考研。那时候没有电脑，更没有网络，我们就跑到省教育厅去查各个大学的招生目录。我想考南京大学，第一，因为我是江苏人，想回江苏；第二，因为安徽大学外语系有几位老师是从南大调来的，他们经常说南大的英语教授全国有名。所以我想报考南大的英美语言文学，但是一看考试科目中有一门是第二外语，就是在法语、德语、西班牙语任选一门非英语的欧洲语言。问题是我还没学过第二外语，安大外语系要到大二下学期才开第二外语，我连字母也不认识，无法考试，就只好算了。但是我们班里的同学已经把消息传出去了，说我班的老莫也考研。我想我名都没报，就灰溜溜地回去，太丢我们班的脸了，为了集体荣誉，这次我非考不可，我就想换一个专业试试。我就翻招生目录，翻到前面中文系，一看中国古代文学专业的唐宋诗歌方向，我想我还蛮喜欢的，在农村也读过一些。指导教师是程千帆。很失敬，我那时候不知道程千帆是谁，从来没听说过，只觉得这个名字蛮有诗意。我就选中了这个专业。4月12日填志愿，6月2日进考场，到了秋天发榜，我就被南大录取了。进了南大，碰到了程千帆先生，我才知道他老人家原来是武汉大学的"右派"，已经退休了，匡亚明校长把他从武汉街道上请来的。后来也知道程千帆先生1933年在南京考上金陵大学，本想读化学系，报到那天，程先生一看化学系的学费要一百多块钱，因为化学系要耗材，学费比较贵，程先生家里清贫，交不起。他问有什么便宜的系可读，人家说中文系最便宜，他就临时转报中文系了，后来才搞古典诗词。所以我觉得我跟程先生成为师生，好像都是树上的花瓣被风吹落，飘到一起来了。还有，程先生当了"右派"以后，曾经发配到农村喂鸡、放牛18年。后来我们两个人在南京玄武湖散步，前面出现一块草地，程先生就说这块草地够五头牛吃一天，我说差不多。我们务农的经验都比较丰富。

从此我就在南大读研了，读研读得比较辛苦，因为我没上过中文系，有很多东西要补。我们那届读得比较快，1979年9月入学，1981年年底全部都毕业了。我们通过答辩后，就得到了硕士学位。那两年间程千帆先生给我们上了两门课，一门是"校雠学"，一门是"杜诗研究"。他说一门教你们怎么收集材料，一门教你们怎么分析材料，我的本事全交给你们了，你们就自己看书好了。硕士毕业以后，南大开始招博士生，我就成了程先生招的第一个博士生。那时候博士招生规模很小，南大中文系在整整三年之间没有招第二个博士生，就我一个。程先生以前没培养过博士，也没经验，不知道怎么带，于是去借了好多港台的博士论文，看人家的博士水平大概怎么样。他另外还请了三个老师做副导师，结果四个人管我一个学生。博士生阶段，程先生就没有给我开课了，他让我自己读八部书，《论语》《孟子》算一部，《老子》《庄子》算一部，《诗经》《楚辞》《左传》《史记》《文选》

《文心雕龙》,八部书打基础,打完基础开始写博士论文,又过了两年多我就毕业了。我读得比较快,硕士、博士加起来五年零一个月。在这个过程中,我比较努力地体会程先生以及其他老师的学术思想,试图学会他们所用的方法。程先生在方法论上最大的特点是,他强调批评要建立在考据的基础之上,另外一种表述方式就是文艺学的研究要跟文献学的研究结合起来。我后来做的一些研究工作大致也是沿着这条道路走的。

我介绍一下我自己认为稍微好一点的两篇论文。第一篇是《黄庭坚"夺胎换骨"辨》。黄庭坚诗歌理论中的"夺胎换骨、点铁成金"历来被许多人讥评为提倡"蹈袭剽窃",用来证明他提倡剽窃的另外一个证据是他的创作也是剽窃的,他的诗歌中有好多作品是抄别人的,稍微改几个字就算他的。这跟我读黄山谷诗的感觉不一样,我读他的诗,看他的书法,觉得这个人的艺术个性非常强。我是更喜欢苏东坡的,但是我觉得苏东坡的诗和书法,个性不如黄庭坚的强。苏东坡的诗和书法,如果混在别人的作品中间,也许不那么认得出来,但黄山谷的基本上你一眼就认出来了,他有独特的风格,有强烈的艺术个性。有这种艺术个性的人一般来说是不会剽窃别人的。艺术个性、个人独特风格一定是独创的,模仿别人的怎么可能有独创性呢,这两者好像是矛盾的,所以我就怀疑学界对他的评价可能有问题,后来就写了这篇文章。这篇文章把自宋代以来指责黄山谷剽窃别人的诗的例子全部驳倒了,我发现误解主要是由于书法,黄庭坚写了别人的诗,但没署名,后人没搞清楚,把它当做黄山谷的诗编进集子。黄山谷诗歌的版本也非常混乱。在这个方面,我把问题说得比较清楚了。

第二篇是2001年写的《〈唐诗三百首〉中有宋诗吗?》。这篇文章的题目很小,但是我努力模仿前辈学者的小中见大,题目小但是结论可以大。这篇文章指出来一个问题，入选《唐诗三百首》的张旭《桃花溪》实际上不是张旭写的，也不是唐人写的，而是北宋的蔡襄写的，由于版本的错误混到唐诗中间，混进《唐诗三百首》。同时进行辨伪的有三首诗，三首诗是捆绑在一起的，我论证了它们实际上是蔡襄写的。这篇文章出来以后，学术界有不同意见，有人跟我商榷。但我比较欣慰的是，现在学界有两个大学在重编全唐诗，一个是南京大学周勋初先生主编，另一个是复旦大学陈尚君先生主编，他们基本上认可了我的结论。当然我相信学术是不断发展的，也许将来随着新材料的出现、研究的更深入，我的结论也许会被推翻，但至少在目前国内重编全唐诗的学术团队，已经否认它是张旭的诗。这篇文章题目很小，但我觉得它还是有一点价值的，因为这个小例子可以帮助我们思考大一点的问题。闻一多先生1940年代在西南联大讲唐诗时，曾经引这首诗作为例子，用来分析张旭的风格。因为张旭是从初唐到盛唐时代的人，所以闻先生说这首诗是由初入盛，它的风格还带有一些南朝诗的影子。后来吴功正先生写了一本《唐代美学史》，他也举这首诗作为例子，但他的看法正好相反，他说这首诗是成熟的盛唐风格。我就奇怪，同样一首诗，一个人说它是初唐风格，一个人说它是盛唐风格，那么从一首作品的风格能不能很准确地判断它的时代属性？假如你认可我的考证，这首诗是北宋诗人蔡襄写的，那么它到底是什么风格？是初唐接近于南朝时的风格，是盛唐风格，还是宋诗的风格？还有一点，历来大家谈唐宋诗的优劣时，一般都有一点重唐轻宋的倾向。问题是，唐诗是不是都比宋诗好？宋诗一定比唐诗差？现在出现了这样一个例子，《桃花溪》被选到《唐诗三百首》里去了，《唐诗三百首》应该是最家喻户晓的一个唐诗选本，但这首诗实际上是北宋诗人蔡襄写的，蔡襄在北宋诗人的排行榜中排不到前列。那么北宋的一个一般的诗人写了一首一般的诗，居然选到《唐诗三百首》里去了，两个半世纪以来好像没有人说这首诗特别差，大家认可它是一首唐诗的代表作。所以唐宋诗艺术水准上的差距没有我们平时想象的那么大。所以这个题目虽然小，但它还是可以给我们提供一些思考。

我的学术研究基本上都是写单篇的论文，我做研究一般是东边看看西边看看，也不喜欢申报课题。我专门写书就是那本《杜甫评传》，到北大中文系来当然绕不过这个话题。也许有的朋友会问，陈贻焮先生已经写过100万字的《杜甫评传》，你怎么敢再写一本《杜甫评传》？你胆子也太大了。这里，我又要说偶然性了，这本书不是我自己要写的。20世纪80年代末期，南大的老校长匡亚明先生要编撰一套"中国思想家评传丛书"，当时就选了中国文化史上100个重要人物，每人写一本评传。一套丛书是有一个体例的，每本书的篇幅是30万字上下。陈贻焮先生的书那时候已经出版了，100万字的篇幅也不符合"中国思想家评传丛书"的体例。匡亚明先生自己先写了一本《孔子评传》，其他的都分别约稿。原本李白和杜甫的评传约的是同一个人，但那位老先生比较忙，匡先生又希望快点把全书推出来，所以老催稿，结果他就退出来了，说他没时间写。匡先生就让周勋初先生领回来，让南大中文系自己写，周先生写《李白评传》，我写《杜甫评传》。所以尽管我已经通读过陈先生三大卷的《杜甫评传》，但我的《杜甫评传》还是要写。当然我的写法跟陈先生不太一样，因为"中国思想家评传丛书"要关注思想方面的东西，杜甫的儒学思想、政治思想等占的篇幅多一些。这本书我不敢说有什么太大的优点，但有一条也跟你们北大有点关系。刘学锴先生既是北大的学生，也是北大的老师，他毕业以后留校任教，几年以后调到安徽师大去了。刘先生前几年出了一个很好的唐诗选本——《唐诗选注评鉴》，他选的规模比较大，650首，超过现代所有的唐诗选本。除了注、评，他后面的鉴赏文字写得非常好，我非常佩服。我读到杜甫部分就有一个很惊喜的发现，刘先生在《观公孙大娘弟子舞剑器行》这首诗后面引了29个人的评语，从宋朝开始，某某某曰，到了第29个就是"莫砺锋曰"，引了我的《杜甫评传》第三章中的一段话。这个例子让我受宠若惊，《杜甫评传》是我43岁那年出版的，我想我43岁以前说过很多话，都是"莫砺锋说"，从来没"曰"过，在刘先生的书中一下子"曰"起来了，我觉得很受鼓舞，这说明还有人关注我的书，还有一点可取之处。

三、解读

我曾经出过一本书，叫作《杜甫诗歌讲演录》，再版时改名叫《莫砺锋讲杜甫诗》。这本书是我2004年在南大为研究生讲"杜诗研究"那门课的课堂录音。书出来了以后，我觉得反响还可以，因为有些大学采用它作为杜甫课的参考教材，这是我在校园内部解读古典诗词。

接下来说说我在社会上讲解古典诗词。我又要引用范缜的比喻了，又是一阵风把我刮过去的。不管是举办公众讲座，还是写作普及读物，我一开始都没想要做，都是某种偶然的原因促成的。2002年南大百年校庆，成立了一个校庆办公室，想要做点宣传。最有效的宣传工具当然是媒体，那时央视的"百家讲坛"收视率很高，他们就主动跟央视联系，请他们的栏目组到南大拍几个老师的讲课现场。我被中文系推荐出来，讲了《杜甫的文化意义》。央视录了以后制作成两讲，后来在百家讲坛播出了，因为不成系统，也没有引起什么反响。到了

2007年，百家讲坛的编导到南大来找我，让我去讲唐诗，前后讲了14讲。后来又叫我去讲了白居易，又讲了四讲杜甫草堂。那时候讲稿都是要成书的，我出了《莫砺锋说唐诗》《莫砺锋评说白居易》，印数都很多，都是10万册。我的博士论文只印了2000册，10万册简直是太振奋人心了。讲完以后我收到很多读者来信，其中有批评的，主要是批评我普通话不准确；当然也有鼓励的，说讲得蛮好，对他们有帮助。这些公众讲座，我不敢说讲得怎么好，我自己力争做到的就是尽可能地准确，我绝不戏说，绝不胡编，尽可能做到言必有据。有些小观点比较受人关注，我讲到唐人的咏史怀古诗，说他们选取历史人物作为吟咏对象，有比较集中的目标，男性集中于贾谊，女性集中于王昭君。这两类诗实际上是同一个主题，都是抒发怀才不遇的情怀，所以明妃诗实际上是怀才不遇主题的女性版本。我对白居易退居洛阳以后的生活和创作有比较新颖的评价。以前文学史一般认为白居易晚年的洛阳诗价值不高，但我觉得它还是有价值的。白居易退居洛阳以后，既参加地方上的公益事务，又给自己编文集，都是有意义的老年活动。我用了一个现代的语词，说他是"唐代的夕阳红"。这几年电视台我是不去了，但是到各地图书馆做的讲座比较多。

下面再讲我写普及读物。我开始写普及读物也是偶然的。2004年我被南大校方拉壮丁，任命为中文系系主任，百般推辞都不行，只好勉强上任。我在南大读研的时候，我们的系主任是剧作家陈白尘，他有一句名言："系主任不是人干的。"我当了系主任以后觉得这句话说得真好，无穷无尽地开会、填表。那段时间我没有办法写论文，没有时间去找材料，更没有心思静下来锤炼观点，只好把论文写作停下来。我当了一年系主任，一篇论文都没写。我不想完全荒废时间，就动手写一本诗话，讲讲我读诗的一些感想。诗话不像论文那样严格，也不需要找材料，因为材料都是我所熟悉的；也不需要锤炼观点，我想到哪里就写到哪里。我是南大中文系历史上任期最短的系主任，一年零四个月，唯一的成果是一本《莫砺锋诗话》，北大出版社出版的。这本书也还受读者欢迎，我收到很多读者来信，跟我讨论其中的问题和感想。我发现社会上有很多像我一样很喜欢读古典诗词的人，这对我是一个安慰。

我的第二本普及读物是《漫话东坡》，是我2006年在香港浸会大学客座时写的。我一直想表达一下作为普通读者对苏东坡的热爱，很想写这样一本书，谈谈我心目中的苏东坡。我这本书的优点还是"不戏说"，我不敢说"无一字无来处"，但确实是"无一事无来处"。当然我对史料的理解也许有问题，但它一定是有根据的。我也尽可能避免以往的东坡传记里的缺点和错误。社会上最风行的苏东坡传记是林语堂的《苏东坡传》，台湾有个叫张之淦的学者写过书评，谈书里的硬伤。他说林语堂书里有些细节是没有根据的，比如说苏东坡有一个堂妹叫小二娘，他们两个是恋爱关系，从小青梅竹马，至死柔情万缕，一点根据都没有。我也发现一点问题，林语堂说苏东坡经常练瑜伽，其实北宋没有瑜伽。此外，王水照先生有一篇很有名的文章《走近"苏海"——苏轼研究的几点反思》，但并未说清"苏海"一词从何而来。宋末元初的李涂在《文章精义》中称："韩如海，柳如泉，欧如澜，苏如潮。"本来是"韩海苏潮"，王先生认为后人"苏海韩潮"的说法更准确，这个观点我完全同意。但他说到"苏海"一词的起源时所引的宋人吕本中及宋孝宗之言，则并未出现"苏海"一词。王先生又引清人王文诰在《苏海识馀》中称"苏海之说旧矣。……邑令黄大鹏又手劚'苏海'二字于崖之上，嗣是更名苏海"云，亦不足为据。因为黄大鹏在鹤山做县令的时间是雍正、乾隆年间，但雍正以前早已有"苏海"这个说法了。康熙中叶孔尚任的《桃花扇》里就有:"早岁清词,吐出班香宋艳;中年浩气,流成苏海韩潮。"看孔尚任的语气,好像"苏海韩潮"是社会上流行的说法,所以"苏海"一词肯定在康熙之前。后来我终于弄清楚,明末张溥编了一本《苏长公文集》,他的学生吴梅村写了一篇序,吴梅村在序里直接针对李涂《文章精义》中的说法提出异议:"韩如潮,欧如澜,柳如江,苏其如海乎!"从吴梅村的语气可以看出,前人都说"韩海苏潮",他认为应该改成"苏海韩潮"。这篇序写于明末崇祯四年(1631),我想这是"苏海"最早的出处。普及读物也不是一蹴而就的,也需要不停地修订。我最近在做《漫话东坡》的修订版,修改了其中的一个比较重要的细节。苏东坡在宋神宗元丰二年(1079)七月二十八日被捕,朝廷的钦差到湖州把他抓起来,作为政治犯押解到汴京去,途中他曾经试图跳水自杀。此事发生在哪里?林语堂的《苏东坡传》引用了两个资料,一个是苏东坡多年后给朝廷上的表,里面提到自己当年被朝廷逮捕,"自期必死,过扬子江,便欲自投江中,因吏卒监守不果",苏轼自己说是在扬子江。但是从宋朝开始,有一个非常广的传闻是在太湖。孔平仲的《孔氏谈苑》有一段非常生动的记载,说苏东坡被逮捕以后,钦差押解他坐船驶进太湖,因船舵损坏,就停泊在湖中修舵。当晚"风涛倾倒,月色如昼",东坡看着太湖水就思前想后,起了轻生的念头。后来的东坡传记,包括王水照先生和他的学生崔铭合著的《苏轼传》,都采用第二种说法,因为它有生动的画面感,显得很真实。我的《漫话东坡》的初版也是这样写的。但是后来我反复推敲,觉得这个传闻不能成立。第一,东坡在湖州被捕是七月二十八日,次日就是晦日,那几天不可能"月色如昼"。第二,北宋从湖州到汴京是不走太湖的,因为湖州有一条叫吴兴塘的地方运河,接通江南运河，到润州渡过扬子江入汴河。所以东坡在赴京途中投水自杀的念头只可能发生在扬子江上。我马上要推出的《漫话东坡》修订版已经改正了。我希望我们撰写普及读物向公众介绍古典诗词的有关知识时，最好力求准确。

上面谈了我跟古典诗词的三种关系——阅读、研究和讲解，现在我的时间大多花在讲解上，我觉得这是我作为一个大学中文系老师的一份社会责任。我少年时候曾经梦想学工科，希望当工程师，替国家造点有用的东西。结果生平遭遇几场狂风，把我这朵花瓣从树上吹落下来，飘来飘去，最后飘到了古典诗词上面。春秋时代的烛之武说："臣之壮也，犹不如人；今老矣，无能为也已。"我早就认命了，如今年过七十，余生只想在普及古典诗词方面做些力所能及的事情。

谢谢大家！

(2023 年 3 月 19 日在"北京大学中文系
学术名家讲座"上的演讲)